Bettina Seidl
Die Dorflehrerin

BETTINA SEIDL

DIE DORF LEHRERIN

Roman

dtv

MIX
Papier aus verantwortungsvollen Quellen
FSC® C019821

Originalausgabe

Umschlaggestaltung: wildesblut – Atelier für Gestaltung
Stephanie Weischer
Umschlagmotive: Magdalena Żyźniewska/Trevillion Images,
Imagno/Getty Images, akg-images,
stock imagery/Alamy Stock Photo und shutterstock.com
Satz: C.H.Beck.Media.Solutions, Nördlingen
Gesetzt aus der Garamond
Druck und Bindung: Druckerei C.H.Beck, Nördlingen
Printed in Germany · ISBN 978-3-423-21984-6

Die neue Lehrerin von Tannau

Der Weg nahm kein Ende. Antonie stellte den Koffer ab, richtete sich auf, drückte das Kreuz durch und atmete tief ein. Die Mittagssonne brachte die Bergwiese, durch die sich die Straße bergauf schlängelte, zum Duften. Sie erkannte Hahnenfuß mit seinen vielen kleinen gelben Blüten, ein Weißer Germer richtete seine Samenstände auf, und selbst Margeriten, die in der Höhenlage viel später blühten als im Tal, reckten ihre strahlend weißen Blüten der Sonne entgegen. Antonie strich mit der Hand über das hoch gewachsene Gras. Die Halmspitzen kitzelten. Wieder sog sie den Duft tief ein, den die Hitze den Wiesenblumen entlockte.

Der Rand der Wiese war bewaldet, und irgendwo im kühlen Grund der Bäume musste auch der Bach sich seinen Weg bahnen, sein Rauschen war deutlich zu hören. Der Gebirgsbach hatte sie den ganzen Weg hinaufbegleitet. Wie ein junger Hund war er neben der Straße hergelaufen, plötzlich hatte er einen Haken geschlagen und war davongeeilt, um nach der nächsten Kurve wieder munter an ihrer Seite zu gurgeln.

Der Wald zog sich die felsigen Hänge hinauf. Vereinzelte Kiefern krallten sich an Felsvorsprünge – woher sie nur ihre Nahrung nahmen, um an diesen exponierten Stellen zu wachsen. Antonie bewunderte die Hartnäckigkeit, mit denen die Kiefern den Widerständen trotzten und tapfer in die Höhe wuchsen. Das wenige an Erde dort oben reichte ihnen, und ihre Wurzeln hatten sich in die Felsritzen vorgearbeitet, um den Schnee und die Winterstürme zu überstehen. Was für zähe Bäume, dachte Antonie. Wie gelang es ihnen nur, dort, wo nichts ist, zu wachsen? Sie nahm sich die Kiefern als Vorbild. Wenn die es dort schafften, dann würde sie ihre neue Aufgabe in Tannau auch bewältigen.

Das Bergdorf mit diesem Namen war das Ziel ihrer Reise, die heute früh am Morgen begonnen hatte, als sie am Münchner Hauptbahnhof in den Zug gestiegen war. Der brachte sie in die südöstlichste Spitze Bayerns. Dort angekommen, hatte sie einen Kutscher nach dem Weg gefragt. Der hatte stumm in eine Richtung gezeigt und sie und ihr Gepäck mitleidig angeschaut, als hätte er Zweifel, dass sie es bis nach Tannau schaffen würde. Gerade eben beschlichen sie die gleichen Zweifel. Mit jedem Schritt die steinige Straße hinauf war ihr der Koffer immer schwerer vorgekommen. Dabei wog der Koffer alleine mehr als ihre wenigen Habseligkeiten, die er transportierte. Ein zweites Kattunkleid, eine Bluse und ein dunkler Rock für den Kirchgang, eine Strickjacke und Wäsche. Mehr besaß sie, Antonie Weber, nicht. Es brauchte nicht viel zum Leben, das hatte die Natur ihr gerade gezeigt. Wenn man einen festen Halt hatte, konnte man überall wachsen.

In dem Rucksack auf ihrem Rücken hatte sie die Bücher verstaut, ihre Haarbürste und die Haarnadeln, mit denen sie ihr dickes Haar bändigte. Gerade hatte sich eine Strähne gelöst, und mit einer geübten Bewegung bog sie die Nadel mit den Zähnen auf, um sie wieder festzustecken. Sie hätte sich besser zwei Zöpfe geflochten. Doch mit ihren fünfundzwanzig Jahren sähe sie dann mehr wie ein Schulmädchen aus. Nein, sie wollte einen guten ersten Eindruck machen.

Allzu weit konnte das Dorf nicht mehr entfernt liegen. Auf der Landkarte waren es nur ein paar Zentimeter gewesen, doch Antonie hatte nicht bedacht, dass der Weg beständig bergauf gehen würde. Mit ihrem Gepäck und bei der schwülen Hitze war es eine regelrechte Herausforderung. Sicher, sie hatte schon Bergwanderungen unternommen. Mit ihren Kommilitoninnen vom Lehrerinnenseminar war sie etliche Male mit der Bahn von München ins Oberland gefahren, um in den Bergen zu wandern. Da hatte sie nur eine Wasserflasche und eine Brotzeit im Rucksack gehabt und nicht ihre Bücher, die mit der Zeit immer schwerer wogen. Beim Gedanken an die Wasserflasche merkte Antonie, wie durstig sie war. Sobald der Bach wieder näher kam, wollte sie daraus trinken. Fürs Erste nahm sie all ihre Kräfte zusammen, blickte ein letztes Mal auf die Kiefern in den Felshängen und ergriff, innerlich gestärkt, ihr Gepäck.

Als sie die Weide hinter sich gelassen hatte, führte der Weg durch ein Waldstück. Hier war es kühler, das grüne Blätterdach schirmte die Sonne ab, und auch der Bach hatte sich wieder eingefunden. Erneut setzte Antonie ihren Koffer ab, diesmal nahm sie auch den Rucksack von den Schultern und stieg zum Bachbett hinab. Vorsorglich raffte sie ihren Rock und den Unterrock, der mit einem schmalen Spitzensaum besetzt war, und stellte sich auf einen Stein, der flach und fest aussah. Sie ging in die Hocke, beugte sich nach vorne und schöpfte mit ihrer rechten Hand das kühle Nass. Wie gut das tat. Als sie ihren Durst gestillt hatte, tauchte sie erneut die Hand ins Wasser, um ihre Stirn, Wangen und Nacken zu kühlen.

»Wer stellt denn seinen Koffer mitten auf den Weg, damit jeder rechtschaffene Bürger darüber fallen muss?«

Antonie erschrak heftig. Sie verlor das Gleichgewicht und wäre sicher ins Wasser gestürzt, wenn nicht eine feste Hand sie gepackt und festgehalten hätte. Wütend drehte sie sich um.

»Wie können Sie mich so erschrecken?«, fuhr sie den Mann an, der direkt hinter ihr stand. »Man spricht niemanden hinterrücks an, vor allem dann nicht, wenn derjenige auf einem wackligen Stein in einem reißenden Bach steht.« Zugegeben, das mit dem reißenden Bach war übertrieben. Sie sah, wie der Mann errötete, und sogleich taten ihr ihre heftigen Worte leid.

»Verzeihen Sie vielmals, ich war nur über den Koffer überrascht. Auf unseren Wegen in den Bergen stehen nur äußerst selten Koffer herum.« Jetzt lächelte er Antonie freundlich an. Sein Lächeln kam aus den Augen, und die vielen Fältchen zeigten, dass er wohl oft lächelte. Sein braun gebranntes Gesicht erzählte von den vielen Stunden, die er draußen in der Natur verbrachte. Er war seiner Kleidung nach kein Bauer, und erst, als er ihr zurück auf die Straße geholfen hatte und im respektablen Abstand vor ihr stand, erkannte sie die Jägerkluft, die er trug.

»Entschuldigen Sie« sagte der Jäger, »ich habe mich noch gar nicht vorgestellt.«

»Dazu hatten Sie ja keine Zeit, Sie mussten mich ja erschrecken.« Diese schnippische Bemerkung konnte Antonie sich nicht verkneifen. Schwester Coelestina hätte sie dafür sicher getadelt. »Egal, wie du fällst, du fällst nie auf den Mund«, pflegte ihre Lieblingsnonne im Internat stets zu ihr zu sagen.

»Das tut mir auch herzlich leid.« Der junge Mann verbeugte sich galant und lüpfte sogar seinen grünen Filzhut, an dessen Hutband eine prächtige Adlerfeder steckte. »Ich bin Sebastian Berger, der Revierförster.«

»Angenehm!« Antonie deutete einen Knicks an, so wie sie es in dem leer geräumten Speisesaal im Heim beim Anstandsunterricht gelernt hatten. Als würden die Waisen tatsächlich einmal bei Hofe verkehren. Die Schwestern der Englischen Fräulein hatten viel Wert auf Etikette gelegt. »Ihr seid ohne Eltern, aber nicht ohne Anstand«, war ein weiterer der vielen Sprüche von Schwester Coelestina. »Ich bin Antonie Weber, die neue Lehrerin von Tannau. Daher mein Gepäck.«

»Eine Lehrerin?« Sebastian Berger ließ offen, was er über eine Lehrerin dachte. »Springen Sie für den kranken Lehrer Meisl ein?«

»Genau so ist es.«

»Das ist gut, wenn die Kinder endlich wieder regelmäßig Unterricht haben!«

»Wie weit ist es noch bis Tannau?«

»Noch eine gute halbe Stunde. Das steilste Stück haben Sie schon hinter sich. Nach dem Wäldchen geht es recht eben dahin.«

»Danke, das schaffe ich leicht.« Antonie hob den Rucksack hoch und nahm ihn auf den Rücken. Als sie den Koffer am Griff packte, sagte der Förster: »Ich würde Ihnen ja tragen helfen, halten Sie mich bitte nicht für unhöflich. Doch ich muss schnell hinunter nach Berchtesgaden, zum Polizeirevier. Ich befürchte, ein Wilderer ist unterwegs und schießt das Wild des Prinzregenten. Da muss ich Meldung machen.«

»Haben Sie Dank für das freundliche Angebot. Ich komme gut alleine zurecht.«

Da blickte der Förster nach oben, zog die Nase kraus, als würde er eine Fährte aufnehmen, und sagte: »Beeilen Sie sich lieber. Ich glaube, dass wir bald ein Unwetter bekommen.«

»Was, bei diesem Sonnenschein?«, fragte Antonie erstaunt.

»Gerade wegen des Sonnenscheins. Dadurch ist viel Wasser in der Luft. Hoffentlich kommen Sie trocken ins Dorf.«

»Das werde ich«, meinte Antonie, als sie das besorgte Gesicht von Sebastian Berger sah. Sie nickte ihm zum Abschied zu und marschierte mit flotten Schritten voran.

Sie wusste, dass das Wetter in den Bergen schnell umschlagen konnte. Auf dem Schafkopf in Garmisch war ihre Wandergruppe einmal in ein Unwetter geraten, und sie waren hinterher froh gewesen, heil vom Berg gekommen zu sein. Nach ein paar Metern hielt sie dennoch inne und schaute zurück. Der Jäger war schon ein gutes Stück hinuntergelaufen, als er stehen blieb und sich ebenfalls umdrehte. Antonie hob die Hand, und er winkte ihr mit seinem Hut zu. Sie musste lachen.

Das Dorf war schon in Sichtweite, als sich der Himmel verdunkelte. Wie aus dem Nichts ballten sich plötzlich dunkle Wolken über dem Tal zusammen. Antonie wechselte den Koffer in die andere Hand und versuchte, ihre Schritte zu beschleunigen. Ein gewaltiger Donner zerriss die drückende Stille, die über dem Tal lag. Sie zuckte zusammen, zog den Kopf ein und schaute ängstlich nach oben. Am Himmel zwischen den Bergen, der gerade noch strahlend blau gewesen war, hingen tiefschwarze Wolken und saßen wie ein Deckel auf einem Topf über dem Dorf Tannau. Antonie hastete weiter, ein Blitz zuckte über den Bergen, und erste Tropfen fielen hernieder. Keine Minute später war sie vom Regen durchnässt. Der Rock klebte ihr an den Beinen und erschwerte jeden Schritt. Der strömende Regen behinderte ihre Sicht. Mehr rutschend und stolpernd erreichte sie die ersten Häuser von Tannau.

Eine hölzerne Brücke, aus dicken Bohlen gezimmert, führte zum Dorf hin. Darunter brauste der vorhin noch friedlich dahinplätschernde Bach. Der plötzliche Regen hatte ihn anschwellen lassen. Bis eben mochte es seltsam ausgesehen haben, eine solch gewaltige Brücke über ein Bächlein zu bauen, doch nun zeigte sich der Sinn dahinter. Der junge Hund hatte sich unvermittelt in einen reißenden Wolf verwandelt. Das Holz war rutschig, und beinahe wäre Antonie hingefallen. Weiter, weiter, drängte sie sich. In einiger Entfernung sah sie einen Kirchturm. Das war immer ein gutes Zeichen. Dort, in der Mitte des Dorfes, würde sich auch das Gemeindeamt befinden, wo sie vorstellig werden sollte.

Keine Menschenseele weit und breit, jeder hatte Unterschlupf und Sicherheit gesucht. Als Antonie auf dem Dorfplatz vor der Kirche stand, blickte sie sich um. Wie durch einen Schleier sah sie Tannau. Das Wirtshaus war an seinem Schild zu erkennen, das, vom Regen angetrieben, hin und her schwang. Zuerst wollte sie in der Kirche Zuflucht suchen. Als sie die aufgemalten Buchstaben am Haus daneben las, die besagten, dass hier die Gemeinde zu finden sei, entschied sie sich, gleich den Bürgermeister aufzusuchen. Besser würde es nicht mehr werden. Außerdem war es im Gemeindeamt sicher wärmer als in der Kirche. So heiß ihr beim Heraufweg zunächst gewesen war, so kalt war ihr nun. Sie hoffte nur, dass die Schulbehörde im Ministerium ihr Kommen angekündigt hatte. Antonie nahm all ihren Mut zusammen, klopfte an die Tür und trat ein.

Dunkel. Sie stellte den Koffer ab und wartete, bis sich ihre Augen an das spärliche Licht gewöhnt hatten. Schemenhaft sah sie einen langen Gang, der sich durch das ganze Haus zog. Türen gingen rechts und links davon ab. Sie klopfte versuchsweise an die erste – nichts. Nach einem erneuten Klopfen hörte sie ein Geräusch. Kurzerhand drückte sie die Klinke und öffnete die Tür. In der Amtsstube, die dahinterlag, war es kaum heller. Antonie erkannte, dass hinter dem Schreibtisch ein Mann saß, der sie verwundert anschaute.

»Bitte?«, brachte er verblüfft hervor.

Antonie konnte ihm seinen Unglauben nicht übel nehmen, sie mochte geradezu abenteuerlich aussehen. Das Kleid klebte ihr am Körper, und sie hörte, wie Wasser vom Saum auf den Boden tropfte. Ihr Haar ähnelte sicher mehr einem Vogelnest als einer ordentlichen Frisur. Egal. Antonie straffte sich. »Ich bin Antonie Weber, die neue Lehrerin«, stellte sie sich vor. »Ich bin auf meinem Weg vom Unwetter überrascht worden«, erklärte sie ihren Aufzug.

»Lehrerin?«, fragte der Mann ungläubig.

»Lehrerin! Als Ersatz für den kranken Lehrer bin ich vom Ministerium geschickt worden. Ich habe die Unterlagen in meinem Koffer.« Sie deutete auf den Gang. Hoffentlich waren die Amtsschreiben nicht durchgeweicht.

»Dann lassen Sie sehen.« Der Mann lehnte sich zurück, griff mit den Händen ans Revers und beobachtete sie abwartend.

Antonie trug den Koffer herein, und da sie nicht wusste, wo sie ihn ablegen sollte, und der Mann keine Anstalten machte, ihr in irgendeiner Form zu helfen, legte sie ihn auf den Boden und öffnete die Lederlaschen. Als sie den Deckel hochklappte, bemerkte sie, wie der Amtmann – das vermutete Antonie, denn wie der Bürgermeister wirkte er nicht – sich neugierig über seinen Schreibtisch beugte.

Antonie spürte, wie sie rot wurde angesichts der wenigen Kleidungsstücke. Und ausgerechnet eine Unterhose lag unordentlich obenauf. Hastig holte sie die Briefe aus der Innentasche des Deckels, klappte den Koffer schnell wieder zu und hielt dem Mann die beiden Kuverts hin.

Er nahm sie, erhob sich und trat in Richtung Fenster. Zwei

Mal las er jeden Brief und blickte dazwischen immer wieder zu ihr herüber.

Nervös spielte Antonie mit dem Adressanhänger des Koffers, der unbeschrieben war. Welche Heimatadresse hätte sie auf das Stückchen Papier notieren sollen? Der eine Brief stammte von der Oberen Schulbehörde im Ministerium mit der Anweisung, sich bis zum 10. September 1911 in Tannau, Oberbayern, einzufinden. Der andere Brief enthielt die Lehrerlaubnis, ausgestellt vom Lehrerinnenseminar der Englischen Fräulein in München. Oberin Ludmilla hatte ihn schwungvoll unterschrieben und mit dem Wappen des Klosters abgestempelt.

»Ihren Ausweis«, forderte der Mann sie auf, und da sie dies erwartet hatte, hielt sie ihn griffbereit in der Hand. Den inspizierte er besonders lange und verglich die Fotografie drei-, viermal mit ihr. »Warten Sie hier«, befahl er ihr, klopfte an die Tür, die in den Nebenraum führte, und verschwand.

Also wartete Antonie.

Stille. Irgendwo tickte eine Uhr gleichmäßig, während die Wassertropfen in einem eigenwilligen Rhythmus von ihrem Kleid auf den Holzboden platschten. Durch die Fenster sah sie, dass der Regen nachgelassen hatte und das Schwarz der Gewitterwolken einem hellen Grau gewichen war. Aus dem Nebenzimmer wurden nun Stimmen und eiliges Gemurmel laut.

Jetzt war sie in Tannau. Ihre Gefühle konnte sie gerade nicht einordnen. Wenigstens war sie froh, heil hier angekommen zu sein. Das Gewitter hatte ihr einen gehörigen Schrecken eingejagt, noch dazu mitten in den Bergen. Tannau lag abgelegen am Ende eines langen Tals. Ob ihr das gefiel, musste sich erst noch herausstellen. Ihre Kommilitoninnen fanden es schrecklich und waren froh gewesen, dass es nicht sie getroffen hatte. »Ein Bergdorf, nein, das wäre nichts für mich«, hatte ihre beste Freundin Elvira gemeint. Die konnte in München bleiben, an der Volksschule in Haidhausen zwar, im Arbeiterviertel und nicht im vornehmen Nymphenburg, wie sie gehofft hatte. Immerhin blieb sie in ihrer Heimatstadt München. Wäre Antonie lieber in München geblieben? Nein, eigentlich nicht. Sie hatte keine Heimat. Das Unterrichten der Kinder war ihr zur Heimat geworden.

Ob sie in diesem Bergdorf bleiben würde? Der Empfang war nicht sonderlich vielversprechend gewesen. Den Platzregen wollte sie mal nicht als schlechtes Zeichen nehmen, die Reaktion des Amtmannes schon eher. Sie versuchte, ihre Haare in eine gefälligere Form zu bringen, ließ die Hände schnell wieder sinken, das war ein aussichtsloses Unterfangen. Die nasse Kleidung klebte ihr kalt auf der Haut, und Antonie fror. Wenn sie noch länger in der Amtsstube stehen musste, würde sie sich den Tod holen oder zumindest eine ordentliche Erkältung.

Da hörte sie eine Tür und Schritte auf dem Gang. Die große Eingangstür wurde geöffnet und fiel mit einem dumpfen Schlag zurück ins Schloss. Vom Nebenzimmer bellte eine Männerstimme harsch: »Eintreten!«

Antonie richtete sich auf, straffte die Schultern, wie sie es im Lehrerinnenseminar gelernt hatte, und betrat den Raum. Ihr Herz klopfte, und sie befürchtete, dass sich ihr Pulsschlag unter der nassen Bluse abzeichnete. Sie stand vor einem großen Schreibtisch, hinter dem der Bürgermeister von Tannau – er war es unverkennbar – nicht nur saß, sondern thronte. Er war von bulliger Gestalt, und kurzzeitig war Antonie eingeschüchtert. Sie erinnerte sich selber daran, dass sie aus einem guten Grund hier stand. Sie war die vom Schulministerium bestellte neue Lehrerin von Tannau. »Grüß Gott,

Herr Bürgermeister. Ich bin Antonie Weber, die neue Lehrerin. Entschuldigen Sie mein Aussehen, auf den letzten Metern bin ich in das Unwetter geraten.«

»Eine Lehrerin?« Unglaube lag in seiner Stimme und kaum verhohlene Aggressivität.

»Ja, Lehrerin. Ausgebildet an der Lehrerinnenanstalt der Englischen Fräulein in München. Das steht auch in dem Brief vom Ministerium.« Ihr erschien es klug, auf die hohe Instanz hinzuweisen.

Der Bürgermeister, der seinen Namen nicht genannt hatte, zeigte sich davon nicht beeindruckt. »Eine Lehrerin«, wiederholte er.

Antonie wusste nicht, was sie darauf antworten sollte. Sie war offensichtlich eine Lehrerin, ihr Busen war unter dem nassen Stoff deutlich zu erkennen. Sie verschränkte die Arme vor der Brust.

Der Bürgermeister, der die beiden Briefe in der Hand gehalten hatte, warf sie, als würden sie nach Jauche stinken, mit einem angewidert verzogenen Mund auf den Tisch. »Wir hatten um einen Lehrer angefragt.«

Wieder wusste Antonie nicht recht, was sie dazu sagen sollte. »Das Ministerium hat mich geschickt«, sagte sie, um einen möglichst freundlichen Tonfall bemüht.

»Pah, die Münchner, die haben keine Ahnung. Aus München ist noch nie Gutes gekommen. Sie können gleich wieder gehen. Wir brauchen einen ordentlichen Lehrer und keine Weibsperson. Das wäre ja noch schöner. So eine wie Sie hat bei uns in Tannau nichts zu suchen!« Unwirsch grapschte der Bürgermeister nach den Briefen, sodass sie zerknitterten, was Antonie einen Stich versetzte. Das waren offizielle Dokumente, darunter ihr Abschlusszeugnis!

Hastig trat sie einen Schritt vor und nahm die Unterlagen

vorsichtig an sich, damit sie nicht nass wurden. »Ich kann nicht einfach gehen, ich bin von Ministerialrat Kreuzer hergeschickt worden. Er hat auch den Amtsbrief unterschrieben!«

»Mir egal. Sie nehmen jetzt Ihre Sachen und verschwinden aus Tannau. Wenn Sie sich beeilen, erwischen Sie noch den Abendzug.« Jetzt war er es, der die Arme verschränkte, was die Nähte seines Jankers fast zum Platzen brachte.

Antonie spürte, wie sie innerlich zusammensackte. Das lag an der Kälte, die ihren Körper fest im Griff hatte, an dem mühseligen Aufstieg, an der furchtbaren Szene gerade. Wie zu einem letzten Versuch hob sie die Hand mit den Briefen …

»Raus, habe ich gesagt!« Mit Wucht knallte der Bürgermeister seine fleischigen Hände auf den Tisch, sprang auf und wies mit der rechten Hand auf die Tür. »Wir brauchen keine Lehrerin in Tannau. Verschwinden Sie!«

Tränen schossen Antonie in die Augen, schnell drehte sie sich um und floh förmlich in den Nebenraum. Nur weg von diesem groben Mann.

»Tür zu, oder haben Sie zu Hause keine Türen?«

Mit gesenktem Kopf eilte Antonie zurück und schloss die Tür. Ich habe kein Zuhause, dachte sie, und noch mehr Tränen liefen ihr die Wangen hinunter. Vorbei die freudige Erwartung, die sie heute früh noch erfüllt hatte. Vorbei die Hoffnung auf eine Stelle als Lehrerin an einem Ort, an dem sie, wenn schon nicht Heimat, doch wenigstens ein Heim fand und nicht nur einen kalten Schlafsaal wie erst im Waisenhaus und anschließend im Lehrerinnenseminar.

Sie verstaute die Dokumente sorgfältig im Koffer, nahm sich ihren Staubmantel heraus und ein Taschentuch, mit dem sie sich die Tränen trocknete und die Nase schnäuzte, was unangenehm laut in der Amtsstube hallte.

Was sollte sie machen? Ihr blieb wohl nichts anderes übrig, als tatsächlich den langen Weg, den sie mühsam heraufgekommen war, wieder hinunterzulaufen, um, wie es der Bürgermeister gesagt hatte, den Abendzug zu erreichen. Es widerstrebte Antonie, die Befehle dieses groben Menschen zu befolgen. Hatte sie eine Wahl? Sollte sie im Dorf bleiben, im Wirtshaus drüben nach einem Zimmer fragen? Dazu fehlte ihr der Mut. Sie musste zurück nach München und dort versuchen, eine andere Stelle zu erwirken. So kurz vor Beginn des Schuljahres waren alle Stellen längst besetzt. Sie würde keine mehr bekommen, und was dann? Ja, was dann? Antonie schluckte schwer. Wieder liefen die Tränen. Schnell, schnell weg, bevor der Amtmann wiederkam und sie aufgelöst und verweint sah.

Schweren Herzens schnallte sie sich den Rucksack um und packte den Koffer. Bis zum Schulbeginn waren es noch ein paar Tage, vielleicht würde Ministerialrat Kreuzer das Problem lösen. Bei ihrem Gespräch war er ihr vernünftig erschienen. Sie hatte die Hand schon an der Klinke, als sie Schritte im Gang hörte. Sie zögerte, in ihrem Zustand wollte sie keinem begegnen.

Da ging die Tür auf, und der Sekretär trat in seine Amtsstube. »Fräulein, dageblieben.« Mehr sagte er nicht, setzte sich an den Schreibtisch und raschelte wichtigtuerisch mit seinen Papieren.

Antonie stellte den Koffer in der Nähe der Tür ab. Sie schnäuzte sich unauffällig und wischte die letzten Tränen weg. Ihr Äußeres war ohnehin derangiert, da würde man nicht erkennen, wie aufgewühlt sie war. Unterschiedlichste Gefühle arbeiteten in ihr. Ein Teil von ihr wollte nichts wie weg, diesen dummen Berg hinunterlaufen und weg, weg von diesem Ort fahren. Der andere Teil hasste es, sich unterzuordnen. Und ein kleiner Teil wollte einfach nur unterrichten, und diese kleine Stimme schaffte es, dass Antonie äußerlich ruhig in der Amtsstube stand und wartete.

Irgendetwas an der Stimmung im Rathaus hatte sich geändert. Es musste noch jemand gekommen sein, denn es waren jetzt zwei Stimmen aus dem Bürgermeisterzimmer zu hören. Die laute gehörte dem Bürgermeister, eine leisere, drängendere redete geduldig auf ihn ein.

Antonie blickte aus dem Fenster. Draußen zeigte sich die Welt, als ob nichts gewesen wäre. Ihr viel zu dünner Mantel schaffte es nicht, sie zu wärmen. Ihr war unerträglich kalt. Damit ihre Zähne nicht anfingen zu klappern, presste sie die Kiefer aufeinander. Wer in einem Waisenhaus aufgewachsen war, lernte schnell, dass man keine Schwäche zeigen durfte.

Im Büro des Bürgermeisters wurde immer noch geredet. Es dauerte bereits eine gefühlte Ewigkeit, und auch der Sekretär hatte aufgehört, so zu tun, als hätte er wichtige Unterlagen zu bearbeiten, und schaute gebannt auf die Verbindungstür.

»Hackl!«, rief die Stimme des Bürgermeisters. Der Sekretär erhob sich eilends und riss die Tür auf. Als wäre ihm in diesem Augenblick bewusst geworden, dass es sich für einen Mann seiner Position nicht ziemte, derart heftig Türen aufzureißen, hielt er inne, richtete sich auf, betrat mit betont gemäßigtem Schritt das Büro seines Chefs und schloss behutsam die Tür hinter sich.

Gleich darauf erschien er wieder und forderte die Dokumente.

Antonie beeilte sich, sie dem Sekretär zu übergeben, der sie beflissen ins Bürgermeisterzimmer trug und danach wieder seinen Platz am Schreibtisch einnahm.

Nach einer Zeit hörte sie die Stimme des Bürgermeisters: »Schick sie rein, Hackl!«

Jetzt war es an Antonie, eine aufrechte Haltung einzunehmen. Sie dachte an das Buch auf dem Kopf, mit dem sie im Kreis hatte herumlaufen müssen, und an den Klaps auf den Hinterkopf, wenn es herunterfiel. Da lernte man schnell, gerade zu gehen. Sie trat vor und wäre beinahe mit dem Sekretär zusammengestoßen.

»Sie sollen …«, fing er überrascht an.

»Ich habe es gehört«, antwortete Antonie und betrat zum zweiten Mal das Amtszimmer des Bürgermeisters, diesmal gespannt auf das, was gleich geschehen würde.

Der beleibte Bürgermeister saß immer noch breit hinter seinem Schreibtisch. Daneben stand ein weiterer Herr, seiner Kleidung nach offensichtlich ein Pfarrer.

Antonie fiel als Erstes sein rundes Gesicht auf. Rund wie der Mond, dachte sie. Sein Kopf war im Vergleich zu seinem restlichen Körper groß, und trotz seiner weiten Soutane konnte Antonie erkennen, dass er von dünner, fast zierlicher Statur war. Als ob der liebe Gott sich einen Spaß erlaubt hätte, waren seine Hände wiederum groß und kräftig. Nichts passte bei diesem Körper zusammen. Antonie hätte bei dem Mondgesicht kleine Äuglein erwartet, aber sie waren groß und dunkel und betrachteten sie mit wachem und freundlichem Blick. Um den schmalen Mund deutete sich ein Lächeln an.

Sofort fasste Antonie Zutrauen zu diesem Mann Gottes. Ihre Erfahrungen hatten sie Menschen dieses Berufsstandes bislang vorsichtig gegenübertreten lassen. Dieser Pfarrer hingegen strahlte Gutmütigkeit, ja Güte aus.

»Gott zum Gruße, Fräulein Weber!«

»Grüß Gott, Herr Pfarrer«, sagte Antonie, und unwillkürlich lächelte sie.

»Ich bin Pfarrer Bichler. Bürgermeister Hocheder hat mich kommen lassen, da ich es war, der auf die Einstellung eines Lehrers gedrängt hatte. Sie müssen wissen, unser Schullehrer Meisl liegt schon etliche Monate krank im Bett. Ich habe an seiner Stelle eher schlecht als recht den Unterricht bis zu den Sommerferien fortgesetzt. Denn ein Mann Gottes ist zwar für den Religionsunterricht zu gebrauchen, versagt jedoch in Mathematik und Geografie kläglich. Wissen Sie, Fräulein, in der Bibel wird wenig gerechnet. In sieben Tagen erschuf Gott die Welt, und weiter als bis zehn muss man nicht zählen können, dann langt es für die Gebote. Nur sollten unsere Schüler einiges mehr lernen.«

Antonie lächelte wieder, und die Augen des Pfarrers zwinkerten ihr aufmunternd zu.

»Darum hat die Gemeinde nach München geschrieben und einen Vertretungslehrer angefragt.«

»Einen Lehrer, richtig, und keine Lehrerin«, betonte der Bürgermeister. »Und München hat uns auch einen Lehrer zugesichert. Hier steht es schwarz auf weiß.« Er hob triumphierend einen Brief hoch.

»Da hat der Herr Bürgermeister recht«, beeilte sich Pfarrer Bichler zu bestätigen. »Denn ...«, fuhr er fort, und Antonie bemerkte, wie diplomatisch er mit dem Bürgermeister umging, »... laut Brief vom Ministerium sollte ein Anton Weber bei uns anfangen.«

»Das steht hier: Anton!« Hocheder bellte den Namen.

»Und darin liegt die Lösung. Unser Fräulein Lehrerin heißt Antonie. Ich vermute, der unachtsame Sekretär hat einfach die zwei Buchstaben vergessen. Nicht alle können Glück haben wie unsere Gemeinde mit unserem Herrn Hackl.« Der Pfarrer deutete eine kleine Verbeugung in Richtung des Sekretärs an. »Münchner eben.« Er schmunzelte. »Eigentlich müsste hier Antonie Weber stehen, und Sie sind doch das Fräulein Antonie Weber?«

»Genauso ist es.«

»Also wäre es nicht allzu vermessen anzunehmen, dass Sie die Person sind, die unsere Buben und Mädel unterrichten soll. Ministerialrat Kreuzer hat das entschieden.«

»Eine Lehrerin!« Die Stimme des Bürgermeisters klang nach wie vor abfällig.

»Ja, nun hat Tannau als Vertretung eine Lehrerin«, stellte der Pfarrer fest. »Ich würde vorschlagen, sie mit Schulbeginn einzustellen und gegebenenfalls mit München Rücksprache zu halten. Die Gemeinde könnte beim Ministerialrat um einen Lehrer ersuchen, und bis dieser kommt, nehmen wir mit dem Fräulein Weber vorlieb. Ich kann einfach nicht mehr, ich bin mit meinem Latein und meinem Wissen am Ende. Ich könnte den Kindern nicht einmal sagen, auf welchem Kontinent der Popocatépetl zu finden ist.« Die Worte des Pfarrers verfehlten ihre Wirkung nicht.

»Vorübergehend, ich betone: vorübergehend, wird diese Weibsperson als Lehrerin angestellt. So lange, bis ein ordentlicher Lehrer kommt.« Bürgermeister Hocheder nickte dem Sekretär zu, der sich eilfertig verbeugte.

Antonie, die dem Gespräch wie eine Zuschauerin im Theater beigewohnt hatte, fand, dass an dem Herrn Pfarrer wirklich ein Diplomat verloren gegangen war. Er hatte ihr wenigstens vorübergehend eine Stelle verschafft. So schnell würde München keinen neuen Lehrer auftreiben.

»Was ein vergessenes i und e doch ausmachen können«, bemerkte der Pfarrer verschmitzt.

»Ich würde die Stelle sehr gerne antreten«, sagte Antonie förmlich.

Wieder kam nur ein Grunzen vom Bürgermeister, das man

mit gutem Willen als Zustimmung interpretieren konnte. »Hackl, ich geh ins Wirtshaus. Genug Amtsgeschäfte für heute!« Grußlos verließ er die Amtsstube.

»Die Irmingard, also die Frau Meisl, hat die Stube hinter dem Klassenzimmer hergerichtet für den neuen Lehrer, also ...«, Hackl kam ins Stottern, »... für die Lehrerin.«

»Das passt ja.« Der Pfarrer setzte seinen Hut auf und wies mit der Hand zur Tür. »Gerne würde ich Ihnen nun Ihre neue Wirkungsstätte zeigen. Wo ist Ihr Gepäck, Fräulein Weber?«

Mit Koffer und Rucksack angetan, verabschiedete Antonie sich höflich von Herrn Hackl und folgte dem Pfarrer auf den Dorfplatz.

»Kirche, Wirtshaus und Rathaus, die glorreichen Drei eines jeden bayerischen Dorfes«, erklärte er. »Neben der Kirche liegt das Pfarrhaus, dort drüben der Kramerladen, und in dem Gasthof Post ist auch tatsächlich die Post untergebracht. Im Sommer kommen Sommerfrischler ins Dorf, natürlich weniger als unten in Berchtesgaden. Der Weg herauf ist für die Stadtmenschen zu beschwerlich.« Er zeigte auf die Gasse, die neben dem Rathaus bergauf führte. »Die Schule liegt weiter oben am Hang.«

Antonie seufzte innerlich. In den Bergen ging es entweder bergauf oder bergab. Allerdings würde Bewegung wieder Schwung in ihren Kreislauf bringen. Die Sonne war ganz herausgekommen und wärmte sie zusätzlich. Plötzlich sah alles gar nicht mehr so schlimm aus.

Als sie das Schulhaus betraten, erschrak Antonie. Die Räume hatte niemand für die Ankunft eines neuen Lehrers vorbereitet. Die Stube hinter dem Klassenzimmer roch muffig und hatte schon lange keinen Besen und kein Scheuertuch mehr gesehen. Der Pfarrer stöhnte. »Da hat Frau Meisl ganze Arbeit geleistet – oder eben nicht.« Er sah Antonie entschuldigend an. »Sie müssen wissen, Frau Meisl ist die Frau unseres Schulmeisters, und sie hält nichts von der Idee, einen neuen Lehrer einzustellen. Sie hofft halt immer noch, dass ihr Mann gesund wird und seinen Beruf wieder ausüben kann.«

»Nun gut, ich habe ein Dach über dem Kopf, und das ist das Wichtigste.«

»Diese Einstellung freut mich, Fräulein Weber. Gott ist bei den Langmütigen. Ich muss mich leider verabschieden, Sie kommen allein zurecht?«

»Natürlich. Ein Herr Lehrer hätte vielleicht mehr Probleme, sich hier einzurichten, einem Fräulein Lehrerin macht das nichts aus.«

»*Eine tüchtige Frau, wer findet sie? Sie übertrifft alle Perlen an Wert!* So heißt es in den weisen Sprüchen Salomons.« Damit ließ der Pfarrer Antonie allein.

Tannau, dachte Antonie. Sie sah sich in der Stube um. Ein Bett, ein Stuhl, ein Schränkchen und ein kleiner Tisch. Mehr gab es nicht. Macht nichts, dachte Antonie, viel Besuch erwarte ich sowieso nicht. Vorsichtig öffnete sie die Türe des Kanonenofens. »Na, hoffentlich zieht der, sonst bleibt es im Schulhaus kalt.« Ihre Finger waren rußig schwarz. Den Kanonenofen musste sie erst einmal tüchtig schrubben, so wie alles andere hier. Ein richtiges Hilfslehrerkammerl der schlechtesten Sorte.

Laut Schulbehörde stand ihr ein Lehrerhaus zur Verfügung, das sie kostenfrei bewohnen konnte, nur für Holz musste sie selbst aufkommen. Doch solange der kranke Lehrer Meisl noch darin wohnte, musste sie mit diesem Zimmerchen vorliebnehmen. Antonie war froh, überhaupt eine

Stelle bekommen zu haben. Wäre der Pfarrer nicht gewesen, wäre sie längst den Weg wieder hinuntergestolpert.

Zuerst musste sie aus dem nassen Kleid. Als sie in Rock und Bluse gewechselt hatte, fühlte sie sich ein wenig besser. Das nasse Kleid hängte sie auf den einzigen Kleiderbügel aus Draht, der in dem Schrank hing. Ihre Habseligkeiten würde sie später auspacken. Zuerst wollte sie sich den Schulraum ansehen.

Eine Tür führte direkt in das Klassenzimmer. Groß war es, es nahm die gesamte Breite des Hauses ein. Hier sah es ordentlicher aus, auch wenn die Fenster das Tageslicht nur durch eine dicke Staubschicht gefiltert hereinließen. Viele Kinderhände hatten in dem Staub ihre Abdrücke hinterlassen, und das rührte Antonie. Wegen der Kinder war sie hier und nicht zur Sommerfrische.

Eine große Tür am anderen Ende des Raums führte nach draußen, und als sie die grün gestrichenen Türflügel aufstieß, fühlte sie sich plötzlich doch wie in der Sommerfrische. Unterhalb der Schule lag das Dorf. Den Dorfplatz sah sie und die Häuser, die sich um ihn gruppierten. Auf der anderen Seite des Gebirgsbachs, der sich durch das Tal wand, lagen grüne Wiesen und Wälder, die dann in Felsen und Gestein übergingen. Der Bergkamm zog sich weiter das Tal entlang und verlor sich im Wald. Das Panorama war beeindruckend, und Antonie konnte sich fast nicht losreißen.

Ein menschliches Bedürfnis überkam sie. Wo mochte der Abort sein? Im Haus war jedenfalls keiner. Hinter dem Schulhaus wurde sie fündig. Das Plumpsklosett war an das Gebäude angebaut und der Holzverschlag so positioniert, dass alles den Hang hinunterplumpsen konnte. Wenn man hier auf die Toilette ging, musste man schwindelfrei sein. Zwar war es angenehm, dass die Notdurft sich nicht unter dem Sitz sammelte, andererseits konnte Luft von unten hereinziehen. Im Sommer war das unproblematisch, aber im Winter würde es sicher eiskalt werden. »Wer weiß, ob ich im Winter noch da bin«, sagte Antonie laut zu sich. Unnötig, sich jetzt schon Gedanken über kalte Aborte zu machen. Dass sie sich einen mit den Kindern teilen musste, hatte sie bisher an keiner Schule erlebt. Es gab immer zwei Toiletten. In Tannau stammte manches noch aus dem letzten Jahrhundert.

Bevor Antonie wieder den Klassenraum betrat, blieb sie an der Tür stehen. Die Sonne war über das Tal gewandert und legte ihre Talseite in Schatten. Die gegenüberliegende Seite wurde hell von der Nachmittagssonne beleuchtet. Die Bauernhäuser wirkten wie dunkle Einsprengsel zwischen den saftigen Wiesen, die, angefeuert von der Sonne, grün aufleuchteten. Bauern standen an den steilen Hängen und wendeten das Heu, das von dem Platzregen wieder feucht geworden war. Die tief stehende Sonne warf scharfkantige Schatten in die Felsen.

Wenn die Sonne hinter der Schule unterging, überlegte Antonie, dann ging sie vor ihr auf. Das hieß, dass die Sonne den ganzen Vormittag durch die Fenster ins Klassenzimmer schien. Das ist gut, dachte sie. Nur mussten sie einmal ordentlich geputzt werden, jetzt sah selbst der sonnigste Tag neblig aus. Ein letztes Mal ließ sie den Blick über das Tal schweifen. Dieses Panorama machte vieles wett.

Jedoch nicht den Anblick des Inneren. Mit der Inspektion des Schulzimmers wollte sie bis morgen warten. Zuerst war ihr eigenes Zimmer dran, gesäubert zu werden. Es fand sich ein Lappen, der nur noch von ein paar Fäden zusammengehalten wurde. Wasser gab es vom Brunnen hinter dem Haus. Eiskalt lief das Wasser aus dem Hahn. Antonie beugte sich vor und trank. Gut schmeckte es, und sie vermutete, dass es direkt von einer Quelle am Berg kam.

Notdürftig wischte sie durch ihre Kammer. Mit den vorhandenen Utensilien war da nicht viel erreicht. Sie musste Schmierseife und noch allerhand mehr besorgen. Das übel angeschlagene Waschgeschirr reinigte sie am Brunnen und füllte gleich den Krug auf. Zu gerne hätte sie Wasser heiß gemacht, doch um das Schulhaus herum war kein einziges Holzscheit zu finden. Es gab zwar einen Holzlagerplatz, und an den herumliegenden Spreißeln erkannte sie, dass hier einmal Holz die Breite des Hauses entlang aufgestapelt gewesen war. Nur war es aufgebraucht worden, oder es hatte Beine bekommen. Antonie vermutete Letzteres. Das musste sie mit Bürgermeister Hocheder klären. Ihren eigenen Vorrat würde sie selbst zahlen, für das Klassenzimmer war die Gemeinde zuständig.

Sie stellte den Waschtrog auf den Tisch und begann, ihre Sachen auszupacken. Da klopfte es leise an die Tür. Antonie hielt kurz den Atem an. Wer mochte das sein? »Ja, bitte?«, rief sie und nahm mit gefalteten Händen Haltung an. Es war wichtig, von Anfang an einen guten Eindruck zu hinterlassen. Das hatte man ihnen im Seminar eingebläut. »Herein!«, rief sie, als sich nichts tat.

Zaghaft wurde die Klinke heruntergedrückt, und eine Frau mit einem großen Korb und einem in ein Tuch gewickelten Topf trat ein. Bevor sie sprach, kicherte sie, und das Kichern nahm kein Ende. Zwischendrin konnte Antonie Wörter und Satzstücke erahnen. »Magda«, verstand sie, so hieß die Frau wohl. »Ich grüße Sie, Magda.«

Die Frau nickte und kicherte.

Antonie sah sie sich genauer an. Im ersten Augenblick hatte sie gedacht, sie wäre eine junge Frau. Bei näherem Hinsehen erkannte Antonie, dass sie älter als sie selbst sein musste. Nur in ihrem Gebaren erinnerte sie an ein kleines Kind.

»Der Pfarrer schickt mich«, sagte Magda, und es bereitete

ihr Mühe, den ganzen Satz zu sagen. »Hier ist Suppe und ein Stück Brot. Frau Meisl nichts gekocht und nichts geputzt. Darum hat der Herr Pfarrer auch Putzmittel geschickt.« Je länger sie redete, umso besser wurde es. Magda reichte Antonie den Korb, der an ihrem Ellenbogen hing.

»Das ist lieb. Haben Sie vielen Dank.«

Magda kicherte, stellte den Topf auf den Tisch.

Antonie lächelte die Frau an. »Ich bin Antonie, die neue Lehrerin.«

»Morgen bringe ich Holz für das Fräulein Lehrerin. Pfarrer hat Magda gesagt. Morgen Holz. Heute nur Holz zu schwer. Korb war schwer.«

»Ja, der ist wirklich schwer. Und die Suppe haben Sie auch noch getragen. Vielen Dank, Frau Magda.«

Kichernd senkte Magda den Kopf und drehte sich von einer Seite zur anderen.

»Sagen Sie bitte dem Herrn Pfarrer, dass ich mich ganz herzlich bedanke für all diese Sachen.«

»Das macht Magda. Gehe jetzt. Pfarrer will auch seine Suppe haben.«

»Ja, das machen Sie. Guten Abend, Magda.«

Magda drehte sich ohne ein weiteres Wort um, und Antonie begleitete sie durch das Klassenzimmer zur Tür.

»Auf Wiedersehen.« Antonie legte kurz die Hand auf die Schulter der Frau, die ein kleines Mädchen geblieben war. Den Weg ins Dorf hinunter hüpfte sie mehr, als dass sie ging.

Lange sah ihr Antonie nicht nach, denn aus dem Topf roch es würzig, und sie hatte einen riesigen Hunger. Als sie den Deckel hob und die kräftige Suppe sah, in der eine dicke Wurst schwamm, verschwendete sie keinen Gedanken an den Kanten Brot und das Stück Käse, das ihr geplantes Nachtmahl gewesen wäre. Ein Löffel lag als einziges Besteck in der

Tischschublade. Eifrig und voller Appetit machte sich Antonie über die Suppe her, die aus Gemüse und Kartoffeln bestand. Die Pfarrhaushälterin musste sie mit guter Butter gekocht haben. Ganz undamenhaft fischte Antonie die Wurst mit zwei Fingern heraus und biss freudig hinein. Ein wohlschmeckender Gegensatz zu der dünnen Suppe im Waisenhaus, die den Namen Suppe nicht verdiente. Diese hier wärmte im wahrsten Sinne des Wortes Leib und Seele. Welch ein Genuss!

Als ihr erster Hunger gestillt war, schlug Antonie neugierig das Tuch zurück, das die Sachen im Korb bedeckte. Die drei Äpfel fielen ihr als Erstes auf. Rotbackig leuchteten sie ihr entgegen. Die würden eine saftige Nachspeise abgeben. Eine Dose Scheuerpulver lag in dem Korb, ein Stück Kernseife sowie ein Spültuch und Wischlappen. Das waren wahrlich dringend benötigte Gaben, und Antonie war gerührt. Tränen kamen ihr, als sie die Betttücher ganz unten im Korb entdeckte. Der Herr Pfarrer hatte an alles gedacht.

Dass ausgerechnet ein Pfarrer ihr eine solche Freude bereitete, berührte Antonie, die die Herren Pfarrer bisher als überheblich bis Furcht einflößend erlebt hatte. Sie riss ein Stück von dem frischen Brot ab, denn Messer war keines zu finden, und tunkte es in die Suppe. Welch ein Mahl, dachte sie.

Während sie fertig aß, überlegte sie, was sie alles erledigen musste, bevor nächste Woche die Schule begann. Es waren viele Dinge, doch mit einem vollen Magen hatte sie das Gefühl, dass es zu schaffen wäre. Zufrieden biss sie in einen Apfel.

Beinahe wäre sie am Tisch eingeschlafen. Der Tag mit seinen vielen Erlebnissen und starken Eindrücken steckte ihr wahrlich in den Knochen. So beschloss sie, ins Bett zu gehen, auch wenn es draußen noch hell war. Sie breitete das Leintuch über die Matratze, die nach altem Stroh roch. Decke oder Kissen gab es nicht. Nach einer Katzenwäsche – sie hatte heute schon genug Wasser abbekommen – legte sie sich ins Bett und deckte sich mit dem Bettbezug zu, auf den sie ihre Kleider als Ersatz für eine Decke legte. Hart war ihr Lager und kalt, und es roch schlecht.

In dem Schlafsaal des Waisenhauses war es nicht anders gewesen. Dort kroch die Kälte jede Nacht durch die viel zu dünnen Decken. Noch schlimmer waren die Tage und Nächte im Karzer, den die Heimleiterin besonders gerne als Strafe einsetzte. »Damit du zur Besinnung kommst«, sagte sie kühl von oben herab. Die Tage im Karzer, in dem nur eine Pritsche stand und ein Eimer, waren lang. Und die Nächte noch länger. Die schimmelige Feuchtigkeit biss in der Nase. Durch das Fensterchen hoch oben drang dreckiges Licht, gerade genug, um zu erkennen, ob es Tag oder Nacht war.

Das Einzige, was gegen die Angst half, war das Singen. Und so sang die kleine Antonie jedes Lied, das sie kannte. Wieder und immer wieder. Die Lieder trugen sie durch diese endlosen Stunden. Das Singen hatte ihr immer geholfen.

Antonie drückte sich das Kissen zurecht. Nach dem Waisenhaus war sie in das Internat der Englischen Fräulein gekommen, und dank Schwester Coelestinas Förderung war es ihr sogar möglich gewesen, anschließend die Lehrerinnenausbildung zu absolvieren. Ihr bisheriger Weg war genauso steinig und lang gewesen wie der Weg heute hinauf ins Dorf. Aber er hatte sich gelohnt. Nun war sie das Fräulein Lehrerin von Tannau. Das fühlte sich gut an und ließ sie alles andere vergessen.

Wer sich duckt, ist weg vom Fenster

Ich hätte die Eimer mit Putzwasser zählen sollen, dachte Antonie, als sie das dreckig schwarze Wasser den Abort hinunterschüttete. Zeitig in der Früh war sie aufgestanden, froh, sich von der Strohmatratze zu erheben, und hatte nach einem einfachen Frühstück, das aus dem Brot und dem Käse vom Vortag bestand, angefangen, ihre Kammer zu putzen. Mehr durch Zufall hatte sie unter dem Bett eine Wurzelbürste gefunden, mit der sie alle Oberflächen ordentlich geschrubbt hatte. Danach sah die Kammer wesentlich sauberer aus als bei ihrer Ankunft. Durch die offen stehenden Fenster wehte die warme Luft des Spätsommertags und trocknete den Holzboden.

Als die Sonne über die Bergkuppe auf der gegenüberliegenden Talseite wanderte, blieb Antonie verzückt stehen und sah so lange dem sich gemächlich in den Himmel schiebenden Feuerball zu, bis sie die Augen schließen musste, weil das Licht zu hell wurde. Gerade habe ich miterlebt, wie schnell sich die Erde dreht. Ein fast ehrfürchtiges Schaudern lief ihr den Rücken hinunter. Es mochte alltäglich und eine Selbstverständlichkeit für alle sein, die hier lebten. Für sie war es das erste Mal, dass sie dieses Schauspiel beobachtete.

Früher hatten die Menschen geglaubt, die Sonne drehe sich um die Erde. Wenn Antonie – das musste sie sich eingestehen – es nicht anders gelernt hätte, würde sie nach dem, was sie gerade gesehen hatte, Stein und Bein schwören, dass die Sonne gewandert war und nicht die Erde sich gedreht hatte. »Das zeigt mal wieder, dass Glauben und Wissen zweierlei Dinge sind.« Ohne den Willen, die Welt zu erforschen und zu verstehen, gab es keinen Fortschritt. Antonie war überzeugt, dass Wissen die Welt veränderte, und wenn sie mit ihrem Unterricht ein klein wenig dazu beitragen konnte, dann wollte sie zufrieden sein.

Sie blickte in den blauen Himmel und fühlte kurz, genau am richtigen Ort zu sein. »Flott weitergemacht«, schalt sie sich. »Steht herum und schaut der Sonne zu, als hätte sie keine Arbeit.«

Als Nächstes nahm sie sich das Klassenzimmer vor. Hier musste die Frau des Schulmeisters ab und zu sauber gemacht haben, immerhin. Als Antonie die Fenster öffnete, wirkte der Raum wesentlich freundlicher, und sie spürte, wie sich Vorfreude gemischt mit Aufregung in ihr ausbreiteten.

Die beiden Türflügel öffnete sie ebenfalls, und da sah sie, dass Magda mit einem Korb voller Holzscheite schleppenden Schrittes die Straße heraufkam.

»Warte, ich helfe dir!« Antonie lief ihr entgegen und packte mit an. »Hui, ist der schwer!«

»Macht nichts. Magda ist stark«, sagte Magda, und Antonie bemerkte, dass sie heute weit weniger kicherte als gestern bei ihrer ersten Begegnung.

»Magda, ich darf doch du sagen?«, vergewisserte sich Antonie.

Magda schaute sie verständnislos an. »Alle sagen Magda«, stellte sie fest.

»Gut, Magda. Ich bin Antonie! Ich freue mich sehr über das Holz.«

Sie leerten den Korb an die Hauswand.

»Ich gehe noch mal«, sagte Magda, als sie das spärliche Häuflein sah.

»Warte, ich komme mit. Ich will mich noch beim Herrn Pfarrer bedanken. Deine Suppe und die Wurst haben mir gestern das Leben gerettet. Und die Äpfel und die Leintücher«, zählte Antonie die reichen Gaben auf.

»Leben gerettet«, wiederholte Magda und lachte. Ein richtiges Lachen und kein nervöses Kichern. Da musste Antonie ebenfalls lachen. Magdas Lachen war eines, das einem das Herz wärmte.

Gemeinsam spazierten sie ins Dorf hinunter. Den Korb trugen sie beide, und der Topf klapperte lustig im Takt ihrer Schritte. Im Garten des Pfarrhauses gab es eine Holzlege, und geschwind füllten die beiden Frauen den Korb.

»Ich hoffe, Sie hatten eine gute erste Nacht.« Der Pfarrer war aus der Tür getreten und gesellte sich zu ihnen.

»Es war leidlich, Bettdecke gab es leider keine. Dank Ihrer großzügigen Gaben musste ich nicht hungrig zu Bett gehen. Haben Sie vielen Dank. Das war alles genau das, was ich gebraucht habe. Und Magdas Suppe war köstlich.«

»Ja, meine Magda ist eine ganz tüchtige Wirtschafterin.«

»Für das Holz auch vielen Dank. Magda meinte, ich dürfe noch welches holen.« Antonie fing beinahe an zu stottern, sie kam sich unverschämt vor, weil sie sich gerade an fremdem Holz bediente.

»Nehmen Sie nur, bitte, nehmen Sie nur. Magda sagte, dass kein Stückchen Holz mehr da ist. Da niemand dort gewohnt hat, müsste eigentlich noch etliches vorhanden sein«, wunderte der Pfarrer sich. »Es sei denn, das eine oder andere meiner Schäfchen hat es mit dem siebten Gebot nicht so genau genommen. Ich werde den Gemeindesekretär anweisen, den Holzvorrat für den Winter an die Schule liefern zu lassen.«

»Das wäre nett von Ihnen. Ich wüsste gar nicht, wohin ich mich wenden sollte.«

»Doch jetzt nehmen Sie erst mal so viel Holz, wie Sie tragen können.« Und an Magda gewandt, sagte er: »Gib dem Fräulein bitte den Rest Suppe von gestern mit und ein paar Kartoffeln.«

Magda eilte davon und brachte das Gewünschte. Antonie fiel auf, dass Magda in Pfarrer Bichlers Gegenwart kein einziges Mal gekichert hatte. Er strahlte einfach Güte aus und Würde, trotz seiner ungewöhnlichen Körperlichkeit.

Der Pfarrer wandte sich zum Gehen. In der Tür drehte er sich noch einmal um. »Falls Ihnen noch irgendetwas fehlt, dann eilen Sie zu uns. In einem alten Pfarrhaus findet sich noch allerhand Brauchbares.«

»Das mache ich, noch einmal vielen Dank. Auch für das hier.« Antonie hob die Holzscheite in die Höhe.

Der Pfarrer winkte ab und ging ins Haus.

Der Korb voller Holz wog schwer. Dafür versprach er warmes Essen, getrocknete Kleider und eine geheizte Stube. Die wenigen Dorfbewohner, die den beiden Frauen auf dem Weg zur Schule entgegenkamen, schauten sie neugierig an. Manche grüßten Magda kurz, und sie antwortete jedes Mal mit einem Kichern. Antonie wurde nicht begrüßt, sondern mit mehr oder minder unverhohlener Neugier gemustert. Antonie lächelte freundlich, grüßte jeden, auch wenn sie keine Antwort bekam. Ein neues Gesicht gab es wohl nicht oft in Tannau. Außerdem mochten sie beide wirklich ein seltsames Bild abgeben, wie sie den schweren Korb den Berg hinaufzerrten.

Oben angekommen, blickte Antonie an sich hinunter und erschrak. »Himmel, ich schaue ja aus wie die Gänseliesl!«

Magda lachte. »Wie Gänseliesl im Märchen?«

»Genau die! Kennst du das Märchen?«

»Ja. Habe ein Märchenbuch, da liest mir der Herr Pfarrer manchmal vor. Hat viele bunte Bilder. Die Gänseliesl schaut aus wie du.« Magda lachte weiter, und es klang wieder so befreit, dass Antonie nicht anders konnte, als mitzulachen. »Muss mich beeilen. Magda muss kochen.« Sie raffte ihren Rock und lief ohne ein weiteres Wort den Berg hinunter.

Antonie schaute ihr nach. Wo wäre Magda wohl gelandet, wenn der Pfarrer sie nicht als Haushälterin genommen hätte? Antonie wollte es sich lieber nicht vorstellen. Dann straffte sie sich. Sie hatte jetzt ganz andere Sorgen.

Sie brauchte einen Hausstand. Wenigstens einen Topf, Besteck, Bettzeug. Das alles konnte sie sich von ihrem ersparten Geld nicht leisten. Waren all die Sachen auch gestohlen worden, wie das Holz? So recht glauben wollte sie es nicht. Die Tannauer mochten Fremden gegenüber zurückhaltend sein, aber würden sie das Schulhaus ausrauben? Vielleicht hatte die Frau des Schulmeisters die Sachen mitgenommen. Sollte sie dort einmal fragen?

Sinnierend lief Antonie im Klassenzimmer umher. Auch hier hatte sie alles durchsucht. Außer einer Landkarte vom Deutschen Reich, Schulbüchern und Schiefertafeln, die sämtlich in einem verheerenden Zustand waren, hatte sie nichts gefunden. Sie blickte nach oben. An manchen Stellen der Decke war der Putz abgeplatzt und legte die Binsenmatten frei.

Dachboden! Dort droben musste ein Dachboden sein! Vielleicht war da etwas Brauchbares zu finden. An der Stirnseite des Schulhauses befand sich eine Klappe, die von einem Eisenriegel zugehalten wurde. Das musste der Zugang sein.

Nur, wie kam sie dort hinauf? In Ermangelung einer Leiter bugsierte Antonie den Tisch nach draußen, stellte den

Stuhl darauf und maß ab. Sie blickte sich um, raffte ihre Röcke und erklomm die wacklige Konstruktion, öffnete die Luke und linste in den dunklen Dachboden. Nichts zu erkennen. »Ich muss wohl oder übel hineinkriechen.« Wenn jetzt jemand vorbeiging, würde er mehr vom Fräulein Lehrerin sehen, als ihr lieb war.

Nachdem sich Antonie durch die Luke geschoben hatte, setzte sie sich auf. Der dichte Staub brachte sie heftig zum Niesen. Im schwachen Licht sah es hier oben leer aus. Außer Staub nichts gewesen? Gerade wollte sie enttäuscht den Rückweg antreten, als sie in der Staubschicht Spuren sah. Frische Spuren. Auf den unebenen Holzbrettern führten sie in den hinteren Teil des Dachbodens.

Vorsichtig arbeitete Antonie sich dorthin vor. Als ihr rechter Fuß anstieß, schrie sie erschrocken auf. Aber es war nur ein Haufen alter Schulbücher, die den Mäusen zwar nicht als Lektüre, sondern als Nahrung in kalten Winternächten dienten, angeknabbert, wie sie aussahen. Eine kaputte Schulbank stand da, ein Stuhl, der überraschend intakt aussah und den sie mit nach unten nehmen wollte. Im hintersten Eck stand noch etwas. Mehr tastend als sehend stellte Antonie fest, dass es eine Truhe war, aus rohen Brettern gezimmert. Vorsichtig fingerte sie nach dem Deckel und zog ihn hoch. Wenn ihr jetzt eine Maus über die Hand liefe, würden die Tannauer sie noch unten im Dorf schreien hören. Langsam streckte sie ihre Finger aus. Was sie ertastete, fühlte sich weich an, und nun griff Antonie auch mit der zweiten Hand hinein. Das war eine Bettdecke. Sie tastete sich weiter vor. Metall klapperte. Besteck, das in einem Topf lag. Nach und nach fand sich einiges von dem, was Antonie in der Stube vermisst hatte.

Die Haushaltsgegenstände waren nicht neu, dafür in einem guten Zustand. Selbst Vorhänge aus rot-weiß kariertem

Stoff lagen darin. Über die freute sie sich besonders. Gestern hatte es sie beunruhigt, dass jeder in ihre Kammer sehen konnte. Die beste Entdeckung machte sie jedoch, als sie den Truhendeckel zuknallen ließ. Mit einem dumpfen Schlag fiel etwas hinter der Truhe um. Wie sich herausstellte, waren es mit Rosshaar gefüllte Matratzenteile. Sofort würde sie die stinkende Strohmatratze hinauswerfen.

Was waren das für herrliche Fundstücke! Doch wer in Gottes Namen hatte sich die Mühe gemacht, alles hier heraufzuschaffen? Die Frau des Schulmeisters?

Als die Vorhänge an den Fenstern hingen und das Bett bezogen war, sah ihre Stube gleich viel wohnlicher aus. Aus ihrem Koffer holte Antonie ein Metallkreuz, das sie auf einer Wallfahrt nach Altötting von ihrem ersten Geld als Lehrerinnenanwärterin gekauft hatte. Sie stellte es auf den Tisch und schickte ein schnelles Gebet in den Himmel, ihre Stelle in Tannau möge gut beginnen. Daneben stellte sie ein Bild von Maria Ward auf, das in einem einfachen Holzrahmen steckte. Es war nur ein billiger Druck, trotzdem war er für Antonie wertvoll. Es war ein Geschenk von Schwester Coelestina und hatte sie immer begleitet.

Der zweite Stuhl bot eine gern gesehene Ablagefläche. Ihre Bücher – viele waren es nicht – legte sie in das schiefe Regal über dem Bett. Damit war alles ausgepackt. Die Kleider hingen im Schrank, die Wäsche lag ordentlich gefaltet darunter. Antonie beschloss, das Thema Putzen für heute ad acta zu legen.

Das Thema Ofen stand als Nächstes auf ihrem Stundenplan. Bedächtig stapelte sie ein paar Holzscheite hinein und zündete den Kienspan an. Magda, die gute Seele, hatte daran gedacht und Antonie Späne und Streichhölzer mitgegeben. Der Kienspan glomm auf, brannte kurz und erlosch mit einem zischenden Laut. Immer und immer wieder. Als er endlich länger brannte, fütterte Antonie das Feuer rasch mit einem weiteren Span. Mit gespitzten Lippen pustete sie in die kleinen Flammen. Kurz wurden sie größer, flackerten, und Antonie bat inständig, dass das Feuer nicht ausging. »Bitte, bitte brenn!«, beschwor sie den Ofen. Es nützte nichts, das Feuer erlosch, und eine Rauchwolke qualmte heraus. Warum nur zog der Ofen nicht? War ein Vogelnest im Kamin daran schuld? Vielleicht hatte ein Sturm Tannenzapfen oder abgerissene Zweige in den Kamin geweht?

Antonie schaute entmutigt in den Ofen. Der schwarz verkohlte Span schaute traurig zurück. Wie sie durch die Ofentür starrte, sah sie etwas Helles aus dem Kaminloch ragen. Sie streckte die Hand aus und zog daran. Es raschelte im Kaminrohr, und eine zusammengeknüllte Zeitungsseite fiel heraus. Jetzt war Antonie baff. Sie faltete die Zeitungsseite auseinander. Es war der Münchner Kirchenanzeiger, die Ausgabe von letzter Woche.

Das hier war böswillige Absicht! Die Gegenstände auf dem Dachboden ließen sich noch als eine Art von Einlagern interpretieren, doch eine Zeitung im Ofenrohr war kein Zufall oder Versehen. Nein, sie war hier nicht willkommen! Ein Gefühl, das sie nur zu gut kannte und mit dem sie ihr ganzes Leben schon gekämpft hatte. Als Waisenkind war man nie willkommen. Nicht in einer Familie und damit nicht in dieser Welt.

Ärgerlich knüllte Antonie die Zeitungsseiten zusammen, stopfte sie in den Ofen, legte ein paar Späne darauf und zündete sie an. Sofort fing das Papier Feuer, und mit einer tiefen Befriedigung sah sie, wie erst die Späne und dann die Holzscheite brannten. Kurz darauf prasselte ein wunderbares Feuerchen im Ofen.

Der zieht richtig gut, wenn kein Papier im Ofenrohr steckt, dachte sie zufrieden. Das kleine Erfolgserlebnis hob ihre Stimmung und vor allem die nahrhafte Suppe von Magda, die sie genüsslich aß. Selbst ein Tischtuch war in der Truhe gewesen, und mit Teller, Besteck und einem Glas sah der Tisch als Esstisch ganz manierlich aus.

Als es Abend wurde, setzte sich Antonie auf die Bank vor dem Schulhaus und blickte über das Tal in die Berge. Die Gemeinheiten – und Antonie fasste sie als solche auf – lagen ihr noch im Magen und drückten auf die Stimmung. Und doch waren sie nicht gegen sie persönlich gerichtet, sondern gegen denjenigen, der die neue Lehrerstelle antrat. Es hätte auch – und das wäre sogar wahrscheinlicher gewesen – ein Mann sein können, und wer weiß, ob der Arme sich zu helfen gewusst hätte.

Trotz alledem musste sie dem Schulmeister bald einen Antrittsbesuch abstatten. Es würde kein leichter Gang werden, und sie würde ihn absolvieren, wenn sie sich stark genug dafür fühlte. Der Ausblick auf die Landschaft war viel zu schön, um ihn durch Sorgen zu ruinieren.

Langsam wanderte der Schatten vom Tal aus immer weiter nach oben. Jetzt hatte er selbst die hoch gelegenen Bauernhäuser erreicht. Wie durch ein Brennglas wurden die Strahlen der Sonne gebündelt und brachten die Felsen zum Leuchten. Erst war es ein Hauch von Rot, das stärker und stärker wurde, und zuletzt stand die ganze Bergkette in Flammen. »Alpenglühen, das muss es sein.« Antonie hatte es noch nie so intensiv und nahe gesehen. Mit ihren Augen versank sie in dem Farbspiel. Tiefrot leuchteten die Gipfel, als würden sie brennen wie das Holz im Ofen. Dann war es mit einem Mal vorbei. Die Farben verblassten, das Grau des Abends legte sich über das Tal. Schnell wurde es kühl, und Antonie zog ihre Jacke enger um sich. Es wäre vernünftiger gewesen, hineinzugehen, doch sie konnte sich nicht losreißen. Wie friedlich die Welt aussah. Die ersten Sterne blinkten, und im Wald sagte ein Käuzchen gute Nacht. Ihr wurde kalt, dennoch blieb Antonie sitzen. In der Kammer brannte der Ofen, und sie würde diese Nacht in einem warmen Bett schlafen.

Man lernt im Leben halt nie aus

Ein infernalisches Poltern vor dem Haus riss Antonie aus dem Schlaf. Zunächst wusste sie nicht, wo sie war. Erst als sie erkannte, dass sie in dem Kammerl, in ihrem Kammerl in ihrer neuen Schule lag, beruhigte sie sich. Das Poltern kam eindeutig von draußen. Rasch schlüpfte sie in den Rock, zog die Jacke über ihr Nachtgewand und ging durch das Klassenzimmer zur Tür.

Vor dem Schulhof stand ein Pferdewagen, der Holz geladen hatte, das der Kutscher mit einem missmutigen Gesicht ablud und vor die Tür warf.

Antonie öffnete und grüßte.

Sie musste sich mit einem »Hm, hm« zufriedengeben.

»Eigentlich wäre es besser gewesen, das Holz auf der anderen Seite des Hauses abzuladen, da ist auch die Holzlege«, wagte sie anzumerken.

»Sie waren ja nicht auf. Wer lange schläft, der hat das Nachsehen.«

»Natürlich. Ich wusste nicht, dass in Tannau das Holz immer vor sechs Uhr morgens geliefert wird. Sonst wäre ich noch zeitiger aufgestanden.« Antonie ließ sich ungern nachsagen, sie wäre eine faule Schlafmütze. In dem Augenblick fing ihr Wecker gut hörbar an zu scheppern, sie hatte ihn auf sechs Uhr gestellt.

Ihre Rede und vielleicht auch das Weckerläuten schienen Eindruck zu machen, denn der Holzlieferant war auf einmal gar nicht mehr so mürrisch. »Sie sind das neue Fräulein Lehrerin, oder?«

»Das bin ich. Fräulein Antonie Weber.«

»Johann Hochpointner. Mein Sohn, der Hias, geht in die vierte Klasse. Dem dürfen Sie nichts durchgehen lassen. Nichts als Unfug im Kopf. Mit dem Lesen will es so gar nicht klappen. Wenn man ihm ab und zu eine Kopfnuss gibt, wird er es schon lernen.«

»Das mit dem Lesenlernen lassen Sie ruhig meine Sorge sein. Das werden wir schon hinbekommen.«

»Wichtig ist nur, dass er lernt, was ein Ster Holz ist, wie viel es kostet und wie viel dann drei Ster kosten. Mehr braucht er nicht an Bildung für sein Leben.«

Da war Antonie ganz anderer Meinung, aber die behielt sie für sich. Für ein Leben in Tannau mochte das durchaus reichen. Trotzdem sollte Hochpointners Sohn mehr lernen. Vielleicht wollte Hias junior kein Holzhändler werden wie sein Vater.

»So, fertig«, sagte Hochpointner.

Antonie blickte auf den Holzhaufen. »Wie viel Ster sind das nun?«, fragte sie.

»Drei Ster.«

»Kommt die Schule mit drei Ster durch den Winter?«, fragte sie nach.

Hochpointner schaute verlegen zu Boden. »Eigentlich nicht. Normalerweise bekommt die Schule sechs Ster. Der Bürgermeister hat mir gestern nur drei aufgetragen.« Es war ihm sichtlich unangenehm.

»Ist gut, haben Sie vielen Dank für die Lieferung. Dann wird halt der Sohn vom Holzhändler dieses Jahr frierend im Klassenzimmer sitzen.« Diese Bemerkung konnte Antonie sich nicht verkneifen.

Ihre Worte verfehlten ihre Wirkung nicht. Johann Hochpointner verabschiedete sich mit einem schiefen Lächeln. Der Gedanke an den frierenden Holzhändlersohn schien ihn zu beschäftigen.

Auch wenn's nur drei Ster waren, sie mussten aufgestapelt werden. Sechs Holzscheite konnte sie auf einmal nehmen. Das ergab eine schöne Rechenaufgabe: In einem Stapel Holz liegen 144 Scheite. Wie oft muss das Fräulein Lehrerin gehen, um das gesamte Holz aufzustapeln? Antonie schleppte und stapelte, schleppte und stapelte. Der Haufen wollte nicht kleiner werden. Da merkte sie, dass sie beobachtet wurde. Als sie sich umdrehte, blickte sie in vier Kinderaugen, die sie kritisch musterten. »Grüß Gott«, sagte sie und nickte den Kindern zu, einem kleinen Mädchen, das neben einem Jungen stand, der sieben, acht Jahre alt sein mochte.

»Du musst das Holz besser aufschlichten«, sagte er. »Da sind viel zu viele Lücken drin.«

»Aha«, sagte Antonie. »Wie muss ich es denn machen? Kannst du mir das zeigen?«

»Feverl, hol mal Holz«, wies der Junge das Mädchen gebieterisch an. Die Kleine tapste los und brachte zwei Holzscheite, die sie kaum tragen konnte. »So geht das«, sagte der Junge geschäftig, nahm das Holz und legte die spitz zulaufenden Scheite so gegeneinander, dass sie einmal nach vorne und einmal nach hinten zeigten und sich gut zusammenfügten.

»Das schaut viel besser aus, wie du das machst. Ich sollte wohl noch einmal von vorne anfangen.«

»Wär schon gut. Wenn das Holz unten nicht richtig liegt, kippt der Stapel schnell mal um.«

»Vielen Dank, dass du mir das gezeigt hast. Jetzt habe ich von dir etwas Wichtiges gelernt.«

Der Junge machte große Augen, überlegte und nickte dann bekräftigend.

»Wie heißt du denn?«

»Bartl«, antwortete der Junge, »und das ist meine Schwester, das Feverl.«

»Du gehst ja sicher schon zur Schule, du noch nicht, oder?« Antonie zwickte leicht die Nase des Mädchens.

Feverl lachte auf.

»Geh, das Feverl ist noch viel zu klein. Ich bin schon in der dritten Klasse.«

»Das ist schön. Übrigens, ich bin das Fräulein Weber, eure neue Lehrerin.«

Diese Nachricht musste Bartl erst mal verdauen. »Du bist Lehrerin und kannst nicht einmal ordentlich Holz aufschlichten?«

»Das stimmt. Auch eine Lehrerin kann und weiß nicht alles. Dank dir habe ich es heute gelernt.« Ihn darauf hinzuweisen, dass es »Sie« und nicht »du« hieß, unterließ sie. Dazu war später noch Zeit genug. Antonie hatte schon erlebt, dass Kinder auf dem Land es mit dem Sie nicht so genau nahmen.

»Sollen wir dir helfen?«, bot Bartl an.

»Wenn ihr wollt, gerne. Weiß eure Mutter, wo ihr seid?«, fragte Antonie nach.

»Mama ist beim Melken drüben im Stall.« Bartl zeigte auf eines der Bauernhäuser, das von der Straße zurückgesetzt lag.

»Gut, dann hören wir, wenn sie nach euch ruft.«

Gemeinsam rissen sie den wackligen Stapel ein, das machte vor allem Feverl Spaß, die vor Vergnügen quietschte. Dann begannen sie von Neuem, das Holz aufzustapeln, und tatsächlich, der Stapel wirkte viel stabiler. Die Scheite fügten sich nun aneinander und hielten sich gegenseitig.

Beim Arbeiten plauderte Bartl munter drauflos. Antonie

erfuhr, dass die Mona trächtig war und dass sein Vater als Holzknecht im königlichen Wald angestellt war.

»Vier Kühe haben wir«, erzählte Bartl, und der Stolz darauf war seiner Stimme anzuhören.

»Wie heißen die vier? Mona ist die eine.«

»Susi, Lise und Vroni«, zählte Bartl auf.

»Pfoni«, krähte seine Schwester fröhlich.

»Vroni«, verbesserte sie ihr Bruder. »Ach, du bist ja noch so klein!«

Feverl stampfte wütend auf. »Bin droß!«, rief sie.

»Ja, ich finde auch, dass du ganz schön groß und eine ganz tolle Hilfe bist«, schaltete sich Antonie beschwichtigend ein.

»Ach, da seid ihr.« Eine Frau kam über die Wiese. Sie war hochschwanger, sicher kurz vor der Geburt, schätzte Antonie, so kugelrund, wie ihr Bauch war.

»Grüß Gott!« Antonie richtete sich auf. »Ich bin Fräulein Antonie Weber, die neue Lehrerin«, stellte sie sich vor.

»Grüße Sie, Fräulein Lehrerin. Ich bin Monika, Monika Huber. Ich hoffe, die Kinder haben Sie nicht gestört.«

»Nein, ganz im Gegenteil, Bartl hat mir gezeigt, wie man Holz richtig aufstapelt.«

»Ja, das kann er gut. Wenn es mit dem Lernen nur auch so gut klappen würde. Das werden Sie noch bald genug merken. Nächsten Montag fängt die Schule an?«

»Am Montag pünktlich in der Früh. Ich muss mir vom Schulmeister noch die Liste mit den Schülern holen.«

»Der arme Meisl. Den hat es ordentlich erwischt.«

»Was hat er denn?«, fragte Antonie möglichst beiläufig, sie wollte nicht zu neugierig klingen.

»Die Schwindsucht hat er. Die Irmingard, seine Frau, hofft halt immer noch, dass er wieder gesund wird. Der Herr

Pfarrer hat in der Schule sein Bestes gegeben, aber in seinem Alter mit den vielen Kindern und den verschiedenen Klassen, das ging nicht. Gut, dass Sie jetzt da sind. Lesen und Schreiben sind heutzutage einfach wichtig!«

»Ganz wichtig«, bestätigte Antonie. Schön, dass sich wenigstens eine Tannauerin über ihre Anwesenheit freute. »Entschuldigen Sie, Frau Huber, ich hätte noch eine Frage. Wo wohnt der Schulmeister?«

»Da gehen Sie ins Dorf hinunter, die Dorfstraße entlang, und dann biegen Sie links ein in die Mühlgasse. Ganz hinten neben der Mühle steht das Haus vom Schulmeister.«

»Vielen Dank. Ich muss da bald vorbeischauen.«

»Sie dürfen die Irmingard nicht ernst nehmen, die hat es halt schwer«, meinte Monika Huber, nahm ihre Tochter an die eine Hand und legte die andere Hand auf ihren schwangeren Bauch, als müsste sie ihn festhalten, damit er nicht zum blauen Himmel hinaufflog. Nachdem sie sich von Antonie verabschiedet hatten, gingen die drei über die Wiese zurück.

»Das Fräulein Lehrerin, ob die uns was beibringen kann? Sie kann ja nicht einmal Holz richtig stapeln. Ich habe es ihr zeigen müssen.«

»Bartl, das hast du gut gemacht«, lobte die Mutter ihren Buben.

Antonie musste lächeln. Dagegen ließ sich nichts sagen. Man lernt im Leben halt nie aus.

Gegen Mittag war sie fertig und froh, als sie das letzte Holzscheit auf den Stapel legte. Sie füllte ihr Glas am Brunnen auf und genoss das kalte Wasser. Antonie beschloss, ins Dorf hinunterzugehen. Sie musste unbedingt im Kramerladen einkaufen, und dann würde sie wohl oder übel dem Schulmeister einen Besuch abstatten. Über seine Frau hatte sie ja wenig

Beruhigendes gehört. Außerdem verdächtigte Antonie sie, alles weggeräumt und den Ofen blockiert zu haben. Warum nur? Vielleicht würde sie es bei dem Besuch erfahren. Gerne hätte sie ihn verschoben, doch wer sich duckt, ist weg vom Fenster, lautete ein Spruch im Waisenhaus. Außerdem, was sollte die Frau des Schulmeisters ihr schon antun?

Die Türglocke des Kramerladens bimmelte, als Antonie eintrat. Noch bevor die Glocke beim Schließen der Tür erneut blechern anschlug, stand auch schon die Krämerin hinter dem Tresen. »Wenn mich nicht alles täuscht, sind Sie das neue Fräulein Lehrerin.«

Antonie bejahte, und schnell merkte sie, dass die Krämerin sie geschickt auszufragen versuchte. Woher sie komme, wie es ihr in Tannau gefalle und wie alt sie sei. Nach ihrem Namen fragte sie interessanterweise nicht, demnach hatte der sich schon herumgesprochen.

»Magda hat Ihnen Suppe gebracht«, stellte die Krämerin fest.

»Ja, die Gute. Die Suppe war lecker.«

»Mei, das ist für den Herrn Pfarrer schon eine Aufgabe. Er ist halt ein wahrer Christ, unser Herr Pfarrer.«

»Er war sehr freundlich zu mir«, sagte Antonie diplomatisch. Sie nahm an, dass jedes Wort, das sie hier sagte, bald im ganzen Dorf herumerzählt wurde. Darum versuchte sie, das Gespräch auf unverbindlichere Themen wie das Wetter zu steuern.

»Unerträglich heiß ist das heute, für September einfach zu warm. Und wenn Sie erst einmal die fliegende Hitze haben, so wie ich, dann freuen Sie sich auf den Winter.« Die Krämerin fächelte sich mit einer Kehrschaufel Luft zu. »Aber da haben Sie ja noch Zeit, so jung, wie Sie sind.«

Antonie lächelte freundlich und ließ sich nicht alles aus der

Nase ziehen. Sie kaufte Graupen, ein Stückchen Wurst und eine Milchkanne, denn so eine hatte sie nicht gefunden.

»Bei den Hubers können Sie sicher frische Milch holen. Der Hof ist gleich gegenüber der Schule, Sie müssen nur über die Wiese gehen. Monika verkauft Ihnen sicher gerne Milch. Jetzt, wo das Dritte unterwegs ist, brauchen sie jeden Groschen.«

»Und noch drei Äpfel«, sagte Antonie. »Der Apfelbaum beim Schulhaus trägt eigentlich gut. Nur sind die Kinder meistens mit dem Pflücken schneller, und der Lehrer hat das Nachsehen.«

»Danke für den Hinweis, dann werde ich meine Äpfel immer bei Ihnen kaufen.«

»Dazu bin ich da.« Die Krämerin grinste.

Die Türglocke klingelte, und eine Frau kam herein.

»Grüß dich, Kreszenzia«, wandte sich die Krämerin an sie. »Schau, das ist das neue Fräulein Lehrerin.«

Antonie drehte sich zu der Frau um und wollte sie gerade begrüßen, als diese zornig ausrief: »So was wie Sie brauchen wir hier nicht. Eine Lehrerin, die können die in München behalten.« Zu der Krämerin gewandt, fuhr sie fort: »Bald haben wir hier Sodom und Gomorrha, das sage ich dir! So Weibspersonen mit einem Beruf, das bringt nichts Gutes. Die arme Irmingard ist ganz entsetzt. Erst der Mann krank, und nun wird ihr so eine vor die Nase gesetzt.«

Das Mienenspiel der Krämerin zeigte, dass sie nicht sicher war, wie sie sich verhalten sollte.

Antonie lag eine spitze Bemerkung auf der Zunge, aber sie schluckte sie hinunter. Ihrer Erfahrung nach konnten Männer besser damit umgehen als Frauen. Stattdessen fragte sie die Krämerin freundlich, wie viel sie ihr schuldig sei, zahlte und verließ erhobenen Hauptes das Geschäft, nicht ohne die

Tür laut zufallen zu lassen. Ich bin genau in der richtigen Stimmung, um diese Frau Meisl zu treffen, dachte sie. Noch mehr Beleidigungen machten das Kraut nicht fett. Es war beileibe nicht das erste Mal, dass sie als Lehrerin abschätzig behandelt wurde, und sicher auch nicht das letzte Mal. Daran gewöhnen wollte sie sich dennoch nicht. Nur durfte sie es sich nicht so zu Herzen nehmen.

Antonie fand die Mühlgasse, das Klappern der Mühle war schon auf der Dorfstraße zu hören. Die Mühle wurde von dem Bach angetrieben, der sich heute ganz manierlich zeigte. Kaum zu glauben, dass sie erst vor ein paar Tagen den Weg herauf nach Tannau gekommen war, wo der Regen sie grausam überrascht hatte. Mit einem aufgewühlten Inneren, ähnlich dem tosenden Bach von neulich, bog sie in die Gasse ein.

Das Schulmeisterhaus war einstöckig, und Antonie sah, dass der Garten dringend eine ordnende Hand gebraucht hätte. Die Fensterläden waren zu, und sie überlegte kurz umzukehren. Ihr Verstand ermahnte sie, dass sie den Besuch nicht ewig aufschieben konnte. Ihr Bauch war da ganz anderer Meinung.

Beherzt klopfte sie an. Nichts rührte sich. Sie klopfte erneut, diesmal fester. Vielleicht war sie zu zaghaft gewesen.

Da wurde die Tür mit einem Rums aufgerissen, und eine Frau bellte: »Jetzt machen Sie nicht so einen Lärm. Was wollen Sie denn?« Abgestandene Luft, die nach Krankheit roch, schlug Antonie entgegen.

»Entschuldigen Sie, ich wollte nur sichergehen, dass man mich hört.«

Die Frau schaute auf den Korb in Antonies Hand, der mit einem Tuch abgedeckt war. »Wir kaufen nichts.«

»Ich will Ihnen gar nichts verkaufen, Frau Meisl. Ich bin Antonie Weber, die neue Lehrerin. Ich wohne oben in der

Schule und wollte mich bei Ihnen und Ihrem Mann vorstellen.« Das sagte sie im freundlichsten Ton, der ihr möglich war, und zwang sich sogar zu einem Lächeln.

»Die Lehrerin, ja, da schau her. Macht ihren Antrittsbesuch, das werte Fräulein aus München.« Frau Meisl verschränkte demonstrativ die Arme vor der Brust.

»Ich würde gerne mit Ihrem Mann reden, wie weit die Kinder sind, welchen Stoff sie schon hatten.«

»Mein Mann kann Sie heute nicht empfangen, und was die Kinder wissen, das sollten Sie als Lehrerin schon selber herausfinden können.«

»Haben Sie nicht wenigstens eine Schülerliste oder sonstige Unterlagen? In der Schule habe ich nichts gefunden.«

»Ach, haben Sie nichts gefunden?«, äffte Frau Meisl sie nach.

Antonie fiel es schwer, freundlich zu bleiben. »Es hätten Unterlagen in der Schule vorhanden sein müssen«, erklärte sie, obwohl sie ahnte, dass sie hier nicht weiterkam.

»Das sind Angelegenheiten meines Mannes, des Schulmeisters von Tannau. Wie ich gehört habe, ist das Fräulein Lehrerin ja nur befristet hier, bis mein Mann seinen Beruf wieder ausüben kann. Ich finde ja, dass der Herr Pfarrer als Vertretungslehrer sehr gut gewesen ist. Die kurze Zeit hätte er schon noch aushalten können. So ein geschlecktes Frauenzimmer aus München brauchen wir hier in Tannau nicht. Ich an Ihrer Stelle würde mich hier nicht häuslich niederlassen.«

»Nun ja, häuslich kann man die Stube in der Schule nicht nennen.«

Ein zufriedenes Lächeln stieg in Irmingard Meisls Gesicht auf.

Ah, da schau her, dachte Antonie bei sich, das hatte ich fast vermutet, dass du die Urheberin der Sabotage warst. Sie hütete sich jedoch, mit dem Fund des sorgsam versteckten Hausstandes aufzutrumpfen. Sollte sich Frau Meisl ruhig in dem Gedanken sonnen, ihr Plan wäre aufgegangen. »Nun gut, dann werde ich im Gemeindeamt nachfragen, ob es dort eine Schülerliste gibt.«

»Das können Sie gerne machen, und da können Sie gleich meinen Bruder, dem Bürgermeister, einen schönen Gruß von mir ausrichten!«

Bei dieser Neuigkeit musste Antonie schlucken. Die Lehrersfrau war die Schwester des Bürgermeisters. War er deswegen so unhöflich zu ihr gewesen? In jedem Fall eine unheilvolle Verbindung.

»Irmi, mit wem redest du so lange an der Tür?«, krächzte eine matte Männerstimme aus dem Inneren des Hauses.

»Mit niemandem. Ist nur eine dahergelaufene Weibsperson, die mir meine Zeit stiehlt!«, rief Irmingard Meisl über ihre Schulter ins Haus. Dann wandte sie sich wieder Antonie zu. »Sie machen jetzt, dass Sie verschwinden. Gehen'S zurück nach München. Mein Mann ist und bleibt der Lehrer von Tannau. Das ist gewiss!« Damit warf sie die Tür zu. Nur um sie gleich wieder zu öffnen und Antonie erbost hinterherzuschreien: »Schleich di!« Dann wurde die Tür endgültig zugeschlagen.

Das war für die um Frieden bemühte Antonie zu viel. Sie spürte, wie die Wut in ihr hochstieg und ihr Herz schneller zu schlagen begann. Nicht umsonst hatte sie diesen Antrittsbesuch gefürchtet.

Aus der Mühle nebenan trat ein Mann mit staubiger Schürze, der neugierig zu ihr herüberschaute.

Das brachte Antonie zur Räson, sie schluckte ihren Ärger hinunter und eilte davon. Augenblicklich schlug ihre Wut in Frust und Verzweiflung um. Erst die Bäuerin im Kramerladen und nun die Frau Meisl, ausgerechnet die Schwester des Bürgermeisters. Sie spürte, wie die Tränen ihr in die Augen stiegen. Doch hier, mitten auf dem Dorfplatz, würde sie keinesfalls anfangen zu heulen. Sie wollte nicht, dass die Tannauer sie so sahen. Das würde, wie alles andere auch, schnell die Runde im Dorf machen. Sie beschleunigte ihre Schritte und eilte, so gut es mit dem Korb eben ging, den Berg hinauf.

Als sie das Schulhaus erreicht hatte, stürmte sie durch das Klassenzimmer in ihre Kammer und setzte sich innerlich erschöpft und mit bebendem Herzen an ihren Tisch. Hier konnte sie ihren Tränen freien Lauf lassen. Sie schlug die Hände vors Gesicht und musste ihre Ellenbogen auf der Tischplatte abstützen. Es schüttelte sie am ganzen Körper. Die Anspannung der letzten Tage suchte sich einen Weg an die Oberfläche. Über die Heftigkeit ihrer Gefühle war Antonie selbst überrascht. Tränenblind fingerte sie nach einem Taschentuch und schnäuzte sich ausgiebig. Langsam bekam sie sich wieder in den Griff.

Als sie sich vom Tisch erhob, fiel ihr Blick auf das Bild von Maria Ward. Die großen dunklen Augen der Ordensgründerin schauten sie an. Nicht klagend und nicht fragend war ihr Blick. Diese Augen stellten nur fest, was war. Nimm es an, sagten die Augen, und geh deinen Weg, so wie ich meinen gegangen bin. Antonie seufzte. Wie oft hatte sie schon in diesem Gesicht nach Hilfe gesucht, nach Trost und Bestärkung. Manchmal hatte sie all das auch erhalten. Heute wirkten die braunen Augen ratlos. Maria Ward musste sich vielleicht erst einmal an Tannau und die Bergluft gewöhnen.

Wenn selbst Maria Ward nicht helfen konnte, dann gab es nur eine, von der ein paar nette Worte zu erwarten waren: ihre gute Freundin Elvira. Die würde sicher gerade durch den Englischen Garten spazieren und die Blicke der jungen Männer genussvoll ignorieren. Elvira war ihr in der Lehrerinnenausbildung zur besten Freundin geworden. Gegensätze ziehen sich an, hieß es ja. Antonie die Ruhige, die Besonnene und Ausgleichende und Elvira das genaue Gegenteil. Kurze Haare, quirlig, immer frech und um keine schlagfertige Antwort verlegen. Ja, sie würde Elvira schreiben, das hatte sie ihr sowieso versprochen. Eilig wischte sich Antonie die letzten Tränen von der Wange und holte ihr Briefpapier hervor, die Feder und das Tintenfass standen schon auf dem Tisch. Zügig schrieb sie ihrer besten Freundin, wie es ihr seit der Ankunft in Tannau ergangen war.

Sie las den Brief noch einmal durch, setzte einen vergessenen i-Punkt, faltete ihn zusammen und steckte ihn in einen Umschlag, den sie mit ihrer klaren und exakten Schrift adressierte. Gut, dass sie vorsorglich Briefmarken mitgenommen hatte. Morgen beim Kirchgang würde sie den Brief einwerfen. Als sie ihn verschlossen hatte, fiel ihr ein, dass sie Elvira nichts von ihrer Begegnung mit dem Revierförster mit den fröhlichen Augen erzählt hatte. Wie hieß er gleich wieder? Sebastian. Wie sie Elvira kannte, hätte sie viel mehr Interesse an dieser Begegnung als an irgendwelchen Berichten über qualmende Öfen. Ach ja, Elvira!

»Aua!« Mist, dachte Antonie und schaute auf ihren Finger, auf dem ein kleiner Blutstropfen saß. Sie leckte das Blut ab und versuchte erneut, die widerspenstige Nadel ihrer Brosche in die Öse zu bekommen. Endlich saß sie. Antonie betrachtete sich in dem kleinen Spiegel, den sie pietätlos an das Kreuz auf ihrem Tisch gelehnt hatte. Die Brosche mit den roten Granatsteinen hob sich elegant von ihrer schwarzen Bluse ab. Von ihrem ersten Gehalt als Aushilfslehrerin in

Straubing hatte sie sich die Brosche gekauft. Es war das erste und bislang einzige Schmuckstück, das sie besaß. Selbstverständlich waren es keine echten Granatsteine, sondern rotes Glas, und aus Gold war die Brosche erst recht nicht, sondern aus gestanztem Blech. Trotzdem liebte sie das Schmuckstück.

Zum ersten Mal eigenes Geld zu verdienen, war ein tiefgreifendes Erlebnis gewesen. Es erlaubte ihr, selbst zu entscheiden, was sie trug, was sie aß, und für den kleinen Luxus einer billigen Brosche hatte es auch noch gereicht. Ihr ganzes bisheriges Leben hatte man für ihre Kleidung – immer alt und aufgetragen – gesorgt, für ihr Essen – immer zu wenig –, und immer hatten andere für sie entschieden. Ihr erstes Geld, wenn auch keine große Summe, hatte ihr viel bedeutet. Als die Verkäuferin ihr die Brosche angesteckt hatte, wusste Antonie, dass sich die Königin nicht besser fühlen konnte, wenn sie ihre Juwelen trug.

Sie warf einen letzten kritischen Blick in den Spiegel, der schon ziemlich blind war, und betrachtete ihr Gesicht mit den hohen Wangenknochen, den Augenbrauen, die heller waren als ihr Haar und die Elvira einmal mit einem Kohlestift nachgezeichnet hatte. Gerade da war die Oberin hereingekommen. Was hatte das für eine Aufregung gegeben und eine Gardinenpredigt, was sich für eine junge Dame ziemte und was nicht. Es war gar nicht einfach gewesen, mit dem kalten Wasser im Waschraum die Farbe wieder abzubekommen. Noch Stunden später hatte sie eine gerötete Stirn.

Antonie zupfte den Rüschenkragen zurecht, der – wie Elvira das immer ausdrückte – ihren Hals umschmeichelte und ihn noch eleganter aussehen ließ. Sie selbst dachte eher an den langen Hals einer Giraffe. Auf jeden Fall sah sie für die Sonntagsmesse passend aus. Sie legte sich noch ein Tuch um die Schulter, nahm ein paar Groschen für den Klingelbeutel und ging los. In der Tür blieb sie stehen und sah, dass sich von den Bauernhäusern gegenüber ebenfalls die Gläubigen zur Kirche aufmachten.

Ihr war mulmig zumute. Dem ganzen Dorf würde sie nun begegnen. Doch irgendwann musste es sein, sie war schließlich die neue Lehrerin. Dieser Gedanke gab ihr Kraft.

Die hatte sie auch nötig bei den vielen neugierigen Blicken. Höflich nickte sie, doch kaum eine der Frauen zeigte eine Reaktion. Antonie merkte, wie ihr Lächeln allmählich gefror, und war froh, als sie den Kirchenraum betrat.

Auf dem Altar brannten zwei Kerzen auf dicken silbernen Ständern. Die Frauen saßen links in den Kirchenbänken und die Männer rechts. Antonie blieb unschlüssig stehen. In welche Reihe sollte sie sich setzen? Ihr abruptes Innehalten brachte die Frau hinter ihr fast ins Straucheln. Antonie entschuldigte sich flüsternd und setzte sich schnell in die letzte Reihe. Als sie merkte, wie krampfhaft sie ihr ›Gotteslob‹ in den Händen hielt, legte sie es zur Seite. Da sah sie, dass noch jemand in dieser Reihe saß. Es war Magda, die unruhig vor und zurück wippte. Als Magda aufblickte und Antonie erkannte, lächelte sie, senkte schnell den Kopf und wippte weiter.

Da drehte sich eine der Frauen in der Reihe vor ihnen um und fuhr Magda an: »Jetzt halt endlich einmal still, Magda. Wie soll man sich bei deinem Gezappel auf den Herrgott besinnen?«

Antonie sah voller Mitgefühl, wie Magda versuchte, still zu sitzen. Nach ein paar Augenblicken ging das Wippen wieder los, heftiger als zuvor. Dazu gesellte sich ihr nervöses Kichern. Antonie rutschte näher zu Magda, nahm ihre Hand und streichelte ihr den Arm. Bis der Gottesdienst begann, hatte sich Magda so weit beruhigt, dass Antonie es wagen konnte, mit einer Hand nach dem ›Gotteslob‹ zu greifen.

Pfarrer Bichler trat, begleitet von den Ministranten, zum Altar, kniete nieder und bekreuzigte sich. Viel konnte Antonie nicht sehen. Die verheirateten Frauen trugen große schwarze Hüte, die, bei mancher gefährlich schief, an den Haaren festgesteckt waren. In den ersten Reihen saßen die jungen Mädchen, auf der anderen Gangseite die jungen Männer, und einige Blicke gingen hin und her. Die verheirateten Frauen warfen ebenfalls Blicke. Keine interessierten, sondern um zu kontrollieren, ob ihre Männer ordentlich dasaßen und nicht etwa einschliefen. Wobei die Kirchenbänke einem das Einschlafen nicht gerade leicht machten. Sie waren äußerst unbequem, das Brett oben an der Rückenlehne drückte ins Kreuz, egal, wie man sich setzte. Antonie hatte noch nie verstanden, warum es im Haus Gottes, der wollte, dass es den Menschen gut ging, nur unbequeme Bänke gab.

Pfarrer Bichler sprach eingangs über die Liebe Gottes, die den Menschen ein reines Herz schenke. Vielleicht, dachte Antonie, war Magda die Einzige hier, die reinen Herzens war.

Beim ersten Lied erklang die Orgel, doch was war das für eine holprige Angelegenheit! Kein Vergleich zum Orgelspiel bei den Englischen Fräulein – der einzige Lichtblick in einer dunklen Woche. Die Orgelmusik und das Singen waren lange Zeit das einzig Schöne in Antonies Leben gewesen. Der Organist hier hatte kein Rhythmusgefühl, und jede zweite Note spielte er falsch. Dass die Gemeinde trotzdem dazu singen konnte, lag an zwei Frauenstimmen, die mit ihrem klaren Sopran Takt und Melodie vorgaben. Eine der Frauen war jene direkt vor Antonie, die Magda zurechtgewiesen hatte. So garstig sie vorhin gewesen war, so schön klang ihre Stimme nun. Wie üblich brummten vereinzelte Männer die Lieder mit, die meisten schwiegen oder gaben vor mitzusingen. Auch ein, zwei Männerstimmen waren aus dem Gemurmel herauszuhören, eine volle Bassstimme und ein dünner Tenor, der die Noten besser traf als der Organist.

Während des Gottesdienstes versuchte Antonie, sich möglichst unauffällig umzusehen. Von Pfarrer Bichlers Predigt bekam sie nicht viel mit. Die bullige Gestalt des Bürgermeisters war nicht zu übersehen. Die Frau des Schulmeisters hatte sie bisher nicht entdecken können. In der Tracht und mit ihren großen schwarzen Hüten waren die Frauen von hinten nicht zu unterscheiden.

Auch die eine oder andere Kirchgängerin drehte sich verstohlen nach hinten, um die Neue zu inspizieren. Was gar nicht leicht ist, wenn man einen schwarzen Hut auf dem Kopf hat, der einem Wagenrad gleicht. Antonie war froh, dass sie Magdas Hand halten konnte, das beruhigte jetzt sie. Vor allem, als Pfarrer Bichler am Ende des Gottesdienstes an den Altar trat und sagte: »Begrüßen Sie mit mir unser neues Gemeindemitglied, unsere neue Lehrerin Antonie Weber. Sie wird ab morgen die Kinder unterrichten.«

Da drehten sich alle, nun offiziell aufgefordert, zu ihr um und schauten sie neugierig an. Nur eine versuchte erst gar nicht, ihre Feindseligkeit zu verbergen. Irmingard Meisl. Ihr unfreundlicher und hasserfüllter Blick erschreckte Antonie. Wenigstens ein freundliches Gesicht bemerkte sie. Es war Monika Huber, die Nachbarin, die ihr kurz zuwinkte. Das kleine Feverl hingegen, das neben ihrer Mutter auf der Bank kniete, wedelte stürmisch mit ihren kleinen Händen.

Danach wünschte Pfarrer Bichler einen gesegneten Sonntag, und alle hatten es eilig, die Kirche zu verlassen. Die meisten Männer strebten dem Wirtshaus zu, um sich einen Frühschoppen zu genehmigen, während die Frauen, mit den Kindern an der Hand, nach Hause gingen. Antonie war sitzen geblieben, und so konnten die Kinder im Vorbeigehen ihr neues Fräulein Lehrerin begutachten.

»Grüß Sie, Fräulein Weber!« Das war Monika Huber. »Der Holzstoß steht noch?«

»Das tut er. Ich hatte ja auch einen Experten zur Seite.« Sie lächelte die beiden Kinder an und sagte zu Bartl: »Dann sehe ich dich morgen.«

Bartl nickte.

Zu seiner Mutter gewandt, fragte Antonie, ob sie Milch bei ihr kaufen könne.

»Natürlich. Wir haben vier prächtige Milchkühe im Stall. Die Milch wird Ihnen schmecken, Fräulein Lehrerin.«

»Die von der Susi ist am besten«, behauptete Bartl.

»Dann komme ich mir die Susi-Milch bald holen«, lachte Antonie.

»Wir sind die Letzten«, sagte Antonie zu Magda. »Ich werde nun auch gehen.«

»Kochen«, sagte Magda und eilte aus der Kirche.

Als Antonie sich erhob, quietschte es auf der Empore über ihr, und ein junger Mann in einem schwarzen Anzug, der ihm ein ganzes Stück zu groß war, kam die enge und steile Holztreppe herunter. »Grüß Gott«, sagte er höflich und blieb verlegen stehen. »Haben Sie Pfarrer Bichler gesehen?«

»Nein, er muss noch in der Sakristei sein.«

»Ach so.« Mehr brachte der Mann, der noch keine zwanzig Jahre alt war, wie Antonie schätzte, nicht über die Lippen. Er machte keine Anstalten zu gehen.

Antonie wusste nicht recht, wie sie die Stille überbrücken sollte. »Ich bin Antonie Weber, die neue Lehrerin.«

»Ich bin Franz Gruber, der, der ...«, er fing an zu stottern und zeigte nach oben, »... der Organist. Also, ich will es werden.«

»Das war schon ganz ordentlich!« Pfarrer Bichler – er hatte den weißen Kasel gegen seine übliche Soutane getauscht – kam den Mittelgang entlang.

»Es war furchtbar, Herr Pfarrer. Ich habe mir viel Mühe gegeben, aber meine Finger wollten heute nicht die richtigen Tasten treffen.«

»Lieber Franz, es ist noch kein Meister vom Himmel gefallen, nicht war, Fräulein Weber?«

»So ist es. Mit Übung wird es schon.« Antonie zögerte. »Vielleicht wäre es hilfreich, sich auf ein paar Lieder zu beschränken und diese eine Zeit lang jeden Sonntag zu spielen. Sie werden sehen, die Finger finden dann wie von selbst die richtigen Tasten. Ich denke, die Gemeinde würde auch besser mitsingen.«

»Das ist eine hervorragende Idee, Fräulein Weber! Franz, wir nehmen die drei Lieder, die du am besten kannst. Der Herrgott muss nicht jede Woche neue Lieder hören, er freut sich, wenn überhaupt gesungen wird.« Pfarrer Bichler klopfte dem Organisten mit seinen großen Händen aufmunternd auf den Rücken.

»Vielen Dank, Herr Pfarrer, für die freundliche Begrüßung«, sagte Antonie. »Nun weiß jeder, wer ich bin.«

»Das hat sich schon vorher in Tannau herumgesprochen, wie überall verbreiten sich hier Neuigkeiten in Windeseile.«

»Sie meinten wohl eher den Tratsch, dass eine Lehrerin die Kinder ab morgen unterrichten wird.«

»Das war eine Überraschung, das muss ich zugeben. Eine schöne Überraschung, wie ich finde. Sehen Sie, Fräulein Weber, geben Sie den Tannauern ein wenig Zeit. Hier oben verändert sich die Welt nur langsam, und vieles, was im flachen Land längst alltäglich ist, muss erst den Weg herauffinden. In Tannau laufen die Uhren bedächtiger. Das muss nicht immer ein Nachteil sein. Die Tannauer haben das Herz am rechten Fleck, nur tragen sie ihr Herz nicht auf der Zunge.«

»Das ist gut zu wissen, Herr Pfarrer.« Antonie wandte sich zum Gehen. »Ach, eines noch: Würden Sie morgen zum ersten Schultag eine kleine Andacht in der Schule abhalten, oder sollen wir in die Kirche kommen?«

»Ich denke, ich komme in die Schule. Die Erstklässler sind immer besonders aufgeregt, da sollten wir's kurz machen.«

»Das freut mich. Dann bis morgen, Herr Pfarrer.«

»Bis morgen, Fräulein Weber!«

Antonie war froh, morgen wenigstens ein ihr gewogenes Gesicht zu sehen.

Der erste Schultag

Noch bevor die Dämmerung über der Bergkette den Nachthimmel mit einem immer breiter werdenden hellblauen Band vertrieben hatte, war Antonie aufgestanden. Die Aufregung vor dem ersten Schultag hatte sie nicht länger schlafen lassen. So unruhig, wie sie sich im Bett hin und her gewälzt hatte, so unruhig ging sie nun im Klassenzimmer auf und ab. Zum wiederholten Male kontrollierte sie, ob ihr Tintenfass gefüllt war, ob Feder und Papier auf ihrem Pult parat lagen. Die Tafel war sauber geputzt, und in ihrer schönsten Handschrift hatte sie *Herzlich willkommen in der Schule* daraufgeschrieben. Die Bücher lagen ordentlich im Regal, und die Schiefertafeln hatte sie notdürftig hergerichtet und neue Stofflappen zum Sauberwischen an die Kordeln genäht, die am Holzrahmen hingen.

Bei aller Ordnung machte das Regal einen bemitleidenswerten Eindruck. Hier war die Zeit wirklich stehen geblieben. Wenigstens neue Lesebücher bräuchten die Schüler. Doch eins nach dem anderen. Die beruhigenden Worte des Pfarrers ermahnten Antonie zur Geduld, mit den Schülern und vor allem mit den Tannauern. Antonie schickte eine Bitte um Hilfe und Unterstützung an die Ordensgründerin und hoffte, die selige Maria Ward möge ihr heute am ersten Schultag beistehen.

Nervös zupfte sie den Strauß Blumen zurecht, den sie zeitig in der Früh von der Wiese von Hubers gepflückt hatte.

Die Wilde Möhre mit ihren kleinen weißen Blüten passte zu den langen Halmen der Gräser, und ein Zweiglein vom Apfelbaum hatte sie dazwischengesteckt. Vor der Schule blühte ein einsamer Asternbusch, von dem hatte sie auch drei Blüten abgeschnitten. Wenigstens etwas Hübsches, dachte Antonie. Kinderstimmen klangen herauf, und sie nahm zwischen Pult und Tafel Aufstellung, straffte die Schultern, dachte sich ein Buch auf ihrem Kopf und empfing die ersten Schüler von Tannau mit einem Lächeln. Der Strom an Kindern nahm kein Ende. Über vierzig Schüler zählte sie. Die älteren kamen betont lässig herein, um zu zeigen, dass sie nichts mit den aufgeregten Erstklässlern am Hut hatten, die entweder auffallend still oder nervös herumzappelnd in der ersten Reihe hockten. Bei den meisten Schulanfängern waren die Mütter gekommen, nur ein paar Väter waren da, um die ABC-Schützen in den Ernst des Lebens zu entlassen.

Antonie versuchte den Überblick zu behalten, wies die Kinder auf ihre Plätze, musste eine Rangelei um einen Fensterplatz beenden und zeigte einem kleinen Mädchen den Weg zum Abort. Himmel, was war das für ein Auftrieb hier, wie sollte sie da Ruhe hineinbekommen? Die Erwachsenen redeten und lachten, als wären sie auf der Kirmes.

Plötzlich trat Ruhe ein, und als Antonie sich umdrehte – sie hatte einen Jungen ermahnt, der an seine Kameraden Kopfnüsse verteilte –, sah sie, dass Bürgermeister Hocheder eingetreten war. Neben ihm ging sein Sohn, der eine verkleinerte Ausgabe seines Vaters war. Der Junge stolzierte selbstbewusst in die letzte Reihe, wo ihm sogleich Platz gemacht wurde.

Nun gut, dachte Antonie, Maria Ward, steh mir bei! »Grüß Gott, Herr Bürgermeister«, sagte sie und ging auf ihn zu.

»Wie viele Schüler sind es?«, fragte er unwirsch und ohne den Gruß zu erwidern.

»Ich …«, stotterte sie, von der Frage überrumpelt, »ich habe noch keine Liste«, schob sie hinterher.

»Was sind Sie denn für eine Lehrperson, wenn Sie nicht einmal eine Liste von Ihren Schülern haben. So was Unfähiges ist mir noch nicht untergekommen!«

Antonie spürte, dass sie rot wurde wie ein Schulmädchen, das ausgeschimpft wurde. »Ich habe keine Liste bekommen«, sagte sie, bemüht, ihre Stimme fest klingen zu lassen. Sie merkte, wie interessiert alle Anwesenden dieses Gespräch verfolgten.

»Dann kümmern Sie sich drum, Sie wollen hier Lehrerin sein.« Zu den Eltern gewandt, sagte Hocheder: »Sie ist nur hier, bis es unserem Schulmeister besser geht. Dann wird die Schule wieder ordentlich geführt. München hat uns halt nichts Besseres geschickt. Ich verspreche euch, ich kümmere mich darum, einen guten Aushilfslehrer zu bekommen.« Er nickte herrschaftlich in die Runde, und ohne Antonie, die er gerade nicht nur vor den Eltern, sondern auch vor den Schülern beleidigt hatte, eines weiteren Blickes zu würdigen, verließ er den Klassenraum.

Sofort setzte Getuschel ein. Antonie stand wie gelähmt vor der Tafel, sie befürchtete, dass ihr Kopf aussah, als wollte er gleich platzen.

»Guten Morgen, ihr lieben Schüler!«

Noch nie war Antonie so froh über einen Pfarrer gewesen wie in diesem Augenblick.

Pfarrer Bichler stand mit einem Lächeln in seinem runden Gesicht in der Tür, breitete die Arme aus und sagte: »Ist es nicht ein schöner Anblick! So viele wissbegierige Kinder, die es kaum erwarten können, endlich wieder zu rechnen und fleißig im Lesebuch zu lesen.« Augenzwinkernd setzte er hinzu: »Endlich wieder Schule!«

Ein paar vorlaute Buben aus der hintersten Reihe stöhnten theatralisch. Das brachte alle zum Lachen, und Antonie spürte, wie sich die Stimmung besserte.

»Wir wollen beten.«

Alle standen auf und senkten die Köpfe. »Wir danken dir, o großer Gott, für alles, was du uns täglich gibst. Gib uns den Willen, mit Fleiß und Ausdauer zu lernen und freudig die Aufgaben zu erledigen. Lass uns dankbar sein, dass uns das Fräulein Weber unterrichtet, und wir wollen ihr immer gehorchen und ihr keinen Anlass geben, mit uns zu schimpfen. Amen!«

»Amen«, kam es im Chor zurück.

Pfarrer Bichler ließ die Arme sinken, faltete sie vor seinem Bauch und blickte in die Runde. »Ich bin unendlich dankbar, dass ich ab sofort nur noch den Religionsunterricht abhalten muss. Denn wie ihr sicher gemerkt habt, ist Mathematik nicht mein Steckenpferd. Darum merkt euch, Buben, wenn ihr schlecht in Mathematik seid, müsst ihr Pfarrer werden.«

»Und was müssen wir werden?«, fragte ein Mädchen vorwitzig.

»Dann müsst ihr bei den Pfarrern Wirtschafterinnen werden«, erwiderte Pfarrer Bichler schmunzelnd.

»Igitt, bei denen da?«, rief das Mädchen entsetzt aus und zeigte nach hinten, wo die größeren Buben saßen.

»Bei denen«, bestätigte der Pfarrer, dem es offensichtlich schwerfiel, ernst zu bleiben. »Also, lernt fleißig.« Zu Antonie gewandt, aber laut genug, dass es alle hören konnten, sagte er: »Es freut mich, dass meine Gebete um eine gute Lehrerin erhört worden sind.«

»Danke, Herr Pfarrer, dass Sie mit uns den ersten Schultag begonnen haben.« Mit frischem Mut stellte sich Antonie hinter ihr Pult, das gab ihr Sicherheit. »Liebe Eltern, ich möchte Sie nun bitten zu gehen. Wir beginnen mit dem Unterricht.«

Die Mütter nickten zustimmend, und die Männer zog es sowieso nach draußen. Anscheinend hatten sie das Klassenzimmer nicht in bester Erinnerung. Genau das wollte Antonie vermeiden. Ihre Schüler sollten sich einmal gerne an ihre Schulzeit erinnern.

Sobald sie mit den Kindern alleine war, fühlte sie sich besser und sicherer. »Ich bin das Fräulein Weber, und ich bin eure neue Lehrerin. Ich hoffe, wir werden gut zusammenarbeiten. Denn anders als der Herr Pfarrer oder der Herr Schulmeister Meisl kenne ich euch alle noch nicht. Darum bitte ich euch, der Reihe nach eure Namen zu sagen. Alle auf einmal kann ich mir leider nicht merken. Da müsst ihr mir immer wieder draufhelfen.«

Wie sich herausstellte, kannten die wenigsten Kinder ihren Nachnamen. Es dauerte eine Weile, bis Antonie begriff, dass das, was die Kinder für ihren Nachnamen hielten, oft der Hausname des Hofes war, auf dem sie lebten. Der Wölfler Maximilian kam vom Wölflerhof und hieß mit Nachnamen eigentlich Burger, wie ihn sein Banknachbar zu dessen Überraschung aufklärte.

»Gundi Hofmeister«, sagte das Mädchen, das nach dem Beruf für rechenfaule Mädchen gefragt hatte.

Am Ende hatte Antonie siebenundvierzig Namen auf ihrem Zettel stehen, etliche mit Fragezeichen versehen. Sie musste wohl oder übel mit Meisl über die Herausgabe der Schülerlisten verhandeln.

Antonie legte den Federhalter zur Seite und stellte sich vor das Pult. »Ich bin ganz neu in Tannau, und ihr kennt euch viel besser hier aus. Wer kann mir sagen, wie der Bach heißt?« Amüsiert sah Antonie die Blicke der Kinder, die besagten, dass das Fräulein Lehrerin offensichtlich rein gar nichts wusste.

»Das ist die Tannauer Ache«, meinte schließlich ein Junge gnädig.

»Und wie heißen die Berge?«

»Welche?«

»Schauen wir mal. Kommt alle an die Fenster. Lasst die Kleineren vor, und erklärt mir mal, wie die Gipfel heißen, die ihr seht.«

Aufstehen, und das mitten im Unterricht, hatte es beim Meisl wohl nie gegeben, denn die Kinder trauten sich erst nicht, ihre Plätze zu verlassen.

»Lasst die ABC-Schützen nach vorne. Die Großen sehen von hinten genug«, wies Antonie ihre Schüler an, und kurz darauf drängten sie vor und klebten mit ihren Nasen an den vier Fenstern.

»Das da ist das Teufelshorn«, wurde ihr erklärt.

»Gekrümmt, wie der Gipfel ist, schaut er tatsächlich wie das Horn des Teufels aus. Oder wie das Horn einer Gämse.« Die letzte Bemerkung hätte Antonie lieber nicht machen sollen, denn es entbrannte eine heftige Diskussion, wie genau ein Gämsenhorn gebogen war. Man war sich schließlich einig, dass das Teufelshorn seinen Namen zu Recht trug. Der Teufel war interessanter als eine einfache Gämse. Weiter ging es mit den Namen der Berge.

»Das ist der Schartenkopf.«

»Das ist die Wassererspitze.«

»Nein, du Blödmann, das ist der Wildkofel, die Wasserspitze ist dahinter, die sieht man nicht.«

»Selber Blödmann, du Affenkopf!« Fast hätte es zwischen den beiden Bergexperten eine Schlägerei gegeben.

»Halt, ihr beiden. Mit Fäusten lässt sich nicht klären, wie

der Berg dort heißt. Oder kann man ausraufen, was zwei und zwei ist?«

»Das ist ja dumm. Zwei und zwei macht vier!«, riefen einige.

»Eben! Darum lässt sich über so eine Frage nicht streiten. Wer kann helfen?«

»Das ist der Wildkofel«, stellte Franzl Hocheder sachlich fest. »Letztes Jahr bin ich mit meinem Vater oben gewesen.«

»Franzl war also schon einmal auf dem Berg, das ist ein guter Grund, ihm zu glauben.«

»Wir haben auf der Wasserspitze unsere Alm«, warf Gundi ein, »und die sieht man von Tannau aus nicht. Vater meint immer, sonst könnten wir einfach mit dem Fernglas schauen, ob der Senner fleißig ist oder ob er nur wieder gemütlich seinen Schnaps auf dem Bankerl vor der Alm trinkt.«

»Ihr habt schon einen lahmen Senner«, rief einer der Jungen, und bevor eine Diskussion über fleißige und faule Senner entstand, scheuchte Antonie alle zurück auf ihre Plätze.

»Das ist das Teufelshorn, das ist der Schartenkopf, und ganz rechts ist der Wildkofel, und durch Tannau fließt die Tannauer Ache. Vielen Dank, Kinder, da habe ich einiges von euch gelernt.«

In der Pause tollten die Kinder rund um das Schulhaus, und ein paar der Mädchen drängten sich um Antonie, die versuchte, alle im Blick zu behalten.

Nach der Pause ließ sie die älteren Schüler die Namen der Schulanfänger auf die Tafel schreiben. Bei dieser Übung konnte Antonie schnell erkennen, wie weit die Schüler mit dem Schreiben waren. Der fehlende Unterricht im letzten Jahr hatte deutliche Spuren hinterlassen. Es galt, vieles aufzuholen. Pfarrer Bichler mochte sicher sein Bestes gegeben haben, wahrscheinlich hatte er mehr Geschichten aus der Bibel erzählt, als auf die richtige Schreibung zu achten.

Die Erstklässler schauten neugierig auf die Krakeleien auf der Tafel. Das sollte ihr Name sein?

»Wenn ihr fleißig seid, dann könnt ihr bald selber euren Namen schreiben!«

Auch beim Rechnen zeigte sich, dass die Kinder erhebliche Lücken hatten. Die Älteren kamen gerade bis zehn, im höheren Zahlenraum konnte keiner rechnen außer Gundi, die bei siebzehn plus drei das richtige Ergebnis sagte.

Da liegt ja einiges an Arbeit vor mir, dachte Antonie.

Nach der sechsten Stunde waren die Schüler mit lautem Geschrei und Hurra hinausgestürmt, nachdem sie sich artig mit einem »Auf Wiedersehen, Fräulein Weber« verabschiedet hatten.

Antonie seufzte innerlich auf. Den ersten Schultag hatte sie überstanden. Sie sammelte drei liegen gebliebene Tafeln ein, wischte sie sauber und räumte sie in das Regal. Die Schultafeln reichten bei Weitem nicht für alle Schüler, und etliche Lehrbücher mussten dringend erneuert werden. Das war Aufgabe der Gemeinde. Sie würde beim Bürgermeister vorstellig werden müssen, doch den unerfreulichen Gedanken schob sie zur Seite. Ein andermal, dachte sie und war froh, als sie, nachdem sie Ordnung geschaffen hatte, sich auf die Bank vor der Schule setzen konnte.

Das Wetter drohte umzuschlagen. Über dem Teufelshorn brauten sich dunkle Wolken zusammen. Noch schien die Sonne. Vor ein paar Tagen hatte Antonie am eigenen Leibe erfahren, dass das in Tannau nichts hieß. Tatsächlich, als Antonie sich ein paar Kartoffeln angeröstet hatte, hörte sie, wie die ersten Regentropfen gegen die Fenster schlugen. Wind war aufgekommen, und als sie an eins der Fenster im Klassenzimmer trat, sah sie, wie der Wind den Regen über Tannau peitschte. Es war, als hätte jemand die Sonne wie eine Kerze ausgeblasen. Plötzlich war es dunkel, und der Regen prasselte unerbittlich hernieder. Im Schulhof bildeten sich sogleich Pfützen. Die von der Sonne ausgetrocknete Erde konnte die Wassermassen nicht aufnehmen. Fasziniert und mit Schaudern beobachtete Antonie das Schauspiel. Die gewaltigen Kräfte, die draußen am Werk waren, verwiesen die Menschen auf ihren Platz in der Natur.

»Herr, behüte alle, die bei diesem Wetter noch draußen sind. Lass sie schnell Schutz finden!«, betete Antonie. Ängstlich blickte sie nach oben, ob das Schulhaus nicht gar ein leckes Dach besaß. Als der erste Blitz, dicht gefolgt von einem Donner, am Himmel aufzuckte, fuhr Antonie erschrocken zusammen. Hoffentlich waren alle Kinder rechtzeitig nach Hause gekommen. Sie wusste, dass einige weite Wege hatten und Kinder gerne einmal die Zeit vergaßen. Der Gedanke, dass einer ihrer Schützlinge bei diesem Wetter noch im Freien war, beunruhigte sie. Nun war sie es, die ihre Nase an die Scheibe presste, um nach umherirrenden Kindern Ausschau zu halten.

Maria durch ein Dornwald ging

Inzwischen war es fast nächtlich dunkel. Der Regen kam nicht von oben, sondern wehte waagrecht vor den Fenstern vorbei. Antonie schauderte. Ihr war kalt, und sie ging in die Kammer, um ihre Jacke zu holen. Die dünne Wolle vermochte sie jedoch nicht zu wärmen. Unaufhörlich trommelte der Regen auf das Dach und gegen die Fenster. Da vernahm sie ein rhythmisches Klopfen, das immer lauter wurde. Da ist jemand an der Tür, kam ihr in den Sinn. Dann erschrak sie. »Da ist jemand an der Tür!«, sagte sie laut und eilte aus ihrer Kammer. Wer mochte bei diesem Unwetter draußen sein?

Sie riss die Tür auf, und vor ihr stand, vom Regen völlig durchnässt, Bartl Huber.

Antonie zog ihn schnell herein und schloss die Tür. »Bartl!«, rief sie aus. »Was ist denn los? Warum bist du bei diesem Wetter nicht zu Hause?«

»Mama schickt mich, sie glaubt, dass das Geschwisterchen kommt, aber die Hebamme ist noch nicht da!«

Antonie versuchte, sich ihr Entsetzen nicht allzu deutlich anmerken zu lassen. »Gut, Bartl, ich ziehe mir nur einen Mantel über, dann komme ich mit.« Sie sah, wie sich das ängstliche Gesicht des Buben ein wenig entspannte. Antonie holte eilends ihren Mantel, der bei diesem Regen nicht viel nützen würde, nahm Bartl bei der Hand, und gemeinsam verließen sie die Schule.

Der Regen traf sie mit voller Wucht. Antonie griff Bartls

Hand fester. Der Kleine zitterte am ganzen Körper. Tapfer stapfte er los. Kaum waren sie die zwei Stufen hinuntergegangen, standen sie knöcheltief im Wasser. Über den Berggipfeln leuchtete ein Blitz. Bartl sah sie verängstigt an.

»Auf geht's!«, rief Antonie über den Donner hinweg, und gemeinsam liefen sie los. Es ist nur einmal quer über die Wiese, machte sich Antonie Mut.

Dunkel lag der Huberhof vor ihnen. Ein Blitz, der direkt über ihnen am dunklen Himmel aufzuckte, trieb sie zu einem letzten Spurt an. Antonie merkte, wie dem Buben alle Kraft aus dem Körper wich, und im Fallen hob sie ihn hoch, drückte ihn an sich und lief die letzten Meter zur Tür des Bauernhauses, die sie aufriss und mit einem Knall hinter sich zuwarf. Mit einem gewaltigen Donner antwortete die Natur.

Antonie lehnte sich gegen die Wand und schloss kurz die Augen. Ihr Atem ging schnell. Als sie die Augenlider öffnete, stand Feverl mit ängstlichem Gesicht vor ihr. »Grüß dich, Feverl«, sagte Antonie, um einen selbstsicheren Tonfall bemüht. »Wo ist denn eure Mutter?«

Stumm zeigte Feverl auf die Tür, die zu einer kleinen Kammer führte.

Antonie stolperte voran. Es war dunkel in der Kammer, und als draußen ein weiterer Blitz zuckte, konnte Antonie Monika Hubers schmerzverzerrtes Gesicht sehen. »Monika, alles wird gut. Ich bin jetzt da«, sagte Antonie, wenn auch insgeheim nicht überzeugt, und hoffte inständig, dass die Hebamme rechtzeitig käme.

»Der Nachbar ist schon um die Hebamme gegangen«, stieß Monika hervor, dann stöhnte sie auf, und erst als die Wehe vorbei war, konnte sie weitersprechen. »Der Jochen ist am Berg, Holz fällen. Es wird ihm doch nichts geschehen sein bei diesem Wetter?«

»Frau Huber, Holzknechte kennen sich gut aus. Ich bin sicher, dass sie sich einen Unterschlupf gesucht haben.«

»Das Kind, es kommt zu früh. Nicht vor nächster Woche, hat die Hebamme gesagt. Das Gewitter hat es bewirkt.«

Antonie wusste nicht, ob ein Gewitter tatsächlich Wehen auslösen konnte. Sie wusste nur, dass Monika bald ein Kind zur Welt bringen würde und dass außer ihr nur zwei kleine Kinder im Haus waren, während draußen die Welt unterging.

»Bartl, hol mir eine Kerze und Streichhölzer«, wies sie ihn an. »Feverl, weißt du, wo dein Bruder trockene Kleider hat?«

»Da drüben im Kasten«, sagte Feverl und zeigte auf eine Tür.

»Bitte hole ihm Hemd und Hose. Du bist ja schon groß.«

Feverl rannte los, stolperte vor Aufregung, sprang wieder auf und stellte sich auf die Zehenspitzen, um an den Türgriff zu kommen.

Bartl kam mit einem Kerzenleuchter, und als Antonie ihn angezündet hatte, blickte sie in das angsterfüllte Gesicht der kreißenden Mutter. »Monika!«, rief Antonie aus und fasste ihre Hände, die kaltschweißig waren. »Du hast zwei wunderbare Kinder auf die Welt gebracht, dann wird es auch beim dritten gut gehen. Der Herrgott ist bei uns.«

»Das ist ja schön und gut«, meinte Monika lakonisch, »nur wäre es mir lieber, die Hebamme wäre bei uns.«

Die beiden Frauen lachten, und das gab ihnen Mut.

»Bartl, kannst du den Kachelofen in der Stube anmachen?«

Der Bub sah sie flehentlich an. »Wir haben kein Holz in der Stube. Der Vater wollte es heute noch hereinholen!«

»Wo habt ihr denn das Holz gelagert?«

»Hinterm Haus«, stieß Bartl hervor, der ängstlich in die

Kammer zu seiner Mutter schaute, die wieder durch eine Wehe atmete.

»Alles ist gut, Bartl«, rief diese, sobald die Schmerzen nachgelassen hatten.

Feverl kam mit einer Hose und einem gestrickten Pullover.

»Bartl, du ziehst dir jetzt trockene Kleidung an«, befahl ihm Antonie. »Nicht, dass du uns krank wirst, jetzt, wo die Schule wieder begonnen hat.« Sie lobte Feverl, und zu Monika gewandt sagte sie: »Ich gehe nur Holz holen, ich bin gleich wieder da.«

Sie musste den Ofen anfeuern, das war zunächst das Wichtigste, sonst holten sie sich alle noch den Tod. Als Antonie die Haustür öffnete, war es draußen pechschwarz, und der Wind fegte den Regen in alle Richtungen. Wenigstens hatte sich das Gewitter in die Berge verzogen, und das Donnern war nur noch in der Ferne zu hören.

Hinter dem Haus fand sie das ordentlich aufgestapelte Holz, und geschwind nahm Antonie einen Arm voll. Sie musste an Bartl denken, der sie vor wenigen Tagen ins Holzstapeln eingewiesen hatte. Was für ein tapferer kleiner Mann er war! Als Antonie um das Hauseck kam, hätte der pfeifende Wind sie beinahe umgeweht. Sie stemmte sich gegen Wind und Regen und war froh, als sie wieder in der Stube stand.

Bartl hatte sich inzwischen umgezogen und Kienspäne und Streichhölzer auf die Ofenbank gelegt. Antonie schlichtete das Holz in den Ofen und betete, dass es anbrennen möge. Vorsichtig blies sie hinein. Die Kienspäne glühten und loderten zischend auf. Bald fingen auch die Scheite Feuer, und als sie das Prasseln hörte, schloss sie beruhigt die Ofentür.

»Bartl, du hängst jetzt deine Sachen zum Trocknen auf, und dann möchte ich, dass ihr beide euch auf die Bank setzt und aufpasst, dass das Feuer nicht ausgeht«, befahl ihm Antonie.

Monika lag apathisch da, das flackernde Kerzenlicht verlieh ihr ein gespenstisches Aussehen.

Antonie setzte sich zu ihr und streichelte ihr über das schweißnasse Haar. »Monika, ich bin bei dir!« Und weil sie nicht wusste, was sie sonst machen sollte, fing sie an zu singen. Das erste Lied, das ihr einfiel, war ein Weihnachtslied. Doch da auch Maria ganz alleine im Stall zu Bethlehem hatte gebären müssen, passte es durchaus. »Maria durch ein Dornwald ging, Kyrie eleison. Der hat in sieben Jahren kein Laub getragen. Jesus und Maria.«

Antonies hohe und klare Stimme hallte durch das Haus, und die beiden Kinder kamen angelaufen, lehnten sich an den Türstock und lauschten.

»Was trug Maria unter ihrem Herzen? Kyrie eleison. Ein kleines Kindlein ohne Schmerzen, das trug Maria unter ihrem Herzen. Jesus und Maria.«

Monika lächelte sie an.

»Da haben die Dornen Rosen getragen, Kyrie eleison. Als das Kindlein durch den Wald getragen, da haben die Dornen Rosen getragen. Jesus und Maria.«

Monika presste Antonies Hände fest und atmete heftig durch die nächste Wehe.

Antonie sang weiter, ließ Maria durch den Dornwald gehen, immer und immer wieder, und das trug Monika getröstet von Wehe zu Wehe. Einmal nur stand Antonie auf, um Holz nachzulegen. Die Stube wurde warm, und die Kinder wurden ruhiger. Nach einiger Zeit schlief Feverl auf der Bank ein.

Die Wehen kamen in immer kürzeren Abständen, und als Antonie besorgt ihren Gesang abbrach, bat Monika sie weiterzusingen. Der Dornwald war hier, mitten in der Stube, und durch ihn musste Monika gehen. Antonie sang sich Mut zu, sie wusste nicht, wie sie helfen konnte, wenn das Kind kam. Da hörte sie die Tür, und eine Frau, triefend nass, stürzte herein. Ihrer Ledertasche nach war es die Hebamme.

»Monika, dir hat es ja ganz schön pressiert«, sagte sie mit einem Lachen, das augenblicklich die Situation entspannte.

Antonie spürte, wie sich der Dornwald verzog, und als die Hebamme mit geübten Handgriffen ihre Tasche öffnete und ihr Hörrohr herausnahm, atmete nicht nur Antonie erleichtert auf.

»Ich bin übrigens Helena, die Hebamme.«

»Und ich bin Antonie Weber, die neue Lehrerin.«

»Von Ihnen habe ich schon gehört. Der Postbote hat uns erzählt, dass Tannau eine ganz fesche neue Lehrerin hat.« Ehe Antonie sich versah, wurde sie mit der Bitte aus dem Zimmer geschoben, sich um die Kinder zu kümmern.

Das war ihr nur recht. Zuvor holte sie noch einmal Holz herein. Der Regen hatte nachgelassen, und das Gewitter hatte sich über die Berge ins Österreichische verzogen. Als Antonie die Ofentür öffnete, wachte Feverl auf und schmiegte sich schlaftrunken an sie.

Ein lautes Stöhnen kam aus der Kammer.

»Das ist ein gutes Zeichen«, beruhigte Antonie die Kinder. »Das heißt, dass euer Geschwisterchen bald kommt.«

»Können wir die Wetterkerze anzünden?«, fragte Bartl, dem anzumerken war, wie sehr ihm die Ereignisse der letzten Stunden zu schaffen machten.

»Natürlich«, antwortete Antonie, wenn sie auch zunächst nicht wusste, was er damit meinte. Erst als der Junge zum

Herrgottswinkel ging und hinter dem Kreuz eine Kerze hervorholte, fiel es Antonie ein. An Ostern geweihte Kerzen wurden bei Unwetter angezündet, um Unheil abzuwehren. »Das ist eine gute Idee, Bartl.« Sie steckte die Kerze in einen Kerzenhalter und zündete sie an. Stumm schauten alle drei in das Kerzenlicht.

»Kannst du noch was singen?«, bat Bartl, als die Schreie aus der Kammer immer lauter wurden. »Bitte was Fröhliches, nichts mit Dornen.«.

»Der Schneider fangt a Maus, der Schneider fangt a Maus, der Schneider fangt a Mäuse-Maus, Mi-Ma-Mäuse-Maus, der Schneider fangt a Maus«, sang Antonie, und schon bei der zweiten Strophe fiel Bartl mit ein. Feverl krähte bei »Mi-Ma-Mäuse-Maus« jedes Mal lustig mit. Als sie alle Strophen durchhatten, fingen sie von vorne an, und bei der nächsten Runde klatschten sie dazu in die Hände, dann klopften sie auf den Tisch, und als sie versuchten, ganz leise zu singen und anschließend sehr tief, da ging die Tür zur Kammer auf, und Helena kam heraus.

Erstaunt rief sie, was denn hier für eine fröhliche Runde beisammen sei. »Feiert ihr schon euer neues Geschwisterchen? Ihr habt eine Schwester bekommen. Wenn ihr ganz ruhig seid, dürft ihr sie kurz anschauen.«

Sofort wollten die Kinder losstürmen, doch Antonie nahm sie bei der Hand. »Wir wollen leise sein, eure kleine Schwester soll sich nicht vor euch erschrecken.«

Auf Zehenspitzen schlichen sie zur Mutter und betrachteten fasziniert das in ein Tuch gewickelte kleine Etwas, das verrunzelt auf der Brust der Mutter lag.

Monika lächelte sie an, warf dann einen sorgenvollen Blick zu Antonie. »Ist Jochen immer noch nicht da? Wenn ihm nur nichts zugestoßen ist!«

»Sicher nicht. Das Gewitter hat sich längst verzogen, und es regnet nur noch ganz leicht. Die Männer haben sich irgendwo verkrochen. Die kennen dort oben jeden Stein und wissen, wo sie bei einem Gewitter sicher sind.«

»Ja, natürlich. Es ist ja auch nicht das erste Mal, dass er in ein Gewitter kommt. Nur muss es gerade heute sein?«

»Monika, wirst sehen, der Jochen kommt bald«, bekräftigte Helena. »Jetzt warten wir noch auf die Nachgeburt, und dann sehen wir weiter.«

Die Ruhe und Sicherheit, die von der Hebamme ausgingen, taten Antonie gut. »Kinder, schaut mal auf die Uhr, wie spät es ist. Bartl, du hast morgen Schule. Schnell ins Bett mit euch!«

»Ich bin nicht müde«, protestierte er, obwohl ihm die Augen fast zufielen. Feverl musste Antonie sogar ins Bett tragen, und bald lagen die beiden nebeneinander.

»Bartl«, sagte Antonie und beugte sich zu ihm hinunter, »du warst heute sehr tapfer und umsichtig. Deine Eltern können stolz auf dich sein!«

»Und Sie, Fräulein Lehrerin?«

»Ich bin auch richtig stolz auf dich. Du hast wahren Mut bewiesen, und später einmal wirst du deiner kleinen Schwester erzählen, wie du kurz vor der Geburt ganz alleine Hilfe geholt hast.«

Antonie sprach noch ein Nachtgebet, und als sie beim Amen angekommen war, da hatten die beiden Kinder die Augen schon fest geschlossen. Leise zog sie die Tür bis auf einen Spalt hinter sich zu. Als Kind hatte sie sich immer einen Türspalt gewünscht, durch den beruhigendes Licht fiel.

In der Stube saß Helena. »Mutter und Kind schlafen jetzt. Die Kleine hat gut getrunken, und die Nachgeburt hat sich vollständig gelöst. Darüber bin ich jedes Mal froh. Die Geburt ist das eine. Gefährlich ist die Nachgeburt. Dabei kann eine Frau verbluten, so schnell schaust du nicht.« Als sie Antonies erschrockenes Gesicht sah, entschuldigte sie sich. »Ich wollte dich nicht schockieren. Heute ist alles gut gelaufen. Nur hätte ich nicht gedacht, dass die Kleine so bald schon kommt.«

»Das Gewitter vielleicht?«

»Das kann durchaus sein. Wetterumschwünge lösen gerne mal Wehen aus. Gut, dass Bartl dich geholt hat.«

»Er ist unser kleiner Held heute. Ich wünschte nur, Jochen würde endlich kommen.«

»Um den müssen wir uns keine Sorgen machen«, beschwichtigte sie Helena.

»Wohler wäre mir trotzdem, wenn er da wäre.«

Schweigend sahen die Frauen zur Haustür.

»Wohnst du hier im Dorf?«, fragte Antonie nach einer Weile. »Ich darf doch du sagen, Helena?«

»Natürlich. Wir in Tannau duzen uns alle, das ›Sie‹ heben wir uns lieber für die da oben auf.« Sie lachte. »Ich bin für alle Helena, die Hebamme. Unser Hof liegt auf halbem Wege hinunter nach Berchtesgaden. Deshalb hat es ein wenig gedauert, bis ich heraufkam. Noch dazu bei diesem Wetter!«

»Das war schon mein zweites Unwetter hier, und wie beim ersten Mal schlug das Wetter blitzschnell um.«

»Das passiert oft. Wirst sehen, der Sommer ist jetzt vorbei. Ich hoffe für dich, der Bürgermeister hat nicht wieder mit dem Holz geknausert. Schon zu meiner Schulzeit war es knapp bemessen, und Frau Meisl hat lieber ihren eigenen Ofen damit angeschürt, während wir im kalten Klassenzimmer hockten.«

Antonie erzählte von den drei Ster Holz und wie Bartl ihr das Stapeln beigebracht hatte.

»Wo kommst du her?«

»Aus München. Dort habe ich bei den Englischen Fräulein das Lehrerinnenseminar besucht, war dann ein Jahr in Straubing als Hilfslehrerin und bin jetzt hier in Tannau.«

»München, da war ich auf der Hebammenschule! Diese Zeit habe ich genossen. Wie kommt es, dass eine junge Frau ausgerechnet nach Tannau geschickt wird?«

»Ich weiß auch nicht. Ich habe den Bescheid von der Oberen Schulbehörde bekommen und eigentlich nicht viel darüber nachgedacht. Als Lehrerin muss man froh sein, überhaupt eine Stelle zu bekommen.«

»Das mag sein, aber wir bräuchten viel mehr Frauen als Lehrerinnen als die alten Männer, denen außer dem Rohrstock nichts einfällt, um den Kindern Lesen und Schreiben beizubringen«, meinte Helena aufgebracht.

»Ich bin der festen Überzeugung, dass der Rohrstock gar nicht beim Lernen hilft. Aber es sind nicht nur Männer, die ihn einsetzen. Ich bin in eine Klosterschule gegangen. Die Nonnen konnten brav beten und gleichzeitig ordentlich zuhauen.«

»Und trotzdem bist du Lehrerin geworden?«

»Weil ich es einmal anders machen wollte. Und weil es Schwester Coelestina gab, die ganz anders war.«

»Inwiefern?«

»Sie hat nie geschlagen, und trotzdem hatte jeder Respekt vor ihr. Sie war der freundlichste Mensch in meiner Kindheit.«

»Wieso eine Nonne?«

»Zuerst bin ich im Waisenhaus aufgewachsen, doch vergessen wir diese Zeit. Dann kam ich zu den Englischen Fräulein ins Internat, und Schwester Coelestina war mein einziger Lichtblick dort. Sie war mir immer zugetan und ich ihr. Sie ist das Einzige, was ich an München vermisse.« Antonies Stimme erstarb, und plötzlich fühlte sie eine Leere an jener Stelle, an der Schwester Coelestina einen Platz in ihrem Herzen hatte.

Helena beugte sich über den Tisch und legte ihre Hände auf Antonies Hände. »Du vermisst sie wohl sehr.«

»Ja, das tue ich, und bis gerade eben wusste ich es nicht. Es gibt so viel Neues hier für mich, darüber habe ich an nichts anderes mehr gedacht.«

»Du wirst dich schon in Tannau eingewöhnen. Denk immer dran, wir sind ein widerspenstiges Bergvolk. Unter der rauen Schale verbirgt sich allerdings ein guter Kern. Nicht bei allen, aber bei den meisten.«

Antonie dachte gleich an den Bürgermeister und die Frau Meisl.

Draußen näherten sich Schritte. Kurz darauf ging die Tür auf, und Jochen Huber, wie Antonie vermutete, kam herein.

»Der frischgebackene Vater«, empfing ihn Helena.

»Was?«, rief er erstaunt aus. Ungläubig sah er Helena und Antonie an, die ebenfalls aufgestanden war.

»Es ist alles gut gegangen«, beruhigte ihn Helena. »Du hast ein pumperlgsundes Mädchen. Komm, schau sie dir an.« Leise öffnete sie die Tür zur Schlafkammer und führte Jochen hinein.

»Jochen, endlich!«, rief Monika erleichtert.

Unschlüssig stand Antonie in der Stube. Sie legte noch einmal Holz nach. Leise Stimmen waren zu hören, ein gähnendes Baby, dann Ruhe. Sie beschloss, den Heimweg anzutreten. Die Kinder schliefen fest, Helena war da und endlich auch der Vater. Für sie gab es nichts mehr zu tun.

Der Regen hatte aufgehört. Der Wind wehte immer noch und trieb dunkle Wolken über den Himmel. Plötzlich tat sich eine Lücke auf, und der Mond beleuchtete die Berge. War das Schnee dort auf den Spitzen? Dass sie heute noch auf der Bank draußen vor der Schule gesessen hatte, konnte sich Antonie gar nicht vorstellen. Der erste Schultag, fast unwirklich weit weg lag er, und doch war es nur ein paar Stunden her. Der Wind fuhr über die Wiese, und die nassen Gräser schwankten trunken hin und her.

Trotz der Kälte blieb Antonie stehen und schaute über die vom Mond beschienenen Dächer Tannaus hinweg, sah den frischen Schnee, der hell glänzte, sah das schnelle Treiben der Wolken und spürte den Wind, der an ihr zerrte. Das tat gut, und in diesem Moment fühlte sie sich seltsam lebendig.

Tannauer mit dem Herz am rechten Fleck

Liebe Schwester Coelestina,
nun ist mein zweiter Schultag in Tannau herum, und endlich finde ich ein paar Minuten, um Ihnen zu berichten. Tannau liegt abgelegen, doch man ist den Bergen so nah. Meine Schüler haben mich die Namen der Gipfel gelehrt. Seit gestern liegt wie Puderzucker eine Schneeschicht auf den Gipfeln. Die Kinder haben seit mindestens einem halben Jahr keinen ordentlichen Unterricht mehr gehabt, und es muss vieles aufgeholt werden. Nur ist die Ausstattung äußerst mangelhaft, selbst mit der Kreide muss ich sparsam sein. Der eigentliche Schulmeister ist keine große Hilfe und seine Frau erst recht nicht. Stellen Sie sich vor, was gestern Abend passiert ist!

Sie wollte gerade von der Geburt berichten, da klopfte es an der Tür. Antonie legte den Federhalter zur Seite, verschloss sorgfältig das Tintenfass und öffnete die Tür.

»Helena!«, rief sie erfreut aus. »Das ist schön, dich zu sehen. Wie geht es Monika und der Kleinen? Sind alle wohlauf? Bartl war nicht sehr gesprächig heute, einfach übermüdet.«

»Hui, das sind viele Fragen. Soll ich sie dir hier zwischen Tür und Angel beantworten, oder darf ich hereinkommen?«

»Natürlich, verzeih, komm herein. Du bist mein erster Gast.« Sie führte Helena durch das Klassenzimmer.

Die blieb mitten in dem Raum stehen. »Dass ich noch einmal freiwillig hierherkomme, das hätte ich nicht gedacht.«

»War es so schlimm?«

»Furchtbar. Ich habe die Schule und den Meisl gehasst, aber ich wusste schon früh, dass ich Hebamme werden will. Darum habe ich mich angestrengt und viel gelernt. Die Hebammenschule in München, dieses Ziel hatte ich immer vor Augen, auch als Meisl seinen Rohrstock auf meinen Fingern hat tanzen lassen.«

»Solange ich da bin, soll kein Schüler Angst haben müssen, in die Schule zu gehen.«

»Was heißt das, solange du da bist? Willst du wieder weg?«

»Nein, ich nicht, nur der Bürgermeister ist über eine Lehrerin nicht erfreut, und seine Schwester, die Frau Meisl, ist da ganz seiner Meinung.«

»Das wundert mich nicht.«

»Komm, setzen wir uns in meine Kammer, da ist es gemütlicher.«

»Nun ja, so gemütlich ist es nicht, wenigstens wärmer«, sagte Helena, als sie sich in Antonies Reich umgesehen hatte.

»Setz dich bitte. Gut, dass ich zwei Stühle habe. Jetzt erzähl, wie geht es den beiden?«

Helena berichtete, dass alle wohlauf seien, nur hatten Jochen und sie mit einem heimlich gebrannten Birnenschnaps auf das Kind angestoßen. »Das merke ich heute in meinem Kopf. Außerdem war es auf der warmen Ofenbank ganz schön hart.« Sie rieb sich demonstrativ den Rücken. Dann wechselte sie das Thema. »Eine richtige Münchnerin hier in Tannau. Dann kennst du ja all die tollen Geschäfte. Wenn wir Ausgang hatten, selten genug, sind wir losgezogen und haben uns die eleganten Schaufenster der Modehäuser angeschaut und uns vorgestellt, was wir kaufen würden.«

»Aus Kleidung habe ich mir eigentlich nie viel gemacht. Dafür bin ich lange vor der Auslage vom Dallmayr gestanden. Was es da nicht alles für leckere Dinge gab.«

»O ja, diese Früchte. Ich habe mal Orangen gesehen, leider unglaublich teuer, die haben vielleicht gut gerochen.«

»Und erst das Schaufenster mit all den süßen Sachen. Das war überhaupt mein Lieblingsschaufenster.«

»Es gibt tatsächlich Menschen, die sich das leisten können. Das finde ich ungerecht, entweder können sich alle Orangen leisten oder eben keiner. Dass ein paar wenige mehr haben als so viele andere, ist ein Skandal!«

»Helena, du bist ja eine richtige Revoluzzerin!«

»Genau, ich errichte Barrikaden und protestiere mit einem Schild für das Frauenwahlrecht.«

»Auf dem Dorfplatz von Tannau?« Antonie lachte. »Ich würde mich beteiligen. Nur befürchte ich, das Dorf würde uns für verrückt erklären.«

»Ich habe gelesen, dass sich überall auf der Welt die Frauen für ihre Rechte einsetzen. In England nehmen sie immer ihre Schirme mit.«

»Jawohl, wir gehen mit unseren Schirmen über den Dorfplatz. Dann protestieren wir auch bei Regen.«

»Dummerchen! Die laufen nicht mit offenen Schirmen herum! Die Schirme sind geschlossen, damit die Frauen sich besser gegen die Polizei wehren können.«

»Na, dann tut mir der Dorfpolizist jetzt schon leid.«

Helena lachte bei der Vorstellung.

Und Antonie gefiel, wie offen und geradeheraus die Hebamme war.

»Antonie!« Helena schlug sich auf die Stirn. »Unsere Protestaktion müssen wir verschieben. Ich habe ja das Wichtigste vergessen. Monika und Jochen hätten dich gerne als

Taufpatin für die kleine Veronika. Du hast so viel geholfen, und sie würden sich sehr darüber freuen!«

»Oh«, sagte Antonie nur, denn es hatte ihr die Sprache verschlagen. »Das, das ...«, sie rutschte nervös auf ihrem Stuhl hin und her, »das mache ich gerne.«

»Wunderbar.« Helena tätschelte ihr beruhigend den Arm. »Heute um fünf ist Taufe.«

»Heute schon?«

»Bei uns wird sogar oft noch am selben Tag getauft, sicher ist sicher. Keiner will, dass so ein kleines Zwetschgerl, wenn es denn sterben sollte, in die Hölle zu den ungetauften Heiden kommt.« Das sagte sie in einem Ton, der offen ließ, wie das Gesagte gemeint war. Helena sah auf den Wecker, der auf dem Tisch stand. »Ich muss los, ein Kleiner drüben auf dem Almberg will nicht so recht trinken. Das ist noch eine gute Stunde Fußmarsch, und wir plappern hier über Delikatessengeschäfte.«

Die beiden Frauen verabschiedeten sich, und Antonie schaute der Hebamme nach, wie sie, mit ihrer Ledertasche in der Hand, zum Dorf hinunterging. Helena war eine patente junge Frau. Insgeheim hoffte Antonie, in ihr eine Freundin zu finden. Die Gespräche mit ihr taten ihr jedenfalls gut.

Frühzeitig machte sie sich auf den Weg zur Kirche. Sie trug ihre dunkle Bluse mit dem hochgeschlossenen Kragen. Alle anderen würden wahrscheinlich in der Tracht um das Taufbecken stehen. Damit konnte sie nicht aufwarten. Als sie die Kirche betrat, schickte sie ein Dankgebet in den Himmel, aus lauter Freude darüber, Taufpatin zu werden. Welch ein überraschendes, unerwartetes Glück!

Magda füllte Wasser in das Taufbecken. »Warm gemacht das Wasser, mögen die Kinder lieber«, sagte Magda.

»Das ist vorausschauend. Ich würde auch lieber warmes Wasser auf meinen Kopf geschüttet bekommen.«

»Ich auch!« Magda grinste.

Die Familie Huber kam mit der Kleinen, angetan in einem weißen Taufkleidchen. Neben Monika, die von Jochen gestützt wurde, bildeten die Eltern der beiden die kleine Taufgesellschaft. Monika stellte Antonie vor und drückte noch einmal fest ihre Hand. »Du warst gestern einfach da und bist uns eine große Hilfe gewesen. Eine bessere Patin für die kleine Veronika können wir uns nicht vorstellen. Sie soll ein gutes Vorbild haben und sehen, was man alles erreichen kann, wenn man ordentlich lernt.«

Bei diesen Worten musste Antonie gerührt schlucken und bedankte sich für die Ehre, Taufpatin zu werden.

Pfarrer Bichler trat zu ihnen, und alle versammelten sich um den Taufstein.

»Ich taufe dich im Namen des Vaters, des Sohnes und des Heiligen Geistes auf den Namen Veronika Elisabeth Huber.«

Dank des von Magda angewärmten Wassers verschlief Veronika ihre Taufe, und nach der Zeremonie übergab Antonie ihr Taufgeschenk. Viel hatte sie nicht – Monika und Jochen hätten besser eine wohlhabende Taufpatin ausgesucht. Eine arme Lehrerin würde sie immer bleiben. Als passendes Taufgeschenk war ihr schließlich das Seidentuch eingefallen, das sie auf dem Viktualienmarkt einem fahrenden Händler abgekauft hatte. Es zeigte einen orientalischen Vogel, der in einem Baum saß, und erinnerte Antonie an die Geschichten aus *Tausendundeiner Nacht*. Sie hatte es noch nie getragen, doch ihr gefielen die Seide und das exotische Bild. »Bei Halsweh um den Hals gewickelt, soll Seide gut sein«, erklärte Antonie, als sie das Geschenk den Eltern überreichte.

»Das passt zu meiner Veronika, das spüre ich. Sie wird mal

eine elegante junge Dame werden.« Monika herzte die Tochter, die aufgewacht war und ein paar quietschende Töne von sich gab.

Nach der Kirche versammelten sich alle im Huberhof. Monikas und Jochens Eltern hatten Brot, Würste und Käse mitgebracht, und gemeinsam saßen sie in fröhlicher Runde beim Taufessen.

»Langen Sie zu, Fräulein Lehrerin. Sie haben ja kaum was auf den Rippen«, forderte Jochens Vater Antonie immer wieder auf. Kaffee wurde ihr eingeschenkt und ein großes Stück Apfelkuchen auf den Teller gelegt.

Antonie wusste gar nicht, bei wem sie sich zuerst bedanken sollte. Mit gut gefülltem Bauch saß sie da und lauschte dem munteren Gespräch. Selten hatte sie sich so geborgen gefühlt wie in diesem Augenblick.

»Schaut mal, das Fräulein Lehrerin ist eingeschlafen!«

Antonie schreckte auf, als sie Bartls Stimme hörte. »Verzeihung«, murmelte sie, peinlich berührt.

»Das muss Ihnen nicht unangenehm sein. Es war ja eine aufregende Nacht«, versicherte ihr Monikas Mutter und goss ihr Kaffee nach.

Antonie lächelte und erinnerte sich an Pfarrer Bichlers Worte. Es gab Tannauer, die hatten wirklich das Herz am rechten Fleck.

Mit Äpfeln rechnet es sich leichter

»Wie viel macht drei und zwei?« Antonie schaute in siebenundvierzig Kindergesichter. Die Erstklässler konnten es noch nicht wissen, alle anderen sollten es eigentlich wissen. Doch die Wissenslücken hatten sich als groß herausgestellt. Um rund ein Jahr hinkten die Schüler dem Unterrichtsstoff hinterher. Herr Meisl hatte offenbar schon vorher die Zügel arg schleifen lassen. Es mochte an seiner Krankheit gelegen haben, oder seine pädagogischen Ansätze ließen zu wünschen übrig. Die Erkenntnis, wie wenig er den Kindern von dem geforderten Wissen beigebracht hatte, bescherte Antonie unruhige Nächte. Bei einer Visitation der Schulbehörde würde das auf sie zurückfallen und dem Bürgermeister einen weiteren Grund liefern, sie wieder loszuwerden. Etliche Briefe waren aus dem Rathaus nach München geschickt worden, doch bislang war kein Lehrer aufgetaucht, um sie zu ersetzen.

Langsam gingen ein paar Arme nach oben. Gundi war wie immer die Schnellste. Das Mädchen war begabt, und Antonie musste sich mehrmals am Tag ermahnen, nicht nur sie aufzurufen. Sie lieferte stets die richtigen Antworten. Auch Franzl, der Sohn des Bürgermeisters, tat sich leicht. Hias hingegen brachte, wie es sein Vater bei der Holzlieferung vorausgesagt hatte, regelmäßig alle Zahlen durcheinander, an Rechnen war gar nicht zu denken. Beim Lesen zeigten sich die gleichen Probleme, und Antonie befürchtete, dass er so lange die Klasse wiederholen würde, bis er alt genug war, um von der Schulpflicht befreit zu werden. Kopfnüsse, wie vom Vater gefordert, würden gar nichts bringen. Fünf Finger meldeten sich, mehr wurden es nicht. Ein paar der älteren Schüler wussten es sicher, nur wollten sie bei den einfachen Aufgaben nichts sagen, die waren ja Kinderkram.

»Bleibt still sitzen, ich hole etwas.« Antonie verschwand kurz in ihre Kammer. Als sie zurückkam, legte sie drei Äpfel auf das Pult. »Wie viele Äpfel sind das?«

Sofort schnellten viele Finger nach oben. Auch die von ein paar Anfängern waren darunter, denn bis fünf hatten sie die Zahlen inzwischen gelernt.

»Drei«, durfte einer von ihnen stolz sagen, als Antonie ihn aufrief.

»Richtig! Das war nicht schwer. Wie viele Äpfel muss ich jetzt noch auf mein Pult legen, damit sie zur Rechnung passen?«

Einige Finger gingen nach oben. »Zwei!«, rief Hilde vorlaut und zuckte dann zusammen. Ohne sich zu melden, durfte man in der Schule nichts sagen. Alle Kinder schauten Antonie abwartend an. Wie würde sie dieses Vergehen bestrafen? Das Mädchen schielte erschrocken zum Rohrstock, der hinter der Tafel an die Wand gelehnt war.

Als Antonie sah, wie Hilde vorsorglich ihre Hände auf die Bank legte, um ihre Tatze, den Schlag mit dem Rohrstock auf die Finger, in Empfang zu nehmen, spürte Antonie, wie ihr Herz weich und zugleich schwer wurde. Denn kein Kind sollte geschlagen werden, erst recht nicht für eine richtige Antwort. »Das stimmt, Hilde. Zwei Äpfel muss ich noch dazulegen. Und das nächste Mal meldest du dich bitte wie alle anderen.«

Hilde nickte und nahm langsam die Finger wieder von der Schulbank.

Antonie legte zwei Äpfel dazu. »Drei Äpfel und zwei Äpfel machen wie viele Äpfel?«

Etliche Finger sausten nach oben. Manche Schüler mussten erst noch zählen, während andere auf die rotbackigen Äpfel starrten und zu überlegen schienen, wie gut sie wohl schmeckten. Hias war einer von ihnen, und das machte ihr das Herz wieder schwer. Was sollte aus dem Sohn des Holzhändlers werden, wenn er nie würde ausrechnen können, wie viel drei Ster kosteten? Den Gedanken schob sie fürs Erste zur Seite. Das würde sie ein andermal überlegen. Gerade war es nötig, mit den fünf Äpfeln richtig zu rechnen.

Der Reihe nach ließ sie sich das Ergebnis ins Ohr flüstern. Natürlich hörten das auch jene, die sich nicht gemeldet hatten, und waren nun ganz erpicht darauf, dem Fräulein Lehrerin die Antwort ebenfalls ins Ohr zu flüstern. Als Antonie sie siebenundvierzig Mal gehört hatte, lobte sie die Kinder und schrieb *2+3=5* an die Tafel.

»Ich habe drei Äpfel und lege zwei Äpfel dazu, wie viele Äpfel liegen dann auf meinem Pult?«

Wieder fünf, stellten die Kinder verblüfft fest.

»Und wenn ich einen Apfel habe und vier dazulege, wie viele sind es dann?«

»Fünf!«

»Wenn ich nun vier Äpfel habe und einen dazulege, dann sind es ...«

»Fünf!«, riefen die Kinder im Chor.

Antonie schrieb *1+4=5* und *4+1=5* an die Tafel. Langsam begriffen die Kinder, dass es egal war, welche Zahl man zuerst dazuzählte.

»Das Rechnen hat mich furchtbar hungrig gemacht. Ich

werde einen Apfel essen.« Sie tat so, als würde sie herzhaft hineinbeißen. »Wie viele bleiben übrig?« Vier Äpfel, das war allen Kindern klar. Nur als sie fragte: »Was ist vier plus eins?«, brachte das manche wieder ins Schleudern. Als sie den Apfel zurücklegte, wurde der Zusammenhang klarer. »Und wenn ich vier Äpfel wegnehme, wie viele bleiben übrig?«

»Einer!«, kam die richtige Antwort.

Die Kinder lachten, als Antonie mit aufgeblähten Backen vorspielte, wie sie einen Apfel aß, und als sie am Ende mit großer Geste über den Mund wischte und die Hand am Rock abtrocknete, lachten die Kinder noch mehr. Während ihrer kleinen Vorstellung hatte sie den Apfel hinter dem Rücken versteckt und präsentierte den Schülern nun ihre leere Hand. Verblüfft sahen sie ihre Lehrerin an. Sie hatte doch nur so getan, als würde sie ihn essen. Schlagartig wurde es still.

»Ich habe heute so einen Hunger, darum esse ich noch einen Apfel.« Antonie wiederholte ihre Darbietung. Wenn ihre alte Lehrerin sähe, wie sie den Kindern Rechnen beibrachte, würde sie nur verständnislos den Kopf schütteln. Schwester Coelestina hingegen hätte das Versteckspiel gefallen. Drei Äpfel blieben übrig. »Wie viele Äpfel muss ich im Kramerladen kaufen, damit es wieder fünf werden?«

Die Antwort kam schnell. Zwei Äpfel hatte das Fräulein gegessen. Am Anfang waren es fünf gewesen. Demnach fehlten jetzt zwei Äpfel bis zu fünf. Das erklärte Josef, und als Antonie die beiden Äpfel hinter ihrem Rücken hervorholte und mit ausgebreiteten Armen dastand wie ein Zirkusakrobat, da klatschten die Kinder vor Freude in die Hände.

Mit den Äpfeln rechneten sie weiter. »Franzl«, sagte Antonie und rief den Sohn des Bürgermeisters zu sich. »Hol mir doch vom Apfelbaum im Pausenhof zwei Äpfel.«

Hatte gerade noch gehörige Unruhe geherrscht, weil man mit dem Sitznachbarn über die herbeigezauberten Äpfel diskutieren musste, so machte sich schlagartig Stille breit. Eine solch ungewöhnliche Aufgabe hatte es beim Schulmeister Meisl wohl nie gegeben. Gespannt schauten alle den Franzl an. Der machte ein ernstes Gesicht, als wüsste er nicht, was er von der seltsamen Bitte halten sollte. Langsam ging er hinaus auf den Pausenhof zum Apfelbaum. Wer am Fenster saß, reckte den Hals, um zu sehen, was draußen passierte.

»Die an der Wand sitzen, dürfen aufstehen, aber ruhig, und schauen, wie Franzl uns zwei Äpfel holt.« Der Apfelbaum trug viele Äpfel. Nur waren sie klein und sauer und allenfalls für einen Apfelstrudel verwendbar, wenn man ordentlich viel Zucker zugab.

»Vielen Dank, Franzl.« Antonie legte die zwei Äpfel zu den anderen. »Die sind viel kleiner als die leckeren Äpfel vom Kramerladen. Ursula, sag deiner Mutter, wie toll man mit ihren Äpfeln rechnen kann und dass sie ganz besonders gut schmecken. Also, aufgepasst! Fünf und zwei macht wie viel?«

Die restliche Stunde wurde fleißig gerechnet. Es war eine Freude, den Eifer zu sehen, mit dem die Schüler bei der Sache waren. Ohne die Äpfel, da war sich Antonie sicher, hätte sie die Zusammenhänge nie so schnell den Kindern beibringen können. Selbst die Erstklässler hatten es begriffen. Bald rechneten sie die Aufgaben auch ohne Äpfel richtig im Kopf. Und wenn einer mal nicht weiterwusste, zeigte Antonie nur auf die Äpfel.

Seitdem Franzl die beiden Äpfel hatte holen dürfen, strengte er sich mehr an als vorher und hielt das Äpfelrechnen nicht mehr für Kindereien.

»Sechs durch zwei macht wie viel?« Antonie sah die Klasse

fragend an. Großes Schweigen. Doch als sie fragte, wie viele Äpfel sie und ihre beste Freundin bekommen, wenn gerecht aufgeteilt wird, da war die Sache schnell klar.

»Mit Äpfeln rechnen ist ja ganz einfach. Viel einfacher als mit Zahlen«, meinte schließlich Ursula, und dem stimmten alle zu. Äpfel waren entschieden etwas anderes als Zahlen.

»Ich bringe meine Äpfel jetzt in Sicherheit, sonst isst einer von euch sie noch auf, so lecker, wie sie aussehen. Ich denke, wir haben für heute genug gerechnet. In unserem Kopf schwirren ganz viele Zahlen umher. Darum müssen wir etwas tun, damit die Zahlen wieder an ihren Platz kommen. Das geht mit Singen am einfachsten. Kinder, steht alle auf, zum Singen brauchen wir einen geraden Körper und keinen, der abgeknickt in der Schulbank sitzt.«

Das verwunderte die Kinder wieder. »Beim Schulmeister Meisl haben wir nur im Sitzen gesungen.«

»Das mag sein.« Antonie wollte den Meisl nicht schlechtmachen, darum sagte sie nur: »Bei mir singen alle im Stehen.«

Auf ihre Frage, welche Lieder sie beim Herrn Meisl gelernt hätten, kam nicht viel. Allerdings hatten sie beim Herrn Pfarrer so manches Kirchenlied einstudiert.

»Gut, dann singen wir ›Komm, oh Heiland‹.« Das war eines der Lieder, das zum festen Repertoire des Organisten Franz Gruber zählte, und fast jeder im Dorf kannte es inzwischen auswendig. Antonie ließ die Kinder zunächst zwei Strophen singen und danach dazu im Takt klatschen. »Komm«, klatschen, »oh«, klatschen, »Hei-«, klatschen, »-land«, klatschen und so fort. Einmal singen, einmal klatschen, und ganz nebenbei hatten die Kinder angefangen, die Silbentrennung zu lernen.

»Kennt ihr außer diesem Kirchenlied noch andere Lieder?«

Die kleine Anna meldete sich und schlug die »Vogelhochzeit« vor.

»Das ist eine gute Idee«, lobte Antonie, und kurz darauf heirateten die Drossel und die Amsel, und die Lerche führte die Braut zur »Kerche«. Es stellte sich heraus, dass keines der Kinder bei »Kerche« jemals an Kirche gedacht hatte. »Was ist ein Küster?«, fragte Antonie. Dieser mehr im Norden gebräuchliche Ausdruck sagte den Kindern nichts. »Ein Küster ist ein Mesner«, erklärte sie.

»Wie der alte Gröbner. Der ist so wacklig auf den Beinen, dass wir Ministranten alles machen müssen!«, meinte Maximilian, einer der größten Jungen der Klasse. Einen »Kaplan« kannten sie, denn ab und zu kam der Kaplan aus Berchtesgaden, um bei besonderen Anlässen Gottesdienst zu feiern. Bei der »Brautmutter« wurde gerätselt, was das sein könnte. Auf diese Weise ging Antonie mit den Schülern alle Strophen durch, die sie anschließend abwechselnd sangen und klatschten. Sie merkte, wie die Kinder, geleitet von der Melodie, die Silben ganz von selbst fanden und sich keinerlei Gedanken darüber machten. Ohne Melodie klappte das bei Weitem nicht so gut.

»Weil ihr so schön singt, wollen wir die Deutschstunde verkürzen und lieber ein neues Lied ausprobieren.«

Das gefiel den Kindern natürlich besonders gut. Dabei hatten sie in der letzten Stunde mehr Deutsch als Musik gemacht.

»Kennt ihr den Kanon ›Hejo, spann den Wagen an‹?« Allgemeines Kopfschütteln. »Dann passt mal auf.« Antonie sang ihnen das Lied einmal vor, sagte den Text auf und stellte sicher, dass sie ihn verstanden hatten. Die goldenen Garben waren nämlich Weizen und nicht echtes Gold, und es waren keine Gaben wie an Weihnachten, sondern Garben mit einem r. Über den Text des Liedes zu reden brachte die Kinder dazu, ihn in Windeseile zu lernen.

Danach sangen sie das Lied alle gemeinsam. Vor allem das »Hejo« machte ihnen viel Spaß. Selbst die eher schüchternen Schüler ließen den Regen vom Wind kräftig übers Land treiben. Zwei Schüler stachen mit ihrer Stimme besonders hervor. Das war Franzl, der eine wohltönende, volle Knabenstimme hatte, und Hias, der hell und glockenrein sang. Auch einige Mädchen hatten schöne Stimmen, und Antonie war überzeugt, mit etwas Übung würden alle zusammen einen prächtigen Chor abgeben. Genau, ein Schulchor! Der würde ihr und den Kindern Spaß machen. Vielleicht konnten sie sogar einmal auftreten, bei einem Fest oder Umzug. Halt, Antonie, rief sie sich selbst zur Vernunft, mal langsam mit den jungen Pferden. Wer weiß, wie lange du überhaupt noch da bist. Also nichts überstürzen.

»Das Lied ist ein Kanon«, erklärte sie. »Wir können es mit drei Gruppen singen, die alle nacheinander anfangen, zu singen, und trotzdem hört es sich gut an.« Ungläubige Gesichter sahen sie an. »Das kann man nicht erklären, das müssen wir ausprobieren.« Sie teilte die Klasse in drei Gruppen auf und setzte Franzl, Hias und Gundi, die eine schöne Stimme und vor allem ein gutes Taktgefühl besaß, jeweils als Leitsänger ein.

»Gundi, deine Gruppe fängt an, dann setzt auf mein Zeichen hin Hias mit seiner Gruppe ein und zum Schluss Franzl mit der seinen. Wenn eine Gruppe mit dem Lied durch ist, fängt sie wieder von vorne an. Wichtig ist, dass ihr im Takt bleibt.« Antonie war die Reaktion der Kinder nicht entgangen, als sie ausgerechnet Hias, der nicht rechnen und lesen konnte, ausgewählt hatte, die Gruppe zu leiten. Hias merkte nichts davon – konzentriert stand er da und schaute gebannt auf Antonie. Sie hob die Hände, gab den Takt vor, und auf »… vier« gab sie Gundi ein Zeichen, dann Hias und schließlich Franzl. Wie sollte es anders sein, bald kamen alle durcheinander, und es gab ein Drunter und Drüber.

Antonie klatschte in die Hände. »Gleich noch einmal.« Sie sangen bis zur großen Pause.

»Hejo«, rief Antonie, »genug gesungen! Wir haben uns die Pause redlich verdient.« Als sie die Tafel sauber wischte, hörte sie, wie manche Jungen mit lautem »Hejo« ihre unsichtbaren Pferde anspannten, wie einer als Wind den Regen vor sich herjagte, während einige Mädchen kreischend davonliefen. Andere wiederum, vor allem die Älteren unter Führung von Franzl, versuchten, selbst einen Kanon anzustimmen, was allerdings daran scheiterte, dass sie sich nicht einigen konnten, wer welche Gruppe leiten durfte.

Ein paar standen unter dem Apfelbaum, betrachteten nachdenklich die kleinen, noch gelben Äpfel und rätselten wohl, wie viele Äpfel dort hingen. Von einhundert bis tausend gingen die Vermutungen. Das wollte Antonie aufgreifen. Sie würde erst die Äpfel an einem Ast zählen lassen, dann die Äste, und am Ende hatten sie eine schöne Rechenaufgabe.

Antonie trat zur Tür und betrachtete ihre Schüler. Es freute sie, dass ihr Unterricht sie auch in der Pause weiterbeschäftigte. So sollte es sein. Die Schulstunden sollten ihr Leben als Kind beeinflussen, und ihr Kinderleben sollte im Unterricht Widerhall finden.

Da Monatsende war, machte Antonie sich auf den Weg ins Gemeindeamt, um ihren Lohn abzuholen. Man hatte ihr von Herrn Hackl ausrichten lassen, sie möge nach dem Unterricht unverzüglich zu ihm kommen. Seit ihrem ersten Tag in Tannau war sie nicht mehr dort gewesen. Deshalb blickte sie der Begegnung mit gemischten Gefühlen entgegen. Hoffentlich traf sie nicht auf den Bürgermeister. Es reichte ihr vollkommen, wenn sie ihn am Sonntag aus sicherer Entfernung in der Kirche sah. Mit Magda – das hatte sich eingebürgert – saß sie in der letzten Reihe, und wenn es nötig war, nahm sie ihre Hand, streichelte ihren Arm, und keine der rechtschaffenen Tannauerinnen fand seitdem einen Grund, sich zu beschweren. Sie konnten sich nun in aller Ruhe auf ihren Herrgott besinnen.

Antonie betrat das Gemeindeamt und klopfte in dem auch heute dusteren Gang an die Tür des Gemeindesekretärs. Keine Reaktion. Sie klopfte wieder. »Geduld!«, rief Hackl ihr von innen zu. Antonie ließ die Hand sinken. Gut, dann warte ich. Nach einiger Zeit stellte sie den Korb ab, wippte auf den Füßen vor und zurück, lehnte sich schließlich an die weiß gekalkte Wand. Bald eine Stunde stand sie inzwischen im Gang, die Kirchturmuhr hatte gerade Viertel vor drei geschlagen. Langsam wurde es Antonie zu bunt. Der hat mich vergessen, dachte sie und entschied, dass sie mit gutem Gewissen erneut klopfen konnte.

»Geduld!«, rief Hackl ihr wieder zu.

Die hatte Antonie nun nicht mehr. Kurzerhand öffnete sie die Tür zur Amtsstube und sah, wie der Sekretär erschrocken zusammenfuhr. Hastig faltete er die Zeitung zusammen, die er gerade gelesen hatte. »Verzeihen Sie, Herr Sekretär, ich weiß, Ihre Zeit ist kostbar und mit Arbeit angefüllt, deswegen wollte ich mein Gehalt rasch abholen, damit Sie wieder Zeit für die wichtigen Amtsgeschäfte haben.«

»Von mir aus«, befand Hackl und blickte sauertöpfisch drein. Sie wussten beide, dass seine wichtigen Amtsgeschäfte eher privater Natur waren. Schwerfällig, als müsste er sich gegen die Last der Verantwortung stemmen, stand er auf und kramte nach seinem Schlüsselbund und schloss den schweren Eisentresor auf, der hinter ihm an der Wand stand. Als wollte er Antonie beweisen, welch Mühe sie ihm bereitete, kramte er umständlich herum, bis er endlich mit Geldscheinen in der Hand wieder an seinen Schreibtisch trat. Es war ein dünnes Bündel, das sah Antonie sofort.

Hackl zählte dreiundvierzig Reichsmark und achtzig Groschen auf die lederne Schreibunterlage.

Der geringe Betrag verwirrte Antonie. Er müsste mehr als doppelt so hoch sein. Wäre sie ein Mann, bekäme sie noch wesentlich mehr. Da die allgemeine Meinung war, dass Frauen generell und Lehrerinnen im Speziellen nicht so viel leisteten wie Männer, stände ihnen grundsätzlich weniger Lohn zu. Doch die paar Geldscheine, die auf dem Schreibtisch lagen, waren selbst für eine Lehrerin viel zu wenig. »Ich verstehe nicht ganz ... Die Gemeinde weiß doch sicherlich, wie viel eine Lehrerin verdient, das wird regelmäßig im Amtsblatt veröffentlicht.« Antonie zeigte auf die Zeitung, die Hackl unter einem Aktenordner hatte verstecken wollen. Sie hatte längst gesehen, dass es der ›Berg-Anzeiger‹ war und nicht das Amtsblatt.

»Natürlich weiß die Gemeinde, was ein Lehrer bekommt. Sie sind allerdings eine Lehrerin, haben zudem keinen vollen Monat gearbeitet, da die Schule erst am 12. September angefangen hat, und«, hier machte Hackl eine kunstvolle Pause, die er genüsslich in die Länge zog, »da das werte Fräulein Lehrerin sowieso nur vorübergehend hierbleibt, hat die Gemeinde beschlossen, sie als Hilfslehrerin anzustellen.« Er betrachtete Antonie selbstzufrieden.

»Ich bin keine Hilfslehrerin, und das wissen Sie genau.« Antonie legte ihren Zeigefinger auf den Schreibtisch, um ihren Worten mehr Gewicht zu verleihen. »Ich bin eine examinierte Lehrerin, die ihr Referendariat abgeleistet hat und somit voll ausgebildet ist. So steht es auch in dem Schreiben vom Ministerium.«

Hackl hob abwehrend die Hände. »Die Gemeinde wartet ab, was als Reaktion aus München auf unsere Bitte um eine männliche und kompetente Lehrkraft kommt. Da wir fest mit einem neuen Lehrer rechnen, sind Sie vorerst eine Hilfslehrerin, die auch entsprechend bezahlt wird!«

Antonie spürte, wie ihr Finger vor lauter Wut immer fester auf den Schreibtisch drückte. Das war eine Unverschämtheit! Am liebsten hätte sie Hackl das selbstzufriedene Grinsen aus dem Gesicht geschlagen. Und obwohl es strikt gegen ihre Überzeugung war, wünschte sie sich den Rohrstock her, um damit so kräftig auf den Schreibtisch zu donnern, dass Hackl die Aktenblätter um die Ohren flogen. Dieses Grinsen brachte sie in Rage. »Ich bin keine Hilfslehrerin, und egal, was München Ihnen schreibt, im Augenblick bin ich die Lehrerin von Tannau!«

»Hilfslehrerin von Tannau«, korrigierte er sie.

Antonie sog tief die Luft ein. All ihre Selbstbeherrschung musste sie aufbringen, um nicht laut zu werden. »Gut, dann warten wir ab, was München schreibt.« Sie nahm das Geld, denn was sollte sie sonst tun? »Außerdem brauchen die Schüler unbedingt neue Bücher. Die Lesebücher entsprechen nicht mehr dem neuesten Stand. Genauso wenig wie die Rechenbücher und etliche Schautafeln.« Wenigstens der Unterricht sollte nicht unter dem Geiz der Gemeinde – vielmehr des Bürgermeisters, das stand für Antonie fest – leiden.

»Schulmeister Meisl ist immer sehr gut mit den vorhandenen Büchern ausgekommen. Von ihm gab es nie eine Beschwerde.«

»Mit der schlechten Ausstattung können die Schüler nicht ordentlich lernen.«

»Da sieht man es wieder. Ein Schulmeister schafft das, eine Lehrerin halt nicht. Das mit den Büchern soll entweder der neue Lehrer entscheiden oder der Schulmeister Meisl, wenn er wieder genesen ist.«

Antonie spürte unbändige Wut in sich aufsteigen. Darum drehte sie sich brüsk um und spazierte ohne Gruß aus der Amtsstube. Schon wollte sie der Tür einen ordentlichen Schubs geben, als sie sich anders besann, gerade noch den Griff zu fassen bekam und sie leise ins Schloss drückte.

Im Gang atmete sie erst einmal tief ein und wieder aus. Die Geldscheine und die Groschen steckte sie gewissenhaft in ihr Portemonnaie und ließ es zuschnappen. Damit kam sie knapp durch den Monat. Ansparen konnte sie bei diesem Gehalt rein gar nichts. Dabei hatte sie schon überlegt, Schwester Coelestina ein Geschenk aus den Bergen, ein geschnitztes kleines Engelchen, zu schicken. Außerdem würde sie den Holzlieferanten fragen müssen, ob sie das Holz monatsweise abbezahlen konnte. Wie unangenehm ihr das war! Ein letztes Mal atmete sie tief ein und ihre aufgestaute Wut wieder aus.

Schließlich packte sie ihren Korb und entschied, sich trotzdem eine Kleinigkeit zu gönnen. Das hatte sie sich verdient. Volle drei Wochen hatte sie in Tannau ausgehalten, das musste gefeiert werden! Als sie über den Dorfplatz ging, fiel ihr auf, dass sie inzwischen weit häufiger und freundlicher gegrüßt wurde als in den ersten Tagen.

Von der Krämerin wurde sie sogar überschwänglich begrüßt. »Stellen Sie sich vor, die Ursula ist heute nach Hause gekommen und hat tatsächlich behauptet, dass Rechnen Spaß macht. Kann man das glauben? Ihr hat Rechnen noch nie gefallen, und sie hat sich stets schwer damit getan.« Aufgeregt kam sie hinter dem Tresen hervor und gesellte sich zu Antonie. »Für sie als zukünftige Krämerin ist es natürlich ganz schlecht, wenn sie nicht rechnen kann. Beim Lesen ist sie schnell, mein Mädchen, nur mit dem Rechnen will es partout nicht klappen. Da wird sie doch später im Laden übers Ohr gehauen. Und dann kommt sie heute heim und rechnet und rechnet und meint, mit Äpfeln rechnen sei ganz leicht.« Die Krämerin hatte rote Wangen bekommen. »Ich habe sie dann ein paar Aufgaben lösen lassen, und tatsächlich, die meisten hat sie richtig gerechnet.«

»Das freut mich zu hören. Rechnen ist gar nicht so schwer, es haben nur viele Kinder Angst davor, und das lähmt den Kopf. Mit ein wenig Spaß rechnet es sich gleich viel leichter.«

»Spaß, wenn ich das schon höre!« Eine Kundin war hereingekommen und hatte ihr Gespräch belauscht.

Antonie drehte sich um. Es war ausgerechnet Kreszenzia Walch, der sie schon das letzte Mal hier begegnet war. Sie hatte Monika davon erzählt, als sie die Hubers besucht hatte, um nach der kleinen Veronika zu schauen.

»Das war sicher die Frau Walch«, hatte Monika sie aufgeklärt. »Die ist die Cousine von der Irmingard Meisl. Auf der ihr Geschwätz darfst du nichts geben. Das ist eine ganz furchtbare Person – oder eine ganz arme, je nachdem, wie man es sieht. Sie kann keine Kinder bekommen. Selbst eine Wallfahrt nach Altötting hat sie gemacht, doch die Schwarze Madonna hat sich nicht erweichen lassen. Darum ist sie auf alles, was mit Kindern zu tun hat, nicht gut zu sprechen.«

Antonie war froh, dass Monika sie eingeweiht hatte, so konnte sie mit den abfälligen Bemerkungen gleich viel besser umgehen.

»Die Kinder sollen ordentlich lernen und keinen Spaß

haben, die sind ja nicht im Kasperletheater«, echauffierte Kreszenzia Walch sich weiter. »Heute muss es recht lustig in der Schule zugegangen sein, so wie die Kinder herumgebrüllt haben. Das wäre beim Schulmeister Meisl nicht vorgekommen. Da herrschten Zucht und Ordnung – Frivolitäten aus der Großstadt gab's da nicht.« Mit überheblicher Miene wandte sie sich an Antonie. »Und dem kleinen Mädchen der Hubers haben Sie ein Tuch geschenkt wie aus einem gewissen Etablissement. Das passt nicht nach Tannau und in ein christliches Haus.«

Es gefiel Antonie gar nicht, dass sie mit »einem gewissen Etablissement« in Verbindung gebracht wurde. Wenn Kreszenzia Walch diese Ansicht im ganzen Dorf verbreitete, würde ihr Ruf Schaden nehmen. Nicht immer unterschieden die Menschen zwischen übler Nachrede und Wahrheit. Gerade die boshaftesten Geschichten blieben im Gedächtnis hängen. Schon wollte Antonie zur Gegenwehr ansetzen, als ihr die Krämerin zuvorkam.

»Ich glaube, Prinzessin Adelgunde hat bei ihrem letzten Besuch in Berchtesgaden zusammen mit dem Prinzregenten genauso ein Seidentuch getragen. Ich hatte ein Bild in der Zeitung gesehen und noch bei mir gedacht: Was hat die Prinzessin nur für ein schönes Tuch an. Das würde mir auch gefallen, mit so einem wunderschönen Vogel darauf.«

Die Antwort erstaunte die Walch, die eigentlich eine Verbündete in der Krämerin gesehen hatte. Sie öffnete den Mund und schloss ihn wieder.

»Die kleine Veronika wird damit wie eine Prinzessin ausschauen«, versicherte die Krämerin und tätschelte vertraulich Antonies Arm.

»Der Verkäufer am Viktualienmarkt pries es mir als genau jenes an, wie es die Prinzessin habe«, bestätigte Antonie.

Damit war der Walch aller Wind aus den Segeln genommen.

Nachdem dies nun geklärt war, widmete sich Antonie in Ruhe ihren Einkäufen. Nächsten Monat würde es morgens Haferbrei und ansonsten hauptsächlich Kartoffeln geben. Einen Luxus leistete sie sich trotzdem. In einer Vitrine lagen Samtbänder und Spangen für das Haar. Eine der Spangen war mit einer großen dunkelgrünen Schleife verziert.

»Die hier gefällt mir gut.« Antonie zeigte darauf.

»Gerne«, sagte die Krämerin, nahm sie heraus und wickelte sie in einen Bogen Seidenpapier.

Das dünne Papier knisterte, und Antonie spürte Vorfreude, als sie das Päckchen vorsichtig auf ihre Einkäufe legte. Als sie bezahlt hatte, reichte die Krämerin ihr noch drei ihrer schönsten Äpfel über den Tresen. »Damit Sie auch weiterhin gut mit den Kindern rechnen können.« Sie lachte und zwinkerte Antonie zu, die sich herzlich bedankte. Doch noch mehr Freude als die Äpfel bereitete ihr das sauertöpfische Gesicht der Walch.

Beschwingt verließ sie den Laden und steuerte das Pfarrhaus an. Sie entdeckte Magda im Garten, die zwei weiße Hemden an die Wäscheleine hängte. »Magda!«, rief sie, um die Pfarrhaushälterin nicht zu erschrecken. Die blickte auf und lächelte, als sie sah, wer sie gerufen hatte.

Antonie öffnete das Gartentor. »Schau, Magda, ich wollte mich für deine Hilfe bedanken. Die gute Suppe und das Holz, das du zu mir hochgetragen hast.« Sie hielt Magda das Päckchen entgegen.

Ganz vorsichtig legte Magda es auf ihre flache Hand und betrachtete es wie einen kleinen Vogel, der gleich wegfliegen wollte.

»Du musst es auspacken«, forderte Antonie sie auf.

Als Magda schließlich die Spange mit der Schleife in der Hand hielt, strahlten ihre Augen.

»Soll ich dir die Spange in die Haare machen?«, fragte Antonie. Magda nickte und drehte sich um. Antonie fasste mit der rechten Hand Magdas dünnes Haar zusammen und klemmte die Spange fest. »Fertig«, sagte sie und lächelte Magda an. Da bemerkte sie, dass der Pfarrer die Szene beobachtet hatte. Mit einem Mal wusste Antonie nicht, ob sie richtig gehandelt hatte. Hätte sie Pfarrer Bichler vorher fragen sollen?

Anscheinend hatte der Pfarrer das Unbehagen in ihrem Gesicht gelesen, denn er trat aus der Tür und kam gut gelaunt zu ihnen herüber. »Magda, du schaust ja ganz anders aus. Was ist das nur, ganz verändert bist du. Was ist es denn bloß?«

Das brachte Magda und Antonie zum Lachen, und stolz wurde ihm die Schleife präsentiert, aus der ein dünnes Pferdeschwänzchen herausragte.

»Lauf, Magda, schau dir die Schleife im Spiegel an. Aber bedank dich vorher bei dem Fräulein Lehrerin.«

»Danke«, sagte Magda und lief eilig ins Haus.

»Da haben Sie Magda zwei schöne Geschenke gemacht.«

»Zwei Geschenke?«, wunderte sich Antonie. »Die Haarspange und das Seidenpapier. Das gefällt ihr genauso gut wie die Samtschleife. Sie wird es sicher jeden Abend streicheln und dem Knistern des Papiers lauschen. Das liebt sie.«

»Sie besitzt wahrlich ein reines Herz«, stellte Antonie fest.

»Das tut sie. Ich glaube, wen Gott wirklich liebt, dem gibt er einen Geist, wie ihn Magda besitzt.« Ein Schatten fiel über seine sonst so strahlenden Augen. Kurz darauf wirkte Pfarrer Bichler wieder so gut gelaunt wie immer.

»Lieber Herr Pfarrer«, setzte Antonie an, eine Bitte vorzutragen, die sie seit heute Vormittag im Kopf hatte. »Ich würde gerne mit den Kindern einen Schulchor bilden. Einige von ihnen können gut singen.«

»Das ist eine wunderbare Idee. Schulmeister Meisl hält leider gar nichts vom Singen, und bei mir, befürchte ich, haben sie zu viel gesungen und zu wenig gerechnet und geschrieben.«

»Das holen wir schon auf«, versicherte ihm Antonie. »Ich hatte mir gedacht, wir könnten einmal an einem Sonntag in der Kirche von der Empore singen, um den Kindern einen Anreiz und Ansporn zu geben.«

Kaum hatte sie das gesagt, da strahlte der Pfarrer, als hätte er gerade wie Magda eine Samtschleife geschenkt bekommen. »Unbedingt machen Sie das. Wann und welche Lieder, überlasse ich ganz Ihnen.« Er klatschte vor Freude in die Hände. »Übernächsten Sonntag ist Erntedankfest, das wäre eine wunderbare Gelegenheit.«

Für Erntedank, dachte Antonie, als sie gemächlich zur Schule hochging, gibt es schöne und fröhliche Lieder. Der bislang eher durchwachsene Tag nahm eindeutig einen guten Ausgang, als sie in den Briefkasten schaute. Elvira hatte ihr geschrieben. Wenn sie sich beeilte, dann konnte sie den Brief draußen auf der Bank lesen, solange es noch hell war.

Vom Kinde her denken

Liebste Antonie,
du kannst dir mein Bedauern und meine Sorge vorstellen, als ich von deinem Ungemach las. Sei versichert, ich denke täglich an dich und deine furchtbare Kammer in diesem furchtbaren Dorf, ab von jeglicher Zivilisation. Es ist fast so, als wärst du wie eine Missionarin im fernen Afrika stationiert.

An dieser Stelle musste Antonie lachen, denn wie in einem fernen Land fühlte sie sich in Tannau durchaus. Viele der Bräuche und Gepflogenheiten in dem Bergdorf waren ihr gänzlich unbekannt. Und dabei lebte sie gerade mal eine dreistündige Zugfahrt und einen einstündigen Aufstieg von München entfernt.

Doch glaube mir, hier geht es nicht viel besser zu. Die Volksschule in Haidhausen ist erst vor ein paar Jahren gebaut worden, da gibt es nichts zu meckern. Die Ausstattung ist auf dem neuesten Stand. Da möchte man meinen, das Unterrichten müsste Spaß machen. Ich gebe mir solche Mühe, nur wollen, wie mir scheint, die Kinder nichts lernen. Auch für ihre Eltern ist das Lernen offenbar Nebensache. Viel wichtiger ist ihnen, dass die Kinder in ihren Handwerksbetrieben mithelfen, die in Haidhausen in jedem Hinterhof zu finden sind. Täglich fehlen Schüler, weil sie vermeintlich krank sind. Alles

Lüge! Befragt man sie genauer, stellt sich heraus, dass sie daheim haben helfen müssen. Wenn nur mehr Einsicht herrschen würde, wie wichtig die Schule ist.
Sorgen machen mir außerdem die anderen Lehrer. Die behandeln mich alle wie Luft! Ist das zu fassen? Keiner der verehrten Herren, nicht einmal der jüngste Hilfslehreraspirant, redet mit mir. Die halten sich wohl für was Besseres, nur weil sie Männer sind! Pah, aber die kriegen mich nicht unter.
Außer mir gibt es noch das Fräulein Häuflein, das geduldet, aber auch nicht weiter beachtet wird. Doch mehr als ein kurzes Nicken auf dem Gang ist von der auch nicht zu erwarten.
Du siehst, im Vergleich dazu hast du es viel besser erwischt. Du bist deine eigene Herrin in der Schule, kannst ganz nach deinem Gusto schalten und walten.
Dafür kann ich in der Kaufingerstraße einen Schaufensterbummel machen, in Tannau wird es da nicht viel zu sehen geben. Vielleicht die neuesten Melkeimer? Verzeih mir diese Boshaftigkeit. Beim Modehaus Mayr haben sie ein blaues Seidenkleid in der Auslage, der Stoff fließt und schimmert wie Wasser im Mondlicht. Ich konnte meinen Blick nicht davon wenden, so schön war es. Manchmal stelle ich mir vor, ich komme in so einem Aufzug in die Schule und nicht in der hochgeschlossenen Bluse und dem kratzigen Rock. Das gäbe ein Hallo!
Liebste Freundin, du fehlst mir. Komm bald wieder zurück nach München. Und vergiss nur nie, warum wir Lehrerinnen geworden sind. Wir wollen keine Hausmütterchen sein, die den ganzen Tag nur das Wohl des Ehegatten im Sinn haben. Die Liebe zum Wissen und zur Erziehung, die steckt in unseren Herzen.
Oft denke ich an den Vortrag des jungen Doktors, der so

trefflich von der neuen Erziehung gesprochen hat – der mit den schönen Augen und dem intensiven Blick.
Ach, Antonie, wie ich es vermisse, mit dir zu reden und zu lachen. Gehab dich wohl, liebste Freundin, und sei fest umarmt
Deine Elvira

Antonie ließ den Brief sinken. Aus jeder Zeile sprach die sprunghafte, lustige und blitzgescheite Elvira. Antonie konnte sich lebhaft vorstellen, dass Elvira, aus gutem Hause, ihre liebe Not mit den Handwerkskindern hatte. Ihre Freundin bevorzugte die höheren Kreise und liebte alles Elegante. Na, wenigstens konnte sie sich nach wie vor die Nase an den Schaufenstern der großen Modehäuser platt drücken. Und was für ein unverschämtes Benehmen ihrer Kollegen! Gewiss, sie waren darauf vorbereitet worden, dass nicht alle Lehrer froh über Kolleginnen waren. Zum einen waren sie Konkurrentinnen, zum anderen herrschte die Auffassung, dass Frauen nicht so viel leisteten wie Männer und die physische und psychische Erschöpfung wesentlich schneller und früher eintrat. Welch ein Unsinn! Gerade im Lehrberuf waren Frauen mindestens so gut wie ihre Kollegen. Das hatte auch jener Doktor der Pädagogik bei seinem Vortrag unterstrichen, an dessen schöne Augen Elvira sich zuallererst erinnerte.

Antonie blickte über das Tal in die Berge. Das Spiel von Licht und Schatten, die Blätter mit ihren ersten herbstlichen Farbtupfern, die rascher einsetzende abendliche Kühle nahm sie nicht wahr. Ihre Gedanken gingen zurück zu jenem Abend, als sie, in der Aula des Lehrerinnenseminars versammelt, dem Vortrag ›Die Erziehung des Kindes nach neuester wissenschaftlicher Erkenntnis‹ gelauscht hatten. Als der Redner das Podium betrat, ging ein Raunen durch die Reihen der angehenden Lehrerinnen, was den Seminarlehrerinnen, allesamt Ordensschwestern, nicht verborgen blieb und zur Ruhe mahnende Blicke hervorrief. Antonie schaute hinüber zu Schwester Coelestina. Ihre Stirn hatte sich in Falten gelegt, als wüsste sie, was ein junger Mann von großer Statur, mit langem Haar, das sich in sanften Wellen um sein Haupt legte, und feurigen Augen bei den jungen Damen auslöste. Die nächsten Tage würde an normalen Unterricht nicht zu denken sein.

Elvira, die links von Antonie saß, drückte beim Anblick des Mannes ihre Hand derart fest, dass Antonie ein kurzes »Aua« ausstieß. Achtunddreißig Lehrerinnenanwärterinnen hingen aus den unterschiedlichsten Gründen an seinen vollen Lippen. Elvira hatte nur Augen für seine Augen, hingegen war Antonie fasziniert von dem, was er vortrug.

»Das Kind ist kein Erwachsener. Es mag vorkommen, dass ein Erwachsener ein Kind ist«, hier gab es unterdrücktes Kichern im Publikum, »aber ein Kind ist immer ein Kind.«

Antonie bereute, nicht Stift und Papier mitgenommen zu haben, und prägte sich, so viel sie konnte, ein. Der Doktor sprach ihr aus der Seele. Diese besondere Sicht auf das Kind, es als Kind ernst zu nehmen, begeisterte sie.

»Das Kind will lernen, nur muss man es auch lernen lassen wollen. Allzu oft behindert unsere Schulausbildung dieses Wollen. Zwang war seit Jahrhunderten das Mittel der Wahl. Doch Zwang bringt nichts, Schläge bringen nichts, sie blockieren nur den Geist. Ein blockierter Geist lernt nichts, da helfen keine Kopfnüsse, keine Tatzen und keine Schläge mit dem Rohrstock auf das Hinterteil. Nur der freie Geist des Kindes vermag zu lernen.«

Jetzt machte sich unter den Schwestern Unruhe breit. Das waren für ihren Geschmack zu moderne Vorstellungen. Antonie hingegen sog jedes Wort auf.

»Liebe angehende Lehrerinnen, unsere Schulen brauchen in Zukunft noch viel mehr Frauen im Lehrberuf. Wir müssen die Kinder verstehen, und dazu müssen wir werden wie sie, müssen uns in die kindliche Seele einfinden. Darum bitte ich Sie, denken Sie zuerst an das Kind, wenn Sie im Klassenraum stehen, und dann erst an den Unterrichtsstoff. Der Stoff darf nicht eingetrichtert werden. Das Wissen kommt nicht zum Kinde, sondern das Kind kommt zum Wissen.«

Dieser Satz gefiel Antonie besonders gut. Bisher hatte sie derlei eher geahnt, und nun stand jemand vor ihr und fand für dieses Gefühl klare Worte.

»Die Erziehung der nächsten Generation für dieses neue Jahrhundert liegt in Ihren Händen. Die Kinder sind der Schlüssel für eine friedliche und gute Zukunft. Darum denken Sie immer vom Kinde her.« Damit schloss der junge Doktor seinen Vortrag, der von den Lehrerinnenanwärterinnen mit stürmischem Applaus und vonseiten der Schwestern mit allenfalls höflichem Klatschen bedacht wurde.

Immer vom Kinde her denken! Das brannte Antonie in ihr Herz und in ihren Kopf ein. Das sollte auch ihr Leitsatz werden für ihren Unterricht.

Auf der Bank wurde es langsam kalt. Elvira hatte recht. Sie war als Lehrerin allein in der Schule, das mochte Vorteile mit sich bringen. Wer weiß, wie andere Kollegen ihr Apfelrechnen beurteilten oder das viele Singen und Klatschen. Antonie musste schmunzeln. Vom Kinde her denken, das war es. Denn beim Singen und Klatschen merkten die Kinder gar nicht, was sie noch alles nebenbei lernten: Rhythmus, Betonung, Silben. Ganz zu schweigen davon, dass die Musik die Kinderseele günstig beeinflusste. Auch davon hatte der junge Herr Doktor begeistert erzählt.

Ach, Elvira, dachte Antonie, als sie schließlich aufstand. Wenn keiner der Lehrer dich beachtet, was müssen das für Männer sein. Doch am Ende würde Elvira mit ihrem Charme schon noch alle um den Finger wickeln. Davon war Antonie überzeugt. Sie kannte ihre Freundin nur zu gut und auch ein wenig die Männer.

Der Herr Pfarrer hat eine Idee

Der Brotlaib lehnte an dem Altar, groß wie ein Mühlstein, darauf ein Kreuz und ein Herz aus Teig. Äpfel lagen poliert in einem Korb, daneben ein Strang praller Würste. Eine Schale mit Trauben stand auf dem Altar. Zwei Sonnenblumen leuchteten gelb, und jemand hatte sogar kleine Garben gebunden. Den Weizen musste er von weither besorgt haben, denn an den steilen Hängen von Tannau wuchs kein Getreide. Man hielt Milchvieh und Ziegen, allesamt Tiere, die mit dem rauen Gebirgsklima gut zurechtkamen. Zwei gelblich leuchtende Käselaibe lagen auf Tellern, frisch von der Wasserspitzalm ins Tal gebracht.

Antonie betrachtete das leckere Stillleben. Die Frauen aus dem Dorf hatten den Altar zum Erntedank geschmückt. Es juckte Antonie in den Fingern, die lieblos und unachtsam in die Vasen gestopften Blumen hübsch zu arrangieren. Wenigstens die beiden Sonnenblumen drehte sie, dass sie mit ihren strahlenden Köpfen zur Gemeinde schauten.

Eigentlich stand Antonie gar nicht der Sinn nach Blumen. Nervös lief sie zwischen den Kirchenbänken auf und ab. In ein paar Minuten sollten die Schüler kommen, mit denen sie in der letzten Woche zwei Lieder einstudiert hatte. Sechzehn Kinder hatte sie für ihren Schulchor ausgewählt, und der Erntedankgottesdienst war die Premiere. Hoffentlich erschienen sie alle rechtzeitig. Erleichtert sah Antonie durch die offene Kirchentür, dass etliche Schüler, ordentlich herausgeputzt, angelaufen kamen. Fünfzehn Kinder zählte Antonie. Einer fehlte, der Franzl war noch nicht da. Gerade er mit seiner festen Stimme gab den anderen Halt. Es half nichts, sie konnte nicht länger warten. Antonie führte ihren Chor auf die Orgelempore.

»Aufstellung«, ermahnte Antonie ihre Sänger, »wie wir es geübt haben.« Die Kleineren vorne, die Größeren hinten. Franz Gruber saß schon auf seiner Orgelbank, sein Spiel hatte in den letzten Wochen an Sicherheit gewonnen. Nur ein Lied musste er diesen Sonntag spielen, der Schulchor würde die anderen beiden übernehmen.

Antonie lehnte sich über die Brüstung. Die Kirche begann sich zu füllen. Links, auf der Seite der Frauen, sah es von oben aus, als hätte ein Maler lauter schwarze Tupfen auf die Kirchenbänke gemalt. Wegen des Erntedankfestes war die Kirche besonders voll, an Festtagen kamen die Gläubigen von den entferntesten Höfen. Antonie drehte sich zu den Kindern um und lächelte sie aufmunternd an. Da schlenderte Franzl gemächlich die Treppe herauf. Eigentlich wollte Antonie ihn für seine Unpünktlichkeit schelten, doch im Augenblick war sie froh, ihn zu sehen. Sie legte den Finger an die Lippen. Gleich würde der Gottesdienst beginnen. Ihr Herz klopfte.

Die Schellen erklangen, Pfarrer Bichler war aus der Sakristei getreten. Die Gemeinde erhob sich. »Im Namen des Vaters, des Sohnes und des Heiligen Geistes, Amen.«

»Amen!«

»Der Herr sei mit euch.«

»Und mit deinem Geiste.«

»Amen.« Pfarrer Bichler küsste den Altar, wie es Brauch war, hob den Blick und nickte Antonie zu.

Sie wandte sich um und hob die Arme. »Eins und zwei und drei und vier und …«

Die Kinder sangen vom Dank an Gott, von den reichen Gaben, die heute Gott geweiht wurden, und ehe Antonie sich versah, waren alle vier Strophen gesungen. Mit einer drehenden Bewegung ihrer rechten Hand, als wollte sie die Töne darin auffangen, brachte sie die Kinder zum Verstummen. Sie merkte, wie ihre Wangen glühten. Ein schneller Blick zu Pfarrer Bichler, der freudig zur Empore hochsah. Auch viele andere blickten jetzt herauf, denn wer kein Schulkind hatte, war von dem Gesang überrascht worden.

»Schön habt ihr gesungen«, lobte Antonie die Kinder leise.

Nach der Predigt spielte Franz das Gemeindelied. Die Zunge zwischen die Zähne geklemmt, saß er wie ein Fragezeichen auf der Orgelbank. So konnte das nichts werden, dachte Antonie. Doch viel Zeit, sich darüber Gedanken zu machen, blieb ihr nicht, denn schon spendete Pfarrer Bichler den Schlusssegen, faltete die Hände und blickte aufmunternd nach oben. Antonie lächelte die Kinder an, bedeutete ihnen, laut zu singen, und dann stimmten sie den alten Choral an, den Antonie wegen seiner schönen Melodie ausgewählt hatte. Bei der zweiten und dritten Strophe ließ sie die Buben und Mädchen im Kanon singen und schloss das Lied wieder mit der Drehung ihrer Hand.

In die Stille der Kirche ließ Pfarrer Bichler vernehmen: »Ich danke unserer Lehrerin, Fräulein Weber, und dem Schulchor von Tannau für die musikalische Umrahmung unseres Erntedankgottesdienstes.«

»Ihr habt ganz wunderbar gesungen«, lobte Antonie ihren Chor. »Da werden die Eltern stolz auf euch sein.« Damit entließ sie die Kinder, während sie selbst eine Weile wartete, bis sich die Kirche geleert hatte. Als sie zögerlich heraustrat, sprangen sogleich einige Chorkinder zu ihr und fragten, wann sie wieder in der Kirche singen dürften.

»Das hat viel Freude gemacht«, sagte die große Anna, und ihre Augen strahlten.

»Wir wussten gar nicht, wie gut unsere Anna singen kann«, meinte Annas Mutter und bedankte sich bei Antonie. »Das hat sie vielleicht von mir geerbt.«

»Dieses Erbe ist mir eindeutig lieber als die großen Füße, die ich von dir habe«, stellte die große Anna fest.

»Na, na, wir wollen das Fräulein Lehrerin nicht mit unseren Füßen behelligen«, erklärte Annas Mutter mit hochrotem Kopf.

Auch andere Eltern nickten Antonie wohlwollend zu. »Das war so passend für das Erntedankfest«, sagte die Krämerin, und etliche stimmten ihr zu. Artig verabschiedeten sich die Kinder von ihrer Lehrerin. Selbst Franzl kam und wünschte Antonie einen schönen Sonntag. Sein Vater als Bürgermeister besprach Wichtiges mit den anderen Männern des Dorfes. Etwas abseits stand Franzls Mutter und winkte Antonie schüchtern zu.

Noch jemand zog die Aufmerksamkeit auf sich. »Magda, deine neue Haarspange schaut aber edel aus«, sagte Monika Huber, woraufhin Magda sich vergnügt im Kreis drehte. Dann wandte Monika sich an Antonie: »Meine Mutter passt heute auf Veronika auf, da hatte ich Zeit, einen Apfelstrudel zu backen. Willst du nicht heute Nachmittag zum Kaffeetrinken vorbeikommen?«

»Das mache ich gerne. Ich liebe Apfelstrudel.« Das war ein wenig geflunkert, denn Antonie hatte noch nie in ihrem Leben Apfelstrudel gegessen. Im Waisenhaus hatte es so was nie gegeben, und später im Internat oder im Lehrerinnenseminar war die Kost ebenfalls eher bescheiden gewesen. Ein Grund mehr, sich über die Einladung zu freuen.

Zu Antonies großem Erstaunen löste sich nun Gemeindesekretär Hackl von der lebhaft diskutierenden Gruppe Männer um den Bürgermeister und kam auf sie zu.

»Grüß Gott, Herr Hackl.« Antonie bemühte sich um einen äußerst freundlichen Ton.

Hackl nahm eine stramme Haltung ein, die gebieterisch wirken sollte, bei seinen dünnen O-Beinen aber unfreiwillig komisch ausfiel. »Am Donnerstag, den 12. Oktober hat Tannau die Ehre eines Besuchs Seiner Majestät des Prinzregenten Luitpold. Die Gemeinde erwartet, dass sämtliche Schüler, ordentlich aufgereiht mit Fähnchen, Seine Majestät begrüßen.«

Schon wollte er wieder losstapfen, da fragte Antonie: »Um welche Uhrzeit?«

Der Gemeindesekretär wirkte unsicher, sein Blick wanderte zum Bürgermeister, dann wieder zu Antonie, schließlich meinte er: »Gegen elf Uhr. Genaueres wird noch bekannt gegeben.«

Als er sich erneut zum Gehen wandte, wollte Antonie wissen: »Die Fähnchen, wo sollen wir sie herbekommen?«

Mit dieser Frage hatte Hackl nicht gerechnet, denn er schaute wieder zum Bürgermeister, der gerade ausladend mit seinen dicken Armen gestikulierte. »Das, also, darum kümmern wir uns.«

»Dann hoffe ich, dass die Fähnchen rechtzeitig kommen. Sonst winken wir mit unseren Schnäuztüchern.«

»Also, das ist ...« Hackl plusterte sich auf, stampfte rechts und links auf, was ihn wie einen Hampelmann aussehen ließ, und schnaubte, dass sein Bart zitterte. Schließlich ließ er Antonie stehen.

»Unser guter Herr Hackl, ein Gemeindesekretär, wie er im Buche steht.« Pfarrer Bichler war hinzugetreten. »Soso, der Prinzregent kommt. Er wird wahrscheinlich noch einmal seine alten Jagdgründe ansehen wollen. In seinem Alter wird Seine Majestät vermutlich nicht mehr selber schießen. Sicher wird er im königlichen Schloss von Berchtesgaden eine große Jagdgesellschaft geben.«

Antonie wusste nicht, was sie von der Neuigkeit halten sollte. Elvira würde sie gewiss beneiden, aber ihr war mulmig bei dem Gedanken, siebenundvierzig Kinder ruhig und unter Kontrolle zu halten.

»Lassen wir den Prinzregenten einmal beiseite, Fräulein Weber. Ich habe mich so über den Schulchor gefreut, und Sie haben die beiden Lieder hervorragend einstudiert.«

Antonie bedankte sich erfreut, auch für die Gelegenheit, in der Kirche auftreten zu dürfen. »Das verschafft den Kindern den rechten Ansporn.«

»Ansporn, das ist genau das richtige Stichwort. Sie gaben mir den Ansporn, eine Frage und eine Bitte an Sie zu richten.«

»Nur zu, Herr Pfarrer. Sie wissen selber, dass man Ihnen nichts abschlagen kann.«

Er hob lachend die Hände. »Warten wir ab, bis Sie meinen Vorschlag gehört haben. Als ich vor dem Altar stand und die Kinder so schön singen hörte und sah, wie gekonnt Sie den Chor leiten, da hatte ich eine göttliche Eingebung.«

»Oje, jetzt kann ich erst recht nicht mehr Nein sagen.«

Der Pfarrer lachte verschmitzt. »Wie wäre es, wenn Sie die Leitung eines Kirchenchors übernehmen? Eigentlich hatte ich den Gruber Franz dafür vorgesehen, aber der ist von den Tasten mehr als gefordert. Darum meine Bitte, dass Sie sich des Kirchenchors annehmen. Selbstverständlich bei einer wenn auch bescheidenen Entlohnung. Vor vielen Jahren, beim alten Organisten Mayr – Gott hab ihn selig – gab es einen Kirchenchor. Doch als der Mayr immer älter wurde, waren wir froh, wenn er einmal die Woche die Treppe zur Orgel heil hinauf- und wieder herunterkam.«

Antonie strahlte über das ganze Gesicht. »Herr Pfarrer, das wäre mir eine Ehre und große Freude. Wann soll ich anfangen?«

»Sofort!« Pfarrer Bichler lachte. »Kommen Sie doch einmal am Nachmittag ins Pfarrhaus, dann können wir alles in Ruhe besprechen. Würde Ihnen Dienstag passen, nach dem Unterricht?«

»Das passt mir gut.«

»Dann ist es abgemacht Da haben Sie mir an einem Sonntag gleich zwei große Freuden bereitet.«

Plötzlich wurde Antonie ernst. »Voraussetzung ist nur, dass ich tatsächlich in Tannau bleibe. Sollte bald ein neuer Lehrer kommen, dann wären alle unsere Mühen umsonst.«

»Warten wir es ab. Ich bin ganz zuversichtlich und vertraue auf den großen Dirigenten dort oben.« Bichler zeigte auf den weiß-blauen Himmel über Tannau.

Gut gestimmt wie schon lange nicht mehr, spazierte Antonie nach Hause. Überrascht blieb sie stehen. Sie hatte tatsächlich gerade »nach Hause« gedacht.

Als sie am Rathauseck in die Schulgasse einbiegen wollte, traf sie auf Irmingard Meisl und Kreszenzia Walch, die einen Schwatz hielten und die Gasse blockierten. »Dürfte ich vielleicht …«, fragte Antonie, doch die beiden Frauen ignorierten sie. Ihr blieb nichts anderes übrig, als über die vom gestrigen Regen nasse Erde auszuweichen. Ihre Schuhe blieben im Morast stecken, sie strauchelte und konnte sich gerade noch an einem Gartenzaun festhalten. Ihre heute Morgen auf Hochglanz polierten Stiefel waren ruiniert.

Als Antonie wieder festen Boden unter den Füßen hatte, wandte sie sich um. »Ich wünsche den Damen noch einen gesegneten Sonntag. Und beste Grüße an den Herrn Gemahl.« Damit ließ sie die beiden Frauen stehen. Blöde Amseln, dachte sie. Ihre gerade noch hochfliegende Laune hatte eine ordentliche Bruchlandung hingelegt.

In ihrer Kammer heizte sie ein und stellte ihre nassen Stiefel zum Ofen. Sie zog den Stuhl heran und ließ sich daraufsinken. Alles in allem war es ein guter Sonntagmorgen gewesen. Dass sie den Kirchenchor leiten würde, musste sie unbedingt Schwester Coelestina schreiben. Denn sie war es gewesen, die Antonies Liebe zum Gesang geweckt hatte.

Es war in der dritten Klasse gewesen. Die Mädchen standen der Größe nach aufgereiht im festlich gedeckten Speisesaal des Waisenhauses. Antonie mit ihren acht Jahren konnte nicht glauben, dass es dieselben Tische waren, an denen sie normalerweise ihr karges Essen, das meistens aus Suppe und Kartoffeln bestand, vorgesetzt bekamen. Auf weißen Tischdecken waren Porzellanteller, Stoffservietten und Kristallgläser gedeckt, in Vasen steckten die hübschesten Blumensträuße, die Antonie je in ihrem Leben gesehen hatte. Was nichts heißen wollte, denn als Waisenmädchen bekam sie nicht oft Blumensträuße zu sehen. Manchmal standen welche auf dem Altar, manchmal zierte ein Strauß den Schreibtisch der Heimleiterin.

Die kleine Antonie liebte Blumen und Pflanzen. Gerade weil sie in den grauen Wänden des Waisenhauses in der Maistraße eine Seltenheit darstellten, waren Blumen für sie wie Gesandte einer besseren Welt.

Die Mädchen standen stramm, so wie es die Heimleiterin, das gefürchtete Fräulein Tauber, wünschte. Ein krummer Rücken wurde mit einem Schlag ihres Rohrstocks schnell gerade gerückt. Stimmen erklangen auf dem Gang, und eine

Gruppe lebhaft miteinander redender Menschen kam in den Speisesaal: Antonie erkannte ihre Heimleiterin, Fräulein Tauber, und Fräulein Hiltrud, die mit ihnen drei Lieder einstudiert hatte. Unter den Gästen waren einige Herren in dunklen Anzügen und eine Ordensschwester in schwarzer Tracht. Sie fiel Antonie auf, weil sie die Einzige war, die die aufgereihten Mädchen freundlich betrachtete.

Die Gesellschaft nahm Platz, und Fräulein Hiltrud trat vor die Mädchen. Sie hatte eine harte Stimme, und jedes Lied, das sie sang, klang wie ein Marsch. Selbst bei ihrem »Stille Nacht« meinte man, die Hirten würden im Stall einmarschieren wie die preußische Armee. Fräulein Hiltrud kam aus Berlin und wurde nicht müde, über die kulturlosen bayerischen Bauern zu schimpfen.

Nachdem sie die Lieder – zwei Kirchenlieder und »Der Mai ist gekommen«, obwohl es Oktober war – gesungen hatten, fing die Schwester mit dem freundlichen Gesicht als Einzige an zu applaudieren. Daraufhin fühlte sich auch der Rest der Gesellschaft bemüßigt, ein paarmal in die Hände zu klatschen. Nicht zu lange, denn schon wurden Kaffee und Kuchen serviert. Die Mädchen bekamen große Augen. Das waren Kuchenstücke mit Sahne und Obst und Schokolade – unglaublich!

Die Ordensschwester erhob sich und trat zu den Mädchen. »Schön habt ihr gesungen. Vielen Dank.« Ihr freundlicher Blick wanderte von einem Mädchen zum anderen und blieb schließlich auf Antonie hängen. »Wie heißt du denn?«

»Antonie.«

»Du singst sehr schön, Antonie.« Die Schwester wandte sich um. »Fräulein Hiltrud, das Kind hat eine außerordentliche Stimme. Gott hat es mit einer herrlichen Singstimme gesegnet. Ich möchte Antonie gerne in unseren Schulchor aufnehmen, sie wäre eine große Bereicherung für uns.« Die freundliche Schwester lächelte Antonie ein letztes Mal an und gesellte sich dann wieder zu den anderen Gästen, während Fräulein Hiltrud die Mädchen schnell aus dem Saal führte, weg von den Leckereien.

Im Schlafsaal waren die Kuchen und vor allem die Torte ein heiß diskutiertes Thema. »Das war eine Schwarzwälder Kirschtorte«, behauptete Isolde, die sich gerne wichtigmachte. Während die anderen Mädchen wohl mit Gedanken an Kuchen und Torten auf ihren harten Lagern einschliefen, dachte Antonie an die Schwester mit den freundlichen Augen. Sie betete zum Heiligen Vater, dass das Fräulein Tauber ihr das Mitsingen im Chor erlaubte.

Ihre Gebete wurden erhört. Antonie ging nun jeden Dienstag und Donnerstag zur Schule der Englischen Fräulein in die Chorprobe und durfte am Sonntag zusammen mit den Schülerinnen der Oberrealschule beim Gottesdienst in der St.-Michael-Kirche singen. Das Beste aber war Schwester Coelestina mit ihrer stets zugewandten und geduldigen Art. Sie hatte die Chorleitung inne und brachte Antonie die Freude am Singen und an der Musik näher. Das Allerallerbeste jedoch war, dass die Chormädchen gelegentlich auch etwas zu essen bekamen. Mal ein Stück Kuchen, ein Butterbrot oder ein Schmalzbrot und manchmal sogar eine Rohrnudel.

Ohne Schwester Coelestina, das wusste Antonie, hätte sie die Zeit im Waisenhaus nicht so gut durchgestanden. Sie war es auch gewesen, die sich für Antonies Aufnahme in die Oberrealschule eingesetzt hatte. Das Internat war zwar nicht viel besser als das Waisenhaus, nur lernte Antonie hier viel mehr. Außerdem war da immer Schwester Coelestina mit ihrer Musik.

Ohne sie wäre ich nie und nimmer Lehrerin geworden, dachte Antonie. Ich muss ihr unbedingt schreiben, dass ich den Kirchenchor von Tannau leiten soll. Das wird sie glücklich machen.

Der Besuch des Prinzregenten

»Wer sein Fähnchen kaputt macht, bekommt eine saftige Strafarbeit«, drohte Antonie und hielt entgegen ihrer Gewohnheit den Zeigefinger steil nach oben. Sie war nervös. Die Fähnchen waren ihr völlig einerlei, nur würde das ganze Dorf auf sie und die Kinder schauen, die beim Besuch des Prinzregenten in der ersten Reihe auf dem Dorfplatz stehen und fröhlich ihre Fähnchen schwenken sollten.

Vor zwei Tagen war tatsächlich Gemeindesekretär Hackl mit einem Karton in der Schule aufgetaucht, in dem fünfzig Fähnchen mit dem bayerischen Rautenmuster lagen.

Als Antonie die Fähnchen sah, traten ihr kurz Schweißperlen auf die Stirn, und sie musste sich zusammenreißen, damit die Kinder nicht merkten, wie unsicher sie der ganzen Angelegenheit gegenüberstand. Da waren der Prinzregent, seine Jagdgesellschaft, das ganze Dorf – und mittendrin sie und siebenundvierzig Kinder mit Papierfähnchen.

Vorsichtshalber hatten sie das Winken mit den Papierfähnchen vorher geübt. »Von rechts nach links gleichmäßig schwenken. Marie, wenn du mit deinem Fähnchen der Anna noch einmal auf den Kopf haust, dann musst du ohne Fähnchen Seiner Majestät gegenübertreten. Sollte Seine Majestät mich fragen, warum die Marie kein Fähnchen hat, werde ich nicht zögern, Seiner Majestät den Grund dafür zu verraten.« Puh, das entwickelte sich zu ihrer Feuertaufe.

Die Nacht vor dem großen Ereignis machte Antonie kein Auge zu. Wenn sie doch kurz in den Schlaf fiel, träumte sie wirr von Jägern, die fähnchenschwingend durch den Wald liefen.

»Wir gehen nun in ordentlichen Zweierreihen zum Dorfplatz.« Antonie hatte einen schönen Wiesenblumenstrauß gepflückt und ihn gefällig zusammengebunden. Den gab sie Gundi, die ihn dem Prinzregenten überreichen sollte. Stolz trug ihn Gundi wie die Monstranz bei der Fronleichnamsprozession vor sich her. Antonie überwachte das Aufstellen, überprüfte, ob sie Taschentücher eingesteckt hatte, damit niemand mit laufender Nase Seiner Majestät gegenübertreten musste.

»Wir marschieren los«, befahl sie, und Franzl und Gundi gingen vorneweg. Franzl als Sohn des Bürgermeisters bekam diese Ehre, auch wenn es Antonie widerstrebte, ihn zu bevorzugen. Aber sie wollte an diesem Tag einfach alles richtig machen.

Die Häuser rund um den Dorfplatz waren von Unrat befreit worden und mit Kränzen aus Fichtenzweigen geschmückt, vom Kirchturm wehte die gelb-weiße Kirchenfahne. Richtig schmuck sah Tannau aus, das musste Antonie zugeben. Selbst um den Rand des Dorfbrunnens lagen Fichtenzweige, und auf den Balkonen hatte man die Blumenkästen zusammengeschoben, damit die Geranien noch üppiger aussahen.

Hektisch watschelte Hackl mit seinen O-Beinen über den Platz. »Lassen Sie Platz für Seine Majestät«, rief er wichtig, als wäre er der Hofmarschall höchstpersönlich. Die Kinder sollten rechts und links vom Brunnen Aufstellung nehmen. In der Mitte des Beckens saß auf einer Säule der bayerische

Löwe aus Stein. Zwischen seine Pranken hatte man zur Feier des Tages ein weiß-blaues Fähnchen gesteckt.

»Die Kleinen vorne und die Großen hinten«, wies Antonie ihre Schüler an, »wie wir es geübt haben.« Franzl und Gundi sollten neben dem Brunnen stehen. Franzl hatte ein weißes Hemd, seine Lederhose und Wadlstrümpfe an, Gundi trug ihr bestes, da einziges Dirndlkleid. Ihre Mutter hatte ihr für den besonderen Anlass eine neue Schürze genäht. Antonie trat zurück und betrachtete die Aufstellung kritisch. »Hannes, komm du nach vorne, Maximilian, du ein Stückchen nach rechts, nein, nach links, also dort hinüber!« Sie spürte, wie ihre Nervosität wuchs und sich noch steigerte, als der Bürgermeister mit Amtskette gewichtigen Schrittes aus dem Rathaus trat und selbstzufrieden über sein Tannau blickte.

»So bleibt ihr stehen. Korbinian, zappel nicht so herum, da wird Seine Majestät ganz wirr im Kopf.« Die Ermahnung würde nicht viel bringen, denn Korbinian zappelte stets herum. Darum hatte Antonie ihn so platziert, dass die anderen ihn verdeckten und den Hias gleich mit. Der schaute interessiert dem Wasserstrahl zu, wie er in den Brunnen plätscherte.

Antonie trat einen Schritt zurück und betrachtete ihre Schüler, kniff die Augen zusammen und stellte sich vor, sie wäre der Prinzregent. Was würde sie sehen? Antonie seufzte. Einen Haufen ärmlich gekleideter Kinder, die zu Hause in den Bauernstuben möglichst sauber und ordentlich herausgeputzt worden waren. Trotzdem, da fehlte ein Knopf, dort war ein schlecht geflicktes Loch, Schuhe trugen nur die wenigsten, und vielen Kleidungsstücken sah man an, dass sie von Generation zu Generation weitergereicht worden waren.

Die Kinderaugen jedoch strahlten in Erwartung des großen Ereignisses. Einige Kinder hielten eisern ihr Fähnchen nach oben, andere überprüften den Sitz ihrer Frisur. Zöpfe und Schleifen wurden zurechtgerückt, mit Wasser glatt gescheitelte Haare niedergedrückt, und selbst Franzl kontrollierte minütlich, ob sein Hemd ordentlich in der Hose steckte. Mit fester Hand umklammerte Gundi die Blumen, und Antonie befürchtete, der Prinzregent würde nur einen Stengelbrei überreicht bekommen. Mochten ihre Schüler auch arm daherkommen, es waren und blieben ihre Schüler.

In den letzten Wochen hatte sie ihre Eigenheiten, ihre Stärken und ihre Schwächen kennengelernt, und Antonie spürte, wie schwer es ihr fiele, müsste sie Tannau bald wieder verlassen. Inzwischen war sie mit den Kindern vertraut und fühlte sich verantwortlich für sie. Es war ihre Aufgabe, die Kinder von Tannau zu unterrichten und ihr Wissen zu erweitern. Sie wollte dazu beitragen, dass sie gut auf das Leben vorbereitet waren.

Der Bürgermeister schritt die Reihe der Kinder ab, rückte das Bindl seines Sohnes zurecht und stellte sich zu den anderen Honoratioren von Tannau. Nach und nach füllte sich der Platz, auf dem Hackl nach wie vor hektisch herumlief und seine Platzanweisungen gab.

»Hübsch seht ihr alle aus.« Helena war zu Antonie getreten. »Ich hoffe bloß, dass die Kinder mit den Fähnchen keinen Unfug treiben. Sie sind so aufgeregt!«

»Ich bin nicht für die Monarchie«, tat Helena mit einemmal kund. »Wozu brauchen wir die? Kostet uns nur einen Haufen Geld. Es geht ohne sie genauso.«

»Trotzdem bist du hergekommen. Bist also doch auf den Prinzregenten neugierig«, neckte sie Antonie.

»Beileibe nicht. Ich bin gekommen, um vor ihm und in aller Öffentlichkeit das Frauenwahlrecht zu fordern.«

»Helena!«, rief Antonie entsetzt.

Die lachte, als sie das bestürzte Gesicht der Freundin sah. »Geh weiter, Antonie, lass dich nicht von mir ärgern. Ich bin wegen Anton da. Der ist ein Treiber bei der Jagdgesellschaft, und ihm will ich schöne Augen machen.«

»Ah, ein Mann ist im Spiel.«

»Wir haben uns beim Almtanz kennengelernt, und seitdem haben wir uns nicht wieder gesehen. Er wohnt oben auf der Mitteralm.«

»Das ist ja richtig romantisch.«

»Ist es. Und jetzt suche ich mir einen Platz, wo er mich auch sieht.« Sprach's und eilte davon.

Helena, Helena, dachte Antonie. Zugetraut hätte sie ihr schon, bei dieser Gelegenheit für ihre Sache zu sprechen. Dass Helena gekommen war, weil sie einen verliebten Blick auf einen Mann werfen wollte, war Antonie allerdings weitaus lieber.

»Tannau hat sich richtig rausgeputzt.« Pfarrer Bichler trat zu ihr. »Es ist auch eine große Ehre, dass der Prinzregent kommt.«

»Früher kam er viel öfter, um in den Wäldern und Bergen zu jagen. Gämsen, Hirsche und Steinböcke hauptsächlich. Ist ein guter Schütze, unser Prinzregent. Doch nun, im Alter, fällt ihm der Zustieg schwer. Ich habe gehört, er möchte noch einmal sein geliebtes Jagdrevier sehen.« Der Pfarrer wandte sich um. »Ich muss wohl zum Bürgermeister gehen«, meinte er und stellte sich zu den Honoratioren, die immer weiter aufgerückt waren und nun direkt neben den Schülern standen.

Antonie betete, dass dieser Vormittag so schnell wie möglich vorbeigehen möge. Sie wusste nicht mehr, wohin mit ihrer Nervosität.

Da wurde Pferdegetrappel laut, und ein junger Mann in

Jagduniform kündigte dem Bürgermeister das Kommen Seiner Majestät an.

Antonie gab den Kindern ein Zeichen. »Gleich kommt der Prinzregent. Bereiten wir ihm einen freundlichen Empfang.«

Schon zog ein großer Tross über die Brücke. Vorneweg etliche Reiter, allesamt in feinstes Loden gekleidet und mit Hüten, in denen ausgefallene Federn steckten. Ein Raunen ging durch die Menge und begleitete den Einzug des Prinzregenten, der in einer einspännigen Kutsche saß, hinter ihm stehend sein Adjutant in schmucker Uniform.

Antonie erkannte den Prinzregenten sofort an seinem weißen Bart und seiner korpulenten Statur. Seinen Hut, der überraschend alt und abgegriffen aussah, zierte ein Gamsbart, der nicht sonderlich groß war. Überhaupt wirkte der Prinzregent auf Antonie nicht majestätisch. Er trug eine graue Joppe, wie sie in den Bergen üblich war, und wenn sie nicht gewusst hätte, dass es Seine Majestät war, dann hätte sie ihn für einen älteren Herrn aus Tannau gehalten. Eine karierte Decke lag auf seinen Knien. Fast hätte Antonie vor lauter Schauen vergessen, die Kinder zum Schwenken der Fähnchen aufzufordern.

Die Kutsche hielt direkt vor dem Brunnen. Schnell blickte Antonie zu den Kindern. Die einen winkten eifrig, die anderen standen mit offenen Mündern da und starrten den Prinzregenten an.

»Eure Majestät, ich darf Sie untertänigst in Tannau begrüßen.« Der Bürgermeister verbeugte sich so tief, wie sein dicker Bauch und seine viel zu enge Hose es zuließen.

»Herr …«, der Prinzregent wartete, bis ihm sein Adjutant den Namen ins Ohr geflüstert hatte, »Herr Bürgermeister Hocheder, ich freue mich, endlich mal wieder in Tannau zu sein. Ich habe so viele gute Erinnerungen an dieses Fleckchen Erde. So manche Gams und so manchen Hirschen habe ich hier in den Bergen erlegt. Glauben Sie mir, Herr Bürgermeister, das waren die schönsten Zeiten meines Lebens.«

»Seine Majestät, wir haben das beste Wild von ganz Bayern!«

»Na, na, Bürgermeister Hocheder, nicht übertreiben. In Schwangau habe ich auch etliche Zwölfender erlegt. Doch Sie haben recht, hier unterhalb des Teufelshorns ist mir ein kapitaler Bock vor den Lauf gekommen. Das war vielleicht eine wilde Jagd! Der Kerl hat es uns nicht leicht gemacht.«

»Es freut mich zu hören, dass Seine Majestät Tannau gut in Erinnerung haben.«

Der Prinzregent nickte dem Bürgermeister geistesabwesend zu. Seine Aufmerksamkeit war schon auf jemand anderen gerichtet. Zu ihrem Entsetzen bemerkte Antonie, dass seine wässrig blauen Augen unter den dichten weißen Brauen auf ihr ruhten. Auch Bürgermeister Hocheder war dem Blick des Prinzregenten gefolgt. Er zögerte. Schließlich sagte er: »Das ist unser Fräulein Lehrerin.«

Interessiert betrachtete Prinzregent Luitpold Antonie und die Kinder, die ihn ohne Scheu anschauten, die Fahnen hingen vergessen in ihren Händen. »Fräulein Lehrerin«, der Prinzregent sprach Antonie direkt an. Ihr blieb das Herz stehen. Langsam trat sie einen Schritt vor und knickste tief, so wie sie es bei den Englischen Fräulein gelernt hatte. »Fräulein Lehrerin …«, er wartete, doch sein Adjutant räusperte sich verlegen. Den Namen der Dorflehrerin konnte er beileibe nicht kennen. Auch der Bürgermeister schien in dem Augenblick zu bereuen, dass er sich den Namen der neuen Lehrerin nicht eingeprägt hatte.

»Weber, Antonie Weber, Eure Majestät«, sagte Antonie und knickste erneut.

»Liebes Fräulein Weber, Sie sind die wichtigste Person in Tannau. Ihnen obliegt die Ausbildung der nächsten Generation. Bayern braucht gut ausgebildete Menschen, um für die Zukunft gewappnet zu sein. Bildung ist wichtig.« Er wandte sich an Hocheder. »Ich hoffe, Herr Bürgermeister, dass die Schule in bester Ordnung ist. Bayern braucht Menschen mit Bildung.« Doch noch ehe Hocheder antworten konnte, hatte Luitpold sein Augenmerk wieder auf Antonie gerichtet, die Gundi geistesgegenwärtig am Ärmel zupfte.

Gundi trat vor, knickste tief und überreichte dem Prinzregenten den Blumenstrauß.

»Eure Majestät sind wertvollere Blumen gewöhnt, aber das sind Blumen, die in Tannau wachsen«, erklärte Antonie. »Einfach sind sie, und ihre Schönheit zeigt sich erst auf den zweiten Blick. Dafür sie sind treu und fest verwurzelt mit dem Tannauer Boden.«

Prinzregent Luitpold betrachtete den Strauß und sagte dann: »Glauben Sie mir, ich weiß diesen Strauß sehr zu schätzen. Genau das macht mein Bayernland aus.« Er legte ihn neben sich auf die Sitzbank und verabschiedete sich mit freundlichen Worten vom Bürgermeister, der sich mehrmals vor ihm verbeugte.

Nach fünf Minuten war das Spektakel vorbei, und der Tross zog aus Tannau hinaus in Richtung der Berganhöhen. Die Kinder schwenkten, von Antonie aufgefordert, wieder heftig ihre Fähnchen. Jetzt erst sah man, dass eine große Nachhut der Kutsche folgte. Jäger und Treiber, teils auf Pferden und teils zu Fuß, defilierten an den Schaulustigen vorbei. Einer von ihnen musste Helenas Tanzpartner sein, dessentwegen sie gekommen war. In der Menge konnte Antonie die Hebamme nicht entdecken. Dabei wäre sie durchaus neugierig auf ihn gewesen.

Ihr umherschweifender Blick blieb an einem bekannten Gesicht hängen. Es war der Revierförster, der sie am ersten Tag so erschreckt hatte. Er saß auf einem hellbraunen Haflinger, und auch er hatte sie wiedererkannt, denn er bahnte sich seinen Weg zu ihr. Plötzlich war Antonie aufgeregter als beim Gespräch mit dem Prinzregenten.

»Gott zum Gruße, Fräulein Lehrerin. Wie ich sehe, haben Sie inzwischen den Weg nach Tannau gefunden.«

»Das habe ich. Auch wenn ich nicht in den Bach gefallen bin, nass bin ich am Ende doch geworden. Das Gewitter hat mich tatsächlich überrascht.«

»Da fühle ich mich gleich noch schuldiger, dass ich Ihnen nicht beim Tragen geholfen habe. Dann wären Sie schneller und vor allem trocken nach Tannau gekommen.«

»Wie gesagt, ich komme gut alleine zurecht.«

»Das glaube ich Ihnen.« Der Revierförster zeigte auf die Berge. »Ich muss leider weiter, Seine Majestät will noch einmal einen Hirsch erlegen. Da ist meine Ortskenntnis gefragt.« Er beugte sich im Sattel vor. »Zu gerne würde ich noch weiter mit Ihnen plaudern, Fräulein Weber. Vielleicht haben wir ein andermal Gelegenheit.« Er richtete sich auf, brachte sein Gewehr, das er an einem Gurt am Rücken trug, in Position und tat dann etwas, das Antonie völlig unvorbereitet traf. Der Jäger zwinkerte ihr zu. Ganz frech und unverschämt, wie Antonie fand. Hier, mitten auf dem Dorfplatz, vor ganz Tannau. Sie spürte, wie ihre Wangen rot wurden, was sie furchtbar ärgerte, und schnell blickte sie sich um, ob jemand sie beobachtet hatte. Gottseidank waren die meisten viel zu sehr damit beschäftigt, den königlichen Besuch mit dem Nebenmann zu diskutieren. Sie fing Pfarrer Bichlers Blick auf, doch sein Gesicht verriet nicht, ob er gerade gesehen hatte, was Antonies Innerstes dermaßen heftig erschüttert hatte. Und

Helena kam auf sie zu mit einem dicken Grinsen im Gesicht. Das war Kommentar genug. Und noch jemand fixierte sie: Irmingard Meisl. Neid sprach aus ihrem Blick, denn ihr Mann hätte an Antonies Stelle mit Seiner Majestät plaudern sollen. Und Furcht lag darin, was Antonie beunruhigte. Eine in die Enge getriebene Katze würde ihre Krallen ausfahren.

»Woher kennst du den Sebastian?«, fragte Helena.

»Bei meinem Weg hier heraus sind wir uns kurz begegnet. Er ist Förster, hat er mir gesagt.«

»Revierförster und einer der jüngsten im ganzen Land.«

»Kommt er aus Tannau?«, fragte Antonie beiläufig.

»Vom Bergerhof drüben. Von der Schule aus siehst du den Hof. Er liegt genau auf der anderen Talseite. Die Hofmeisters sind seine Nachbarn. Ihre Gundi hat dem Prinzregenten gerade den Strauß überreicht.«

»Das hat sie schön gemacht.« Antonie spürte, wie die Anspannung des Tages langsam von ihr wich.

»Sebastian ist ein feiner Kerl.« Helena blieb beim Thema. »Er hat meinem Anton die Stelle als Treiber verschafft.«

»Deinem Anton?«, fragte Antonie übertrieben gedehnt.

Doch ehe Helena antworten konnte, trat Pfarrer Bichler zu ihnen. »Sie haben ordentlich Eindruck auf Seine Majestät gemacht, Fräulein Weber. Es ist gut zu wissen, dass ihm die Ausbildung seiner jüngsten Untertanen am Herzen liegt.«

»Ich hoffe nur, ich habe nichts falsch gemacht. In meinem bisherigen Leben habe ich nicht allzu viel Umgang mit königlichen Hoheiten gehabt.«

»Dein Knicks war formvollendet«, beruhigte sie Helena. »Vielleicht lässt der Bürgermeister sogar mehr Holz springen für den Winter, wenn dem Prinzregenten die Schüler am Herzen liegen.«

»Neue Schulbücher wären wichtiger«, merkte Antonie an.

»Schauen wir mal, schauen wir mal. Gottes Wege sind unerforschlich.« Mit dieser ominösen Bemerkung ließ der Pfarrer sie stehen und ging in Richtung Kirche.

»Erzähl, hast du deinen Anton gesehen?«, wollte Antonie nun von Helena wissen.

»Habe ich, leider nur kurz. In drei Tagen, wenn die Jagdgesellschaft vorbei ist, kommt er mich besuchen. Das hat er mir versprochen.«

»Und? Hast du ihm gesagt, dass du dich freust?«

»Spinnst du? Ich habe ihm gesagt, wenn er Glück hat, bin ich zu Hause, und wenn er ganz viel Glück hat, habe ich eventuell einen Kuchen gebacken.«

»Und wenn er Pech hat?«

»Dann bin ich gerade bei einer Geburt, und er muss mit meinen Eltern vorliebnehmen. Es wäre gar nicht schlecht, wenn er von Anfang an wüsste, was es heißt, mit einer Hebamme verheiratet zu sein.«

»Von Anfang an und heiraten, was sind denn das für Töne? Das scheint mir ja schon was Ernstes zu sein.«

»Ja, das ist es durchaus! Zumindest für mich fühlt es sich richtig an.«

»Wenn du verheiratet bist, wirst du doch nicht weiter als Hebamme arbeiten?«

»Freilich werde ich das. Warum auch nicht? Solange keine Kinder im Haus sind, arbeite ich weiter. Im Gegensatz zu euch Lehrerinnen darf ich das als Hebamme.«

Antonie nickte. Als Lehrerin durfte sie nicht heiraten, und falls sie doch den Bund der Ehe einging, würde sie aus dem Schuldienst ausscheiden müssen. Das war Gesetz im Deutschen Reich und in Bayern. »Apropos Lehrerin, ich muss mich um meine Schüler kümmern.« Viele waren es nicht mehr. Da Antonie geahnt hatte, dass nach dem Prinzregentenbesuch an einen normalen Schulunterricht nicht mehr zu denken wäre, hatte sie den Kindern den Rest des Tages freigegeben. »Zu Ehren Unserer Majestät, des Prinzregenten Luitpold von Bayern.«

Da die meisten Eltern sich am Dorfplatz eingefunden hatten, konnten sie ihre Kinder gleich mitnehmen. »Gundi, du darfst auch nach Hause gehen. Das hast du brav gemacht. Hast du gesehen, wie sehr sich Seine Majestät über die Blumen gefreut hat?« Antonie strich über Gundis hellbraune Haare. »Nun lauf nach Hause, hast noch ein gutes Stück Weges vor dir. Sag deiner Mutter, dass die Schürze sehr schön geworden ist.«

»Das mache ich. Mama wäre so gerne gekommen, aber die Franzi hat ein Kälbchen bekommen, da hat sie nicht wegkönnen.«

»Dann streichelt das Kälbchen von mir, und sag deiner Mutter, sie kann stolz auf ihre Tochter sein.«

Mit strahlendem Gesicht lief Gundi los, hinunter zur Tannauer Ache und auf der anderen Seite hinauf zum Hof der Hofmeisters, der unterhalb des Teufelshorns lag, gleich neben dem Hof von Sebastian.

Antonie wandte sich dem Dorfplatz zu und sah sich das Bild vor ihren Augen an wie ein Gemälde. Zu ihrer Rechten der vor sich hin plätschernde Brunnen, die Tannauer, die munter redend in Grüppchen beieinanderstanden, dazwischen ein paar Kinder mit bayerischen Fähnchen. Es war ein friedliches Bild. Sie war froh, den Vormittag überstanden zu haben, und zufrieden, wie er abgelaufen war, dankbar, dass die Kinder brav gewesen waren, und … Antonie hielt inne. Sebastians unverschämtes Zwinkern – noch dazu vor allen Leuten – kam ihr in den Sinn. Wieder errötete sie. Was für eine impertinente Person. Als hätten sie schon zusammen Kühe gehütet. Derartige Vertraulichkeiten verbat sie sich.

Als sie in die Schulgasse einbog, lag eines der Fähnchen auf dem Boden. Sie hob es auf und musste lächeln. Das war bislang ihr bester Tag in Tannau gewesen.

Ein Schulinspektor kommt

Einstmals die Schwalben kamen / mit fröhlichem Gesang / jetzt ziehen fort sie wieder / und schweigen alle bang.

Siebenundvierzig Griffel kratzten auf den schwarzen Schiefertafeln. Antonie schritt leise zwischen den Bankreihen auf und ab, korrigierte hie und da, wies stumm auf einen Fehler hin und löste gelegentlich eine Kreide aus einer verkrampften Faust. Es lag noch viel Arbeit vor ihr. Die älteren Schüler mussten das Gedicht über die Schwalben aus dem Lesebuch abschreiben, die jüngeren probierten sich am s. Genauer gesagt, am Lang-s. Warum nur gab es so viele verschiedene Arten von s in der deutschen Schrift? Es war nicht das erste Mal, dass sich Antonie das fragte. Da war das großes S wie in »Schwalbe«, das selbst ein wenig wie ein Vogel im Flug aussah. »Die Schwalbe startet los, macht eine Schleife nach unten, fliegt wieder hoch und am Ende schlägt sie mit dem Schwanz einen kleinen Bogen fröhlich in die Luft«, hatte sie der Klasse erklärt. Gleich im ersten Wort der Strophe, »einstmals«, gab es die zwei klein geschriebenen Arten von s, das Lang-s und das Rund-s. »Das Lang-s steht am Anfang eines Wortes, wenn dieses klein geschrieben wird, und innerhalb eines Wortes. Steht wie bei ›einstmals‹ ein s am Ende eines Wortes, dann verwendet man das runde s.« Himmel, wie sollten Kinder das nur verstehen? Warum schrieb man diesen verflixten Buchstaben mal so und mal anders, obwohl es derselbe Buchstabe war?

Die Schüler im zweiten und dritten Jahr sollten sich mit dem »einstmals« beschäftigen, wohingegen die im ersten Jahr nur das Lang-s auf ihre Tafeln schreiben sollten. »Mit Schwung hoch und dann dicker nach unten.« Sie überlegte kurz. »Nicht wie eine Schwalbe, sondern wie ein Adler. Der fliegt mit Schwung nach oben, um dann steil nach unten auf seine Beute zu stürzen.« Damit konnten es sich die Erstklässler leichter merken. Vor lauter Konzentration hatten manche Schüler die Zunge zwischen die Zähne geklemmt oder bissen sich auf die Unterlippe.

Das waren beileibe noch nicht alle s-Regeln. Beim Auf-und-Ab-Schreiten im Klassenzimmer überlegte Antonie, wie sie am besten erklärte, dass bei dem Wort »Donnerstag« das s, obwohl mitten im Wort, nicht wie ein Lang-s, sondern wie ein Rund-s geschrieben wurde, weil es sich zwischen zwei zusammengesetzten Wörtern zum Fugen-s verwandelte. Doch auch hier gab es eine Ausnahme von der Regel: Wenn das erste Wort auf s endete und das zweite mit s anfing, dann war das erste rund und das zweite lang.

Es war schier zum Verzweifeln. Antonie suchte nach einem Beispiel. Der Blick aus dem Fenster brachte sie auf die Lösung: Bei dem Wort »Aussicht« war das der Fall. »Donnerstags genießen wir die Aussicht.« Diese Nuss würden die Schüler nächste Stunde knacken müssen. Antonie sah zufrieden nach draußen. Die Aussicht war heute, obwohl nicht Donnerstag war, wieder ein besonderer Genuss. Das ganze Tannauer Tal leuchtete. Die Laubbäume hatten ihre bunten Kleider angelegt, und die Herbstsonne feuerte die Farben an. Bei dem Anblick ging einem das Herz über.

Der Anblick im Klassenzimmer war eher zum Weinen. Die Schüler mühten sich mit diesem schwierigen s ab.

Als Antonie das Schreiben erlernt hatte, gab es für jedes

falsch geschriebene s eine Kopfnuss. Würde sie mit solchen Methoden arbeiten, würde ihre Hand sicher schmerzen. Auf den Tafeln wimmelte es von krakeligen, schiefen und schlicht falschen s. Antonie lächelte die Kinder aufmunternd an, um ihr inneres Seufzen zu überspielen. Lieber noch einen Blick aus dem Fenster werfen als auf die Tafeln. Sie konnte sehen, wie Monika Wasser am Brunnen holte, wie ein Pferdewagen, es konnte der von Johann Hochpointner sein, hinter den Bauernhöfen verschwand. Sie würde mit den Hochpointners bald über ihren Sohn reden müssen. Hias hatte versucht, ein s zu schreiben, aber unter seiner verkrampften Hand zerbröselte die Kreide. Zwischendurch sah er lange aus dem Fenster, und es kam Antonie vor, als wäre er mit seinem Kopf in einer ganz anderen Welt.

Ein Mann kam mit großen Schritten die Wiese entlang Richtung Schule. Als er aufblickte, erkannte Antonie, dass es Sebastian war. Jetzt lupfte er seinen Hut und grüßte sie. Dabei kniff er die Augen keck zusammen. Vielleicht nur wegen der tief stehenden Sonne. Antonie deutete ein Lächeln an. Sebastian blieb stehen, lächelte zurück – selbst aus der Entfernung erkannte sie die Fältchen um seine Augen –, setzte seinen Hut wieder auf und bog mit kraftvollen Schritten in die Schulgasse ein. Über seinem breiten Rücken trug er sein Gewehr, und das Klappern seiner Stiefel auf dem Pflaster war bis ins Klassenzimmer zu hören.

Doch ihr blieb keine Zeit, sich über den Förster Gedanken zu machen. Ein Mann in schwarzem Mantel und mit schwarzem Hut kam die Schulgasse herauf. Die beiden Männer grüßten sich flüchtig. Antonie wich vom Fenster zurück. Sollte der Schwarzgekleidete zur Schule kommen, bedeutete das nichts Gutes. Nervös strich sie ihre Bluse zurecht und blickte sich schnell im Klassenzimmer um.

Alles war auf seinem Platz, das Tafelbild mit dem Gedicht sah ordentlich aus, und auf ihrem Pult stand ein kleiner Tonkrug mit frisch gepflückten Herbstblumen. Sie hatte es sich zur Gewohnheit gemacht, stets für einen bunten Strauß zu sorgen. Die Blumen waren das einzig Schöne in dem sonst tristen Klassenzimmer. Gemeinsam mit ihren Schülern besprach sie deren Namen.

Manchmal musste Antonie in ihr Bestimmungsbuch schauen. »Das ist eine Berg-Flockenblume«, las sie vor und hielt die Pflanze mit ihrer gefiederten Blüte hoch. Die Kinder bestanden immer darauf, dass Antonie auch die lateinische Bezeichnung vorlas, weil die sich so lustig anhörte. »Centaurea montana!« Antonie übertrieb es mit der Betonung, und so hatten sie alle was zum Lachen.

Der gewichtig daherschreitende Mann hingegen wirkte nicht, als gäbe es gleich etwas zum Lachen. Er klopfte. Antonie ahnte Schlimmes. Die Kinder hingegen reckten neugierig die Köpfe und sahen erwartungsvoll zur Tür.

»Wir bekommen Besuch, da wollen wir uns alle von unserer besten Seite zeigen.« Das musste an Ermahnung reichen. Maria Ward, steh mir bei! Antonie öffnete die Tür.

Der Herr stellte sich als Oberassessor Neumann von der Schulbezirksbehörde vor.

»Das ist eine unangemeldete Visitation, Fräulein Weber. Lassen Sie sich nicht weiter stören, und fahren Sie mit dem Unterricht fort.«

»Jawohl, Herr Oberassessor.« Antonie drehte sich zu den Kindern um.

Der Mann nahm auf dem Stuhl am Pult Platz. Visitationen gab es üblicherweise zweimal im Jahr; sie wurden vorher angekündigt, damit sich der Lehrer und seine Klasse darauf vorbereiten konnten. Ausgerechnet beim Schreiben, dachte

Antonie. Nun ja, Rechnen wäre nicht besser gewesen. Vielleicht sollten wir lieber singen. Vor der Pause würden sie ihren Kanon anstimmen.

»Wischt eure Tafeln sauber, und fangt noch einmal von vorne an. Schaut auf die große Tafel, wie ich es geschrieben habe. Genauso schreibt ihr es ab.« Mit Schwalben und abstürzenden Adlern durfte sie dem Herrn Oberassessor nicht kommen. Hoffentlich täuschte ihr vorschriftsmäßiges Tafelbild darüber hinweg, dass es bei den Schülern mit dem Schreiben haperte. Selbst wenn es nicht ihre Schuld war, was konnte sie für die Versäumnisse vom Meisl und Pfarrer Bichler? Trotzdem fühlte sie sich verantwortlich.

Herr Neumann stand auf und ging durch die Reihen. Jedesmal, wenn er stehen blieb, um eine Tafel näher zu betrachten, blieb Antonies Herz gleich mit stehen. Nun wünschte sie sich noch sehnlicher eine deutsche Schrift mit nur einem s.

Nach einiger Zeit bat der Oberassessor darum, den Kindern Rechenaufgaben zu stellen. Antonie schwante, dass die Klassen in Rechnen genauso wenig überzeugen würden wie beim Schreiben.

»Vierundzwanzig weg acht?«

Antonie hätte ihm gleich sagen können, dass sich außer Gundi und Franzl niemand melden würde. Nicht anders war es bei acht mal fünf und einhundertzwölf weg achtzehn. Neumann versuchte es mit leichteren Aufgaben – ohne großen Erfolg. Antonie spürte, wie nicht nur in ihr Panik aufkam. Die Gesichter der Kinder wirkten angespannt, und bald klappten selbst die einfachsten Aufgaben nicht mehr.

Als Neumann ausgerechnet Hias fragte, was acht weg fünf sei, und der ihn nur stumm und verwirrt anschaute, brach der Oberassessor seine Fragen ab. »Fräulein Weber, ich denke«, er sah auf seine Uhr, »es ist Zeit für die Pause.«

Noch schneller als sonst stürmten die Kinder hinaus in den Hof, während Antonie sich in ihr Schicksal fügte. Dies waren wohl ihre letzten Tage als Lehrerin.

»Werte Kollegin, bitte klären Sie mich auf. Die Schüler hinken mindestens ein Jahr hinter dem Lehrplan her. So etwas habe ich noch nicht erlebt.« Aus dem letzten Satz war Bestürzung zu hören. »Die Erstklässler schreiben wenigstens ganz ordentlich. Alle anderen hingegen …«

Antonie konnte ihm nur zustimmen. Kaum ein Schüler würde in einer anderen Schule in Bayern sein Klassenziel erreichen. »Richtig, Herr Oberassessor, die Klasse hinkt stark hinterher. Dazu muss ich Ihnen mitteilen, dass ich erst seit diesem Schuljahr in Tannau bin. Der eigentliche Schulmeister, Herr Meisl, ist seit Längerem krank.« Sie erzählte von dem ausgefallenen Unterricht, von Pfarrer Bichler, der eingesprungen war und schließlich darauf gedrängt hatte, einen Lehrer anzufordern.

Ohne die Miene zu verziehen, hörte der Assessor ihr zu. »Dürfte ich bitte das Schulbuch sehen?«

Diese Frage hatte Antonie befürchtet. Sie besaß kein Schulbuch, das hatte Irmingard Meisl nicht herausgerückt. Stumm zeigte sie ihm die Blätter, auf denen sie vorschriftsgemäß ihren Unterricht dokumentiert hatte, sowie die Klassenliste mit den Noten.

»Das ist kein Klassenbuch!« Neumanns Geduld war offensichtlich bald am Ende.

Antonie erklärte die schwierige Situation mit der Frau des Schulmeisters, die ihr keine Unterlagen aushändigen wollte. Als der Oberassessor aus seinem Mantel ein in schwarzes Leder gebundenes Büchlein herausnahm und mit enger Schrift eine Seite nach der anderen füllte, wuchs ihr Unbehagen.

»Sind das die Tafeln und das die Lesebücher der Schüler?«

Antonie kam die Frage albern vor. Sie hatten nichts anderes. »Das sind die Tafeln und Bücher, die ich hier vorgefunden habe. Die Gemeinde ist meiner Bitte um Erneuerung bislang nicht nachgekommen.« Langsam fühlte sich Antonie in die Ecke gedrängt und fand, sie müsse sich verteidigen. Der miserable Zustand des Materials war nicht ihre Schuld.

»Ich verstehe.« Weitere Notizen folgten. Nun sah Neumann sich im Raum um, betrachtete interessiert die Decke, von der sich Teile gelöst hatten. »Zur Schule gehört ein Schulmeisterhaus. Ich nehme an, Sie wohnen dort?«

»Nein, da wohnt noch Schulmeister Meisl mit seiner Frau.«

Die Augenbrauen des Oberassessors hoben sich. »Und wo wohnen Sie?«

»In der Kammer hier hinten, die vermutlich für einen Hilfslehrer gedacht ist.«

»Dürfte ich sie sehen?«

»Natürlich.« Antonie hatte nichts zu verbergen und öffnete die Tür. Wie im Klassenzimmer war auch hier der Blumenstrauß das einzig Angenehme für das Auge.

»Wo kochen Sie?«

Antonie zeigte auf den Kanonenofen.

»Der Abort befindet sich wo?«

»Es gibt einen hinter der Schule.«

»Einen?«

»Ja, nur einen einzigen.« Und weil sie schon einmal dabei war, die Umstände zu klären, und ohnehin der Meinung war, dass sie nichts mehr zu verlieren hatte, fügte sie hinzu: »Das mit der Kammer für den Hilfslehrer passt insofern, als die Gemeinde mich auch nur als Hilfslehrerin entlohnt.«

»Sie haben laut meinen Unterlagen Ihre Anwärterzeit geleistet.«

»Die habe ich in Straubing absolviert.«

»Im Gäuboden, das ist schön. Ich habe dort Verwandtschaft.« Als befürchtete er, zu viel Privates ausgeplaudert zu haben, wurde Neumanns Gesicht gleich wieder ernst. »Den Herrn Pfarrer, wo finde ich ihn?«

»Pfarrer Bichler ist am ehesten im Pfarrhaus neben der Kirche anzutreffen.«

»Gut, ich werde ihm einen Besuch abstatten. Vielleicht kann er Licht in diese Angelegenheit bringen.« Neumann zog seine Taschenuhr aus der Weste. »Ich denke, die Pause ist um.« Damit verabschiedete er sich, und Antonie begleitete ihn zur Tür.

Ihr war elend zumute. Sie hatte das ungute Gefühl, gerade durch eine Prüfung gefallen zu sein.

Während Antonie ihren Unterricht fortsetzte, sah sie, dass Oberassessor Neumann das Schulhaus umrundete und eifrig Notizen in seinem schwarzen Büchlein machte. Er versuchte sogar, einen der windschiefen Fensterläden zu schließen.

Um sich und die Kinder zu beruhigen, fügte sie eine Musikstunde ein. Fröhlich sangen die Kinder den Kanon, der inzwischen wunderbar klappte, mit einem besonders lauten »Hejo«. Das sollte der Herr Neumann draußen ruhig hören. Blieb abzuwarten, welcher Wind ihr von der Schulbehörde entgegenwehen würde.

Heute war Antonie zum ersten Mal froh über das Ende des Unterrichts. Die Visitation lag ihr schwer auf der Seele. Welchen Eindruck mochte der Assessor von ihr gewonnen haben? Sie winkte den Kindern hinterher, die sich munter schwatzend auf den Heimweg machten. Den Besuch des Mannes hatten sie vermutlich längst vergessen. Für sie war es gerade wichtiger, die Kastanien im Biergarten des Gasthofs Post aufzuklauben. Regelrechte Sammelwettbewerbe wurden abgehalten.

Erschöpft setzte sich Antonie auf die Bank. In den letzten Tagen wirkten die Berge viel näher als sonst. Jeder Fels, jede Kante, jeder Grat war zum Greifen nahe herangerückt. Die Bauern waren auf den Wiesen beschäftigt und mähten, um möglichst viel Heu für den Winter einzulagern. Bald nämlich würden die Kühe von den Almen abgetrieben werden und bis zu den ersten Nachtfrösten rund um die Höfe weiden, manchmal sogar, bis der erste Schnee kam. Schlecht war ein verregneter Sommer, der nicht genug Heu einbrachte. Dann mussten die Tiere so lange wie möglich draußen nach Futter suchen. Das hatte Antonie von den Kindern erfahren, die stolz waren, wenn sie ihrem Fräulein Lehrerin etwas beibringen konnten.

»Wer sitzt denn hier so müßig herum?«

Antonie fuhr hoch, sie musste kurz eingenickt sein.

Vor ihr stand Helena und lachte herzlich über die erschrockene Antonie. »Darf ich mich zu dir setzen?«

Antonie machte ihr Platz. »Ich könnte Aufmunterung gebrauchen.«

»Haben dich deine Schüler geärgert?«

»Nein, die sind alle brav, über sie kann ich mich nicht beschweren. Nur hat mich heute Oberassessor Neumann von der Schulbehörde aufgesucht. Eine unangekündigte Visitation.«

»Erzähl! Ich bin überzeugt, dass du eine vorbildliche Lehrerin bist.«

Antonie berichtete vom Vormittag, von der Befragung durch Herrn Neumann und den Notizen in sein schwarzes Büchlein. »Für das alles kannst du gar nichts!«, ereiferte sich Helena. »Das hast du dem werten Herrn hoffentlich deutlich gemacht.«

Darauf zuckte Antonie die Schultern. »Der Bürgermeister

will mich sowieso loswerden, da kommt ihm die Visitation nur gelegen.«

»Warte mal ab. Dein Plausch mit dem Prinzregenten hat für mächtig Gesprächsstoff in Tannau gesorgt.«

»Mein Plausch? Das klingt, als hätten wir zusammen Kaffee getrunken.«

»Im Ansehen der Tannauer bist du dadurch gestiegen.«

»Das glaube ich nicht. Du bist mit einer zu lebhaften Fantasie gesegnet.«

Helena schwieg kurz und lächelte dann. »Apropos Kaffeetrinken«, sagte sie und holte ein in Butterbrotpapier gewickeltes Päckchen aus ihrer Schürzentasche. »Das hat meine Mutter mir für dich mitgegeben.«

Antonie nahm das Päckchen. Ein süßer Duft stieg ihr in die Nase. »Es ist eine Zwetschgennudel. Unser Zwetschgenbaum trägt heuer ganz ordentlich.«

Antonie öffnete das Päckchen, und zwei goldbraun gebackene Rohrnudeln lagen glänzend auf ihrer Hand. Sie schmeckten köstlich und hoben Antonies Stimmung. Mit Butter hatte Helenas Mutter wahrlich nicht gespart, und Antonie leckte sich die Finger ganz unlehrerinnenhaft ab.

Auf einmal stand Sebastian vor ihnen und begrüßte sie. Peinlich berührt, zog Antonie eilig den Finger aus dem Mund und hoffte inständig, dass ihr Mund nicht fettig glänzte.

»Grüß dich, Sebastian«, sagte Helena, während Antonie ihn förmlicher mit »Herr Revierförster« ansprach.

»Genießt ihr den Ausblick?« Sebastian drehte sich um und sah hinüber in die Berge. »Auf dem Felderhof mähen sie jetzt erst. Hoffentlich bekommen sie das Gras noch trocken. Lange wird das schöne Herbstwetter nicht mehr anhalten.«

»Was ist das?«, fragte Antonie. »Immer wenn ich Sie sehe, kommt schlechtes Wetter.«

»Das liegt an meiner schlechten Seele, Fräulein Lehrerin«, antwortete Sebastian lachend. »Nun, solange es nur regnet und nicht jedes Mal ein Gewitter hinter Ihnen aufzieht, habe ich noch Hoffnung für Ihre Seele.«

»Sebastian«, fragte Helena, »hast du Anton gesehen, seitdem der Prinzregent in Tannau war?«

»Habe ich. Ich glaube, er ist mit einer jungen Sommerfrischlerin aus Hamburg durchgebrannt. Man erzählt sich, es war Liebe auf den ersten Blick.«

»Sebastian, du Scheusal, mich mit solchen Geschichten zu erschrecken!«, rief Helena aus und gab ihm einen spielerischen Klaps auf den Oberarm.

»Gut, ich will mal nicht so boshaft sein. Die jungen Damen aus der Sommerfrische sind eh längst heimgefahren. Ich soll dich vom Anton ganz herzlich grüßen. Er hofft, dich diesen Sonntag beim Kirchgang zu treffen und vielleicht, wenn kein Kindlein dazwischenkommt, danach mit dir zu promenieren. Das war der Ausdruck, den er gebraucht hat. Weiß Gott, wo er den aufgeschnappt hat. Vielleicht doch von einer der jungen Damen aus der Stadt?«

Helena drohte ihm mit erhobenem Zeigefinger.

»Wenn du mir drohst, erzähle ich dir nicht, was er mir noch aufgetragen hat, dir auszurichten.«

»Noch was?« Helenas Wangen waren ganz rot geworden, wie Antonie amüsiert feststellte. »Anton lässt höflichst anfragen, ob du ihn nächsten Samstag zum Tanz ins Gasthaus Post begleiten würdest.«

»Sag ihm, ich würde ihn durchaus gerne begleiten, aber nur, wenn sein grässlicher Freund, der Revierförster von Tannau, nicht mitkommt.«

»Das richte ich ihm aus. Außerdem ist Tanzen nicht des Herrn Revierförsters Stärke.«

»Haben der Herr Revierförster kein Taktgefühl?« Diese Frage konnte sich Antonie nicht verkneifen.

»Da hätte ich dringend Nachhilfe nötig. Fräulein Lehrerin, kommen Sie doch auch mit zum Tanz und bringen Sie mir mehr Taktgefühl bei.«

Antonie lehnte dankend ab. »Ich denke nicht, dass es für eine Lehrerin schicklich wäre, zu einem Tanzvergnügen zu gehen.«

»Das ist schade. Wobei ich denke, auch ein Fräulein Lehrerin dürfte einmal Spaß haben.«

»Solange ich noch neu in Tannau bin, möchte ich den Tannauern lieber nicht Anlass für Tratsch geben.«

»Wenn das so ist, werde ich wohl nie ein Taktgefühl bekommen.« Sebastian lachte wieder. Schließlich verabschiedete er sich. Er hatte den Kindern von Tannau versprochen, für jeden Beutel Kastanien würden sie eine Süßigkeit bekommen, denn im Winter waren die Kastanien ein Hochgenuss für das Wild. Bevor Sebastian weiterzog, holte er aus seinem Rucksack zwei Bonbons hervor und reichte sie den beiden Frauen. »Damit versüße ich euch den Nachmittag.« Wieder zwinkerte er Antonie zu, drehte sich um und ging, seinen Hut schwenkend, die Schulgasse hinunter, den sicher längst wartenden Kindern entgegen.

»Kastanien gegen Süßes, das ist ein gutes Geschäft.« Helena packte ihr Bonbon aus und lutschte es genüsslich. »Komm schon, Antonie, es schmeckt herrlich!«, drängte sie, als sie sah, dass Antonie zögerte.

»Zwetschgennudeln und nun ein Bonbon, was habe ich für ein Leben!«

Schweigend saßen die beiden Frauen auf der Bank, lutschten genüsslich und schauten in die Berge.

»Was hast du denn für ein Leben?« fragte Helena unvermittelt. »Du meinst wirklich, du darfst nicht wie alle anderen auch zum Tanz in die Post gehen?«

»Es wäre tatsächlich nicht schicklich. Vor allem, da ich noch nicht so lange da bin. Unsere Ausbilderinnen im Seminar haben gesagt, wir können überall dort hingehen, wo der Pfarrer auch hingeht. Und ich glaube nicht, dass Pfarrer Bichler den Almtanz besucht.«

»Von sich aus nicht. Ich könnte ihn allerdings fragen, und dann hättest du keine Ausrede mehr«, neckte sie Helena.

»Untersteh dich!«

»Also kein Tanz und wohl auch kein Promenieren am Sonntag?«

»Nein, das alles dürfen wir Lehrerinnen nicht. Früher haben Nonnen, die nicht heiraten durften, die Mädchen unterrichtet, und heute sind es wir. Keine Nonnen, sondern Lehrerinnen, die sich jedoch ans Zölibat halten müssen. Wir haben keine eigenen, dafür viele andere Kinder.«

Helena setzte sich abrupt auf und drehte sich zu Antonie herüber. »Das ist nicht richtig!«

»Da spricht die Revoluzzerin aus dir.«

»Ich meine es ernst. Warum soll eine Lehrerin nicht heiraten dürfen?«

»Weil sie dann ihre Energie zwischen Familie und Schule aufteilen müsste, und das geht nicht. Entweder – oder, so lautet das Gesetz.«

»Du meinst, dass Lehrerinnen nicht in der Lage wären, Schule und Familie unter einen Hut zu kriegen?«

»Ich weiß es nicht. Frauen haben nicht so viel Ausdauer und können nicht so viel leisten wie Männer. Das wurde uns stets gepredigt. Immer und immer wieder, und ich weiß selber nicht, was ich glauben soll. Wobei feststeht, der werte Herr Meisl hat nicht viel geleistet.«

»Der war schon immer ein fauler Stinkstiefel. Seine Frau ist kein Quäntchen besser.« Nachdenklich betrachtete Helena ihre Hände. »Ich bin fest überzeugt, dass wir Frauen genauso viel leisten wie Männer. Sicher, beim Holzhacken ist uns der Hochpointner überlegen. Der macht es aber schon sein ganzes Leben lang. Wenn wir lange genug trainieren, dann können wir ebenso gut Holz hacken!«

»Ach Helena, ich weiß nicht.«

»Glaub mir, eines Tages werden die Frauen in genau den gleichen Berufen arbeiten wie die Männer.«

»Da bin ich gespannt. Dass wir Frauen das Wahlrecht haben sollten, da bin ich völlig deiner Meinung. Das, was die Regierung entscheidet, betrifft mitunter auch uns Frauen.«

»Eben. Und dass Lehrerinnen nicht heiraten dürfen, halte ich für eine dumme Entscheidung.«

»Ich wusste es vorher, also darf ich mich nicht beklagen, und das tue ich auch nicht. Auf einen Tanz in der Post kann ich ruhig verzichten, es würde mich sowieso keiner auffordern.«

»Das glaube ich ganz und gar nicht.« Trotzdem ließ Helena das Thema fallen und berichtete von der letzten Geburt, bei der ein Vater beim Warten in der Stube in Ohnmacht gefallen war.

Als Helena gegangen war, spürte Antonie, dass die Themen, über die sie geredet hatten, weiter in ihr rumorten. Dass sie einmal Lehrerin werden sollte, war ihr nicht in die Wiege gelegt gewesen. Als Waise hätte sie höchstens Dienstmagd werden können oder in einer der Fabriken arbeiten, die rund um München entstanden waren. Lehrerin, das wäre nicht denkbar gewesen für eine Waise, ein Mädchen noch dazu. Wer weiß, wie ihr Leben verlaufen wäre, wenn Schwester Coelestina nicht an diesem Nachmittag das Waisenhaus besucht hätte. Diesen Gedanken hatte Antonie oft in ihrem Kopf gewälzt. Durch diese Begegnung hatte ihr Leben eine andere, neue und bessere Richtung bekommen. Wie dankbar sie dafür war!

An jenem Nachmittag hatte es angefangen, und inzwischen saß sie auf der Bank vor ihrer Schule, eine Freundin hatte ihr leckere Zwetschgennudeln mitgebracht, ein groß gewachsener Förster mit einem losen Mundwerk hatte ihr ein Bonbon geschenkt, und heute Abend fand die zweite Probe des neu gegründeten Tannauer Kirchenchores statt. Ja, sie war erfüllt von Dankbarkeit und spürte, diesen Moment hier konnte ihr niemand mehr nehmen. Weder der Bürgermeister noch der Oberassessor noch der Schulmeister Meisl samt seiner boshaften Frau. Für sie war dieser Augenblick das pure Glück. Da konnte sie leicht auf einen Tanz verzichten.

»Franz, im Takt bleiben.« Antonie stand neben der Orgel und klopfte den Rhythmus mit. Franz Gruber saß über die Orgel gebeugt, die Augen weit aufgerissen, stets auf der Suche nach dem richtigen Ton. Seine Ohren glühten, alles Blut schien durch seinen Kopf zu rauschen. Das wird so nichts, dachte Antonie. Sein Bemühen und sein guter Wille waren deutlich zu spüren, nur war sein Kampf mit dem Instrument einer, den er verlieren würde.

Sie hatte sich eine Stunde vor der Probe mit dem Organisten verabredet, um ein Kirchenlied einzuüben, damit die Damen und Herren vom Chor gleich mit dem Singen loslegen konnten. Die Freude am Gesang erschien ihr vorerst wichtiger als technische und stimmliche Feinarbeit.

Franz griff völlig falsch, und eine Disharmonie schrillte durch den Kirchenraum.

»Franz, halt einmal inne und stell dich hierher, gleich neben mich.«

Der junge Mann schaute Antonie entgeistert an.

»Du bist viel zu verkrampft, um flüssig zu spielen. Du musst lockerer werden.« Antonie fing an, ihre Schultern zu schütteln, anschließend ihre Arme und am Ende die Hände. Dann forderte sie ihn auf, es ihr gleichzutun.

Franz begann zögerlich, und gemeinsam vollführten sie alle Lockerungsübungen, die Antonie kannte. »Deine Finger sind wie kleine Vögel, sie huschen über die Tasten.« Mit ausgestreckten Armen bewegten beide die Finger. »Wir atmen tief ein und langsam wieder aus.« Ruhe breitete sich in Franz' Gesicht aus.

Zurück auf der Orgelbank, gelang ihm das Lied flüssiger als vorhin. Vielleicht lag es daran, dass er die Scheu vor Antonie verloren hatte, nachdem sie beide auf der Empore herumgehampelt waren.

Als die ersten Chormitglieder kamen, spielte Franz das Lied fehlerfrei, wenn man davon absah, dass er zweimal h statt b spielte.

Antonie begrüßte acht Frauen und vier Männer. »Vielen Dank, dass Sie alle heute Abend gekommen sind. Wie Sie vielleicht soeben gehört haben, hat Franz ein neues Lied eingeübt, das wollen wir heute singen. Ich denke, wir sollten uns zunächst an ein paar Kirchenliedern versuchen, bevor wir uns größere Stücke vornehmen.«

Allgemeine Zustimmung. Das ›Gotteslob‹ wurde aufgeschlagen, Franz bekam ein ermutigendes Lächeln von Antonie, und bei fünf setzten alle zusammen ein und wollten – wie von der Messe gewohnt – gar nicht mehr aufhören, bis alle Strophen durch waren.

»Halt, halt«, ging Antonie dazwischen. »Wir wollen uns

Strophe für Strophe erarbeiten. Singen wir in der ersten Strophe falsch, zieht sich der Fehler durch alle Strophen hindurch, wie ein Folgefehler beim Rechnen. Also bitte, nur die erste Strophe. Und achten wir darauf, dass wir die Endsilbe nicht verschlucken.« Der bayerische Dialekt ließ gerne die letzte Silbe in einem Genuschel untergehen.

Zu ihrer Freude merkte Antonie, wie die Konzentration wuchs, mit welchem Ernst der Chor die Lieder sang und wie leicht es Franz fiel, im Takt zu bleiben.

Ein plötzliches Scheppern aus dem Kirchenraum ließ alle hochschrecken. Magda war eine Blechkanne heruntergefallen, mit der sie die Begonien auf dem Altar gegossen hatte. Als sie die vielen Gesichter oben auf der Empore sah, hastete sie in die Sakristei.

»Dieses Kind. Ich verstehe nicht, warum sich der Herr Pfarrer mit ihr so abmüht. Magda ist zu nichts zu gebrauchen«, schimpfte Inge Moser. »Mit ihrer Art macht sie alle anderen nervös. Sie ist einfach ein Ärgernis.«

Am liebsten wäre Antonie der Frau Moser gehörig über den Mund gefahren, unterließ es aber, da der Chor sonst womöglich seine beste Sopranstimme verloren hätte. Darum sagte sie nur: »Nachdem Magda uns alle wieder geweckt hat, fangen wir frisch von vorne an. Franz, bitte, gib uns ein a.«

Beim Singen verging die Zeit wie im Fluge, und als Antonie auf die Uhr sah, hatten sie schon eine halbe Stunde länger geprobt. »Meine Damen und Herren, unsere Zeit ist um.«

»Oh, schade. Jetzt, wo wir gerade so in Fahrt sind.«

»Können wir nicht noch ein fröhliches Lied singen?«, bat Wagner, ein alter Bauer mit einem buschigen Bart und einem herrlich tiefen Bass.

»Ja, etwas Fröhliches«, bettelten nun auch die anderen Chormitglieder wie Schulkinder.

Antonie lachte. »Gut, dann schauen wir einmal, ob Sie den Kanon ebenso gut hinbekommen wie die Schüler. Erst mal alle zusammen und dann in drei Gruppen. Ich gebe jeweils den Einsatz.«

Kurz darauf wurde der Wagen angespannt, der Wind blies, und alle hatten die größte Freude. Fast schon energisch musste Antonie die Probe beenden. Sie klatschte in die Hände, um sich zu bedanken, und der Chor klatschte, um sich bei seiner Chorleiterin zu bedanken. Fröhlich schwatzend machten sich die Chormitglieder auf den Heimweg.

Nur der alte Wagner blieb zurück, strich sich verlegen über den langen Bart und rückte schließlich mit der Sprache heraus. »Fräulein Weber, ich denke, ich spreche im Namen aller Chormitglieder, wenn ich Sie bitte, uns doch mit Vornamen anzureden. Wir sind hier in Tannau und alle miteinander gut bekannt. Ich bin übrigens der Hartl.«

»Gerne, Hartl, das ehrt mich, und dann will ich es so halten. Gute Nacht, Hartl.«

»Gute Nacht, Fräulein Weber.«

Die beiden jungen Burschen, die hinter der Orgel den Blasebalg abwechselnd getreten hatten, verabschiedeten sich ebenfalls. Antonie drückte ihnen jeweils einen Groschen in die Hand, den sie gerne annahmen. Den Franz entließ Antonie mit einem besonderen Lob.

Als alle gegangen waren, löschte sie die Petroleumlampen. »Danke!«, sagte sie in die Stille hinein. Die gelungene Chorprobe hatte sie mit dem Tag versöhnt. Im Schein ihrer Lampe schritt sie vorsichtig die schmale Treppe hinunter. Im Vorraum stand Pfarrer Bichler mit dem großen Kirchenschlüssel in der Hand. »Es ist später geworden als gedacht. Bitte entschuldigen Sie, Herr Pfarrer, wir haben beim Singen die Zeit vergessen«

»Liebes Fräulein Weber, Sie wissen gar nicht, wie sehr mich ein solcher Satz freut. Ich muss Ihnen beichten, dass ich eine ganze Weile gelauscht habe, so herrlich klang es.«

»Die Sänger sind mit großem Eifer dabei. Bald können wir längere Stücke einstudieren.«

»Darf ich Sie bei der Gelegenheit an Weihnachten erinnern? Wie wäre es, wenn sich der Chor mit einem kleinen Weihnachtskonzert bei der Messe an Heiligabend zum ersten Mal der Gemeinde vorstellt? Da ist die Kirche voll, und es wäre zugleich eine gute Werbung für neue Mitglieder.«

»Pfarrer Bichler, Sie haben immer so Ideen, bei denen ich nicht recht weiß, ob ich mich darüber freuen soll. Ich werde sehen, wie weit wir kommen.«

»Ich überlasse es ganz Ihnen.«

Als Antonie aus der Kirche getreten war und Pfarrer Bichler zusperren wollte, nahm sich Antonie ein Herz und fragte ihn, ob Oberassessor Neumann bei ihm gewesen sei. »Der war bei mir. Gegen Mittag. Magda hatte Knödel mit Rahmschwammerl gekocht, da klopfte er an die Tür. Wir haben uns länger unterhalten.«

»Und?«, fragte Antonie mit mühsam beherrschter Neugier.

»Wir haben über die Schule gesprochen, natürlich. Herr Neumann machte auf mich einen vernünftigen Eindruck. Die Kenntnisse der Schüler schätzte er als mangelhaft ein, woran ich nicht ganz unschuldig bin. Ich hätte schon viel früher insistieren sollen, dass ein neuer Lehrer eingestellt wird.«

»Hat er sich dazu geäußert, wie es mit mir weitergehen wird?«

»Das werden wir sehen.« Der Pfarrer legte seinen runden Kopf schief und lächelte Antonie an. Ein wenig sah es so aus, als wäre der Mann im Mond vom klaren Herbsthimmel herabgestiegen. »Seien Sie ganz unbesorgt, es wird sich alles finden.«

»Ihr Wort, Herr Pfarrer, in Gottes Ohr. Vor allem in den Ohren der Schulbehörde.«

Pfarrer Bichler drückte beruhigend Antonies Hände, die das ›Gotteslob‹ fest umklammert hielten. Obwohl er so zuversichtlich geklungen hatte, war da wieder dieses Gefühl, dass ihre Tage in Tannau gezählt waren. Nicht zum ersten Mal kroch der Gedanke in ihr hoch, dass sie kein Heim verdiente. Keine Eltern, kein Heim und erst recht keine Heimat. Für sie gab es keine Sicherheit. Egal, wohin sie kam, die bequemen Stühle waren längst besetzt. Am guten Leben durfte sie höchstens schnuppern – wie an jenem Nachmittag im Waisenhaus, als die Kuchen und Torten vor den Augen der Mädchen aufgetragen wurden. Hineinbeißen durften nur die anderen. Antonie spürte, wie ihr Tränen in die Augen traten.

»Fräulein Weber, seien Sie versichert, dass ich alles dafür tun werde, Sie in Tannau zu halten. Ich müsste verrückt sein, Sie gehen zu lassen. Nein, nein«, Pfarrer Bichler tätschelte ihre Hände, »Sie bleiben schön hier. Sonst lernt die Obere Schulbehörde mich von meiner ganz ungemütlichen Seite kennen.« Er zog die Augenbrauen zusammen und schaute grimmig drein.

Das brachte Antonie zum Lächeln. »Sehen Sie, jetzt lachen Sie wieder. Alles liegt in Gottes Hand, aber ich habe auch noch ein Wörtchen mitzureden.«

Sie verabschiedeten sich, und Antonie machte sich auf den Heimweg. Sie war froh um ihre Lampe, denn das Dorf lag dunkel vor ihr, als wäre der Mond zusammen mit dem Herrn Pfarrer verschwunden. Das Plätschern des Brunnens hallte beruhigend über den Dorfplatz. Im Gasthaus Post brannte noch Licht, und als die Wirtshaustür aufging, konnte Antonie sehen, wie Bürgermeister Hocheder seine Jacke anzog, seinen Hut aufsetzte und direkt auf sie zukam. Erst im letzten Moment nahm er Antonie wahr und blieb stehen.

»Guten Abend, Herr Bürgermeister.«

Er schaute sie an, überlegte und grummelte schließlich: »Guten Abend, Fräulein Weber.«

Schau an, der Bürgermeister kennt inzwischen meinen Namen.

Die kalte Herbstluft brachte die Flamme zum Flackern. Da Antonie die Schulgasse schon oft genug hinab- und hinaufgegangen war, würde sie schlimmstenfalls auch im Dunkeln die Schule finden.

Einer spontanen Eingebung folgend, schaute sie in den Briefkasten. Sie bekam zu selten Post, um täglich nachzusehen. Wer sollte ihr schon schreiben außer Elvira, Schwester Coelestina oder der Schulbehörde, von der sie hoffte, keinen Brief zu erhalten. Zu ihrer Überraschung lag tatsächlich ein Briefumschlag darin. Er hatte keinen Absender, und ihr Name stand in ungelenker Handschrift darauf. Der Umschlag war nicht verschlossen. Als sie ihn öffnete, entdeckte sie ein Bonbon sowie einen kleinen Zettel, auf dem stand: »Sie haben zwar keine Kastanien gesammelt, aber Ihre Kastanienaugen gelten auch. Sebastian.«

Zwei Familien

Die Kinder tobten munter herum. Der Nieselregen störte sie nicht. Antonie stand an der offenen Tür und beaufsichtigte die Schüler in der großen Pause. Ein paar Buben kickten die letzten runzligen Äpfel umher. Für derartige Spiele fühlten sich die älteren Mädchen viel zu erwachsen. Sie spazierten untergehakt im Kreis und wichen den Pfützen aus, in die die Kleineren mit Freude sprangen.

Wie es Sebastian vorausgesagt hatte, war die Temperatur gefallen, und es regnete häufig. Die blasse Sonne hatte nicht mehr viel Kraft. Antonie knöpfte ihren Mantel zu. Mit seinem dünnen Stoff würde sie nur frierend durch den Winter kommen. Geld für einen neuen hatte sie nicht. Vielleicht reichte es für Wolle, dann würde sie sich an den Abenden eine Jacke stricken. Außerdem musste sie mit dem Petroleum sparsam sein. An allen Ecken und Enden war es zu knapp – das kannte sie nur zu gut.

»Maximilian, Hannes! Hört sofort auf, den Hias zu ärgern. Ihr beide kommt her und bleibt bei mir für den Rest der Pause, damit ihr wieder zur Vernunft kommt.« Lange mussten die beiden nicht warten, die Turmuhr schlug halb zehn, und das war das Zeichen, sich in Zweierreihen aufzustellen und ins Klassenzimmer zu marschieren.

In den letzten Wochen hatte Antonie Lesen, Rechnen und Schreiben geübt, um die Lücken zu füllen. Als Abwechslung für die Kinder und für sie hatte sie eine Stunde Landeskunde geplant. Daher rollte sie nach der Pause die Karte vom Deutschen Reich aus, hängte sie an die Tafel und begann, über die wichtigsten Städte zu sprechen. Quer durch die verschiedenen Regionen, vom Wattenmeer über Hamburg mit seinem Hafen über Berlin, das Ruhrgebiet bis nach München, ging die Reise. Tatsächlich war München die einzige Stadt, die Antonie aus eigenem Erleben kannte. »Ihr erinnert euch sicher an den Besuch Seiner Majestät des Prinzregenten Luitpold«, begann sie ihren Rundgang durch die Landeshauptstadt. »Seine Majestät wohnt in der Neuen Residenz, mitten in München. Schaut er aus dem Fenster, blickt er auf den Max-Joseph-Platz. Dort stehen das Opernhaus und das Hauptpostgebäude, und hier beginnt die Maximilianstraße mit ihren vornehmen Geschäften. Am Wochenende spazieren die Münchner durch den Englischen Garten und erfreuen sich am saftigen Grün der Wiesen und Bäume. Viele Brauereien gibt es in München und am Nockherberg einen Biergarten, in dem man sogar im Sommer eisgekühltes Bier trinken kann.«

»Wie geht denn das?«, fragte Bartl erstaunt.

»Man hat einen großen Stollen in den Berg gegraben. Dort ist es ganz dunkel und feucht. Im Winter schneidet man Eis aus der Isar und den umliegenden Seen und lagert es im Stollen ein. Da kaum Wärme in den hineinkommt, schmilzt das Eis auch nicht.«

»Das Münchner Bier schmeckt nicht, sagt mein Vater«, stellte ein Junge vorwitzig fest.

»Das Paulaner schon«, widersprach ein anderer, und ehe Antonie sich versah, entbrannte eine lebhafte Diskussion über den Geschmack verschiedener Biersorten.

»Halt, meine Herren, Ruhe bitte, nicht alle durcheinanderreden. Ihr meldet euch, wenn ihr etwas sagen wollt.« Viele

Finger sprangen steil in die Luft. »Aber keine Fragen zum Bier.« Ein paar Arme sanken wieder. Die feinen Modegeschäfte interessierten die Mädchen, der Hamburger Hafen die Jungen, und Antonie versuchte, die neugierigen Fragen zu beantworten.

»Eine Runde schnelles Kopfrechnen«, verkündete Antonie, als sie die Karte wieder verstaut hatte.

»Bitte Knobeleien!«, riefen die Kinder, und Antonie musste über diesen Eifer lachen.

»Von mir aus, Rechnen mit Knobeleien.« Dabei war das, was sie den Kindern als Knobeleien präsentierte, nichts anderes als Sachaufgaben, die sie in Geschichten verpackte. Ab und zu verriet sie angeblich aus Versehen die Lösung gleich mit, was die Schüler besonders freute und alle zum Lachen brachte. Hinterher strengten sie ihre Köpfe umso mehr an.

»Ich verbrenne jede Stunde drei Holzscheite in meinem Ofen. Am Abend sitze ich fünf Stunden, um eure Prüfungen zu korrigieren, so unleserlich habt ihr geschrieben. Meine Augen habe ich mir fast verdorben. Also, wie viele Holzscheite habe ich in den Ofen stecken müssen, damit ich nicht erfriere?« Die Antwort kam erfreulich schnell.

»Unser Förster Berger hat Bonbons in seinem Rucksack.« Sofort hatte sie die volle Aufmerksamkeit der Kinder. »Ihr habt Kastanien gesammelt, und für jeden Sack bekommt ihr vom Herrn Förster ein Bonbon. Matthias hat zwei Säcke, Hias hat vier Säcke, und Anna hat sechs Säcke Kastanien gesammelt. Wie viele Bonbons muss unser Revierförster aus dem Rucksack holen?« Dies rief eine kurze Debatte hervor, ob die kleine Anna es tatsächlich schaffen würde, sechs Säckchen mit Kastanien zu füllen. Doch nachdem Antonie den Finger auf die Lippen gelegt hatte, wurde fleißig addiert.

Da Samstag war, stand in der letzten Stunde Singen auf

dem Plan, als Belohnung für die Anstrengungen in der Schulwoche. Volkslieder, Kirchenlieder und etliche Kanons hatten die Schüler inzwischen im Repertoire. »Es sind zwar noch zwei Monate bis Weihnachten, aber trotzdem sollten wir langsam mit den Weihnachtsliedern anfangen. Was meint ihr? Wie wäre es mit einem Nikolauslied?«

Als die Kinder den Nikolausabend besangen, fiel Antonie wieder einmal auf, wie schön Franz' und Hias' Stimmen klangen, und ihr kam eine Idee für die Gestaltung der Christmesse. Wie festlich wäre es doch, wenn die beiden Buben das »Ave Maria« von der Orgelempore herab singen würden und der Klang ihrer Knabenstimmen die Kirche erfüllte.

Nach dem kürzeren Unterricht am Samstag hatte Antonie mehr Zeit, verschiedene Erledigungen zu tätigen. Ganz oben auf ihrer Liste stand ein Besuch bei den Hochpointners. Sie musste mit ihnen über Hias und seine schulischen Schwächen reden.

Der Hof der Hochpointners lag ein gutes Stück hinter der Schule auf einer Hochebene. Grau hing der Himmel über den Bergen, als Antonie den Feldweg hinaufging. Die letzten Tage war es gar nicht richtig hell geworden, man spürte, dass der November nahte. Die Schwalben sammelten sich und zogen gemeinsam ihre Kreise, als schrieben sie »Ade, Ade!« in den Himmel.

»Wenn ihr wiederkommt, bin ich vielleicht nicht mehr da, weil mich entweder der Oberassessor entlassen hat oder ich im Winter in meiner kalten Stube erfroren bin!«, rief sie den Schwalben zu. Noch hatte sie keine Reaktion von der Schulbehörde erhalten, und weder Hackl noch der Bürgermeister hatten sie aufgesucht. Das Abwarten zehrte an ihren Nerven. Doch noch war sie Schullehrerin, und als solche musste sie nun ihre Pflicht erfüllen.

Den Hof der Hochpointners erkannte Antonie allein schon am Geräusch von Holzhacken. Sie fand Johann Hochpointner im Hof an seinem Hackstock, wo er mit einer solchen Geschwindigkeit das Holz spaltete, dass die Scheite links und rechts herunterkrachten. Hias klaubte die Stücke zusammen und warf sie auf den Wagen. Als er Antonie sah, huschte ein Lächeln über sein Gesicht. »Grüß Gott, Fräulein Lehrerin«, presste er hervor, während er einen schweren Holzklotz auf den Hackstock seines Vaters hievte. Da schaute auch sein Vater auf und begrüßte sie knapp. Antonie hatte sich vorher überlegt, dass es gut wäre, wenn auch Frau Hochpointner an dem Gespräch teilnahm. Darum bat sie Hias, seine Mutter zu holen.

»Hat der Hias was ausgefressen?«, fragte Johann Hochpointner sogleich. Er erkannte, dass das Fräulein Lehrerin nicht zum freundlichen Plaudern heraufgekommen war.

»Ja, ich bin wegen Hias da, aber nicht, weil er Unfug gemacht hätte. Er ist ein braver Schüler.«

Aus dem Stall kam Frau Hochpointner. Unterm Gehen trocknete sie die Hände an ihrem gestreiften Kittel ab. »Grüß Gott, Fräulein Lehrerin.« Ihre Stimme klang unsicher.

Antonie hatte sich zu Hause ein paar Sätze zurechtgelegt. Als sie nun direkt vor dem Ehepaar stand, das sie verwundert ansah, verließ sie beinahe der Mut. »Wie gesagt, Hias ist ein braver Schüler«, fing sie an. »Es ist nur so, dass ihm das Lesen und das Rechnen schwerfallen. Herr Hochpointner, das hatten Sie schon bei unserer ersten Begegnung gesagt.«

»Nichts, was nicht ein paar Watschen regeln könnten.«

»Die helfen nicht. Hias hat große Probleme mit dem Rechnen und Lesen. Ich befürchte, er wird es nie richtig lernen. Er ist bald vierzehn Jahre alt.«

Antonie sah, wie sich bei ihren Worten Hochpointners

Gesicht verfinsterte. Seine Frau zeigte keinerlei Regung. Teilnahmslos schaute sie Antonie an. Ihre Miene veränderte sich auch nicht, als ihr Mann Hias kräftig an einem Ohr nach oben zog. »Dann muss er mehr lernen. Ist halt einfach faul, unser Hias.« Bei dem Wort »faul« warf Hochpointner seiner Frau einen abschätzigen Blick zu.

»Bitte nicht, Herr Hochpointner. Sie können Hias noch so viele Kopfnüsse geben und ihn an den Ohren ziehen, er wird deswegen nicht besser in der Schule.«

Hochpointner ließ das Ohr los, das rot leuchtete. Hias hatte keinen Mucks gemacht. »Dann ist unser Sohn eben dumm.« Wieder dieser Blick zu seiner Frau. »Dumm wie seine Mutter.« Plötzlich holte er mit der Axt aus. Antonie schrie erschrocken auf. Die Axt sauste mit voller Wucht auf den Hackstock.

»Hias ist ein guter Bub. Schauen Sie nur, wie schwer er arbeiten kann. Holz hacken, Bäume fällen, das wird er alles bewältigen. Nur beim Rechnen wird er Hilfe brauchen. Vielleicht kann er nach der Schule als Waldarbeiter im königlichen Forst anfangen.« Antonie machte sich mit einemmal Vorwürfe, dass sie hergekommen war und das Thema angeschnitten hatte. Sie hatte eigentlich nur das Beste für Hias gewollt.

»Der Schulmeister Meisl hatte die Kinder ganz anders im Griff. Sie mit Ihren neumodischen Methoden. Ohne Rohrstock lernen die Kinder nichts.«

»Die Lehrmethoden überlassen Sie ruhig mir. Ich will nur, dass Sie wissen, wie es um seine schulischen Leistungen steht, und dass ich Hias kein Entlasszeugnis werde ausstellen können, so leid es mir tut.«

Als Antonie sah, mit welch bewunderndem Blick Hias zu seinem Vater aufsah, wusste sie, dass dieser Blick sich niemals ändern würde, egal, wie oft ihm die Ohren langgezogen wurden. »Ich bin aber nicht nur deswegen zu Ihnen gekommen. Ich wollte fragen, ob Hias zweimal die Woche eine Stunde länger in der Schule bleiben kann. Er singt ganz wunderbar, und ich möchte mit ihm und dem Schulchor etwas einstudieren.«

Hochpointner zuckte nur die Schultern. »Dann muss er halt hinterher schneller arbeiten.«

»Wenn das Fräulein Lehrerin es wünscht, dann geht es für uns in Ordnung.« Es war das erste Mal, dass Hias' Mutter das Wort ergriff. Sie trat näher zu ihrem Sohn und strich ihm schnell, damit ihr Mann es nicht sah, über den Rücken.

»Gut, dann verbleiben wir so. Glauben Sie mir, ich tue mein Bestes, Hias zu fördern. Es gibt vieles, das er wirklich gut kann.« Johann Hochpointner hörte nicht mehr zu. Er packte die Axt am Stiel und hatte Mühe, sie herauszuziehen, mit solcher Wucht hatte er sie hineingedonnert. »Los, Hias, verdien dir dein Essen.«

Hias wuchtete eine weitere Baumscheibe hoch. Als Antonie sich verabschiedete, schielte er zu ihr herüber. War das ein Lächeln in seinen Mundwinkeln?

Auf dem Weg zurück fragte sie sich, wann die Menschen endlich begriffen, dass man Kinder auch ohne Schläge erziehen konnte. Schläge brachten gar nichts. Kinder lernten mit dem Kopf und mit dem Herzen. Doch wenigstens hatte Hias Eltern. Einen Vater, den er bewunderte, auch wenn dieser es nicht verdient hatte, und eine Mutter, die ihm heimlich über den Rücken strich. Das war mehr, als sie selbst je gehabt hatte.

Antonie blieb stehen und musste sich an einem Baum abstützen. Sie hatte gehofft, diese Gefühle hätten inzwischen keine Macht mehr über sie. Denn auf den Gedanken, dass sie keine Eltern hatte, folgte zwangsläufig der Gedanke, dass sie keine Eltern verdient hatte. Der saß tief in ihr drin, und sie spürte, dass er sie nie ganz verlassen würde. Genausowenig wie ihre ausgedachten Eltern.

Jedes Waisenkind hatte sich seine Eltern im Kopf zurechtgelegt. In den Nächten, in denen selbst das Weinen nichts mehr half, erzählten die Waisen sich von den Eltern, die in ihrer Fantasie lebten. Am liebsten hörten sie alle von jenen Eltern, die ein normales Familienleben führten. Von Vätern, die in der Früh zur Arbeit gingen, und von Müttern, die den ganzen Tag mit dem Kind spielten. Immer hatte die Familie nur ein einziges Kind, dieses eine Kind, das man selbst war. Am Wochenende ging die Familie promenieren, und im Sommer kaufte der Vater dem Kind gebrannte Mandeln und im Winter heiße Maroni. In den langen Stunden im kalten Karzer war das das Bild, an dem Antonie sich festhielt und das sie vor der völligen Verzweiflung rettete: das Päckchen Maroni, das heiß ihre kalten Hände wärmte.

Als sie hier auf dem Weg stand, spürte sie die altbekannte Sehnsucht nach einer Familie. Stundenlang hatte sie sich in den Nächten im Waisenhaus ein Familienleben ausgemalt. Es war gut, dass Hias Eltern hatte. So einer wie er im Waisenhaus – das wollte Antonie sich nicht vorstellen müssen.

Eine Familie haben. Sie spürte, wie sich Tränen in ihren Augen sammelten. Das geht vorbei, sagte sie sich, so wie es jedesmal vorbeigegangen ist. Sie betrachtete den Wald, dessen Laubbäume inzwischen all ihre Blätter verloren hatten, sah, wie Efeu die Stämme hinaufwuchs, roch den modrigen Geruch von Erde und feuchtem Moos, spürte die harzige Rinde einer Kiefer unter ihren Fingern. Sie legte den Kopf gegen den Stamm. Das half gegen das Ziehen in der Brust und das Zittern in ihrem Körper. Eine Träne hatte es doch geschafft und rann ihr die Wange hinunter.

Auf einmal war sie wieder die kleine Antonie im dusteren Karzer. Dieses Gefühl der Verlassenheit und der Einsamkeit, der Kälte und der Angst – dagegen half nicht einmal Singen. Es hatte sich in die Seele eines kleinen Mädchens eingegraben und blieb dort für immer. Schwer atmend richtete Antonie sich auf. Plötzlich wusste sie, was ihr aus dieser Stimmung heraushelfen würde.

»Veronika, du bist groß geworden.« Antonie saß bei Hubers auf der Ofenbank, ihre Patentochter lag in ihrem Schoß.

»Wawa«, plapperte die Kleine, und Antonie drückte sie fest an sich. Sie schnupperte an Veronikas Kopf. Wie gut sie roch.

Monika lachte laut auf. »Antonie, Veronika ist doch kein saftiger Schmorbraten, der herrlich duftend aus dem Ofen kommt.«

»Ich finde, sie riecht besser als ein Schmorbraten.«

Diese Aussage brachte Bartl auf den Plan. Er kam zu Antonie herüber, stellte sich auf die Zehenspitzen und roch ebenfalls am Kopf seiner Schwester. Er betrachtete Antonie zweifelnd, dann stand sein Urteil fest. »Veronika, ich habe dich ganz toll lieb, aber ein Schmorbraten riecht viel besser als du!«

»Feverl auch riechen!« Die Schwester kroch zu Antonie auf die Ofenbank und streckte ihr den Kopf entgegen.

Antonie sog demonstrativ Feverls Geruch ein. »Mmh, dein Kopf riecht nach Apfelstrudel mit Vanillesauce.«

Feverl schaute sie mit großen Augen an, breitete ihre kleinen Ärmchen aus und umarmte Antonie.

»Und nach was riecht mein Kopf?«, wollte Bartl wissen.

Mit großer Geste schnupperte Antonie an seinem Kopf und ließ sich absichtlich viel Zeit mit der Antwort. »Bartl, dein Kopf riecht nach Würstl mit Sauerkraut.«

»Das ist mein Lieblingsessen!«, platzte es aus ihm heraus. Dann tat er so, als wollte er an seinem eigenen Kopf riechen. Aufgeregt lief er im Kreis herum und zog sich selbst an den Haaren. Feverl ließ Antonie los, krabbelte von der Bank und sauste ihrem Bruder nach.

»Bald wirst du hinter den beiden Wilden herlaufen«, meinte Antonie zu Veronika. »Noch bist du ein wenig zu klein dafür.« Und deswegen darf ich dich ein Weilchen auf meinem Schoß halten, dachte Antonie glücklich und schmiegte ihren Kopf an den ihres Patenkindes.

»Da bekomme ich richtig Hunger!« Monika schnappte sich ihren Sohn und biss ihn spielerisch in die Seite, bis er vor Vergnügen quietschte. Feverl wollte unbedingt ebenfalls gebissen werden und stürzte sich auf ihre Mutter. Als die drei auf dem Boden lagen, ging die Tür auf, und Jochen kam herein.

»Was ist denn hier los? Ist die Wilde Jagd bei uns im Gange?«, fragte er lachend.

Bartl und Feverl sprangen auf und liefen zu ihrem Vater, der sie in die Luft warf. Anschließend kam er zu Antonie herüber, und sie reichte ihm seine jüngste Tochter. Jochen betrachtete sie kritisch. »Frau«, sagte er, zu Monika gewandt, »gib Antonie etwas zu essen. Die wird immer dünner. Ist nicht noch kalter Braten da?«

Monika stellte sich neben ihren Mann und begutachtete Antonie. »So dünn kommt die uns nicht durch den Winter! Dagegen müssen wir etwas unternehmen!«

Obwohl Antonie abwehrend die Hände hob, nötigte Monika sie aufzustehen. Kaum saß Antonie am Tisch, stand schon ein Teller vor ihr. Fingerdicke Brotscheiben und Butter wurden aufgetragen, und bald saßen alle um den Tisch und aßen mit großem Appetit. Abwechselnd versorgten Jochen und Monika sie mit kaltem Braten. Die beiden ließen nicht locker, bis Antonie alles aufgegessen hatte.

»Du musst ein wenig Fett auf die Rippen bekommen. Unsere Winter sind lang und kalt«, meinte Jochen. »Nimm dir die Murmeltiere zum Vorbild. Die futtern und futtern.«

»Erstens ist Antonie kein Murmeltier«, stellte seine Frau klar, »und zweitens liegt es an dem Hungerlohn, den ihr die Gemeinde bezahlt. Davon wird selbst ein Fräulein Lehrerin nicht satt.«

»Stimmt das mit dem Lohn?«, fragte Jochen.

Antonie schaute kurz zu den Kindern, die allerdings mit ihrem Brot vollauf beschäftigt waren. »Es stimmt. Ich werde wie eine Hilfslehrerin bezahlt.«

»Dieser verdammte Hocheder!«, presste Jochen wütend zwischen den Zähnen hervor. »Der spielt sich auf, als wäre er der König von Tannau!«

»Jochen, reg dich nicht immer so auf!« Monika legte ihre Hand beruhigend auf seinen Arm.

»Wie ein Alleinherrscher fühlt er sich, und Hackl ist sein Steigbügelhalter.«

»Jochen, sei ruhig, die Kinder.«

»Pass nur auf, die Zeiten ändern sich. Dann gibt es keinen König oder Prinzregenten mehr. Dann hat das Volk, dann haben wir die Stimme!«

Monika verdrehte die Augen, als hörte sie dies nicht zum ersten Mal.

»Der Prinzregent schien mir ein äußerst freundlicher Herr zu sein«, sagte Antonie beschwichtigend. Ihr war nicht entgangen, wie Bartl die Ohren bei derlei Reden seines Vaters gespitzt hatte.

»Ich fand auch, dass Seine Majestät freundlich mit Antonie geplaudert hat.«

»Der Prinzregent ist ja mehr einer wie wir. Der wäre am liebsten immer auf der Jagd«, gab Jochen nach. »Es heißt, dass er nur dann regiert, wenn Schonzeit ist.«

»Hat er eigentlich etwas geschossen, als er in Tannau war?«, fragte Antonie.

»Sebastian hat mir erzählt, die Treiber und er hätten einen Hirschen direkt vor die Flinte des Prinzregenten getrieben. Er habe nur noch abdrücken müssen. Der Prinzregent muss sich spendabel gezeigt haben, so glücklich war er, noch einmal in den Bergen von Tannau auf der Jagd gewesen zu sein«, berichtete Jochen.

»Ah, daher hat Anton das Geld. Er hat Helena ein goldenes Kettchen geschenkt«, erzählte Monika.

»Die beiden haben sich gesucht und gefunden, wie mir scheint«, befand Antonie.

»Das war Liebe auf den ersten Blick. Da hat der Blitz eingeschlagen, als die beiden sich beim Almtanz begegnet sind.« Monika lachte.

»Das war nicht das erste Paar, das sich beim Almtanz kennengelernt hat.« Jochen legte den Arm um seine Frau. »Richtig fesch warst du.« Er küsste Monika auf die Wange.

»Und mein Vater hat mich vor dir gewarnt und gesagt, du wärst ein arger Hallodri.«

»Mama, was ist ein Hallodri?«, fragte Bartl, der sein Brot gegessen hatte.

Monika und Jochen sahen Antonie an. Als Lehrerin sollte sie solche Wörter kindgerecht übersetzen können.

»Ein Hallodri ist jemand, der in den Tag hineinlebt und sich keine Sorgen um die Zukunft macht«, erklärte Antonie.

»Das ist ja gut. Wenn man ein Hallodri ist, dann lebt man ein glückliches Leben«, meinte Bartl weise.

»Genauso ist es«, bestätigte Antonie. »Deswegen hat deine

Mutter auch deinen Vater geheiratet. Sie wollte ein glückliches Leben führen.«

»Und das tue ich.« Monika drückte die Hand ihres Mannes.

Es war spät geworden, und Antonie verabschiedete sich, nachdem sie sich ausgiebig für alles bedankt hatte. »Monika, bevor ich's vergesse. Ich wollte mir für den Winter eine Jacke stricken. Wo bekomme ich in Tannau Wolle her?«

»Die Gruberin spinnt. Ihre Wolle ist die beste.«

»Dass die Gruberin spinnt, kann ich nur bestätigen«, lachte Jochen.

»Nur weil sie dich einmal als Bub beim Apfelstehlen erwischt hat. Stell dir vor«, sie wandte sich an Antonie, »einen ganzen Eimer kaltes Wasser hat sie ihm über den Kopf geschüttet. Das hat er ihr nie verziehen.«

»Dann werde ich mal bei ihr nachfragen. Ich bin ja jetzt gewarnt und achte auf Wassereimer.«

»Warte mal, ich habe noch zwei Knäuel, die brauche ich nicht mehr.« Monika ging in die Schlafstube. »Hast du überhaupt Stricknadeln?«, rief sie heraus.

»Nein, ich wollte mir im Kramerladen welche kaufen.«

»Hier«, sagte Monika und drückte Antonie zwei Nadeln und drei Wollknäuel in die Hand. »Ich komme gerade eh nicht zum Stricken, und die Knäuel habe ich übrig.«

»Monika, das kann ich nicht annehmen.«

»Nichts da, die nimmst du jetzt und spazierst damit nach Hause!«, befahl ihr Jochen und schob Antonie zur Tür.

»Dann sage ich ein herzliches Dankeschön und gute Nacht.«

Feverl kam noch einmal zu Antonie gelaufen und umarmte ihre Beine.

»Gute Nacht, mein kleiner Apfelstrudel!« Antonie strich ihr über den Kopf.

In ihrer Kammer war es kalt. Antonie legte die Wolle und die Stricknadeln auf den Tisch, machte sich für die Nacht fertig und legte sich in das klamme Bett. Es machte ihr nichts aus, dass es kalt war im Bett, denn in ihrem Inneren war es wunderbar warm.

Ein Gespräch in der Kirche

Das letzte Kirchenlied hatte Franz recht ordentlich gespielt. Die wenigen falschen Töne störten kaum. Wie Antonie zufrieden bemerkte, waren es vor allem die Mitglieder des Kirchenchors, die jedes Lied aufmunternd mitsangen. Es machte sich bezahlt, dass der Kirchenchor die Lieder für den nächsten Sonntag schon einmal bei der Probe übte. Antonies Lob und das des Chors taten ein Übriges.

Inzwischen empfand Antonie den sonntäglichen Kirchgang nicht mehr als Spießrutenlauf. Manche nickten ihr lächelnd zu, viele beachteten sie nicht, und andere zeigten ihr wie gehabt die kalte Schulter. Vor allem ihre Schüler kamen ihr oft mit einem Lachen im Gesicht entgegen. Da blieb den Eltern nicht viel anderes übrig, als Antonie ebenfalls freundlich zu grüßen.

An diesem Sonntag lernte sie zum ersten Mal Gundis Eltern kennen. Nach einer stürmischen Begrüßung stellte Gundi sie einander vor.

»Ihre Tochter ist eine sehr gute Schülerin. Ohne sie wäre ich bei manchen Aufgaben aufgeschmissen. Sie weiß immer die richtige Antwort«, lobte Antonie.

»Sie ist mein fleißiges Mädchen«, antwortete Michaela Hofmeister, fuhr ihrer Tochter über den Kopf und richtete deren Zöpfe gerade.

»Wie ich sehe, hast du heute wieder die schöne Schürze an. Die hat Seiner Majestät sicher gut gefallen.«

Gundi strahlte und strich über die Seidenschürze, die mit kleinen Rosen bedruckt war.

»Das war die Hochzeitsschürze meiner Schwiegermutter«, erzählte Gundis Mutter. »Eigentlich sollte Gundi sie erst nächstes Jahr zur Firmung bekommen. Aber sie hat so lange gebettelt, und es war ja auch ein besonderer Anlass. Da habe ich ihr eine neue Schürze daraus genäht. Darfst halt bis nächstes Jahr nicht mehr zu viel wachsen.« Sie lachte, als sie das gespielt entsetzte Gesicht ihrer Tochter sah. »Es war ein schöner Anlass. Den werden wir alle nicht so schnell vergessen. Schade, dass Sie nicht dabei sein konnten.«

»Das macht nichts. Gundi hat mir mehr als einmal davon erzählt. Vielen Dank, dass meine Tochter die Blumen überreichen durfte. So nah ist keiner aus unserer Familie Seiner Majestät gekommen.«

»Sie ist eine fleißige und kluge Schülerin. Die Klassenbeste. Das musste belohnt werden.«

»Hör nur, Gundi, wie dich dein Fräulein Lehrerin lobt. Das macht mein Mutterherz froh.«

»Jetzt kommt's weiter. Die anderen Leute wollen auch in die Kirche«, schaltete sich Kaspar Hofmeister ein, der bisher schweigend danebengestanden war. In seinem Gesicht war der Stolz auf seine Tochter deutlich zu lesen.

Wie selbstverständlich saß Antonie neben Magda in der letzten Bank. Nach dem Gottesdienst verschwand Magda wie üblich, um das Essen für den Herrn Pfarrer zu bereiten. Amüsiert sah Antonie, wie Helena und ihr Anton artig getrennt voneinander die Kirche verließen. Nur der Blick, den Helena Anton zuwarf, das fein gekräuselte Lächeln auf ihren Lippen, verhieß, dass die beiden bald ausgiebig promenieren würden.

Antonie erhob sich und wollte sich gerade den letzten Kirchenbesuchern anschließen, da kam das Ehepaar Sturm auf sie zu. Beide waren wichtige Stützen des Chors. Solide Stimmen, die zum klanglichen Volumen beitrugen. Antonie begrüßte sie herzlich, doch irgendetwas stimmte nicht. Emma Sturm sah betreten zu Boden, und ihr Mann erklärte Antonie, dass sie nicht mehr zur Chorprobe kommen könnten. »Es geht sich mit der Zeit nicht aus. Der Stall, die ganze Arbeit. Es tut uns leid.« Hastig verabschiedeten sie sich.

Antonie musste schlucken. Das war ein herber Verlust für den Chor. Sie hatte die Neuigkeit noch nicht verdaut, da trat Hartl Wagner zu ihr. Verlegen strich er über seinen weißen Bart. Mit schwerem Herzen, wie er betonte, verabschiede er sich vom Chor. »Es geht einfach nicht.« Mehr wollte er nicht sagen, und es war offensichtlich, dass ihm das Gespräch unangenehm war.

Schon wollte er sich abwenden, da hielt Antonie ihn am Ärmel zurück. »Hartl, was ist los? Gerade haben Sturms mir gesagt, dass sie nicht mehr mitsingen können, und jetzt du. Was steckt dahinter?«

Der alte Bauer vergewisserte sich mit einem schnellen Blick, dass auch niemand zuhörte. »Es ist uns allen unangenehm, das müssen Sie mir glauben. Wir würden gerne weiter im Chor singen. Nur ist uns nahegelegt worden, damit aufzuhören.«

»Warum nur, in Gottes Namen?«

»Weil …«, Wagner druckste herum wie ein Schulbub, der etwas Schlimmes angestellt hatte, »weil wir von der Gemeinde Wiesen gepachtet haben. Die Wiesen werden dieses Jahr neu verpachtet, und auf einmal hieß es aus dem Gemeindehaus, dass eine Verlängerung nur dann möglich sei, wenn wir nicht mehr beim Fräulein Lehrerin im Kirchenchor singen.«

»Da ist ja Erpressung!«, entfuhr es Antonie. »Wen betrifft das alles?«

Wie sich herausstellte, waren es einige, die um ihre Pacht bangen mussten, wenn sie weiter im Kirchenchor sangen. Das war es mit ihrem Chor. Mit dem verbliebenen Rest brauchte sie gar nicht mehr zu üben. Wer dahintersteckte und sie sabotierte, konnte sich Antonie lebhaft vorstellen. Das war Irmingard Meisls Werk. Die musste ihren Bruder dazu gebracht haben, die Wiederverpachtung vom Austritt aus dem Chor abhängig zu machen. Was für eine bodenlose Frechheit! Am liebsten hätte sich Antonie sofort beim Bürgermeister beschwert. Nur würde das nichts bringen. Er saß am längeren Hebel und benutzte die Weiden als Druckmittel.

»Fräulein Weber, wollen wir heute nicht proben?« Franz' Kopf war oben auf der Brüstung aufgetaucht. Es war ihnen zur Gewohnheit geworden, am Sonntag nach dem Gottesdienst eine Übungsstunde abzuhalten.

»Ich komme!«, rief Antonie hinauf. Sie brachte es nicht übers Herz, ihm zu erzählen, dass es um den Chor schlecht bestellt war. Seine Freude am Musizieren wuchs von Woche zu Woche. Als Antonie auf die Empore trat, hatte Franz schon mit seinen Lockerungsübungen begonnen. Antonie schmunzelte, als sie sah, wie er seinen langen, schlaksigen Körper ausgiebig schüttelte. Mit frischem Mut machte er sich nun ans Spielen.

Antonie stand hinter ihm, deutete auf die eine oder andere Stelle, die er besser wiederholen sollte, und tippte ihm ab und zu auf die Schulter, wenn sein Rücken sich langsam wieder in ein Fragezeichen verwandelte. Nur mit den Bässen wollte es heute nicht klappen. Ruckartig hüpfte Franz von Ton zu Ton. Antonie schaute auf seine Füße. Von seinem rechten Schuh hatte sich vorne die Sohle gelöst.

Franz errötete und brach das Spiel ab. »Ich war schon

beim Schuster, aber die Sohle ist so oft geflickt worden, dass kein Nagel mehr halten will. Für neue Schuhe fehlt mir das Geld«, gestand er, was ihm sichtlich peinlich war.

Antonie überlegte. Sie sah sich auf der Empore um und nahm eine Schnur, mit der alte Notenblätter zusammengebunden waren. Damit befestigte sie die Sohle am Schuh und band zuletzt eine schöne Schleife. »Das müsste besser gehen.«

Beide lachten, denn wenn Franz die Pedale trat, wippte die Schleife im Takt mit.

»Sehr gut, Franz«, lobte Antonie ihn am Ende der Stunde, »wir sehen uns am Donnerstag zur Chorprobe.« Erst dann sollte er vom drohenden Ende des Chores erfahren.

Antonie blieb noch auf der Empore sitzen. Außer ihrem ärmlichen Kammerl wartete nichts auf sie.

Ein Räuspern im Kirchenschiff ließ sie aufhorchen. Jemand saß unten auf einer der Kirchenbänke. Ein Mann mit grüner Jagdkleidung. Sebastian Berger. Was machte er noch hier? Antonie zögerte. Wie im Gebet versunken sah er nicht aus. Warum saß er da? Sollte sie sich ruhig verhalten und warten, bis er ging? Das war albern, entschied sie und stieg in den Kirchenraum hinunter.

Sebastian stand auf, als er sie hörte, und kam auf sie zu. Sie begrüßten sich höflich.

»Herr Berger, was machen Sie noch in der Kirche? Sollten Sie nicht längst im Wirtshaus sitzen?«

»Ich höre gerne der Orgel zu. Es ist ein beeindruckendes Instrument. Es hat viel …«, er suchte nach dem passenden Ausdruck.

»… Volumen?«, ergänzte Antonie.

»Genau! Das hat gar nichts mit der Lautstärke zu tun. Selbst die leisen Töne können im Bauch kribbeln.«

»Dann sollten Sie einmal die Orgel in der Münchner Liebfrauenkirche hören. Ihr Klang kann einem durch und durch gehen.«

»Ich werde tatsächlich bald nach München kommen. Das bayerische Landesforstamt hat mich einbestellt, um über die zukünftige Waldpflege zu reden.«

»Dann müssen Sie unbedingt auf den Alten Peter. Das ist der Kirchturm der Peterskirche. Von dort hat man einen schönen Blick über München, und bei klarem Wetter kann man die Alpen sehen.«

Sebastian lachte. »Dafür brauche ich nicht bis nach München zu fahren, die sehe ich jeden Tag.«

Antonie errötete. »Wie dumm von mir.«

Doch Sebastian versicherte ihr, dass er ganz gewiss auf den Alten Peter gehen werde. »Und wenn ich in die Berge sehe, denke ich an Sie.«

»Sie sollten lieber den Ausblick genießen, als an eine Lehrerin zu denken.«

»Ganz im Gegenteil, ich denke gerne an die Lehrerin.« Wieder zwinkerte er ihr zu.

Antonie wollte sich schon entrüsten und sich derlei Vertraulichkeiten verbieten. Nur sahen seine Augen so schelmisch aus, dass sie stattdessen sagte: »Gehen Sie gar nicht wie Anton heute promenieren?«

»Beim Promenieren bin ich so schlecht wie beim Tanzen.«

»Dann waren Sie gestern nicht in der Post?«

»Nein. Sie wollten mich nicht begleiten.«

»Wenn Sie nicht gerne promenieren oder tanzen, was machen Sie dann am liebsten?«

»Am wohlsten fühle ich mich im Wald und in den Bergen. In der Früh, wenn der Nebel noch dicht über dem Tal liegt, auf die schroffen Gipfel zu steigen, das ist schön. Dazu der Geruch des Waldes, der feuchten Bergwiesen. Das freche

Rufen der Alpendohlen und das Klacken der Hufe, wenn die Gämsen direkt vor mir über ein Geröllfeld hüpfen.«

»Und Sie die armen Tiere dann schießen.«

»Das ist das alte Vorurteil uns Jägern gegenüber. Wir schießen nicht wild drauflos. Gerade so viel, dass die Natur im Gleichgewicht bleibt.«

»War denn Seine Majestät der Prinzregent zufrieden mit seinem Jagdausflug?«

»Sehr sogar, einen großen Hirsch hat er geschossen.«

»Ganz allein?« Würde er ihr die Wahrheit erzählen, die sie längst von Jochen kannte?

Sebastian zögerte. »Ehrlich gesagt – aber das muss jetzt unter uns bleiben –, haben Anton und ich den Hirsch ein klein wenig auf die richtige Bahn lenken müssen. Der Prinzregent hat es uns großzügig gedankt.«

Sein anfängliches Zögern gefiel Antonie. Man sollte nicht leichtfertig Dinge herumerzählen, vor allem nicht in einem Dorf und schon gar nicht, wenn es Seine Majestät betraf. Dass er dennoch so ehrlich zu ihr gewesen war, schmeichelte ihr.

»Ich hoffe, Sie haben sich in Tannau gut eingelebt? Nachdem schon Ihre erste Begegnung mit einem Tannauer so ein Schreck für sie war.«

»Diesen Schreck habe ich gut überwunden. Aber das plötzliche Gewitter hätte es als Begrüßung nicht gebraucht.« Und die darauffolgende Szene im Gemeindeamt ebenso wenig. Doch die verschwieg Antonie.

»Der Prinzregent hat sich bei seinem Besuch nett mit Ihnen unterhalten. Das ganze Dorf hat davon gesprochen.«

»Wir haben ein paar Sätze gewechselt, mehr nicht.«

»Ich kann Seine Majestät durchaus verstehen. Ich würde auch lieber mit Ihnen sprechen als mit unserem werten Bürgermeister.«

»Mich hat gefreut, was der Prinzregent über die Bildung gesagt hat. Da bin ich ganz seiner Meinung.«

»Müssen Sie ja auch als Lehrerin. Ich war froh, als ich endlich der Schule und dem Rohrstock vom Meisl entkam.«

»Ich vermute mal, Sie waren ein frecher Schüler.«

»Der frechste!« Wieder zwinkerte Sebastian ihr schelmisch zu.

Antonie wechselte das Thema. »Woher kennen Sie Helena?«

»Mein Vater ist der Vetter ihres Vaters. Oder ist er das überhaupt? Mit den Verwandtschaftsbeziehungen habe ich es nicht so. Oder ist er der Großneffe der angeheirateten Schwippschwägerin?«

Diese Bemerkung brachte Antonie zum Lachen.

»Wir haben als Kinder viel zusammen gespielt. Nach der Schule ist sie nach München gegangen, und keiner hätte gedacht, dass sie je wieder zurückkommen würde. Ihr hat das Leben in München schon sehr gut gefallen. Doch angeblich gab es was Unerfreuliches mit einem jungen Mann, und plötzlich war sie wieder in Tannau.«

»Eine enttäuschte Liebe?«

»Da fragen Sie Helena am besten selber. Ihr Frauen könnt derlei Dinge besser bereden. Wir Männer bringen, wie gesagt, gerne alles durcheinander.«

»Ich glaube eher, Männer sind manchmal zu faul, genau zuzuhören, wenn Frauen reden.«

»Fräulein Weber, das ist eine Unterstellung. Ich höre Ihnen gerade aufmerksam zu.« Er zwinkerte wieder, und dieses Mal störte es Antonie gar nicht mehr.

»Ich muss gehen«, meinte Antonie. Das war glatt gelogen, sie hätte den ganzen Tag mit Sebastian Berger in der Kirche plaudern können, Zeit dazu hätte sie genug. Nur war es nicht schicklich, und sie wollte nicht zum Thema des Dorftratsches werden.

»Eines nur noch, Fräulein Weber. Können wir uns nicht duzen? Ich bin der Sebastian.«

Antonie überlegte kurz. Da aber schon Hartl Wagner ihr das Du angeboten hatte, konnte sie davon ausgehen, dass es Usus war in Tannau.

»Ich bin Antonie!«

Sebastian streckte ihr die Hand hin, und sie nahm sie. Sein kräftiger Händedruck, seine warmen Hände, die ein wenig rau an den Fingerspitzen waren, und dass er ihre Hand einen Moment länger in der seinen hielt, verwirrten Antonie. Sie spürte ihr Herz seltsam schnell schlagen.

Sie verabschiedeten sich voneinander. Antonie blieb noch eine Weile, sie wollte beileibe nicht an der Seite des Revierförsters lange nach Gottesdienstende aus der Kirche treten. »Sebastian!«, rief sie ihm nach, und für das, was sie sagen wollte, musste sie ihren ganzen Mut zusammennehmen. »Danke für das Bonbon.«

»Bei deinen Augen müsste ich dir täglich ein Bonbon schenken.«

Antonie war froh, dass sie in der dunklen Kirche stand und er nicht sehen konnte, wie rot sie wieder geworden war. Während sie zurückblieb, überlegte sie, was sie von den letzten Begegnungen mit Sebastian halten sollte. Das Bonbon, das in einem Kuvert in ihrem Briefkasten gelegen hatte, hatte sie tief in ihrem Schrank versteckt. Sie wollte es aus den Augen haben, wollte nicht darüber nachdenken, was Sebastian ihr damit hatte sagen wollen. So betrachtet, hätte sie auf das Treffen gerade eben gerne verzichtet. Es machte ihr Leben nicht einfacher. In einem Dorf musste man als ein Fräulein auf der Hut sein. Zu schnell war der gute Ruf verloren. Freilich konnte sie sich einreden, er suchte rein freundschaftlich ihre Nähe. Seine Hände, so hatte sie es empfunden, erzählten etwas ganz anderes. Dieses angenehme Gefühl, das sich in ihr breitgemacht hatte, machte ihr im Nachhinein Angst.

Je länger sie im Kirchenschiff stand, umso klarer wurde ihr, dass sie beim »Fräulein Weber« und »Herrn Berger« hätten bleiben sollen. Derlei Vertraulichkeiten führten gerne zu Unannehmlichkeiten. Bei der nächsten Begegnung würde sie das Du zurückgeben. Dieser Gedanke beruhigte sie.

Da fiel ihr sein Zwinkern ein, seine vielen Lachfältchen um die Augen, seine rauen Fingerkuppen, die ihre Hand sanft berührt hatten, und sogleich begann der Boden unter ihren Füßen zu schwanken. Das durfte nicht sein, ermahnte sie sich. Und trotzdem sehnte sich etwas in ihr nach seiner Gegenwart.

Besuch von drei Herren

»Wer kennt ein Tier, dessen Name mit E beginnt?« Die Erstklässler überlegten. »Esel!«

»Elefant!«

»Eber.«

Antonie schrieb den »Esel« an die Tafel. »Das große E kennt ihr schon. Dann kommt das s, dann das kleine e, und das l hängt zum Schluss dran wie der Schwanz am Esel.« Alle zusammen lasen sie das Wort. Antonie verdeckte das l. »Was steht nun an der Tafel? Lest von vorne einen Buchstaben nach dem anderen.« Es dauerte, bis die Erstklässler auf »Ese« kamen. Antonie hielt das große E zu, dann das kleine e. Die Schüler sollten das lesen, was sie sahen, und nicht einfach nur raten.

Die höheren Klassen schrieben inzwischen aus dem Lesebuch einen Text ab. Immer wieder fiel eine der losen Seiten zu Boden, und in etlichen Büchern fehlten ganze Seiten. Sagte Antonie, die Kinder sollten eine bestimmte Seite aufschlagen, gab es stets Klagen, dass genau diese fehle. Eine Anfrage beim Bürgermeister mit der Bitte um neue Bücher war rundheraus abgelehnt worden. »Das wird der neue Lehrer regeln«, hatte ihr Hackl mitgeteilt.

Dass die Schüler gut lesen konnten, war Antonie wichtig. Zu oft hatte sie erlebt, dass die Schüler den Text auswendig kannten und nur so taten, als würden sie lesen. Wenn ein falsch gelesenes Wort mit einem Schlag mit dem Rohrstock gerügt wurde, ging man lieber auf Nummer sicher. Lesen, fand Antonie, war das Schönste auf der Welt. Dass ein paar Striche auf einem Stück Papier so vieles bedeuten konnten, Bilder im Kopf schufen, Wissen weitergaben und Freude bereiteten. Diese Freude am Lesen wollte sie ihren Schülern weitergeben. Nur war das mit den alten Lesebüchern nicht einfach.

In Straubing hatte die Schule neue Lesebücher gehabt, mit Texten, die viel besser für die Kinder geeignet waren: lustige Geschichten und nicht nur Heiligenlegenden, Goethes langweilige Briefe aus Italien an seine Mutter oder Hebels Betrachtungen über ein Vogelnest. Antonie wusste diese Texte zu würdigen, doch was sollte ein Neunjähriger damit anfangen? In den neuen Lesebüchern waren viel spannendere Texte abgedruckt, die die Lust aufs Lesen entfachten. Da gab es einen Bericht über den Eisenbahnbau in Amerika, der würde ihren Buben gut gefallen. Gerade die brauchten mehr Anreiz, um das Lesen zu erlernen. Mädchen hatten oft den längeren Atem und mehr Geduld.

»Was heißt ›Esel‹ rückwärts gelesen?« Bei der Frage spitzten auch die älteren Schüler die Ohren. Sogleich gingen ein paar Finger nach oben. In den letzten Wochen hatte Antonie eine spürbare Verbesserung der Leistungen der Klasse bemerkt. Der Eifer der Kinder freute sie.

»Wie heißt der letzte Buchstabe?«, half sie den Jüngeren. Weiter kam sie nicht, denn es wurde geklopft. Das kam selten vor, darum schauten alle aufmerksam zur Tür. Das Klopfen hatte gewiss nichts Gutes zu bedeuten. Die letzte Visitation war ihr noch deutlich im Gedächtnis.

Nach einer Ermahnung der Schüler, sich brav zu verhalten, öffnete sie die Tür und erschrak. Drei Herren standen vor der Schule. Ihre Kleidung sah hochoffiziell aus. Antonies Herz kam ins Stolpern. Gleich zu dritt? Sie musste sich an der Tür festhalten.

»Grüß Gott. Sind Sie Fräulein Antonie Weber?« Der Herr, der sie ansprach, hatte einen grauen Bart, der spitz zugeschnitten war. Der zweite Herr war kleiner, und aus seinem runden Gesicht blickten sie zwei lebendige braune Augen an. Der dritte Mann war der Jüngste, wenig älter als Antonie, und lächelte, als er sie sah. Wie die heilige Inquisition sahen die drei nicht aus, sie wirkten eher, als gehörten sie nicht zusammen.

Der Spitzbart stellte sich als Regierungsrat Doktor Hermann Beilberger vor. »Und das ist Architekt Christian Theuer und sein Assistent, Herr …«, er zögerte. Offensichtlich war ihm der Name entfallen.

»Architekt Thomas Hafner, gnädigstes Fräulein«, stellte der sich eifrig vor und lüpfte seine Mütze. Sein gelocktes Haar war modisch lang, und statt einer schwarzen Fliege hatte er ein bunt gemustertes Tuch um den Hals gebunden. Er wirkte eher wie einer der Künstler, die Antonie manchmal in Schwabing hatte herumspazieren sehen.

»Dürften wir eintreten?« Der Spitzbart – Antonie hatte vor Aufregung keinen der Namen behalten – wies auf die offene Tür.

»Natürlich.« Antonie trat zur Seite, und die drei Männer schritten ins Klassenzimmer, wo sie von den Kindern neugierig gemustert wurden. Jede Ablenkung war wie immer bei Schülern willkommen, und drei Männer auf einmal versprachen Ablenkung.

»Ah«, rief der Spitzbart aus und stellte sich vor die Tafel. »Was steht hier?«

Alle Finger gingen nach oben. Selbst Hias meldete sich und wurde prompt aufgerufen. Antonies Herz setzte einen Schlag aus.

»Esel«, antwortete Hias, und einige kicherten.

Antonie legte sogleich den Finger auf die Lippen. Wenn das eine Visitation der Schulbehörde war, warum wurde der Regierungsrat von den beiden Herren Architekten begleitet?

»Was steht an der Tafel, wenn man das Wort rückwärts liest?« Der Spitzbart hob herausfordernd die Augenbrauen. Von den vielen Fingern, die nach oben schnellten, schien er überrascht zu sein und ratlos, wen er aufrufen sollte. Er zeigte auf Bartl, der sprang auf, legte seine Hände an die Hosennaht und sagte laut und deutlich: »Lese!«

Antonie nickte ihm unmerklich zu.

»Richtig. Dann könnt ihr sicher auch dieses von vorne und hinten lesen.« Er drehte sich zur Tafel um und nahm mit spitzen Fingern den Kreidestummel, der in der Blechablage lag. »Haben Sie keine längeren Kreiden?«, fragte er Antonie.

»Leider nicht. Ich habe noch keine bewilligt bekommen.« Das hatte sie diplomatisch ausgedrückt. Hackl hatte sich rundheraus geweigert, neue Kreide zu bestellen. »Fragen Sie mal beim Schulmeister nach«, hatte er ihr schnippisch geantwortet, wohl wissend, dass Antonie mit ihrem Gesuch bei Irmingard Meisl abblitzen würde.

»Nun gut.« Der Spitzbart schrieb »Lese« nach »Esel« und fügte hinten und vorne ein Ausrufezeichen ein. »Was steht nun an der Tafel?« Er lächelte verschmitzt, als wäre ihm ein Zaubertrick gelungen.

»!Esel lese!«, las Katharina vor.

»Und von hinten?« Hatte er erwartet, eine knifflige Aufgabe gestellt zu haben, wurde er von den braven Tannauer Schülern enttäuscht.

»Ebenfalls ›Lese Esel!‹«, kam prompt die richtige Antwort.

»Na, ihr seid ganz schön auf Zack!«, lobte der Spitzbart die Klasse. »Ein Wort, das man von vorne und hinten lesen kann, nennt man Palindrom.« Er strich sich über seinen Bart. »Hätten die Herren das gewusst?«, wandte er sich an seine Begleiter.

»Herr Regierungsrat Doktor Beilberger, eine faszinierende sprachliche Spielerei. Wir würden gerne mehr darüber hören, nur fehlt uns die Zeit für dergleichen. Könnten wir bitte zum eigentlichen Grund unseres Besuches kommen?«, fragte der ältere Architekt freundlich, aber mit einem bestimmenden Unterton.

»Natürlich, natürlich. Fräulein Weber, Sie wissen, warum wir hier sind?«

»Ehrlich gesagt, Herr Regierungsrat Doktor Beilberger«, sie war dem Architekten dankbar, dass er Titel und Namen wiederholt hatte, »weiß ich es nicht. Eine weitere Visitation? Der Herr Oberassessor Neumann war kürzlich da. Eine erneute Überprüfung vielleicht?«

»Die Gemeinde hat sie nicht informiert?«, fragte Beilberger erstaunt.

Antonie schüttelte den Kopf.

»Wir sind im Auftrag Seiner Majestät des Prinzregenten hier, um die Inordnungsetzung der Schule von Tannau in die Wege zu leiten. Nachdem Oberassessor Neumann erhebliche Mängel festgestellt hat, wollte ich mir selbst ein Bild der Lage machen. Die Herren Architekten sind aus München angereist. Sie werden die baulichen Mängel erfassen und beheben lassen. Seine Majestät der Prinzregent hat sich persönlich an die Schulbehörde gewandt mit der Bitte, bei dem netten Fräulein Lehrerin, wie es in dem Brief hieß, nach dem Rechten zu sehen. Sämtliche Kosten wird Seine Majestät aus seiner privaten Schatulle übernehmen.«

Antonie traute ihren Ohren nicht und schaute ungläubig zu den Architekten.

»So ist es«, bestätigten sie. »Wir werden das Schulgebäude so weit nötig renovieren. Und wie unschwer zu erkennen ist, gibt es einiges zu tun!« Er zeigte auf den löchrigen Putz an der Decke.

»Ich, ich …«, begann Antonie stotternd, »ich weiß gar nicht, was ich dazu sagen soll, das kommt völlig überraschend.«

»Um dem vorzubeugen, hat die Gemeinde diesbezüglich einen Brief erhalten.« Der Spitzbart war inzwischen durch die Bankreihen gegangen und besah sich alles genauestens. Er nahm eines der Lesebücher hoch und blätterte darin. Drei Seiten fielen zu Boden. Er nahm ein weiteres und kontrollierte seinen Zustand. Beinahe angeekelt legte er es zurück. »Fräulein Weber, ich würde vorschlagen, Sie schicken die Schüler in eine vorgezogene Pause, damit die Herren Architekten ungestört ans Werk gehen können.«

Die Mienen der Kinder zeigten, dass sie hin und her gerissen waren. Vorgezogene Pause, das hörte sich verlockend an – das Tun der Männer mitzuverfolgen, allerdings ebenso. Antonie musste sie nachdrücklich auf den Pausenhof scheuchen.

Inzwischen hatte der junge Assistent ein Maßband herausgeholt, legte es an und nannte dem Architekten Theuer die entsprechenden Zahlen. Sobald er Antonie anblickte, was irritierend häufig der Fall war, lächelte er sie an.

»Fräulein Weber, die Schulbücher sind in einem heillosen Zustand, zudem veraltet. Sie sind erst seit diesem Schuljahr in Tannau?«

»So ist es. Pfarrer Bichler hat die Schüler im Interim unterrichtet, als Schulmeister Meisl aus gesundheitlichen Gründen es nicht mehr konnte.«

Der Regierungsrat blickte sich um. »Die Schule von Tannau ist das beste Beispiel, dass die Schulen im gesamten Königreich unter Staatsaufsicht gestellt werden müssen. Man kann das heute nicht mehr den Gemeinden überlassen. Wir leben schließlich im 20. Jahrhundert!«

Antonie schwieg lieber zu diesem Thema. Als Frau sich zu Politik zu äußern, konnte man ihr schnell falsch auslegen. Was der Regierungsrat sagte, stimmte allerdings. In den bayerischen Lehrerkreisen häuften sich in letzter Zeit die Beschwerden über das schwierige Verhältnis der Lehrer zu den Gemeinden.

»Dürften wir auch die hinteren Räume begutachten?«, wandte sich der junge Architekt an Antonie. Sie errötete. Ein junger Mann hatte noch nie ihr Schlafzimmer sehen wollen. Der ältere Architekt bemerkte den Fauxpas seines Assistenten und erklärte rasch, dass man auch ihren Bereich renovieren werde und sie deswegen ihr Zimmer in Augenschein nehmen müssten. Der Spitzbart nickte ihr bestätigend zu, und Antonie öffnete die Tür.

Sie war den Nonnen dankbar, dass sie die Schülerinnen stets angehalten hatten, ihren Bereich sauber und ordentlich zu halten. Als der junge Architekt eintrat, war es an ihm, rot im Gesicht zu werden. Schnell beugte er sich über sein Maßband. Bei der Größe der Kammer war sie im Handumdrehen ausgemessen.

»Auf diesem Ofen kochen Sie auch?«, fragte der Spitzbart.

Antonie bestätigte dies und erklärte, dass sie natürlich das eigene Holz dafür hernahm.

»Wir sind fertig«, stellte Architekt Theuer fest und bedankte sich.

Durch die offene Schultür sah man die Kinder draußen toben. Etliche jedoch standen neugierig auf den Stufen und spähten herein. Ein weiterer Besucher schien sich zu nähern, denn auf dem Pausenhof wurde es still, und die Gruppe Neugieriger trat zur Seite. Bürgermeister Hocheder kam mit großen Schritten herbeigeeilt. Gemeindesekretär Hackl hatte Schwierigkeiten, seinem Dienstherrn zu folgen.

Die beiden mussten in größter Eile die Schulgasse hochgestürmt sein, denn Hocheder schnaufte wie eine Dampflok, die sich gerade einen Berg hinaufmühte.

Die drei Männer stellten sich vor und erläuterten den Grund ihrer Anwesenheit. »Hat die Gemeinde keinen Brief erhalten?«, fragte der Spitzbart scheinheilig.

Es war nicht zu erkennen, ob der Bürgermeister rot wurde, denn seine Wangen waren mit roten Flecken übersät, und Antonie fürchtete fast, er würde wegen Atemnot an der Türschwelle umkippen. »Hackl!«, forderte Hocheder Rechenschaft von seinem Sekretär.

»Ich habe dir den Brief gezeigt. Du hast doch auch gesagt, dass es gewiss ein schlechter Scherz sei«, verteidigte sich Hackl.

»Ein Brief von Seiner Majestät dem Prinzregenten ein schlechter Scherz?« Regierungsrat Beilberger sah die beiden konsterniert an.

»Hackl, unser Gemeindesekretär, hat wohl den Brief falsch beurteilt. Dass Seine Majestät uns schreiben könnte, hielt unser einfältiger Hackl für undenkbar. Mit Briefen von hochgestellten Persönlichkeiten hat er es nicht oft zu tun.«

Hackl wollte widersprechen, doch Hocheder ließ ihn nicht zu Wort kommen. »Wir freuen uns, dass Sie den weiten Weg nach Tannau auf sich genommen haben. Wie kann ich Ihnen dienen?«

Schau an, dachte Antonie, Hocheder machte Hackl für alles verantwortlich. Ihr Mitleid mit dem Sekretär hielt sich allerdings in Grenzen.

»Die Schule ist in einem desolaten Zustand«, stellte Regierungsrat Beilberger fest. »Die Gemeinde ist ihrer Pflicht nicht nachgekommen.«

»Das liegt nicht an der Gemeinde«, verteidigte sich Hocheder. »Schulmeister Meisl hat krankheitsbedingt die Zügel schleifen lassen und hat uns nicht über die Mängel informiert.«

Erst Hackl und jetzt der Schulmeister. Wen würde der Bürgermeister noch beschuldigen, nur damit er gut dastand? Antonie konnte es egal sein. Sie war weder für das eine noch das andere verantwortlich.

»Seine Majestät übernimmt die Kosten der Renovierung. Die Gemeinde allerdings bezahlt dem Fräulein Weber ab sofort das übliche Lehrerinnengehalt. Dem Schulamt muss hierüber Meldung gemacht werden.«

»Mit Verlaub«, protestierte der Bürgermeister. »Fräulein Weber ist nur auf Abruf in Tannau, bis ein Lehrer kommt.«

»Ich habe diesbezüglich mit dem Ministerium Rücksprache gehalten. Ein Lehrer ist derzeit für Tannau nicht vorgesehen, da die Stelle ja mit Fräulein Weber besetzt ist.«

»Aber eben mit einer Lehrerin und nicht mit einem Lehrer.«

»Seine Majestät hat sich durchaus gut, so wurde mir berichtet, mit Fräulein Weber als Lehrerin unterhalten. So gut, dass Seine Majestät unsere Behörde beauftragt hat, in Tannau die schulischen Zustände zu überprüfen. Mir scheint, Seine Majestät der Prinzregent hat intuitiv erfasst, wie schlecht es um die Schule hier bestellt ist.« Mit dem Prinzregenten als Trumpf nahm er Hocheder sämtlichen Wind aus den Segeln.

»Das freut die Gemeinde Tannau außerordentlich, dass Seine Majestät uns so großzügig bedacht hat.« Schnell wie ein Wetterwechsel im April hatte der Bürgermeister seine Meinung geändert. »Wir sind Seiner Majestät überaus dankbar.« Der Bürgermeister verbeugte sich, als stünde der Prinzregent höchstpersönlich vor ihm. Hackl tat es ihm gleich, in seltsam ungelenker Manier. Überhaupt gaben beide ein merkwürdiges Bild ab.

»Dann sind wir ja einer Meinung, was das mildtätige und großzügige Wirken Seiner Majestät anbelangt.« Der Spitzbart drehte sich zu den Architekten um. »Meine Herren, dann schlage ich vor, wir gehen in den Gasthof Post zum Mittagessen. Ich habe nur Gutes von seiner Küche gehört.«

Die Herren verabschiedeten sich von Antonie, der junge Assistent lupfte wieder seine Mütze und lächelte. »Wertes Fräulein«, fing er an. Bevor er noch etwas Kompromittierendes zu Antonie sagen konnte, packte ihn der ältere Architekt fest am Ärmel. Dafür war sie ihm dankbar. Ihr Interesse an jungen Architekten aus München war nicht sehr ausgeprägt.

Der Bürgermeister versuchte mit mäßigem Erfolg, sich am Gespräch der drei Herren zu beteiligen. Hackl wackelte mit seinen O-Beinen hinterher. Ein paar der Jungen äfften seinen unbeholfenen Gang nach.

Antonie verkniff sich ein Lächeln, ermahnte sie, sofort damit aufzuhören, und rief die Kinder ins Klassenzimmer. »Der Herr Regierungsrat hat uns ein schönes Fremdwort beigebracht.« Sie erklärte es den Kindern ausführlich und lobte sie für ihre richtigen Antworten. »Was habe ich an die Tafel geschrieben?« Dort stand nun »ein Esel«. »Wenn man das von hinten liest, bekommt man den Ratschlag, den einem nur ein Esel geben kann!«

Die ersten Kinder kicherten. Antonie lachte mit ihnen. Der heutige Tag fühlte sich plötzlich wie Weihnachten an. Von all den guten Nachrichten des Tages war jene, dass sie in Tannau bleiben durfte, ganz sicher die schönste.

Die gute Laune hielt bei Antonie an, als sie sich abends zur Chorprobe aufmachte. Dass sie hierbleiben würde, hatte ihr frischen Mut gegeben. Selbst wenn sie durch Irmingard Meisls gemeine Einmischung wichtige Stützen des Chors verloren, sie würden in der Christmesse auftreten. Jetzt erst recht, dachte Antonie.

An diesem Abend gaben die verbliebenen Sängerinnen und Sänger ihr Bestes. Was sie nicht an Volumen wettmachten, ersetzten sie durch Lautstärke. Nicht gerade ein Fest für die Ohren. Unten im Kirchenschiff fiel eine Tür ins Schloss, und Klappern war zu hören.

»Diese Magda. Muss das Mädchen immer so einen Lärm machen?«, beschwerte sich Inge Moser wieder.

Doch es war nicht Magda. Im nächsten Moment wurden Schritte auf der Treppe zur Empore laut. Hartl Wagner und das Ehepaar Sturm kamen herauf.

»Wir haben uns durch die Sakristei geschlichen. Der Pfarrer hat uns reingelassen«, erklärte Wagner. »Meine Enkeltochter war gehörig sauer auf mich, als sie erfuhr, dass ich bei Ihrem Chor aufgehört habe. Das könne ich dem Fräulein Lehrerin nicht antun, hat sie protestiert und zwei Tage nicht mehr mit mir gesprochen.«

»Es freut mich, Sie alle wiederzusehen.«

»Wir singen einfach gerne, und bei Ihnen lernt man viel über das Singen«, meinte Emma Sturm.

»Wenn es Ihnen recht ist, schleichen wir uns jedes Mal hintenherum rein und wieder raus. Der Herr Pfarrer weiß Bescheid«, ergänzte ihr Mann.

Die Unterstützung war mehr als willkommen. Wie sehr Gesang doch die Menschen verband. Der Kirchenchor, das war eine verschworene Gemeinschaft.

»Und gleich noch einmal alle zusammen von vorne!« Mit großen Bewegungen dirigierte Antonie los.

Seine Majestät lässt grüssen

Es war alles ganz schnell gegangen. Eine knappe Woche nach dem Besuch der drei Herren rückten die Handwerker an. »Den Herrn Prinzregenten lässt man nicht warten, da fangen selbst die Handwerker pünktlich an«, lautete der Kommentar von Pfarrer Bichler, als ihm Antonie erzählte, dass die Männer versucht hatten, zwischen den Schulbänken ein Gerüst aufzubauen.

»Mitten im Unterricht. Man kann die Schule nicht renovieren, während darin unterrichtet wird«, beklagte sie sich beim Pfarrer. »Ich bin ja wirklich sehr dankbar, dass das geschieht. Nur wie sollen die Kinder lernen, wenn die Maurer über ihren Köpfen die Decke verputzen?«

»Wir müssen die Schule so lange auslagern und Sie gleich mit. Sie können nicht auf einer Baustelle wohnen«, stellte Pfarrer Bichler fest. »Im Pfarrhaus ist kein Platz, und in der Kirche Unterricht zu halten, ist bei den herbstlichen Temperaturen schlechterdings nicht möglich.« Pfarrer Bichler wiegte seinen Kopf hin und her. »Im Saal der Post könnte es gehen.« Seine runden Augen blitzten auf. »Und Sie bringen wir dort gleich mit unter. Die Zimmer für die Sommergäste sind um diese Jahreszeit nicht belegt.«

Der Plan hörte sich gut an. Er musste nur dem Bürgermeister unterbreitet werden. Pfarrer Bichler bot sich an, Antonie zu begleiten. Letztendlich war es genau andersherum, sie begleitete den Pfarrer ins Rathaus. Mit seiner diplomatischen Art und mit vielen schönen Worten, die hauptsächlich aus »Seine Majestät« und »der Prinzregent« und »guten Eindruck beim Königshaus« machen bestand, willigte Bürgermeister Hocheder überraschend schnell ein.

Antonie nutzte die Anwesenheit des Herrn Pfarrers und fragte, ob Franzl an einer Probe für die Christmesse teilnehmen dürfe. »Ihr Sohn hat eine sehr gute Singstimme. Die sollte er unbedingt erklingen lassen.« Angesichts eines freundlich lächelnden Pfarrers konnte Hocheder ihr diesen Wunsch schlecht abschlagen.

»Die Kosten für Ihre Mahlzeiten müssen Sie selber tragen. Dafür kommt die Gemeinde nicht auf«, rief er ihr noch nach.

Soll er ruhig das letzte Wort behalten, dachte Antonie. In diesem Fall gönnte sie es ihm.

Ein paar Väter trugen Schulbänke in den Saal des Gasthauses, selbst die Tafel schulterten sie und brachten sie nach unten. Bald sah der Wirtshaussaal, in dem die Hochzeiten, Almtänze und Musikabende stattfanden, wie ein richtiges Klassenzimmer aus. Der letzte Tanz war schon ein paar Wochen her, und im November wurde in Tannau nicht mehr geheiratet. Erst ab Mai, wenn der Schnee weggetaut war, das Gras sein erstes frisches Grün zeigte, war es wieder so weit. Manchmal schon früher, hatte die Wirtin Antonie mit einem Augenzwinkern erzählt. »Da pressiert es, und das Ehepaar kann nicht bis Mai warten, sonst könnten sie gleich die Taufe mitmachen, wenn Fräulein Lehrerin versteht, was ich meine.« Antonie verstand und lernte schnell, dass man die Wirtin am besten ohne große Fragen plappern ließ.

Sie hatte noch nie in einem Gasthaus geschlafen. Das alleine war den ganzen Umzug wert. Sie fühlte sich fast wie in der Sommerfrische, wenn auch der November mit viel Regen aufwartete. Einmal lag in der Früh sogar Schnee, den die fahle Herbstsonne untertags langsam auffraß.

Statt auf dem Pausenhof tollten die Kinder im leer geräumten Biergarten umher. Unter den welken Kastanienblättern fand sich die eine oder andere Kastanie, die, wenn Antonie gerade nicht hinsah, mit aller Kraft über den Dorfplatz gepfeffert wurde. Etliche Dorfbewohner blieben am Zaun stehen, schauten den Kindern zu und fragten Antonie, wie es mit der Renovierung vorangehe. »Hoffentlich nicht so schnell«, meinten die älteren Dorfbewohner. »Gerade jetzt im Herbst ist es schön, die Kinder fröhlich spielen zu sehen.«

Auch zu Antonies Leidwesen gingen die Arbeiten zügig voran. Viel zu sehr genoss sie die Zeit im Gasthaus. Sie fühlte sich wie eine Königin, wenn sie nach dem Unterricht ein leckeres Essen von der munter schwatzenden Wirtin aufgetischt bekam. Der Hinweis auf »Seine Majestät, der Prinzregent« zeigte seine Wirkung, ganz wie Pfarrer Bichler es vorausgesagt hatte. Die Handwerker legten sich ins Zeug.

Wie an jedem zweiten Tag spazierte Antonie die Schulgasse hinauf, um zu sehen, was inzwischen passiert war. Der Maler kalkte gerade die Wände, und selbst ihre Kammer erstrahlte in neuem Glanz. Das Beste aber war, dass sie dort anstelle des Kanonenofens einen kleinen Herd entdeckte. Sogar ein Backrohr besaß er und ein Granderl. Dank diesem Wasserbehälter hatte sie bei eingeheiztem Ofen stets warmes Wasser. Welch ein Luxus!

Hinter dem Schulhaus wurde gesägt und gehämmert. Innerhalb von drei Tagen standen zwei nagelneue Aborte am Hang. Dafür war Antonie dem Prinzregenten besonders dankbar. Allerdings würde dies in ihrem Dankesbrief, der in ihrem Kopf immer länger wurde, unerwähnt bleiben.

»Stell dir vor, ich schreibe, ›Eure Majestät, haben Sie herzlichsten Dank für das feine Plumpsklosett. Es ist famos bequem!‹«, erzählte Antonie Helena, die ihr half, das Schulhaus zu putzen, nachdem die Handwerker abgezogen waren.

Helena setzte sich vor lauter Lachen auf den Boden. »Antonie, das müsstest du tatsächlich schreiben. Und Seine Majestät antwortet dir: ›Sehr verehrtes Fräulein Lehrerin, es ist mir eine Wohltat zu hören, dass mein Plumpsklo Ihnen derart gut behagt. Mit majestätischen Grüßen, der Prinzregent‹.«

Wie zwei alberne Schulmädchen lachten sie und hätten dabei fast das Klopfen an der Tür überhört. Es war der Postbote Kastner mit zwei Paketen unter dem Arm.

»Ihr habt gut lachen. Zu meiner Zeit gab es nichts zu lachen in der Schule. Die Zeiten ändern sich. Heute ist alles nur noch eine Gaudi.«

Antonie war sich nie sicher, ob der Postbote das, was er sagte, ernst meinte oder ob er es mit einem Augenzwinkern sagte – nur ohne Augenzwinkern.

»Zwei Pakete für das Fräulein Lehrerin. Und wenn ich bitten dürfte, sie mir abzunehmen, denn es sind sicher Steine darin, so schwer sind sie. Steine aus München. Aber bitte, der alte Kastner trägt die schweren Pakete bis zur Schule hinauf, ganz wie es sich für einen königlich-bayerischen Postbeamten gehört.«

»Geh, Kastner, das hält jung!«, scherzte Helena.

»Wertes Fräulein Helena, dann sollten Sie besser in den Postdienst treten und Pakete und keine Kinder ausliefern«, gab der trocken zurück.

Als Antonie den Absender las, freute sie sich so, dass sie Helena erst einmal drückte. »Das sind die neuen Lesebücher!«, rief sie begeistert.

»Na, so eine Freude wegen eines Lesebuchs, ich weiß nicht.«

Da klopfte es wieder. »Das habe ich ganz vergessen«, sagte Kastner und überreichte ein kleines Päckchen, das mit einer Schnur mehrmals umwickelt war.

»Auf das warte ich schon«, sagte Antonie.

»An mir hat es nicht gelegen«, stellte Kastner klar.

»Haben Sie vielen Dank«, beeilte sich Antonie zu sagen. Das Päckchen war von Elvira, und Antonie legte es auf das Fensterbrett. Sie wollte es später in Ruhe aufmachen.

Inzwischen hatte Helena den ersten Packen Bücher ausgepackt und blätterte darin herum. »Ach, wie schön, da sind ja sogar Zeichnungen drin.«

Antonie nahm ein Exemplar und roch erst einmal ausgiebig daran.

»Die stinken doch«, beschwerte sich Helena, als sie an dem Buch, das sie in Händen hielt, gerochen hatte.

»Das ist der Duft des Wissens«, sagte Antonie ernst.

»Mir wäre ein Parfüm aus Paris lieber.« Helena zuckte übertrieben die Schultern. »Die Kinder von Tannau sollen natürlich ordentlich lesen lernen. Dann kann man ihnen nicht so schnell etwas vormachen.«

Tatsächlich war die Geschichte über den Eisenbahnbau im neuen Lesebuch zu finden und eine über ein Kätzchen auf Wanderschaft. Oh, wie viel Spaß es machen würde, mit den Kindern die Texte zu lesen. Wer hätte geahnt, dass der Besuch des Prinzregenten solche Veränderungen mit sich brächte?

Es klopfte wieder.

»Unser werter Postbote wird im Alter wohl vergesslich.« Helena ging zur Tür.

Draußen stand jedoch nicht der alte Kastner, sondern ihr Anton strahlte sie an.

»Was machst du denn hier?«, rief sie aus.

»Lieferdienst!«, lachte Anton. »Wir bringen die neue

Schultafel!« Erst trat Anton ins Klassenzimmer, dann erschienen die große grüne Schultafel und schließlich Sebastian, der ebenfalls mit angefasst hatte.

»Die Wirtin hat uns gebeten, die Tafel zu euch hochzutragen, damit sie den Saal endlich ordentlich wischen kann.«

»Ich glaube eher, sie hat euch hinausgeworfen, damit sie endlich Feierabend machen kann«, bemerkte Helena schnippisch und zwickte Anton in den Arm.

»Aua!«, rief er theatralisch. »Das gnädige Fräulein sind recht grob zu mir.«

»Vielleicht könntet Ihr euer Geplänkel kurz unterbrechen, ich würde die Tafel gerne absetzen. So ganz leicht ist sie nicht, und die Schulgasse hinauf ist sie noch schwerer geworden«, beschwerte sich Sebastian.

»Der königliche Revierförster ist das körperliche Arbeiten nicht mehr gewohnt«, neckte Helena Sebastian. »Das nimmt ihm sein treuer Revierhelfer Anton alles ab.«

»Hat mich deine Verlobte gerade als faul bezeichnet?«, entrüstete sich Sebastian.

»Ruhe jetzt, ihr drei! Sonst müsst ihr zur Strafe in der Ecke stehen.«

»Das bin ich gewohnt«, meinte Anton. »Als Kind stand ich ständig dort.«

»Darum war diese Ecke besonders schmutzig. Der Maler musste zweimal drüberstreichen«, bemerkte Antonie trocken. »Doch genug der Späße. Bitte wieder mehr Ernst im Klassenzimmer. Stellt die Tafel hierher und rutscht bitte mein Pult ein wenig zur Seite. Genau, so ist es gut.« Zufrieden schaute Antonie sich im Klassenzimmer um. Wie neu alles aussah. Die Wände strahlten weiß, und der Geruch nach frischer Farbe erfreute Antonie viel mehr als jedes französische Parfüm.

»Das Klassenzimmer ist gar nicht wiederzuerkennen«, meinte Helena und umarmte ihre Freundin.

»Und du hast ja mein Zimmer gesehen. Ein neuer Ofen steht drin, und die Fensterläden sind auch gerichtet. Ach, es ist alles herrlich!« Vor lauter Freude drückte Antonie Helena gleich noch einmal.

Die beiden Männer krochen inzwischen unter den Schulbänken hindurch. »Wir suchen unsere Namen«, erklärten sie. »Unsere Anfangsbuchstaben haben wir damals heimlich unten ins Pult geschnitzt.«

»Was habt ihr?«, rief Antonie aus. »Das gibt eine saftige Strafarbeit.«

»Das ist längst verjährt«, protestierte Sebastian. »Das S zu schnitzen, war gar nicht einfach, der Anton hatte es mit dem A viel leichter.«

»Ich hab's«, rief Anton und schaute über den Rand eines Pultes.

Ein köstlicher Anblick, wie die beiden gestandenen Männer in den Schulbänken saßen und nicht wussten, wohin mit ihren langen Armen und Beinen. »Bin ich froh, dass ich euch beide nicht als Schüler habe!«, seufzte Antonie.

»Schulmeister Meisl hatte mit uns keine Probleme.«

»Weil wir mit seinem Rohrstock eine enge Beziehung geführt haben.«

»Wo ist denn eigentlich der Rohrstock abgeblieben? Der lag beim Meisl immer griffbereit auf dem Pult.«

»Der muss beim Umzug verloren gegangen sein.« Antonie zeigte sich kein bisschen betrübt drüber. Tatsächlich hatte sie ihn selbst zerbrochen und mit großer Genugtuung zum Anfeuern ihres neuen Herdes verwendet.

Wieder klopfte es. Was war das heute nur für ein Auftrieb? Antonie öffnete die Tür, und ein junger Bursche stand vor ihr.

»Ist die Hebamme da?«, fragte er aufgeregt.

»Die ist da.« Antonie wies ins Klassenzimmer.

»Gott sei Dank. Der Bauer schickt mich, bei seiner Frau haben die Wehen eingesetzt.«

»Kommst du vom Fichtenhof?«, fragte Helena, deren Miene plötzlich ernst geworden war.

»Ja, freilich. Der Bauer hat gesagt, es pressiert ordentlich.«

»Dann lauf schon einmal los und sag, ich komme gleich.«

Mit großen Schritten rannte der Bursche die Schulgasse wieder hinunter.

»So junge Beine wollte ich jetzt gerne haben.« Helena holte ihre Hebammentasche aus Antonies Kammer – vorsorglich hatte sie sie mitgebracht. »Die Josefa vom Fichtenhof ist nicht die Einzige an der Zeit. Hoffentlich schaffen wir es rechtzeitig, bevor es bei den anderen losgeht. Der Fichtenhof liegt so abgelegen.«

»Ich begleite dich«, bot sich Anton an. »Ich trage die Tasche. Dann bist du schneller dort.«

»Gehabt euch wohl«, rief Helena und stürmte davon, während Anton noch mit seiner Jacke kämpfte und vor lauter Eile beinahe die Hebammentasche vergessen hätte.

»Wo der nur immer seinen Kopf hat! Aber die Helena sagt ihm schon, wo's langgeht«, stellte Sebastian fest.

Dann standen Antonie und Sebastian einander gegenüber. Es war still geworden im Klassenzimmer, die fröhliche Stimmung war mit einemmal verschwunden. Draußen war es dunkel geworden, Antonie hatte die Petroleumlampe angezündet, und das Licht tanzte auch in Sebastians dunklen Augen. Durch die Tür, die nach Antons hastigem Aufbruch noch offen stand, zog kalte Luft herein. Trotzdem spürte Antonie, wie ihr warm wurde. Diese ungewohnte Wärme stieg ihr den

Rücken herauf, sammelte sich im Nacken und verbreitete sich in ihrem Kopf.

»Ich …«, fingen beide an zu reden. Verlegenes Lachen. Und wieder verfielen sie in Schweigen.

»Ich werde dann gehen«, stammelte Sebastian schließlich.

»Ich muss die Bücher noch sortieren«, brachte Antonie eilig hervor, auch wenn diese schon fein säuberlich im Regal lagen.

»Dann lasse ich dich besser allein.« Sebastian blieb stehen. Seine Augen funkelten wie die Sterne in einer klaren Nacht.

Antonie musste sich zwingen, zur Tür zu gehen. »Gute Nacht«, sagte sie, und ihre Stimme klang heiser.

Sebastian kam auf sie zu. »Gute Nacht.«

Sie blickten sich in die Augen, und die Zeit blieb stehen.

Ein Geräusch draußen ließ sie erschrocken auseinanderfahren.

»Gute Nacht«, sagte Antonie noch einmal, diesmal mit fester Stimme.

»Gute Nacht, Fräulein Lehrerin. In so eine schöne Schule würde ich gerne noch einmal gehen.«

»Sie sind mir zu frech, Herr Revierförster. Bleiben Sie lieber in Ihrer Baumschule, da sind Sie besser aufgehoben!«

Sebastian lüpfte seinen Hut zum Gruße und ging mit ruhigen Schritten davon.

Antonie schaute ihm nach, bis er in der Schulgasse von der Dunkelheit verschluckt wurde. Sie schloss die Tür.

Um sich abzulenken, betrachtete sie noch einmal ausgiebig das Klassenzimmer. Monika hatte ihr drei Geranienstöcke geschenkt, die Antonie zum Überwintern an die Fenster im Klassenzimmer gestellt hatte. Ein paar rote Blüten schauten noch aus den grünen Blättern hervor. Sie würden ihr und den Kindern ein wenig Freude in den langen Winter bringen.

Mit der Lampe in der Hand ging Antonie in ihre Kammer. Wie sauber und schön sie doch geworden war! Ihr Blick fiel auf das Bild von Maria Ward. Kurz entschlossen nahm sie es und stellte es auf ihr Pult im Klassenzimmer. »Danke«, sagte sie zu dem Bild, und es tat gut, sich vorzustellen, dass die Heilige ihre Finger mit im Spiel gehabt hatte.

Zur Feier des Tages heizte Antonie ihren Ofen noch einmal an. Ihre erste Nacht in ihrem alten und neuen Reich wollte sie richtig genießen. Als ein munteres Feuer knisterte, öffnete sie das Päckchen, das Elvira ihr geschickt hatte.

Der Brief war kurz. Elvira schrieb, sie sei in Eile, darum könne sie nur ein paar Zeilen schicken. Antonie lächelte. Ihre Freundin wer stets in Eile. Neben dem Brief lag eine Papiertüte, auf der das bekannte Emblem des Feinkostladens Dallmayr aufgedruckt war. Antonie strich mit den Fingern darüber und freute sich. Das, was darin war, hatte sie ein kleines Vermögen gekostet. Sie hoffte sehr, dass das Geld gut angelegt war. In der Dallmayr-Tüte befand sich eine weitere, bunt bedruckte Tüte, aus der es fruchtig duftete. Fasziniert betrachtete Antonie das fremdartige Bild auf der Tüte, das verriet, was sich darin befand. Antonie hatte Elvira gebeten, ihr ein Päckchen getrocknete Orangenschalen zu besorgen, und ihr köstlicher Duft erüllte sogleich die kleine Kammer.

Es war an der Zeit, ein paar Briefe zu schreiben. Ihre ersten Zeilen gingen an Schwester Coelestina, der sie ausgiebig von den Renovierungsarbeiten an der Schule und ihrer Freude über die neuen Lesebücher berichtete. Dann schrieb sie Elvira. Ihr erzählte sie hauptsächlich von dem lustigen Nachmittag mit Helena und den beiden Tafelträgern. So etwas hörte Elvira gerne. Davon, dass Sebastian und sie schweigend in der Tür gestanden hatten und welches Gefühl dabei in ihr aufgestiegen war, schrieb sie nichts. Elvira würde auch so ihre Vermutungen anstellen. Antonie redete sich ein, dass ihr Schweigen auch bedeuten konnte, dass sie beide sich nichts zu sagen hatten. Doch wenn sie die Augen schloss, sah sie Sebastians Augen vor sich, seinen tiefen und intensiven Blick. Der Duft der italienischen Orangen passte zu diesem Bild, das sich fremd und dennoch warm anfühlte.

Wie staunten die Kinder, als sie am nächsten Morgen ins Klassenzimmer kamen. Ehrfurchtsvoll nahmen sie Platz, stürmten nicht herein wie sonst. »Unser schönes Klassenzimmer« hatte Antonie an die Tafel geschrieben. Es gab für die Schüler aber noch eine andere Überraschung. Die neuen Lesebücher wurden eingehend studiert, die Zeichnungen zuerst, und jene von der Eisenbahn in der Prärie wurde mit großer Begeisterung einhellig zum Lieblingsbild erkoren.

Antonie freute sich über die Euphorie der Tannauer Schüler. Meine Schüler, dachte sie liebevoll, und es fühlte sich gut an. Überhaupt fühlte sich ihr Leben seit dem Besuch des Prinzregenten viel besser an.

»Das alles haben wir Seiner Majestät zu verdanken. Darum wollen wir ihm heute einen Dankesbrief schreiben. Ihr diktiert mir, was ihr ihm gerne sagen würdet.« Antonie nahm eine der neuen, langen Kreiden. Welch herrliches Gefühl, ihre samtige Oberfläche zu spüren.

Angespornt von der Aussicht, dem Prinzregenten persönlich einen Brief zu schreiben, machten die Schüler eifrig Vorschläge. Manche schossen über das Ziel hinaus.

»Nein, Korbinian, wir können den Prinzregenten nicht bitten, dass er euch allen Spielzeug schenken soll. Ihr bedankt euch besser für die neuen Lesebücher.« Und dafür, dass die Lehrerin jetzt ihr eigenes Plumpsklo hat, ergänzte Antonie in Gedanken und still lachend.

Am Ende der Stunde stand ein schöner Dankesbrief an Seine Majestät auf der Tafel. Die älteren Schüler bekamen Papier ausgehändigt, das neuerdings keine Mangelware mehr war, um den Brief in ihrer schönsten Schrift abzuschreiben. Antonie wusste schon jetzt, dass Gundis Brief wegen ihrer akkuraten Schrift nach München abgeschickt werden würde. Sie selbst hatte sich ein paar Dankeszeilen überlegt. Außerdem wollte sie drei gepresste und getrocknete Wiesenblumen, eine Lichtnelke, eine Glockenblume und eine Wegwarte, auf ihren Brief kleben. Damit Prinzregent Luitpold nicht vergaß, dass die Tannauer einfach, beständig, treu und tief mit ihrer Heimat verwurzelt waren.

Am Ende des Schultages war für die Kinder der Reiz des Neuen verflogen, und sie stürmten wie immer aus dem Klassenzimmer.

Schnell schaffte Antonie Ordnung, räumte die Bücher auf und wischte die Tafel sauber. Sie hatte noch einiges vor heute. Gundis Brief faltete sie zusammen. Sie nahm sich ein Blatt Papier, atmete tief ein und aus, entspannte ihre Nackenmuskeln, wie Schwester Coelestina ihnen geraten hatte, und schrieb an Seine Majestät. Wichtig war, in einem Zug durchzuschreiben, damit ein flüssiges Schriftbild entstand. Ganz locker sollte der Arm von der Schulter herabhängen. »Die Feder halten Sie wie ein rohes Ei zwischen den Fingern.« Jede Störung, hatte Schwester Coelestina erklärt, zeige sich im Schriftbild.

Als der Brief vollendet war, betrachtete Antonie zufrieden ihr Werk. Schwungvoll hatte sie geschrieben, ohne zu übertreiben. Sie versiegelte den Brief und legte ihn in ihren Korb. Voller Vorfreude auf das, was sie heute geplant hatte, zog sie ihren Mantel an und eilte ins Dorf hinunter.

Ihre erste Station war die Post. Die Wirtin des Gasthauses betrieb gleichzeitig die Poststation, die neben der Gaststube lag. Sie blickte auf, als Antonie eintrat.

»Ich möchte den Brief bitte aufgeben. Er geht an Seine Majestät nach München. Die Schüler und ich haben uns beim Prinzregenten für die Renovierung bedankt«, plapperte sie drauflos. Das war eigentlich gar nicht ihre Art, doch heute fühlte sich das Leben einfach gut an.

Die Wirtin nahm den Brief, Antonie bezahlte, und als sie mit einem freundlichen Gruß wieder auf dem Dorfplatz stand, fiel ihr erst auf, dass die Wirtin fast nichts zu ihr gesagt hatte. Ungewöhnlich. Vielleicht hatte sie schlechte Laune.

Anschließend ging Antonie zum Kramerladen, um feines Mehl und Zucker zu kaufen. Dazu noch eine Vanilleschote – eine teure Zutat, genau wie die Orangenschalen. Sie verbuchte die Vanilleschote als Geschenk an sich selbst. Zwar hatte der Prinzregent auch dafür gesorgt, dass sie mehr Lohn bekam, nur übermütig sollte sie deswegen nicht werden. Ach, der Prinzregent, dachte Antonie mit dankbarem Herzen.

»Das hätte ich von Ihnen nicht gedacht.« Die Bemerkung der Krämerin riss Antonie aus ihren Gedanken. Hatte sie sich gerade verhört? Wortlos reichte ihr die Krämerin das Wechselgeld.

Verdattert verließ Antonie den Laden. Vor der Tür blieb sie stehen, warf durch die Glasfüllung noch mal einen Blick hinein, doch die Krämerin war nicht mehr zu sehen. Vielleicht hatte auch sie einen schlechten Tag, wie die Wirtin? Ich jedenfalls habe einen guten Tag.

Ihr nächstes Ziel war das Pfarrhaus. In der Küche bereitete Magda gerade den Nachmittagstee für den Herrn Pfarrer zu.

»Grüß dich, Magda.« Antonie trat in die Küche.

Magda lächelte sie freudig an, nahm die Kanne und verschwand. Magda erledigte die alltäglichen Aufgaben nach einer strikten Reihenfolge. Der gewohnte Rhythmus gab ihr Sicherheit, und Pfarrer Bichler war darauf bedacht, dass Magda nicht durcheinandergebracht wurde. Deshalb hatte Antonie die Teezeit abgewartet, denn danach hatte Magda frei bis zum Abendessen. Magda kehrte zurück, als Antonie gerade den Inhalt ihres Korbs auf den Küchentisch leerte.

»Magda«, erklärte sie ihr, »du bäckst doch gerne. Würdest du für mich und den Chor Orangenplätzchen backen? Zum ersten Advent wäre das schön.« Antonie hielt das Päckchen mit den Orangenschalen hoch, und Magdas Augen begannen zu leuchten. »Wie Sandgebäck«, stellte Antonie sachkundig fest, »nur mit Orangen.«

Magda schürte den Ofen an, und kurz darauf knetete sie mit schnellen Bewegungen, damit die Butter nicht zu warm wurde, die Zutaten zusammen. Fast feierlich öffnete sie die Tüte mit den Orangenschalen und mischte sie darunter. Antonie half ihr mit der Vanilleschote. Im Pfarrhaus wurde nie Vanille verwendet – verständlich bei den Preisen.

Als der Teig ruhte, bemerkte Antonie, wie Magda immer wieder an der leeren Tüte schnupperte.

»Riech mal«, sagte sie und hielt sie Antonie hin.

»Mmh, das riecht gut, nach Italien, der Sonne und dem Meer.« So stellte es sich Antonie wenigstens vor. »Irgendwann einmal, Magda, fahre ich nach Italien. Schon unser werter Geheimrat Goethe ist dorthin gefahren, in das Land, wo die Zitronen blühen.«

»Mmh«, machte Magda.

Und weil es gerade so gut passte, rezitierte Antonie das gesamte Gedicht. Sprach von Goldorangen, dem blauen Himmel, von dem ein sanfter Wind wehte, von Myrte und

Lorbeer. Dazu schnupperten Magda und sie abwechselnd an der Tüte. Was für ein besonderer Moment. Im Ofen knackte das Holz, der Plätzchenteig ruhte unter einem sauberen Leintuch, und Magda hatte solche Freude an der Tüte. Ich bin glücklich, dachte Antonie, vielleicht zum ersten Mal in meinem Leben.

»Ich glaube, der Teig hat genug geruht«, sagte sie nach einer Weile.

Eifrig begann Magda, kleine Kugeln zu rollen, die sie platt drückte und auf das Ofenblech setzte. Nachdem zwei Bleche Plätzchen fertig gebacken waren, war die Küche von herrlichem Duft erfüllt. Bevor Magda den letzten Teigrest ausrollte, teilten Antonie und sie sich noch ein warmes Plätzchen.

Da ging die Tür auf und Pfarrer Bichler kam herein. Doch seine sonst so freundlichen Augen blickten betrübt, von der Weihnachtsbäckerei nahm er keine Notiz. »Fräulein Weber, könnten Sie bitte mitkommen?«

»Natürlich.« Verwundert folgte Antonie dem Geistlichen in sein Studierzimmer.

Bichler nahm schwerfällig hinter seinem Schreibtisch Platz. »Fräulein Weber, mir ist eine unschöne Angelegenheit, Sie betreffend, zu Ohren gekommen!«

»Mich betreffend?«, fragte Antonie ungläubig nach. Das ernste Gesicht des Pfarrers machte ihr Angst.

»Sie wurden gesehen, wie Sie im Klassenzimmer mit Revierförster Berger«, hier zögerte er und suchte nach dem richtigen Wort, »poussiert haben.«

Die Anschuldigung traf Antonie wie ein Schwall kaltes Wasser. Sie griff sich ans Herz, als wollte sie verhindern, dass es vor Schreck ganz aufhören würde zu schlagen. »Ich habe nie mit …« Antonie wusste nicht, was sie sagen sollte. In ihrem Kopf ging es zu wie auf dem Jahrmarkt. Der Gedanke, dass Magda die Kekse anbrennen lassen könnte, schien der einzig klare zu sein.

»Man hat gestern Abend beobachtet, wie das eben Besagte vorgefallen ist. Fräulein Weber, Sie wissen, ich war stets auf Ihrer Seite. Doch sollte das stimmen, dann sind Sie als Lehrerin nicht mehr tragbar. Im Klassenzimmer!«

»Ich habe nie …«, begann Antonie erneut. Weiter kam sie nicht. Alles begann sich zu drehen, und sie bekam keine Luft. Raus, ich muss raus hier, war ihr einziger Gedanke.

Sie stürmte aus dem Arbeitszimmer, lief an Magda vorbei zur Tür und stürzte in die Dämmerung hinaus. Die kalte Luft half nicht. Im Gegenteil, sie befeuerte ihren Schwindel noch mehr. Mit ausgestreckten Armen suchte Antonie Halt. Sie fand ihn nicht, ihre Arme griffen ins Leere. Antonie stürzte und fiel, fiel in einen schwarzen Abgrund.

Polizeiliche Vernehmung

Als Erstes spürte sie die Kälte im Gesicht, die von nassem Gras ausging. Antonie öffnete die Augen. Dunkelheit um sie herum. Sie richtete sich vorsichtig auf. Sie befand sich im Pfarrgarten neben dem Holzstoß, an den sie beinahe gestoßen wäre. Ihr Kopf fühlte sich an, als wollte er platzen, das Blut rauschte ihr in den Ohren. Mühsam stand sie auf.

Da fiel ihr der Grund für ihre Ohnmacht ein: die Anschuldigungen von Pfarrer Bichler. Dass sie gerade von ihm kamen, schmerzte umso mehr. Es waren falsche Anschuldigungen. Ja, Lügen waren das! Antonie wusste, dass sie nie mit Sebastian poussiert hatte. Nur – es hatte nicht viel dazu gefehlt.

Das Geräusch draußen vor der Schule, als Sebastian aufgebrochen war. Jemand hatte sie beobachtet und eine Lügengeschichte erzählt, von der sie tief in ihrem Herzen wünschte, dass es die Wahrheit wäre.

Diese Erkenntnis traf sie schwer. Seit ihrer ersten Begegnung am Bach hatte sie ihre Gefühle verdrängt. Hatte sie in die Tiefen ihres Selbst gesperrt – die Überlebensstrategie eines Heimkindes. Seit Antonie als junges Mädchen im Karzer gesessen hatte, besaß sie in ihrem Herzen eine solch dunkle Kammer, in der sie alles versteckte, was ihr gefährlich werden konnte. Die Gefühle, die sie für Sebastian empfand, bedrohten sie und ihre Zukunft als Lehrerin.

Antonie fror. Ihre Zähne klapperten, und ihr ganzer Leib war in Aufruhr. Ihre Kleider waren durchnässt. Froh über die Dunkelheit, schlich sie aus dem Pfarrgarten und über den Dorfplatz und eilte zur Schule.

In ihrem Zimmer nestelte sie an ihrer Bluse. Die kleinen Knöpfe wollten und wollten nicht aufgehen. Frustriert stützte sie sich auf dem Tisch ab. Wenn selbst Pfarrer Bichler diese Geschichte glaubte, dann hatte sie verloren. Sicher hatte sich das Gerücht längst in ganz Tannau herumgesprochen.

Antonie zitterte am ganzen Körper, vor Kälte, vor Wut und vor Scham. Der lustige Abend mit Helena, Sebastian und Anton, die Freude über die Renovierung der Schule, der Spaß, den es ihr bereitet hatte, mit Magda Orangenplätzchen zu backen. Sie durfte nicht glücklich sein, das stand ihr offenbar nicht zu.

Es klopfte. Antonie schrak auf, sie musste eingeschlafen sein. Schon wieder, jemand klopfte an ihr Fenster. Das kam nicht aus ihren wirren Träumen. Sie stand auf und lugte vorsichtig durch den Vorhangspalt. Draußen in der Morgendämmerung stand Helena. Antonie öffnete das Fenster.

Sogleich fiel ihr Helena um den Hals. »Es ist furchtbar. Wir haben von den Gerüchten gehört. Es tut mir so leid, und irgendwie fühle ich mich verantwortlich!«

»Helena, niemand kann etwas dafür außer der Person, die eine solche erfundene Geschichte herumerzählt.«

»Anton und ich waren ja schon weg. Sebastian hat doch nicht wirklich …?«

»Nein«, entgegnete Antonie bestimmt.

»Das hatte ich auch nicht vermutet. Nur manchmal … Es sind halt Männer, und die verstehen Dinge oft falsch.«

Diese letzte Bemerkung brachte Antonie fast zum Lachen. »Was machst du überhaupt hier um diese Uhrzeit?«

»Ich bin auf dem Weg zur Joseffa, da klappt es mit dem Stillen nicht so richtig.«

»Und da kommst du bei mir vorbei? Das ist ein gehöriger Umweg.«

»Ich musste einfach sehen, wie es dir geht.«

»Hat Anton erzählt, wie Sebastian reagiert hat?« Antonie merkte, wie Helena bei der Antwort herumdruckste.

»Sobald Sebastian von dem Gerücht gehört hat«, rückte sie schließlich mit der Sprache heraus, »ist er wortlos Richtung Berchtesgaden losmarschiert. Anton hat nichts aus ihm herausbekommen.« Helena schaute Antonie betreten an.

Die wusste nicht, was sie von der Nachricht halten sollte. Wollte Sebastian vielleicht so schnell wie möglich weg von Tannau und weg von ihr? »Meine Liebe, es tut mir leid, aber ich muss los. Bis zum Fichtenhof ist es ein gutes Stück.« Helena drückte Antonie zum Abschied, nahm ihre Tasche und verschwand in den nebligen Morgen.

Antonie legte sich zurück ins Bett. Zum Aufstehen hatte sie keine Kraft. Vielleicht wurde sie heute noch wegen moralischer Verfehlung hinausgeworfen. Am Lehrerinnenseminar war immer mal wieder von derartigen Vorfällen mit anschließender Suspendierung berichtet worden. Eine Neuanstellung war danach nicht mehr möglich. Das wäre das Aus für ihren Traum vom Lehrerberuf. Wieder stiegen ihr die Tränen in die Augen. Das ganze Unglück nur, weil Helena zu einer Geburt gerufen worden und Sebastian noch eine Minute länger bei ihr geblieben war. Sicher steckte diese Meisl dahinter. Damit hatte sie ihr Ziel erreicht und Antonie aus Tannau vertrieben. Für Antonie wäre es aber nicht nur eine Vertreibung aus dem Dorf, wo sie so etwas wie eine Heimat gefunden hatte, sondern zugleich eine Vertreibung aus jenem Leben, das sie sich immer erträumt hatte.

Schließlich zog sie sich an und aß ein wenig Haferbrei. Gleich würde die Schule beginnen, und Antonie war froh darüber, dass Samstag war und sie nicht lange würde unterrichten müssen.

Den restlichen Tag verkroch sie sich in ihrem Zimmer. Obwohl sie wusste, dass sie keine Schuld traf, fühlte sie sich, als hätte sie versagt. Nicht einmal den Anblick des Klassenzimmers ertrug sie.

Am Abend klopfte es an der Tür. Wahrscheinlich stand Hackl draußen, schon voller Vorfreude, sie endlich aus dem Dorf zu verjagen. Umso erstaunter war Antonie, Monika zu sehen, zusammen mit Feverl und der kleinen Veronika auf dem Arm. In der freien Hand trug sie einen Korb, den sie Antonie in die Hand drückte.

»Du hast heute sicher nicht viel gegessen. Es sind Käsespätzle, die wärmen den Körper und die Seele.«

Monikas Geste brachte Antonie fast wieder zum Weinen. Wegen Feverl, die sie freudig anstrahlte, riss sie sich zusammen und bat die drei herein.

Monika drückte ihr gleich Veronika in den Arm. »Madame hat schon ordentlich zugelegt«, sagte sie und strich ihrer jüngsten Tochter über den Kopf. Feverl war gleich ins Klassenzimmer gerannt und in eine der Schulbänke geklettert. Vergnügt patschte sie mit ihren kleinen Händen auf das Pult.

»Hoffentlich bleibst du so vergnügt, wenn du in die Schule kommst.« Antonie lächelte das kleine Mädchen an, das sichtlich stolz in der Schulbank saß.

»Bei deinem Unterricht wird es ihr sicher Freude bereiten.« Monika legte Antonie den Arm um die Schulter.

»Nur werde ich dann nicht mehr da sein.« Schon wieder wollten ihr die Tränen in die Augen steigen, und sie blinzelte sie schnell weg. »Ich hatte eigentlich erwartet, dass Hackl oder der Bürgermeister draußen steht und mich fortjagt.«

»So weit wird es nicht kommen. Wir Eltern von Tannau sind ja auch noch da.«

»Was wollt ihr schon ausrichten. Mein Wort steht gegen das einer gewissen Person.« Antonie sprach den Namen nicht aus. Monika wusste dennoch Bescheid. »Genau von der, das vermuten wir auch. Jochen war richtig aufgebracht, als er davon erfahren hat. Ich habe ihn gerade noch davon abhalten können, hinunter zum Schulmeisterhaus zu laufen und die alte Hexe zur Rechenschaft zu ziehen.«

»Das tut gut zu hören!«

»Mein Jochen kann Ungerechtigkeiten nicht ausstehen. Außerdem hat Sebastians Wort viel Gewicht in Tannau. Er ist bei allen sehr angesehen.«

»Doch der ist auf und davon nach Berchtesgaden. Helena hat mir das heute früh erzählt.«

Monika sah sie verdutzt an. »Das ist ja seltsam.«

Antonie zuckte nur die Schultern. »Feverl«, wandte sie sich an die Kleine, »nimm dir ein Lesebuch aus dem Regal und schau dir die Bilder an. Monika, komm doch rein. Ich mache uns einen Tee.«

Vorsichtig trug Feverl das Buch, und als die beiden Frauen ihren ernsten Gesichtsausdruck sahen, mussten sie lachen.

»Setz dich aufs Bett, dann kannst du in Ruhe die vielen Bilder anschauen«, schlug Antonie vor.

Mit gekrauster Stirn blätterte Feverl aufmerksam das Lesebuch durch. Immer wenn eine Zeichnung kam, hob sie das Buch an, um sie genau anzuschauen. »Ich wärme dir die Spätzle auf«, meinte Monika.

»Lass nur, die sind noch warm.« Antonie spürte, wie hungrig sie war, nahm ihre Gabel und setzte sich an den Tisch. Ein schnelles Dankgebet, und dann ließ sie es sich schmecken.

Monika plapperte inzwischen munter drauflos. Dass das

Gewitter letzte Woche einen großen Ahornbaum getroffen habe, unter dem sich die Kühe vom Hocheckbauern untergestellt hatten. »Wie durch ein Wunder blieben alle Viecher unverletzt.«

Die Spätzle schmeckten, der dicke Käse war intensiv, und Monikas Geschichten lenkten Antonie von ihren Grübeleien ab.

»Jochen hat gemeint, es wird ein strenger Winter. So groß wie dieses Jahr waren unsere Königskerzen hinterm Haus noch nie.«

»Was haben Königskerzen mit dem Winter zu tun?«, wollte Antonie wissen, die gerade das letzte Spätzle in den Mund schob.

»Man sagt, so hoch die Königskerze stehen, so hoch liegt der Schnee im Winter.«

»Und wie hoch stehen eure Königskerzen?«

»Sie sind teilweise größer als der Jochen.«

»So viel Schnee, das wollen wir nicht hoffen.« Kaum hatte Antonie das gesagt, kam ihr in den Sinn, dass sie im Winter nicht mehr da sein würde.

Monika erriet, welche Gedanken Antonie plagten. »Warten wir ab, was sich ergibt. Wir halten zu dir.«

»Das ist lieb von euch. Doch gegen solche Verdächtigungen ist man ziemlich machtlos. Ich werde mir eine Stelle als Gouvernante suchen müssen.«

Darauf wusste selbst die sonst um keine Antwort verlegene Monika nichts zu sagen. »Ich muss gehen, der Stall wartet. Komm, Feverl, du kannst noch oft genug bei Antonie das Buch anschauen.«

Zum Abschied umarmten sich die beiden Frauen, Antonie gab Veronika einen Kuss auf ihre runden Backen und richtete Feverls Mütze gerade.

Dann war Antonie wieder allein mit ihren immer um dieselben Fragen kreisenden Gedanken. Bei jedem Geräusch schreckte sie auf in der Erwartung, dass jemand kam, um sie zu entlassen. Im hintersten Winkel ihres Herzens hoffte sie jedoch, dass Sebastian käme, um ihr zu versichern, der üblen Verleumdung mit allen Kräften entgegenzutreten.

Er kam nicht.

Auch sonst niemand.

Inzwischen war es dunkel geworden. Antonie zündete die Lampe nicht an. Die Dunkelheit umfing sie wie damals im Karzer. Den hatte sie überstanden, dann würde sie dies hier auch irgendwie überstehen. Elvira würde ihr für die erste Zeit Unterschlupf gewähren.

Stunde um Stunde saß Antonie da und starrte in die Schwärze. Sie hatte versucht, Ruhe im Gebet zu finden, doch es wollte ihr nicht gelingen. Wie fern lag doch die Freude über die Renovierung, das fröhliche Putzen mit Helena, die herrliche Zeit im Gasthaus. Hoffentlich hatte Magda die Plätzchen in einer Dose gut verschlossen. Dann hatte sie an Weihnachten wenigstens eine kleine Erinnerung an Antonie. Auch der Versuch zu schlafen scheiterte.

Unruhig stand Antonie auf, tigerte zwischen Bett und Tisch hin und her, hatte plötzlich das Gefühl, keine Luft mehr zu bekommen. Sie schnappte sich ihren Mantel und lief hinaus in die Nacht. Die kalte Luft kühlte ihre erhitzten Wangen. Hinunter ins Dorf wollte sie nicht. Möglichst weg von den Menschen. Sie folgte dem Weg hinauf zur Hochebene. Da drüben musste der Hof der Hochpointners liegen. Nirgendwo brannte Licht.

Hier oben pfiff der Wind, und Antonie breitete die Arme aus, hoffend, dass der Wind sie mitnehmen würde, wegtragen in eine ferne Gegend, in der die Menschen nicht jeder Lügengeschichte glaubten. Oder, noch besser, in ein Land, in dem es den Menschen egal war, wenn ein Revierförster eine Lehrerin küsste.

Antonie suchte stolpernd den Weg, der zwischen den Wiesen hoch zum Rossberg führte. Der Wind trieb die Wolken über den Nachthimmel, und sobald er eine Lücke fand, schien der Mond auf das schlafende Tannau. Der Weg wurde zu einem schmalen Steig, der sich in engen Kehren die schroffe Bergflanke emporwand. Außer Atem blieb sie stehen. Es hatte keinen Sinn weiterzugehen. Ein falscher Tritt, und sie würde auf dem Geröll ausrutschen oder gleich in eine der Schluchten stürzen. Die Meisl wäre sicher froh darüber. Nein, beschloss Antonie, diesen Triumph wollte sie dieser Person nicht gönnen. Sie würde hoch erhobenen Hauptes Tannau verlassen.

Bei diesem Gedanken spürte sie, wie sie ruhiger wurde. Da gab es noch die kleine Veronika. Als deren Patin war sie eine Verpflichtung eingegangen. Man konnte sie zwar aus der Schule werfen, mit Tannau würde sie trotzdem immer verbunden bleiben. Plötzlich wurde Antonie ganz leicht ums Herz. Sie war nicht mehr das Mädchen im Karzer, sie war eine erwachsene Frau, die sich irgendwie durchs Leben schlagen würde.

Nun, da ihr Kopf frei war, merkte sie, wie sehr sie fror. Wenigstens ließen die Wolken genug Lücken für das Mondlicht, und so fand sie den Weg zurück zur Hochebene.

Ein Geräusch hinter ihr ließ sie zusammenfahren. Es klang wie das Rollen kleiner Steinchen, die losgetreten worden waren. War noch jemand hier unterwegs? Das Geräusch wurde lauter. Antonie drückte sich hinter einen Busch und kauerte sich hin. Viel Schutz boten die kahlen Äste zwar nicht, aber mit ihrer schwarzen Bluse und dem grauen Rock war sie in der Dunkelheit hoffentlich nicht zu sehen.

Die Schritte kamen schnell näher, und Antonie sah, wie sich eine unförmige Gestalt aus der Dunkelheit löste. Das ist kein Mensch, durchfuhr es Antonie. Eigentlich glaubte sie nicht an Geister. Doch wer weiß, hier in den Bergen mochte der Teufel selbst nachts über die Gipfel wandern. Die Gestalt trat aus dem Bergschatten und wurde deutlich gegen den Himmel sichtbar. Antonie erschrak. Es war weder ein Berggeist noch der Teufel, sondern ein Mann, der ein totes Tier auf der Schulter trug. War das eine Gämse? Als der Mann neben dem Busch stehen blieb, hinter dem Antonie sich versteckt hatte, hielt sie den Atem an. Suchend blickte er nach rechts und links und setzte dann geschwind seinen Weg fort.

Antonie hätte vor Schreck beinahe aufgeschrien. Sie kannte den Mann. Es war Jochen.

Eine lange Weile ließ sie verstreichen, bis sie sich aus ihrem Versteck hervortraute. Was machte Jochen mitten in der Nacht in den Bergen? War womöglich er der Wilderer? Der Wilderer, von dem Sebastian bei ihrer ersten Begegenung gesprochen hatte? Schluss damit! Jetzt wollte sie nur noch so schnell wie möglich in ihr Zimmer und all das wenigstens für ein paar Stunden Schlaf vergessen.

Die Kirchenglocken riefen die Gläubigen zur Messe. Antonie befestigte ihre Brosche an der Bluse. Es wäre ein Leichtes gewesen, einfach im Bett liegen zu bleiben. Doch die Klarheit, die seit gestern Nacht in ihrem Kopf herrschte, hatte sie nicht verlassen. Sie würde nicht klein beigeben, das wäre feige. Außerdem hatte sie sich nichts vorzuwerfen und konnte mit gutem Gewissen in die Kirche gehen. Wäre sie zu Hause geblieben, hätte das dem Gerücht nur neue Nahrung gegeben. Wer sich duckt, ist weg vom Fenster.

Nur musste sie im richtigen Moment die Kirche betreten. Nicht als Letzte noch schnell hineinhuschen, und erst recht nicht als eine der Ersten in der Kirchenbank sitzen und von allen, die hereinkamen, angestarrt werden. Heute war der Sonntag vor dem ersten Advent. Antonie fühlte sich wie bei ihrem ersten Gottesdienstbesuch in Tannau. Wieder sahen die Menschen sie neugierig an. Sich nur nichts anmerken lassen. Ruhig setzte sie sich in der Kirchenbank auf ihren gewohnten Platz. Die angeschlagenen Lieder merkte sie sorgfältig mit den Lesebändchen an. Das gab ihr eine Beschäftigung. Kurz darauf setzte sich Magda neben sie. Antonie lächelte sie an, und Magda lächelte zaghaft zurück. Dann streckte sie ihre Hand aus und legte etwas in Antonies flache Hand. Es war eines der Orangenplätzchen.

»Danke«, flüsterte sie Magda zu und steckte sich das Plätzchen unauffällig in den Mund. Es schmeckte genau so, wie Antonie gehofft hatte. Nicht zu süß, sondern eher fruchtig und ein wenig exotisch.

Ein Raunen ging durch die Reihen und ließ Antonie aufschauen. Die Aufmerksamkeit der Tannauer wurde von zwei Männern in Anspruch genommen, die als Letzte in die Kirche gekommen waren. Beinahe hätte sie sich an einem Krümel verschluckt. Im Mittelgang stand Sebastian mit ernstem Gesicht. Neben ihm ein Mann in Polizeiuniform, den Polizeihelm unter den linken Arm geklemmt. Den Rangabzeichen auf seinen Schulterklappen nach zu urteilen, war das kein einfacher Dorfpolizist, sondern ein höherer Dienstgrad. Beide Männer setzten sich in die letzte Bank auf der Männerseite. Kurz ließ Sebastian seinen Blick zu Antonie schweifen und deutete ein Nicken an.

Es fiel Antonie schwer, sich auf den Gottesdienst zu konzentrieren, sie hatte Mühe, in den richtigen Momenten aufzustehen oder sich hinzuknien. Was tat Sebastian hier, und noch wichtiger, warum hatte er einen Polizisten mitgebracht?

Nachdem Pfarrer Bichler den Schlusssegen gesprochen hatte, nahmen Sebastian und der Polizist vor der Kirche Aufstellung und musterten jeden, der die Kirche verließ, eindringlich. Antonie sah, dass Bürgermeister Hocheder sich durch die Menschen zum Ausgang drängelte. »Oberwachtmeister«, hörte sie ihn rufen, »was verschlägt Sie in unser friedliches Tannau?«

»Sebastian Berger hat Anzeige wegen Verleumdung und übler Nachrede erhoben!« Der Oberwachtmeister sagte dies so laut, dass es jeder in der Kirche hören konnte. Die Tannauer tauschten beunruhigte Blicke. Wie Antonie später erfuhr, war Oberwachtmeister Pfnür ein Mann, der nicht mit sich spaßen ließ und die Berchtesgadener Polizeistation mit fester Hand führte.

»Verleumdung?«, fragte Bürgermeister Hocheder.

»Es wurden ehrenrührige Geschichten über Herrn Berger in die Welt gesetzt, gegen die ich hier und heute einschreiten werde.«

Vor dem offiziellen Tonfall zuckte der Bürgermeister zurück.

Manch einer versuchte, sich an dem Polizisten vorbeizudrängen, wurde dafür jedoch mit einem scharfen Blick vonseiten der Obrigkeit bedacht. Mehr Tannauer als sonst versammelten sich nun auf dem Dorfplatz. Man wollte sehen, wie das Schauspiel vor der Kirche weiterging.

»Frau Irmingard Meisl!«, rief der Oberwachtmeister aus und deutete auf die Frau des Schulmeisters, die sich halb hinter ihrer Freundin Kreszenzia Walch verbarg.

Mit einem Mal wurde es totenstill.

»Haben Sie erfundene Behauptungen über Herrn Berger verbreitet?«

Alle konnten sehen, wie Irmingard Meisl rot anlief.

»Was erlauben Sie sich, Herr Wachtmeister?«, schaltete sich Kreszenzia Walch ein. »Meine Freundin Irmingard Meisl ist eine Person hohen Ansehens hier in Tannau.«

Diese Behauptung wurde mit vereinzeltem höhnischem Gelächter quittiert.

»Sie hat nichts dergleichen getan«, fuhr die Walch ungerührt fort.

»Sie habe ich nicht gefragt!«, bellte der Oberwachtmeister sie an. »Oder wollen Sie wegen Beihilfe belangt werden?«

Kreszenzia Walch schloss den Mund und presste die Lippen aufeinander.

»Ich habe nur berichtet, was ich an dem Abend gesehen habe«, ließ die Meisl nun vernehmen.

»Sie geben also zu, Herrn Berger beobachtet zu haben.«

»Zufällig, rein zufällig. Ich habe einen Abendspaziergang gemacht, die Schulgasse hinauf, und da habe ich gesehen, wie er aus der Schule kam.«

»Was haben Sie noch gesehen?«, bohrte der Polizist nach. »Etliche Zeugen haben ausgesagt, Sie hätten noch etwas anderes berichtet.«

»Franz, so hilf mir doch!«, rief Frau Meisl ihrem Bruder zu.

Dem war es sichtlich unangenehm, in die Angelegenheit seiner Schwester hineingezogen zu werden. »Alles, was wahr ist, kannst du dem Herrn Oberwachtmeister sagen«, meinte er ausweichend.

»Wissen Sie, warum Anton Wurzer und Sebastian Berger in der Schule waren?«, ergriff Pfnür wieder das Wort.

»Woher sollte Irmingard das wissen?«, fragte Kreszenzia

Walch empört. »Es waren zwei Weibsbilder in der Schule, das ist für solche Männer Grund genug.«

»Vorsicht, was Sie sagen!«, ermahnte sie der Oberwachtmeister. »Frau Meisl, Sie wussten sehr wohl, warum die beiden Herren in der Schule waren. Sie haben sie gesehen.«

Antonie war inzwischen aufgestanden und in die Vorhalle getreten. Sie hielt sich im Hintergrund, wollte trotzdem kein Wort verpassen.

»Also gut, ich habe gesehen, wie die beiden die Tafel zur Schule getragen haben.«

»Haben die beiden Sie gegrüßt?«

»Ja, das haben sie«, gab sie kleinlaut zu.

»Als nun Herr Berger ging, was ist da passiert?« Bei seinem letzten Satz hatte der Oberwachtmeister einen Notizblock und einen Grafitstift hervorgeholt, dessen Spitze er ableckte, um Irmingard Meisls Aussage zu protokollieren.

»Nichts ist passiert«, stieß Frau Meisl aus.

»Wie bitte?«, fragte der Oberwachtmeister nach. »Bitte lauter.«

»Nichts ist passiert. Der Berger ist gegangen, und die Lehrerin hat die Tür zugemacht.«

»Und als der Herr Revierförster das Schulhaus verließ, hat er bemerkt, wie Sie draußen herumgeschlichen sind. Haben Sie die Geschichte, die Sie danach herumerzählt haben, noch ein wenig ausgeschmückt?«

»Meine Freundin hat nichts dergleichen getan. Dass die Leute mitunter reden und Dinge hinzuerfinden, das sollten Sie eigentlich wissen, Herr Oberwachtmeister.«

»Das war kein Tratsch, sondern Verleumdung. Alle Zeugen haben übereinstimmend wiedergegeben, was sie von Frau Meisl gehört haben. Sollte ich herausfinden«, jetzt schallte die Stimme des Oberwachtmeisters über den ganzen Dorfplatz, »dass noch einmal jemand falsche Behauptungen in die Welt setzt, dann sperre ich ihn eigenhändig in das Berchtesgadener Gefängnis.« Er schaute streng in die Runde, grüßte den Bürgermeister und ging gemessenen Schrittes über den Dorfplatz davon.

Wie eine Schulklasse, deren Lehrerin gerade das Klassenzimmer verlassen hat, fingen alle gleichzeitig an zu reden. So etwas hatte es in Tannau noch nie gegeben.

»Ich muss mich bei Ihnen aufrichtig entschuldigen!« Pfarrer Bichler trat zu Antonie. »Liebes Fräulein Weber, ich war furchtbar leichtgläubig und habe dem Dorfklatsch mehr geglaubt als meinem Verstand. Ich hätte es besser wissen müssen.« Er streckte Antonie die Hand hin, und sie drückte sie dankbar. »Vielleicht weil es einfach zu schön ist, um wahr zu sein, dass es Sie nach Tannau verschlagen hat. Ich hatte die ganze Zeit Angst, dass Sie uns wieder verlassen.«

»Das liegt nicht in meiner Hand«, antwortete Antonie.

»Vielleicht in der meinigen. Kommen Sie.« Er zog sie zum Kirchenportal. Gemeinsam traten sie hinaus.

»Werter Herr Bürgermeister«, rief der Pfarrer und winkte Hocheder zu sich. Der sah sich genötigt, unter den Augen der versammelten Gemeinde der Aufforderung Folge zu leisten. »Herr Bürgermeister, ich denke, wir als Tannauer sollten uns einmal bei Fräulein Weber bedanken, jetzt, da die Schule fertig renoviert ist. Dank des hervorragenden Eindrucks, den sie beim Prinzregenten hinterlassen hat, konnte die Gemeinde viel Geld sparen. Das sollte uns einen Dank wert sein.«

Antonie sah am Mienenspiel des Bürgermeisters, dass er seine Optionen im Kopf durchging. Gespannt blickten alle auf ihn. Langsam brachte er sich in Positur, richtete sich zu voller Größe auf und streckte Antonie schließlich seine wuchtige Hand hin. »Fräulein Lehrerin, im Namen von ganz Tannau möchte ich mich bedanken. Der Prinzregent hat uns großzügig bedacht und geholfen, dass unsere Kinder eine gute Schulbildung erhalten. Vielen Dank.«

Antonie bedankte sich mit einem Knicks, was dem Bürgermeister sichtlich schmeichelte. Pfarrer Bichler fing demonstrativ an zu klatschen, und die Umstehenden fielen mit ein. Antonie lächelte in die Runde und bemerkte mit großer Zufriedenheit, dass auch Bürgermeister Hocheder seine fleischigen Hände zusammenschlug. Plötzlich herrschte eine gelöste, fast ausgelassene Stimmung.

Antonie wurde von hinten gepackt. Es war Monika, die sie mitzog. »Du musst unbedingt mit uns essen. Ich habe Kartoffelklöße gemacht mit einer würzigen Bratensoße.«

»Gerne«, freute sich Antonie. Sie warf einen Blick zurück. Sebastian stand da und nickte ihr lächelnd zu. Das tat Antonie mindestens so gut wie der freundliche Applaus der Tannauer.

Antonie schloss die Schule auf. Das Klassenzimmer lag dunkel vor ihr. Die Abenddämmerung schaute zögernd durch die Fenster. Sie war länger bei den Hubers geblieben als geplant. Nach dem Mittagessen hatte es noch Kaffee und frischen Guglhupf gegeben. Antonie hatte mit den Kindern gespielt, Veronika gewickelt und mit Brei gefüttert, und erst als es draußen langsam dunkel wurde, war sie aufgebrochen.

Sie war erschöpft. Die letzten beiden Tage fühlten sich an wie ein böser Traum, aus dem sie langsam aufwachte. War sie wirklich im Pfarrgarten zusammengebrochen, war sie zum Rossberg geirrt, und hatte sie – diese Frage beschäftigte sie am meisten – tatsächlich Jochen mit einer toten Gämse gesehen? Zu Hause war Jochen wie immer gewesen. Er regte sich über die Menschen auf, die versessen waren auf Klatsch und Tratsch, und betonte, dass der Herr Pfarrer ein feiner Kerl sei.

»So«, unterband Monika seine Reden und schielte zu den Kindern. »Nun wollen wir nicht mehr darüber sprechen.«

Antonie war ihr dankbar. Die Ängste der letzten Tage bedrückten sie nun nicht mehr. Der Händedruck des Bürgermeisters, wenn auch von Pfarrer Bichler absichtlich herbeigeführt, hatte eine entscheidende Bedeutung: Sie würde in Tannau bleiben.

Erst viel später gestattete Antonie sich, an Sebastian zu denken. Er hatte nicht nur sich, sondern vor allem sie von den Verdächtigungen befreit. Ihr guter Ruf war wiederhergestellt. Antonie musste schmunzeln, als sie an die Szene vor der Kirche dachte.

Was war das für ein Tag gewesen! Sie gähnte herzhaft. Kurz bevor sie einschlief, in jenem schwebenden Zustand zwischen Wachen und Träumen, überlegte sie, ob Sebastian sie irgendwann einmal tatsächlich küssen würde.

Ein kleines Plätzchenwunder

»Vielen Dank, ihr beiden.« Antonie legte die Stimmgabel zur Seite und die beiden Buben zogen ihre Jacken an. Hias und Franz probten inzwischen zweimal die Woche nach dem Unterricht. Antonie war sehr zufrieden mit ihnen, zumal sie nicht nur die Melodie, sondern auch den lateinischen Text lernen mussten. Mit einem fröhlichen »Auf Wiedersehen, Fräulein Lehrerin« gingen sie.

Antonie trat ans Fenster und sah ihnen nach. Beide standen auf dem Pausenhof, schauten fachmännisch in den Himmel und schienen zu diskutieren, ob es nicht bald schneien würde. Antonie lächelte zufrieden.

Vor der Chorprobe in der Kirche hatte sie noch Zeit. Sie holte ihr Strickzeug und setzte sich zum Ofen ins Klassenzimmer. Die Rückenpartie und die beiden Vorderteile waren fertig. Nun kamen die Ärmel an die Reihe, und Antonie zählte nach, wie viele Maschen sie noch aufnehmen musste. Die Teile waren doppelt Patent gestrickt. Das war schön dicht, und die Jacke würde sie warm halten. Im Dorf hatte sich herumgesprochen, dass die Lehrerin dringend eine warme Jacke benötigte, und so brachte manchmal einer ihrer Schüler Wolle mit, ein andermal lagen zwei Knäuel vor ihrer Tür. Antonie hatte Monika stark in Verdacht, bei allen Bekannten um Wollspenden gebeten zu haben.

Ab und zu schaute sie von den Nadeln hoch und aus dem Fenster. In Tannau war der Schnee Gesprächsthema Nummer eins. Verständlich hier in den Bergen, denn der Schnee erschwerte weit mehr das tägliche Leben als in der Stadt oder auf dem flachen Land. Angesichts des heftigen Schneefalls, der ihnen womöglich bald bevorstand, war Antonie froh um die Wolle und den Handarbeitsunterricht, den sie als Schülerin gehasst hatte. Jetzt konnte sie ihr Wissen gut gebrauchen. Wir lernen wirklich für das Leben und nicht für die Schule, stellte sie wieder einmal fest.

Franz Gruber saß schon an der Orgel, und die beiden jungen Burschen traten hinter dem Gehäuse fleißig in die Orgelbälge, um die Orgelflöten mit der nötigen Luft zu versorgen. Das Balgtreten war bei den jungen Burschen im Dorf beliebt, denn der Herr Pfarrer zahlte den schweißtreibenden Dienst ganz ordentlich. Franz spielte sich warm. Er saß nun aufrecht und fast ein wenig stolz auf der Orgelbank. Die Treppe knarzte. Da kommen die ersten Chormitglieder, dachte Antonie und beeilte sich, die Notenblätter zu ordnen.

Es war jedoch Pfarrer Bichler, der heraufkam und die beiden begrüßte. »Schau, Franz, das Fräulein Weber hat mir von deinen Schuhproblemen verzählt. Ich habe da ein altes Paar gefunden, in das meine geschwollenen Füße nicht mehr recht passen wollen. Probiere du sie einmal an.«

Bei der großzügigen Spende bekam Antonie fast ein schlechtes Gewissen, dass sie dem Pfarrer von der kaputten Sohle erzählt hatte. Denn das Paar Schuhe sah neu aus, und Antonie bezweifelte, dass die Pfarrersfüße nicht mehr hineinkamen.

»Die passen perfekt!«, rief Franz freudig aus und spielte auf den Fußpedalen eine schnelle Tonleiter. »Die fliegen nur so über die Pedale!« Franz Gruber strahlte über das ganze Gesicht.

Auch Pfarrer Bichler strahlte. »Wir wollen doch nicht, dass eine lose Sohle unser Weihnachtskonzert ruiniert«, lachte er verschmitzt.

»Danke«, sagte Antonie und meinte es von ganzem Herzen.

Nach und nach trudelten die Chormitglieder ein. »Es wird Schnee geben«, sagten die meisten statt einer Begrüßung.

»Heute habe ich die ersten Dompfaffen gesehen. Ein sicheres Zeichen für Schnee«, prophezeite Emma Sturm, als sie auf die Empore kam. Seit Antonie mit dem Händedruck des Bürgermeisters offiziell in Tannau aufgenommen worden war, schlichen die Sturms und Hartl Wagner nicht mehr durch die Sakristei zur Chorprobe.

Mit ein paar einfachen Kirchenliedern sang sich der Chor warm, und dann ging es zum ernsthaften Proben über. Dennoch war die Stimmung gelöst, die Sänger waren zum Lachen und zu Scherzen aufgelegt. Manchmal wusste Antonie nicht, wer schwerer zur Ruhe zu bringen war: ihre Klasse oder der Chor.

Als sie beim letzten Lied angelangt waren, knallte die Sakristeitür zu.

»Magda!«, rief Inge Moser aus und verdrehte die Augen. »Dieses Kind!«

»Eben«, erwiderte Emma Sturm, »sie ist halt wie ein Kind.«

»Sie macht mich einfach nervös«, meinte die Moserin.

Mit ihrem üblichen Knarzen kündigte die Treppe Besuch auf der Empore an. Magda kam mit einem Teller herauf, den sie mit beiden Händen festhielt.

»Guten Abend, Magda«, sagte Antonie, und zum Chor gewandt: »Magda hat uns Plätzchen gebacken. Ich habe sie darum gebeten. Es ist ein kleines Dankeschön an euch brave Sängerinnen und Sänger.«

Magda ging mit dem Teller von Chormitglied zu Chormitglied. Jeder nahm ein Plätzchen, nur Inge Moser schaute skeptisch. Dafür war sie die Erste, die überrascht die Augen aufriss.

»Die schmecken …«, sie suchte nach dem passenden Wort, »… ungewöhnlich. Da ist keine Zitrone drin, oder?«, fragte sie Magda.

»Orange«, antwortete Magda.

»Ich habe mir von Dallmayr aus München die Orangenschalen liefern lassen«, erklärte Antonie, wohl wissend, dass das bei Inge Moser Eindruck machen würde.

»Die waren sicher nicht billig!«, stellte diese sachkundig fest. »Und Sie haben diese teure Zutat Magda anvertraut?«

»Magda ist nicht nur eine gute Köchin, sondern auch eine hervorragende Bäckerin.«

»Magda«, sagte die Moserin, »du musst mir unbedingt das Rezept geben. Meine aufgeblasene Schwägerin aus Berchtesgaden steche ich damit an Weihnachten aus.«

Magda holte ein Blatt Papier aus ihrer Schürze und reichte es Inge Moser. Die Zahlen hatte Magda geschrieben und auch die Zutaten, nur bei *Orangenschalen* war Antonie eingesprungen. Es hatte sie beide zwar einen ganzen Nachmittag gekostet, am Ende waren aber alle, der Pfarrer eingeschlossen, stolz auf Magda gewesen.

Beim Hinausgehen hörte Antonie, wie Inge Moser zu Emma Sturm sagte: »Wer hätte gedacht, dass Magda eine so gute Bäckerin ist. Und die Zutaten vom Dallmayr!«, setzte sie bewundernd hinzu.

Für den Samstagsunterricht hatte sich Antonie eine Überraschung ausgedacht. Bei der Krämerin, die ihr ein halbes Dutzend Eier geschenkt hatte, wohl aus schlechtem Gewissen heraus, hatte sie weihnachtliches Geschenkpapier gekauft und in schmale Streifen geschnitten. Jedes Kind bekam vier Streifen. Doch bevor sie diese austeilte, mussten die Älteren ausrechnen, wie viele Streifen das Fräulein Lehrerin hatte schneiden müssen.

Antonie wollte mit den Schülern Fröbelsterne basteln. Es war bei den vielen Kindern nicht ganz einfach, allen zu helfen. Darum ernannte sie Gundi zu ihrer Assistentin. Bis es zwölf Uhr schlug, hatte jedes Kind einen fertigen Fröbelstern vor sich liegen. »Bringt euren Stern heil nach Hause und schenkt ihn euren Eltern an Weihnachten.«

Diese Idee gefiel den Kindern. »Schulmeister Meisl hat nie mit uns gebastelt«, meinte Hannes, und Maximilian ergänzte: »Darum liegt er jetzt auch im Sterben.«

»Maximilian!«, rief Antonie bestürzt aus.

»Das hat mein Vater erzählt«, rechtfertigte der sich.

Antonie wusste nicht, was sie von der Neuigkeit halten sollte. Es war allgemeine Meinung im Dorf, dass der Schulmeister nicht wieder genesen würde. Mit einem schlechten Gewissen gestand sich Antonie ein, dass sie dies weniger betrübte, als es einem Christenmenschen anstand.

Nachdem die Schüler sich wie üblich lärmend verabschiedet hatten, blieb Gundi noch im Klassenzimmer und sammelte Papierstückchen auf.

»Gundi, danke für deine Hilfe. Ohne dich hätte ich es heute nicht geschafft, siebenundvierzig Fröbelsterne zu basteln.«

»Das hat mir richtig gut gefallen. Ich möchte auch einmal Lehrerin werden, genauso wie Sie.«

»Das kann ich mir bei dir sehr gut vorstellen. Dazu müsstest du allerdings nächstes Schuljahr auf eine Mädchenoberrealschule gehen.«

»Das würde ich so gerne. Nur gibt es in Berchtesgaden keine Oberrealschule.«

»Du könntest zum Beispiel nach München zu den Englischen Fräulein. Dort kann man im Internat wohnen. Ich bin dort zur Schule gegangen. Die Schwestern sind streng, dafür lernt man bei ihnen viel.«

»Das möchte ich unbedingt!« Gundi sah ihre Lehrerin mit strahlenden Augen an.

Die Begeisterung des Mädchens freute Antonie, sie hoffte allerdings, dass sie ihr nicht irgendwelche Flöhe ins Ohr gesetzt hatte. Darum sagte sie schnell: »Dann warten wir mal das Schuljahr ab. Lauf nun nach Hause und nimm deinen schönen Stern mit.«

»Der wird der Mama gefallen, das weiß ich jetzt schon. Auf Wiedersehen, Fräulein Lehrerin.« Gundi lief nach draußen, der Stern baumelte an seinem Faden munter in ihrer Hand.

Antonie blieb in der Tür stehen und schaute Gundi nach. Ihr war, als würde sie sich selbst als junges Mädchen sehen. Hätte sie eine Familie gehabt, dann wäre sie, wie Gundi eben, fröhlich mit dem Stern nach Hause gelaufen, um ihn stolz der Mutter zu zeigen. Aufgeregt hätte sie ihr erzählt, dass sie heute der Lehrerin hatte helfen dürfen. »Wenn ich groß bin, will ich eine Lehrerin werden«, hörte sie Gundi ihrer Mutter erzählen, die am Tisch saß und nähte.

Antonie spürte, wie die Sehnsucht, vermischt mit dieser bodenlosen Traurigkeit, in ihr hochstieg. Nicht heute, ermahnte sie sich. Dazu war das Wetter viel zu schön. Der blaue Himmel und die paar Wölkchen sahen ganz und gar nicht nach Schnee aus. Um sich auf andere Gedanken zu bringen, holte sie ihren Mantel und beschloss, einen Spaziergang zu machen. Sie zog die Schultür zu und schlug den Weg zur Hochebene ein.

In jener bewegten Nacht war sie blindlings in Richtung

Rossberg gestolpert. Heute wollte sie den Weg bei Tageslicht gehen. Nach einer halben Stunde erreichte sie die Hochebene. Außer Puste blieb sie stehen. Kühe weideten auf den Wiesen. Die Kinder hatten ihr erzählt, dass die Heuernte schlecht ausgefallen sei. Sollte der Winter zu lange dauern, könnte es mit dem Futter für die Tiere knapp werden. Die sorgenvollen Gespräche der Eltern spiegelten sich in den Berichten der Kinder. »Herr, gib den Kühen noch ein paar Tage auf der Weide«, betete Antonie zum strahlend blauen Himmel.

Obwohl es Anfang Dezember war, wurde ihr warm. Sie knöpfte ihren Mantel auf und marschierte weiter, von den Kühen neugierig beobachtetet. Das Gebimmel ihrer Glocken begleitete Antonie noch ein gutes Stück ihres Weges. Dann lagen die Weiden hinter ihr, und der Steig hinauf zum Rossberg führte zunächst durch ein kleines Wäldchen. War hier die Stelle gewesen, an der sie Jochen gesehen hatte? Im Nachhinein tat sie das Ganze als Fieberfantasie ihres überdrehten Kopfes ab. Sie konnte Jochen schlecht fragen, und Monika wollte sie nicht beunruhigen. Außerdem hatte sie schon oft leckeren Wildbraten bei Hubers gegessen und gerne die Würste angenommen, die Monika ihr zugesteckt hatte.

Nach dem Wäldchen schlängelte sich der Weg die steinige Bergflanke hinauf. Bei Tageslicht besehen, war Antonie froh, in jener Nacht rechtzeitig umgekehrt zu sein – ein falscher Tritt, und sie wäre gestürzt. Auf den mageren Wiesenflecken, die zwischen den Steinen sich tapfer behaupteten, blühte noch vereinzelt der rosa Almrausch. Antonie hatte gelesen, dass der Almrausch unbedingt Schnee brauchte, um zu überwintern. Wie eine warme Decke legte sich die weiße Pracht darüber und schützte die zarten Blüten vor dem Erfrieren.

Wir alle brauchten einen geschützten Standort, damit wir wachsen und gedeihen können, kam es Antonie in den Sinn. Besonders Magda und Hias, aber genauso alle anderen. Ob ein Dorf wie Tannau einen solchen Schutz bieten konnte? Sie hatte am eigenen Leib erfahren, wie schnell der Schutz durch ein falsches Wort Risse bekam. Sie durfte sich nie zu sicher fühlen.

Der Weg führte um den Rossberg herum, und Antonie konnte in das nächste Tal blicken. War dort schon Österreich? Es war eine seltsame Vorstellung, dass der Fels und die Blumen hier deutsch waren und nur ein Stück weiter österreichisch. Von hier oben wirkte der Gedanke an Grenzen geradezu lächerlich. Es mochte an der frischen Luft liegen oder am Ausblick in die Weite der Bergwelt.

Immer höher trieb es Antonie, schließlich musste sie sogar ihre Hände zur Hilfe nehmen, um voranzukommen. Suchend blickte sie sich um. Es war kein Zeichen zu erkennen, wo der Steig weiterführte. Sie beschloss umzukehren, sonst würde sie am Ende den Weg zurück ins Dorf nicht mehr finden. Außerdem spürte sie ihre Beine, die diese Anstrengung nicht gewohnt waren. Sie setzte sich auf einen Stein und streckte alle viere von sich. Sie schloss die Augen und reckte ihr Gesicht den Sonnenstrahlen entgegen. Luft und Licht, dachte sie, hier oben habe ich beides im Überfluss.

»Schau an, das Fräulein Lehrerin beim Sonnenbaden.«

Antonie schreckte zusammen, blinzelte und beschattete die Augen, um sich zu vergewissern, dass sie die Stimme richtig erkannt hatte. Vor ihr stand tatsächlich Sebastian in seiner Jägerkluft, das Gewehr umgehängt und auf einen Stock gestützt.

»Schon wieder hast du mich erschreckt«, beschwerte Antonie sich.

»Wenigstens ist kein Bach da, in den du plumpsen könntest.«

»Den Abhang hätte ich hinunterkollern können.«

»Dafür scheinst du mir fest genug auf dem Stein zu sitzen«, gab Sebastian feixend zurück.

Dann schwiegen sie. Es stand so viel Ungesagtes zwischen ihnen, und keiner schien den Anfang machen zu wollen.

»Danke«, sagte Antonie schließlich, »danke, dass du das Gerücht aus der Welt geschafft hast.«

»Es tut mir so leid, was geschehen ist. Ich habe mich verantwortlich und schuldig gefühlt. Ich hätte gleich mit Helena und Anton mitgehen sollen. Ich hätte dich nie in diese Verlegenheit bringen dürfen.«

»Es war nicht deine Schuld. Jene, die das Gerücht in Umlauf gebracht hat, ist alleine verantwortlich.«

»Ich hätte es besser wissen müssen, und ich hätte mir denken können, dass die Meisl alles versucht, um dir das Leben in Tannau so schwer wie möglich zu machen.«

Sie sahen sich an.

Da war er wieder, dieser Gedanke an einen Kuss. Antonie schaute schnell weg. Sie wollte kein neues Unheil heraufbeschwören. Deshalb sagte sie leichthin: »Der Herr Oberwachtmeister aus Berchtesgaden hat ganz schön Eindruck gemacht.«

»Der gute Ignaz Pfnür, mit dem ist nicht gut Kirschen essen. Darum habe ich ihn auch geholt.«

»Was wird nun aus der Anzeige? Frau Meisl ist nicht belangt worden, oder?«

»Nein, auch wenn sie es verdient hätte. Doch eine Anzeige gab es nie.«

»Wie bitte?«

»Das muss aber unter uns bleiben. Der gute Oberwachtmeister hat ein wenig Theater gespielt.«

»Theater?« Antonie verstand gar nichts mehr.

»Ich habe ihn gebeten, den Tannauern im Allgemeinen und der guten Frau Meisl im Besonderen ins Gewissen zu reden. Und er war doch höchst überzeugend.«

»Warum sollte er das tun? Wie ein herzensguter Mensch hat der Oberwachtmeister nicht gewirkt.«

»Wir kennen uns, er ist passionierter Jäger. Allerdings hat er nicht viel Jagdglück. Zu gerne möchte er einen Hirsch, mindestens ein Zwölfender, erlegen. Alleine schafft er das nie. Dazu braucht er meine Hilfe. Wenn ich ihm die richtige Stelle zeige, wird seine Kugel das lang ersehnte Ziel treffen.«

Antonie schnappte nach Luft. Was für eine ausgebuffte Scharade! Nicht in ihren kühnsten Träumen hätte sie sich das vorgestellt. »Das hast du für unseren Ruf gemacht?«

»Für deinen Ruf. Mein Ruf ist mir herzlich egal. Dich hätte diese böse Verleumdung alles kosten können. Pfnür gegenüber musste ich so tun, als ginge es nur um mich, um keinen weiteren Verdacht aufkommen zu lassen. War mein Ruf wiederhergestellt, war es deiner auch.«

»Das war weise und vorausschauend von dir.«

»Das sind genau die Eigenschaften, die ein guter Jäger haben sollte. Aber das Schwerste an der ganzen Sache war, Ignaz davon zu überzeugen, dass er am Sonntag seine Uniform anziehen musste, um hochoffiziell in Tannau zu erscheinen. Nachdem ich ihm erzählt hatte, ich hätte einen Vierzehnender im Hochwald gesehen, haben ihn meine Argumente überzeugt«, schmunzelte Sebastian. Plötzlich blickte er mit in Falten gelegter Stirn zum Himmel empor. »Antonie, du solltest besser den Heimweg antreten. Der Schnee kommt.«

Außer ein paar Wolken in der Ferne konnte Antonie nichts entdecken. »Jetzt fängst du auch schon mit dem

Schnee an, der kommen soll. Ganz Tannau spricht von nichts anderem.«

»Das ist gut so, dann vergessen sie alle anderen Themen schneller.«

Da musste sie ihm recht geben. »Also gut, dann will ich einmal dem Einheimischen glauben«, sagte sie lachend und verabschiedete sich. »Immer wenn wir uns treffen, wechselt das Wetter. Das sollte uns zu denken geben.« Nach ein paar Schritten drehte sie sich um und sagte noch einmal: »Danke!«

»Nichts zu danken.« Er winkte ihr zu. »Denk bitte nicht, dass ich unhöflich bin. Ich würde dich gerne hinunterbegleiten, doch wer weiß, wer heute noch am Berg unterwegs ist.«

Auf dem Rückweg bemerkte Antonie, dass sich die Wetterlage tatsächlich änderte. Die Wolken, die vor Kurzem noch fern am Horizont gestanden hatten, rückten schnell näher. Der Rückweg zog sich hin, ihr war gar nicht klar gewesen, wie weit sie gewandert war.

Sie erreichte die Hochebene. Die Kühe drängten sich aneinander, offenbar ahnten die Tiere den Wetterumschwung. Antonies Beine brannten höllisch. So mussten sich die Sommerfrischler fühlen, dachte sie amüsiert. In der Schulgasse verlangsamte sie ihren Schritt. Gleich war sie zu Hause. Da landete eine Schneeflocke auf ihrer Nase. Sie blickte nach oben. Große Flocken segelten aus den dunkelgrauen Wolken. Der Winter war nach Tannau gekommen.

Ave Maria, gratia plena

Die Schuhe der Kinder hatten große Wasserlachen auf dem Holzboden des Klassenzimmers hinterlassen. Antonie raffte ihren Rock, um ihn nicht durch das Wasser zu ziehen. Fast täglich ermahnte sie die Schüler, die Schultür hinter sich zu schließen, damit die warme Luft nicht mit ihnen nach draußen strömte. Brav, wie sie sonst waren, daran dachten sie nie. Antonie blickte, wie so oft in den letzten Adventswochen, sorgenvoll den Kindern hinterher. Es hatte stetig geschneit, und viele Schüler mussten durch hohen Schnee stapfen, um zu den entlegenen Höfen zu gelangen.

Die heutige Freude der Kinder über den Schulschluss konnte sie gut verstehen, war es doch der letzte Schultag vor Weihnachten. Morgen war der mit großer Freude erwartete Heilige Abend. Auch Antonie fieberte auf Weihnachten hin. Ihr Chor hatte bei der Christmesse seinen großen Auftritt. Alle Chormitglieder hatten ihr versichert, dass es Derartiges noch nicht in Tannau gegeben habe. Dies machte Antonie nur noch nervöser.

Um sich abzulenken, holte sie Schrubber und Lappen, um das Wasser aufzuwischen. In Tannau war es üblich, Haus und Hof vor Weihnachten gründlich auf Vordermann zu bringen. Darum wrang Antonie den Lappen demonstrativ vor der Tür aus. Man durfte ruhig sehen, wie sich das Fräulein Lehrerin an die Gepflogenheiten hielt. Ihr eigenes Zimmer hatte sie schon tags zuvor sauber gemacht, den

Ofen mit Grafit abgerieben und selbst die Vorhänge gewaschen.

Auf dem frisch glänzenden Ofen stand ein Topf mit heißem Wasser, und sie bereitete sich einen Tee. Im Herbst hatte sie an einer Uferstelle der Tannauer Ache wilde Minze entdeckt und sie auf dem Dachboden auf Tüchern getrocknet. Der frische Pfefferminzgeruch stieg ihr belebend in die Nase. Wie es ihr zur Gewohnheit geworden war, setzte sie sich ans Pult. Hier im Klassenzimmer war das Licht besser als in ihrem Zimmer, und sie hatte eine knifflige Aufgabe vor sich. Endlich waren die Einzelteile ihrer gestrickten Jacke fertig. Ihre Farbe wechselte zwischen Grau und verschiedenen Brauntönen. Antonie störte es gar nicht. Es zeigte vielmehr die verschiedenen Menschen, die ihr die viele Wolle geschenkt hatten. Sogar für ein Paar Handschuhe würde es reichen. Eine der Damen aus dem Chor würde ihr sicher bei dem Daumen helfen.

Die Vase, die auf ihrem Pult stand, stellte sie auf den Tisch in ihrer Kammer. Von den Tannenzweigen baumelten drei Fröbelsterne und ein paar Strohsterne. Das war ihr Weihnachtsbaum, und Antonie war mehr als zufrieden damit. Sie breitete die Einzelteile aus. Zu ihrer Freude passten sie, und sie fing an, sie zusammenzunähen. Dazu summte sie alle Weihnachtslieder, die ihr in den Kopf kamen.

Ihre Arbeit wurde vom Postboten unterbrochen, der zwei Briefe und ein Päckchen vorbeibrachte. Die Schrift von Schwester Coelestina auf dem einen Brief und die von Elvira auf dem Päckchen erkannte sie sofort. Von wem mochte nur der andere Brief sein? Antonie drehte ihn neugierig herum und erschrak. Himmel, da stand der Name des jungen Architekten. Der mit den längeren Haaren und der modischen Schleife, wie sie die Münchner Künstler trugen. Es hatte ihr gerade noch gefehlt, dass sich herumsprach, dass junge Männer ihr Briefe schrieben.

Den Brief von Schwester Coelestina und das Päckchen von Elvira legte sie zur Seite. Beides würde sie erst morgen Abend öffnen. Den Brief von diesem Thomas Hafner riss sie gleich auf. Ihr Herz schlug nervös. Sie mahnte sich zur Ruhe. Außer dem alten Kastner wusste wahrscheinlich niemand von dem Brief. Vielleicht war er rein geschäftlich, und der Architekt hatte Fragen zum Umbau.

Tatsächlich erkundigte sich Hafner nach dem Stand der Renovierung und bot an, bei etwaigen Problemen sofort nach Tannau zu reisen, um den Handwerkern die Leviten zu lesen. Gott bewahre, dachte Antonie. Dann schrieb er, wie schön er den Besuch in Tannau empfunden habe, und lud sie auf einen Gegenbesuch in München ein. Er werde ihr höchstpersönlich eine Führung zu den schönsten Bauwerken der Landeshauptstadt geben. Als Antonie das las, hätte sie sich beinahe bekreuzigt. Das Angebot würde sie nie und nimmer annehmen. Entsetzt ließ sie den Brief sinken. Nicht auszudenken, was passieren würde, wenn er plötzlich in Tannau auftauchte. Das musste sie um jeden Preis verhindern.

Im Grunde war es ein netter Brief, und der junge Architekt hatte durchaus sympathisch gewirkt. Nur durfte sie nach Irmingard Meisls Versuch, sie zu verleumden, der Gerüchteküche keine neue Nahrung geben. Den Brief stopfte sie zuunterst in ihr Pult. Während sie die Jacke weiter zusammennähte, überlegte sie, wie sie in dieser Angelegenheit vorgehen sollte. Schrieb sie nicht zurück, würde er womöglich tatsächlich kommen, um mit ihr zu sprechen. Schließlich kam ihr eine Idee. In einem kurzen Antwortbrief würde sie sich bedanken und unmissverständlich darauf hinweisen, dass sie kein Interesse an München und seiner Architektur habe. Ja, das klang vernünftig. Nur konnte sie schlecht einen an ihn adressierten Brief bei der Wirtin der Post aufgeben. Es war bekannt, dass sie, neugierig, wie sie war, jeden Briefempfänger genau studierte. Doch deswegen bis nach Berchtesgaden aufs Postamt laufen? Darauf hatte Antonie bei diesen Witterungsverhältnissen keine Lust. Da fiel ihr Elvira ein. An sie konnte sie schreiben und ihr den Brief an Thomas Hafner mitschicken. So würde sie es machen. Erleichtert konzentrierte sie sich wieder auf ihre Arbeit.

Die beiden Kerzen am Orgelpult beleuchteten die Empore. Der Chor hatte sich schon eine halbe Stunde vor Beginn der Christmesse eingefunden, um sich warm zu singen. Was angesichts der kalten Temperaturen draußen und in der Kirche nötig war. Die Kirche füllte sich. Das Knirschen des Schnees unter den vielen Füßen war bis zu ihnen herauf zu hören. Pfarrer Bichler hatte Antonie gefragt, ob Magda bei ihnen auf der Empore sitzen dürfe. »Das würde ihr viel besser gefallen als alleine unten in der Kirchenbank.«

»Ganz im Gegenteil, ich würde mich freuen, wenn Magda bei uns wäre.«

Magdas Anwesenheit verwunderte den Chor nicht. Die von Hias und Franzl hingegen, die hier oben ebenfalls Platz nahmen, sorgte für ungläubiges Tuscheln. Die beiden waren Antonies Weihnachtsüberraschung.

Die Glocken schlugen dröhnend zwölf Mal, und kaum war der letzte Schlag verhallt, setzte Franz Gruber mit dem Eingangslied ein. Auf Anraten von Antonie zog er zwei Register mehr, und die Melodie erfüllte jeden Winkel des Kirchenraums. Von oben konnte Antonie sehen, wie sich manche neugierig zur Empore umdrehten.

Pfarrer Bichler trat, von den Ministranten umringt, aus

der Sakristei. Die Altarkerzen ließen sein Gesicht leuchten, und selbst aus der Entfernung konnte Antonie sehen, wie zufrieden er war. Das war genau die Christmesse, die er sich schon lange gewünscht hatte.

Nach dem Eingangsgebet kam der Chor zum ersten Mal an die Reihe mit dem beliebtesten Weihnachtslied von Tannau. »Es wird scho glei dumpa, es wird scho glei Nacht« sang der Chor, und man spürte, wie es im Stall von Bethlehem dunkel wurde und die Nacht hereinbrach. Die nächsten beiden Weihnachtslieder gelangen ebenfalls. In der Predigt sprach Pfarrer Bichler vom Weihnachtsfrieden, dem äußeren und inneren Frieden, der die Menschen Gott näherbringe. Im Anschluss daran kam das Hauptstück, der Anfang aus dem Weihnachtsoratorium. Damit hatte der Chor seine liebe Mühe gehabt, und auch Franz Gruber wäre beinahe daran gescheitert. Vor Aufregung spielte Franz zu schnell. Doch alles in allem brachten sie es gut über die Bühne, und alle Sänger strahlten zufrieden. Traditionell sang die gesamte Gemeinde am Ende der Messe »Stille Nacht, heilige Nacht«. Nach dem Schlusssegen sprach Pfarrer Bichler noch ein paar persönliche Worte, erinnerte an den Höhepunkt des Jahres, den Besuch des Prinzregenten, und bedankte sich beim Chor unter der Leitung von Fräulein Lehrerin Weber. »Bleiben Sie noch sitzen, unsere Chorleiterin hat eine Überraschung für Sie.«

Bei dieser Ankündigung wurde es Antonie mulmig zumute. Aber sie ließ sich nichts anmerken und nickte aufmunternd Hias und Franzl zu, die vor ihr Aufstellung bezogen hatten. Die Orgel stimmte die ersten Töne an, dann setzten die beiden Buben ein.

»Ave Maria, gratia plena.« Hell hallten ihre Stimmen, schraubten sich hoch, um gleich darauf in die Breite zu gehen, schafften mühelos die Sprünge, um mit dem letzten »Maria« auszuklingen. In die anschließende Stille hinein wünschte Pfarrer Bichler gesegnete Weihnachten.

»Sehr gut habt ihr das gemacht«, lobte Antonie die beiden Buben flüsternd, und auch dem Chor nickte sie dankbar zu.

Die feierliche Stimmung in der Kirche war mit Händen zu greifen. Langsam, als erwachten die Gottesdienstbesucher aus einem tiefen Traum, wurde es in der Kirche lauter, man wünschte sich gegenseitig gesegnete Feiertage. Antonie schickte die beiden Buben mit einem Weihnachtspäckchen – sie hatte Süßigkeiten bei der Krämerin gekauft und ein paar der begehrten Fleißbildchen dazugelegt – hinunter zu ihren Eltern.

»Liebes Fräulein Weber«, Hartl Wagner kam auf sie zu, »auch von uns gesegnete Feiertage.« Er hielt einen gefüllten Korb in der Hand. »Wir haben alle zusammengetan, um uns bei Ihnen zu bedanken.«

»Oh!«, sagte Antonie, mehr brachte sie vor Rührung nicht heraus. Ein Päckchen Zucker sah sie, eine Dose mit Sardinen, duftende Kaffeebohnen und eine Tafel Schokolade. Solche Leckereien standen üblicherweise nicht auf ihrem Speiseplan.

»Magda, gut, dass du da bist«, sagte Inge Moser. »Ich habe nach deinem Rezept Orangenplätzchen gebacken. So gut wie die deinen sind sie nicht geworden. Trotzdem dachte ich, du würdest dich über ein paar freuen!« Sie reichte Magda ein Zellophantütchen.

»Danke«, sagte Magda, öffnete es gleich und steckte sich eines der Plätzchen in den Mund.

Auch wenn Franz Gruber kein kleiner Junge mehr war, freute er sich über das Säckchen mit Süßigkeiten, das Antonie für ihn vorbereitet hatte. In ausgelassener Stimmung stiegen alle die Treppe nach unten. Dort empfing sie Pfarrer Bichler und klatschte ihnen zu. Sichtlich gerührt bedankte er sich und wollte gar nicht mehr aufhören, Antonies Hände zu schütteln.

Vor der Kirche standen noch etliche Grüppchen beieinander. Schnell hatte sich herumgesprochen, dass es der Sohn des Bürgermeisters und der des Holzlieferanten gewesen waren, die so wunderschön gesungen hatten. Franzl stand bei seinen Eltern, und sein Vater strahlte, als das ganze Dorf ihm zu seinem Sohn gratulierte. Auch die Hochpointners wurden beglückwünscht. Wenn es auch, wie Antonie bemerkte, nicht so viele waren wie beim Bürgermeister.

»Dann kann er also jetzt Latein«, war der einzige Kommentar von Hans Hochpointner, als Antonie zu ihnen ging.

»Schön hast gesungen«, sagte Hias' Mutter und strich ihm mit einer schnellen Bewegung über den Rücken. Am liebsten hätte Antonie Hias fest an sich gedrückt. Ein Kind wie er brauchte viel mehr Zuwendung als ein schnelles Streicheln über den Rücken. Sie bedankte sich bei Hias mit einem Händedruck, legte ihre andere Hand darauf und hielt seine Bubenhände kurz in den ihrigen.

»Fräulein Weber.«

Antonie drehte sich um. Da kam tatsächlich Bürgermeister Hocheder auf sie zu und schüttelte ihr die Hand – diesmal völlig unaufgefordert. Auch seine Frau, die über das ganze Gesicht strahlte, bedankte sich überschwänglich. Etliche andere Hände streckten sich ihr nun entgegen. Man lobte sie, den Chor und die engelsgleichen Stimmen der beiden Buben.

An der Kirchenpforte stand Pfarrer Bichler. »Gott segne Sie, Fräulein Weber«, sagte er, als sich Antonie von ihm verabschiedete. »Sie haben mir die schönste Christmesse meines Lebens geschenkt.«

»Ich habe zu danken. Und jetzt gehen Sie schnell in die warme Stube, sonst holen Sie sich noch den Tod.«

»Es würde Magda und mich freuen, wenn Sie morgen nach dem Gottesdienst zum Essen bleiben würden.«

»Gerne. Und jetzt gehen Sie hinein!«, drängte Antonie.

Es hatte wieder zu schneien angefangen. Bedächtig schritt Antonie die Schulgasse nach oben. Der Korb mit den vielen schönen Sachen wog schwer. Das erinnerte Antonie an den Holzkorb, den sie mit Magda an ihrem zweiten Tag in Tannau hochgeschleppt hatte. War das erst gute drei Monate her? Antonie konnte es gar nicht recht glauben. So viel war inzwischen passiert. Von wegen langweiliges Dorfleben.

Ein solch üppiges Mahl hatte Antonie noch nie in ihrem Leben genossen. Vorneweg gab es eine Markklößchensuppe, dann einen Braten mit Serviettenknödel, die Pfarrer Bichler liebte, und anschließend eine Bayerisch Creme, die in einem feinen Restaurant nicht besser schmecken konnte. Nach dem Essen tranken sie echten Bohnenkaffee. Den angebotenen Stollen lehnte Antonie jedoch dankend ab. »Mehr Essen passt beim besten Willen nicht in mich hinein.«

»Dann will ich Ihnen das geben.« Der Pfarrer reichte ihr ein Geschenk.

Sogleich war Magda bei ihr und rief freudig: »Auspacken, auspacken!«

Vorsichtig öffnete Antonie das Geschenkpapier. Darin lag ein Buch mit Erzählungen aus Italien.

»Ich erinnerte mich, dass Sie einmal von Italien geschwärmt haben, da dachte ich, das könnte Ihnen gefallen.«

»Und wie es mir gefällt«, freute sich Antonie. »Herr Pfarrer, Sie beschämen mich. Ich habe kein Geschenk für Sie.«

»Wenn Sie wüssten, wie viel Sie mir schon geschenkt haben«, winkte er ab.

Antonie holte ein Geschenk für Magda aus ihrem Korb.

»Was ist es, was ist es?«, fragte Magda aufgeregt.

»Schau hinein, dann siehst du es«, sagte Antonie lachend.

Schnell war das Papier heruntergerissen, und Magda hielt ein gerahmtes Bild in der Hand. »Dornröschen«, zählte sie auf. »Sieben Zwerge. Rumpelstilzchen.« Lange betrachtete sie das Bild.

Neugierig streckte der Pfarrer die Hand aus. »Ich will es auch sehen«, drängelte er wie ein ärgerlicher kleiner Junge.

»Märchen«, erklärte ihm Magda. Auf dem Bild waren lauter verschiedene Märchenfiguren versammelt. Dafür hatte Antonie noch einmal Elvira beanspruchen müssen. Die hatte den Druck besorgt und ihn rahmen lassen. Magda holte ihr Märchenbuch, und den ganzen Nachmittag über mussten der Pfarrer und Antonie ihr Märchen vorlesen, passend zu den einzelnen Figuren auf dem Bild.

»Na, vielen Dank!« sagte der Pfarrer scherzhaft, als er Antonie zur Tür begleitete. »Nun wird Magda darauf bestehen, dass ich ihr immer alle Märchen zum Bild vorlese.«

»Sagen Sie ihr, jeden Tag gibt es nur ein Märchen, und sie kann durch Hindeuten auf die jeweilige Figur bestimmen, welches sie hören möchte«, schlug Antonie vor.

Magda legte noch ein Stück Stollen in Antonies Korb. Der würde morgen ein süßes Frühstück abgeben.

Der verschneite Dorfplatz lag still vor ihr. Der Wasserspeier am Brunnen war dicht mit Eis überzogen, und der Steinlöwe trug eine federleichte weiße Haube. Antonie stapfte durch den wolkigen Schnee. An der steilsten Stelle der Schulgasse wäre sie beinahe ausgerutscht. Auf der Schwelle der Schultür blieb sie stehen und drehte sich um. Leise rieselte der Schnee, und aus den Häusern stieg der Rauch kräuselnd in den Himmel hinauf.

»Frohe Weihnachten, Tannau«, sagte Antonie.

Weisst du, wie viel Sternlein stehen?

Frau Wirtin, den Brief möchte ich gerne aufgeben.«

»Verspätete Weihnachtsgrüße?«, fragte diese und schaute recht ungeniert auf die Adresse.

»Nein, für meine Schulkameradin Elvira in München«, beeilte sich Antonie zu erklären. »Ich habe ihr von der Christmesse geschrieben und dem vielen Schnee.« Von dem Brief an den jungen Architekten, der ebenso in dem Brief steckte, erzählte sie natürlich nichts. Sie bat ihre Freundin, die Adresse des Architekturbüros ausfindig zu machen. Ihre freundliche und zugleich eindeutige Antwort an den jungen Mann sollte ihn besser an seiner Arbeitsstelle erreichen. Das wirkte offizieller.

»Der Schnee!«, stöhnte die Wirtin laut auf.

Nicht ohne Grund hatte Antonie den Schnee erwähnt. Das war seit Weihnachten das alles bestimmende Thema im Dorf. Beim Neujahrsgottesdienst hatte der Schnee schon so hoch gelegen, dass nur ein schmaler Weg zur Kirche freigeschaufelt werden konnte. Antonie hatte versucht, vor der Schule ein Stück des Pausenhofes freizuräumen. Eine Sisyphusarbeit, denn was sie in der Früh an Schnee weggeschaufelt hatte, lag am Abend wieder genauso hoch dort. Zahlreiche Kinder von den entlegenen Höfen waren gar nicht durchgekommen und mussten zu Hause bleiben.

»Wir in Tannau sind ja einiges gewöhnt. Nur so viel Schnee auf einmal habe ich noch nie erlebt«, erklärte die Wirtin.

Antonie zahlte und holte draußen erst einmal tief Luft. Damit war dieses Problem auch gelöst. Das Interesse des jungen Mannes fand sie durchaus schmeichelhaft. Nur hatte sie keinerlei Bedarf an einer romantischen Beziehung zu einem Mann in München. Ihr Leben in Tannau, das gerade in guten Bahnen verlief, war ihr viel zu wichtig, um es zu gefährden.

Der Dorfplatz glich eher einem Labyrinth. Die Gemeindearbeiter hatten scheinbar wahllos Wege freigeschaufelt. Wollte man zur Schulgasse, musste man einmal um den Dorfbrunnen gehen, bis man abbiegen konnte. Rechts und links des Weges türmten sich die Schneeberge. Während sie überlegte, ob sie selbst noch einmal zur Schaufel greifen müsste, hörte sie, wie eine Frau einer anderen erstaunt zurief: »Es schneit ja gar nicht mehr!«

Verblüfft blieb Antonie stehen und schaute in den Himmel. Zum ersten Mal seit Tagen zeigte sich ein kleines Stückchen Blau, das der Wind langsam größer pustete. Endlich kein Schnee mehr! Voller Tatendrang eilte Antonie nach Hause, schnappte sich die Schneeschaufel und legte im Schulhof los. Die Bewegung machte warm, und bald lagen ihre Strickjacke und die Fäustlinge auf der Bank. Die Handschuhe waren trotz Emma Sturms Hilfe ein wenig unförmig geraten, aber damit konnte Antonie gut leben. Hauptsache, sie hielten warm.

Nach einer guten Stunde blickte sie zufrieden auf ihr Werk. Nun mussten die Kinder nicht mehr während der Pause durch die weiße Pracht hüpfen. Die Kinder störte es nicht, nur glich das Schulzimmer hinterher einem Schwimmbad. Ihre eigenen Röcke bekam Antonie kaum mehr trocken. Der untere Bund sog sich mit Wasser voll, und bei jedem Schritt klatschte der kalte Stoff an ihre Beine. Ach, wie gut haben es da die Männer mit ihren Hosen, dachte sie nicht zum ersten Mal.

Die Wolken hatten sich verzogen, und die Sonne kam mit

unschuldiger Miene hervor. Antonie stützte sich auf ihre Schaufel. »Puh«, sagte sie zu sich selbst. »In München zahlen die vornehmen Damen für Gymnastikkurse, um eine schlanke Taille zu erzielen, und ich bekomme das Training ganz umsonst.« Sie blickte über das Dorf hinweg auf die andere Talseite. Es war ihr ein wenig zur Gewohnheit geworden, hinüber zum Bergerhof zu schauen und sich vorzustellen, was Sebastian gerade machte. Sicher schaufelte er Schnee. Gewissenhaft würde er nicht nur schmale Wege, sondern die ganze Hoffläche freischaufeln. Mit einem ganzen Tal zwischen ihnen gestattete sich Antonie derartige Gedanken.

Ihr Blick wanderte hinüber zum Hof der Hofmeisters. Für Gundi war es ein langer Schulweg, den sie jeden Tag zu bewältigen hatte, und Antonie betete nach jedem Unterrichtstag, dass sie und alle anderen Kinder heil nach Hause kamen. In ihrem Herzen, das musste sie sich eingestehen, nahm Gundi ein klein wenig mehr Platz ein. In ihr fand sich Antonie wieder. In ihrem Fleiß, ihrer Freude am Lernen und in ihrem Wunsch, wie sie Lehrerin zu werden.

Vom Hof sah man nicht viel. Dick lag der Schnee auf den Dächern. Nur der First schaute hervor. Antonie musste die Augen zukneifen, das helle Licht war sie nach den dunklen Tagen nicht mehr gewöhnt.

Auf einmal breitete sich ein ungewohntes Geräusch über dem Tal aus. Wie ein Sirren, das lauter und tiefer wurde. Was um Himmels willen war das? Sie sah es, ohne es zu verstehen. Staub, weißer Staub quoll an der Stelle empor, wo sie bis eben das Haus der Hofmeisters im Blick gehabt hatte. Ungläubig starrte sie auf die Stelle, die vor einem Augenblick noch ganz normal ausgesehen hatte. Nun sah es aus, als hätte sich die Welt verschoben. Dieses seltsame Gefühl hörte erst auf, als sie wusste, was passiert war.

»Eine Lawine!«, rief sie entsetzt aus. »Gundi!«, schrie sie und hatte noch die Klarheit, nach ihrer Jacke zu greifen. Gleich darauf stürzte sie die Schulgasse zum Dorf hinunter. Auf dem engen Weg rempelte sie einen Passanten an, der sich lautstark beschwerte. Da war Antonie schon hinter der Kirche bei der Tannauer Ache angelangt. Hier musste sie sich erst orientieren. Auf der anderen Talseite war sie nur einmal im Herbst bei einem Spaziergang gewesen. Mit dem vielen Schnee sah alles ganz anders aus. Halt, dort war die schmale Brücke. Dahinter führte der Weg hinauf zu den hochgelegenen Höfen.

Aus den Augenwinkeln nahm sie mehrere Menschen wahr, die aus dem Dorf gerannt kamen. Schnell, schnell, trieb sich Antonie an. Mit gerafftem Rock lief sie, stolperte, fiel hin, bekam Schnee ins Gesicht, stand wieder auf und lief weiter. Gundi, an nichts anderes konnte sie denken. Drei Männer überholten sie, Spaten und Schaufeln geschultert. Antonie heftete sich an ihre Fersen, denn kein Weg war mehr zu sehen. Die Ausläufer der Lawine waren bis hierher gerutscht. Endlich hatte sie eine Anhöhe erreicht. Der Hof lag links von ihr. Ihre Lungen brannten, und sie musste kurz verschnaufen, musste versuchen, Luft zu holen, denn die Angst, die vertraute Angst schnürte ihr die Kehle zu.

»Antonie!«

Sie blickte auf. Sebastian kann von seinem Hof gelaufen, in der einen Hand hielt er eine Schaufel, in der anderen einen Pickel. »Gundi?«, wollte sie ihn fragen, doch nur ein Krächzen kam aus ihrer Kehle. Als sie merkte, dass er besorgt stehen bleiben wollte, hauchte sie ihm »Lauf!« entgegen und wies in Richtung der Hofmeisters. Sein Anblick brachte ihr Ruhe. Seine Anwesenheit gab ihr Sicherheit. Er würde alles versuchen, die Familie zu retten.

Aus der Nähe betrachtet, war das Bild der Verwüstung noch schlimmer, als es von der anderen Seite ausgesehen hatte. Die Schneemassen hatten den gesamten Hof unter sich begraben, Holzbalken ragten aus dem Schnee, Bretter lagen zerborsten herum, und direkt vor ihren Füßen konnte sie ein ganzes Stück Dach erkennen. Die Holzschindeln, ordentlich nebeneinander aufgereiht, waren seltsamerweise an ihrem Platz geblieben. Nur das Haus unter ihnen gab es nicht mehr. Ihre Hoffnung sank, und ihr Herz schlug wie wild. Um sie herum wurde geschaufelt, Balken aus dem Schnee gezogen, und manche Männer gruben mit bloßen Händen im steinharten Schnee.

»Es bringt nichts, wenn wir alle irgendwo graben. Wir müssen uns aufteilen und das systematisch angehen. Ein Teil gräbt beim Haus, der andere beim Stall«, erklärte Sebastian und zeigte, wo am besten im Schnee gesucht werden sollte.

»Habt ihr Gundi gefunden?«, fragte Antonie einen der Männer. »Hat man überhaupt schon jemanden gefunden?«

»Leider noch nicht.«

Antonie spürte diese Angst wieder in sich hochsteigen. Das durfte nicht sein. Nicht jetzt! Graben, sagte sie sich und kniete sich hin, um den Schnee beiseitezuräumen. Ihre Finger waren innerhalb kürzester Zeit eiskalt. Hätte ich nur meine Handschuhe mitgenommen! Die Kälte zog die letzten Kräfte aus ihrem Körper, und verzweifelt gab sie auf. Kaum, dass sie sich auf den Beinen halten konnte.

Dort, wo das gemauerte Haus stand, sah es besser aus. Die Lawine hatte sich über das Dach geschoben, die vordere Mauer war intakt. Die Männer gruben sich zu einem Fenster vor, durch das sie in das Haus gelangen wollten. Furchtbare Bilder stiegen in Antonie hoch. Gundi, wie sie, von Schneemassen erdrückt, in dem kalten Grab lag oder von einem herabfallenden Balken erschlagen worden war und ihr Blut den Schnee langsam rot färbte.

Sebastian gab mit ruhiger Stimme Befehle. Noch mehr Menschen aus dem Dorf kamen den Berg herauf. Es tat gut zu sehen, wie viele helfende Hände sich an der Suche nach den Hofmeisters beteiligten. Die Sonne war hinter dem Rossberg verschwunden, bald würde es Nacht werden. Damit sank die Hoffnung, die Familie zu retten.

Auf der Hofseite rührte sich etwas, die Menschen liefen hinüber. Antonie drängte ebenfalls nach vorne in der Hoffnung, man hätte jemanden gefunden. Die Männer hatten ein Fenster im ersten Stock freigegraben. Als Antonie das sah, wurde ihr erst bewusst, dass sie auf meterhohem Schnee stand. Der Erdboden lag drei Meter unter ihr. Sie schauderte.

Von irgendwoher hatte man eine Leiter gebracht und sie in das Schneeloch gestellt. Sebastian hielt eine Sturmlaterne in der einen Hand, mit der anderen packte er das Ende der Leiter, schwang sich darauf und stieg hinab in das Loch. Antonie sah ihn in der Tiefe verschwinden, dachte an all den Schnee, der auf den Rest des Hauses drückte, und schrie heiser auf. »Das Dach wird doch halten?«, fragte sie den Mann, der neben ihr stand.

Der zuckte nur mit den Schultern. »Das liegt in Gottes Hand. Hoffentlich haben die Zimmerer gut gearbeitet«, murmelte er und bekreuzigte sich.

»Was macht Sebastian da unten? Das ist doch viel zu gefährlich.«

»Er will sehen, ob jemand von der Familie im Haus zu finden ist.«

Seitdem Sebastian auf der Leiter Sprosse für Sprosse nach unten gestiegen war, hatte sich Stille ausgebreitet. Keiner sprach, alle hielten den Atem an. Die Zeit blieb stehen. Wie lange war Sebastian schon unten? Warum kam er nicht zurück? Wenn nur das Dach standhielt. Antonie fiel die Mütze aus Schnee ein, die so federleicht auf dem Kopf des Brunnenlöwen gesessen hatte. Sie dachte an das sanfte Schweben der Flocken. Hier hingegen lag der Schnee hart und schwer. Fast wie das Gestein der Berge. Darum hatte Sebastian auch einen Pickel mitgebracht.

»Es rührt sich etwas!«, rief einer der Männer, die gebannt in das Loch gestarrt hatten. »Da kommen sie«, informierte er die anderen.

Antonies Herz machte einen zaghaften Hüpfer, und sie trat einen Schritt nach vorne. Am Rand des Loches entstand Bewegung. Jemand kam die Leiter heraufgeklettert. »Gundi!«, rief Antonie erleichtert aus, und Tränen liefen ihr über das Gesicht. Vorsichtig hoben die Männer das Mädchen von der Leiter herunter.

»Fräulein Lehrerin!«, sagte Gundi erstaunt und wankte ein paar Schritte auf Antonie zu. Die nahm sie sofort in den Arm.

Nach Gundi kam ihr Vater hervor, das Gesicht bleich wie der Schnee. Als Letzter kam Sebastian. Das flackernde Licht zeigte seine ernste Miene. Sie machte Antonie Angst. Wo war Michaela Hofmeister?

»Bring Gundi hinüber zu unserem Hof«, wies Sebastian Antonie mit ruhiger Stimme an. »Meine Mutter ist da, die weiß, was zu tun ist. Dort soll sich Gundi erst einmal aufwärmen.«

Antonie schaute ihn fragend an. Er schüttelte unmerklich den Kopf. Als sich Antonie mit Gundi auf den Weg machte, hörte sie den Vater sagen, seine Frau sei hinten im Stall gewesen. »Sie wollte nach dem Lieserl sehen, das hatte die letzten Tage schlecht gefressen.«

Mein Gott, dachte Antonie. Von dem Stall, der ans Haus gebaut war, wie es in Tannau bei den meisten Bauernhöfen der Fall war, stand nichts mehr. Schnell zog sie Gundi weiter. Der Hof der Bergers war nicht weit entfernt, und Sebastians Mutter stand schon mit ängstlichem Gesicht in der Tür. Beim Anblick von Gundi lächelte sie aufmunternd und bat beide herein in die warme Stube. »Komm, Gundi, setz dich her zum warmen Ofen.« Stumm, fast apathisch folgte ihr Gundi und nahm auf der Ofenbank Platz. »Sie auch!«, forderte Frau Berger Antonie auf. Sie hatte die gleichen Fältchen um die Augen wie ihr Sohn. Das warme Lächeln der Frau war genau das, was Gundi jetzt brauchte. »Fräulein Weber, Sie sind ja ganz durchgefroren. Setzen Sie sich zu Gundi auf die Ofenbank. Gleich wird es Ihnen warm werden.« Sie holte drei Holzscheite aus einem Korb und öffnete die Ofentür. Prasselndes Feuer und knackendes Holz waren zu hören, und in dem Augenblick wurde Antonie bewusst, wie kalt sich ihr Körper anfühlte.

»Hatschi!«, nieste sie.

»Gesundheit«, wünschte ihr Gundi artig.

Das berührte Antonie, und sie legte ihren Arm um das Mädchen und zog es an sich.

Es dauerte nicht lange, da hielten beide einen Becher mit dampfendem Tee in der Hand. Auf dem Küchenofen rührte Frau Berger in einem großen Topf, gefüllt mit köstlich duftender Suppe. Sanft wiegte Antonie Gundi hin und her, und weil es gar so still war, fing Antonie an zu singen.

»Weißt du, wie viel Sternlein stehen an dem blauen Himmelszelt? Weißt du, wie viel Wolken gehen weithin über alle Welt?« Mit beruhigender Stimme sang sie alle drei Strophen. Von den Fischlein, die im Wasser sprangen und nach den Mücken schnappten, und von den vielen Kindern, die in der Früh aus ihren Bettlein aufstanden, »dass sie ohne Sorg' und ohne Mühe fröhlich sind im Tageslauf«. Bei dieser Zeile wurde es Antonie bange. Einerseits die Freude, dass Gundi am nächsten Tag wieder aufwachen würde, doch ob es ohne Sorg' und Mühe wäre, hing davon ab, ob ihre Mutter lebend geborgen werden konnte. Sebastians Blick hatte nichts Gutes bedeutet.

»Weitersingen. Bitte, Fräulein Lehrerin, singen Sie weiter!«

In ihre Gedanken vertieft, hatte Antonie mitten in der Strophe aufgehört und stumm vor sich hin gestarrt. »Weißt du, wie viel Sternlein stehen?«, fing sie wieder an und streichelte Gundi beruhigend über den Kopf. Es war gut, dass die alte Frau Berger da war. Als Nachbarin kannte Gundi sie ihr ganzes Leben lang, und offensichtlich war der Bergerhof eine vertraute Umgebung, die ihr Sicherheit gab.

Als Gundi zum Abort hinausging, nutzte Katherl Berger die Gelegenheit, um den Stand der Dinge zu erfragen. Als ihr Antonie erzählte, dass Michaela Hofmeister gerade im Stall gewesen war, als die Lawine ihn zerstörte, schlug sie die Hände vors Gesicht.

»Mein Gott!«, ächzte sie, drehte sich zum Kreuz im Herrgottswinkel und bekreuzigte sich.

Gundi schlüpfte durch die Tür. »Wo ist mein Papa?«, fragte sie zaghaft.

»Er wird noch draußen sein und ...«, Antonie wusste nicht mehr weiter.

»... und nach Mama suchen«, beendete das Mädchen den Satz. Ihre Augen füllten sich mit Tränen. Da konnte auch Antonie ihre Tränen nicht mehr zurückhalten. Schluchzend warf sich Gundi in ihre Arme. Der magere Körper des Mädchens bebte, und Antonie hielt sie fest und wiegte sie summend hin und her.

Katherl Berger setzte sich an den Tisch. Sie holte ihren Rosenkranz aus der Schürzentasche und betete ihn lautlos. Als das Schluchzen allmählich verebbte, hielt sie mitten im Gebet inne, steckte den Rosenkranz zurück und meinte: »Ich würde sagen, wir drei essen erst einmal Suppe. Ich habe ein Würstchen reingeschnitten, wie du es gerne hast.«

Gundi hob den Kopf. Ihre Augen waren verquollen, und ihre Nase lief. Antonie holte ihr Taschentuch hervor, das erstaunlich trocken geblieben war, und putzte ihr die Nase. Mit ihren vierzehn Jahren war Gundi eigentlich zu alt dafür, doch ließ sie es gerne geschehen. »Das mit dem Würstchen hört sich fein an.«

Sie setzten sich an den Tisch, und Katherl Berger schöpfte die heiße Suppe in tiefe Teller. Mit einem großen Messer schnitt sie dicke Scheiben vom Brot ab und reichte sie herum. Antonie fiel das dünn geschnittene Brot im Waisenhaus ein. »Da hindurch kann man einen Liebesbrief lesen«, hatte der übliche Kommentar dazu gelautet. Von solch dicken Brotscheiben hatten sie im kalten Schlafsaal nur träumen können. Nach dem kurzen Tischgebet wünschte Katherl Berger einen guten Appetit.

Antonie schämte sich ein wenig dafür, wie gut ihr die Suppe schmeckte.

»Eine feine Suppe, Tante Katherl«, stellte Gundi fest und biss herzhaft in das Brot. Antonie und Sebastians Mutter sahen sich heimlich an, froh über den kurzen Moment, in dem das Kind nicht mit den Sorgen beschäftigt war. Ihre Teller waren fast leer, als von draußen Geräusche zu hören waren. Die drei schauten auf. Gundi erwartungsvoll, Antonie und Katharina mit nur wenig verhohlener Angst.

Sebastian öffnete die Tür, und die beiden Frauen wussten sofort, dass für Michaela keine Hoffnung mehr bestand.

Hinter Sebastian kam Kaspar Hofmeister hereingewankt. Die letzten Stunden hatten den stattlichen Mann zusammensacken lassen, und er sah alt aus. Die Furchen im Gesicht tief und schwarz, die Haut bleich und wächsern.

Gundi sprang auf und lief ihrem Vater entgegen. Bei ihrem Anblick drohte er zusammenzubrechen, und Sebastian konnte ihn gerade noch auffangen. Er bugsierte ihn hinüber zum Tisch und ließ ihn auf den Stuhl gleiten.

»Meine Gundi«, schluchzte Kaspar, und man sah ihm an, dass er um seiner Tochter willen um Fassung rang. Sie musste nicht mehr nach ihrer Mutter fragen. Von einem Moment auf den anderen ging Gundis Kindheit zu Ende. Antonie bemerkte, wie die Tochter versuchte, für ihren Vater stark zu sein. Ihr brach fast Herz.

Die Uhr an der Wand zeigte nach acht Uhr an. »Ich werde aufbrechen«, sagte Antonie leise. Im Augenblick konnte sie nichts mehr tun. Den Weg, der vor Kaspar und Gundi lag, mussten sie alleine gehen. Den konnte ihnen niemand abnehmen. Es blieb den anderen nur, ihnen zur Seite zu stehen und sie zu stützen, wenn sie zu straucheln drohten. Mit einem Nicken verabschiedete sie sich von Katherl, die ihren Rosenkranz wieder herausgeholt hatte und stumm betete. Ihre Lippen bewegten sich lautlos im Rhythmus der sich wiederholenden Worte.

Sebastian begleitete Antonie zur Tür und trat mit ihr in den Hof hinaus. »Wir haben sie im Stall gefunden. Die Lawine hat die gesamte Stallwand eingedrückt. Sie muss sofort tot gewesen sein.«

Antonie schluchzte auf und musste sich kurz an Sebastian festhalten. Nach ein paar Atemzügen ging es wieder. Sebastian war heute wie ein Fels gewesen, der unverrückbar dem Wetter trotzte.

»Soll ich dich begleiten?«

»Nein, nein, es geht schon. Bleib bei den beiden. Sie brauchen jetzt vertraute Gesichter um sich herum.« Zum Abschied drückte sie Sebastians Arm.

Noch immer schaufelten Männer Schnee vom Dach des Hofes. Sebastian hatte ihr erklärt, man wolle so den Einsturz des Daches verhindern. Fackeln steckten im Schnee und beleuchteten gespenstisch die Szene. Antonie wandte sich mit Schaudern ab.

Hinterher wusste sie nicht mehr, wie sie in der Dunkelheit den Heimweg gefunden hatte, sie spürte nur Erleichterung, als sie endlich vor der Schule stand. Vor ihr lag die Schneeschaufel, die sie beim Anblick der Lawine hingeworfen hatte. Tränenblind versuchte sie, den Schlüssel ins Schloss zu stecken. Fluchte, was sie so gut wie nie in ihrem Leben getan hatte, weil sich der Schlüssel nicht drehen ließ. Es dauerte eine Weile, bis sie merkte, dass sie in der Eile gar nicht abgesperrt hatte. Sie riss die Tür auf, stürmte in das leere Klassenzimmer, zwang sich zur Ruhe. Mit einem Schlag spürte sie ihren Körper, spürte die Kälte, die Verzweiflung, die Anspannung und Anstrengungen der vergangenen Stunden. Alles schmerzte. Mit letzter Kraft schürte sie ihren Ofen ein. Wenn sie schon die Nacht weinend verbringen würde, dann wenigstens in einem warmen Zimmer.

Die Kinder tuschelten. Anders als sonst rügte Antonie sie nicht. Ganz im Gegenteil. In der ersten Stunde ermunterte sie sie zu erzählen. Die Neuigkeit von dem Lawinenabgang hatte sich über Nacht im ganzen Tal verbreitet. Zögerlich begannen die ersten zu berichten, wie in ihrer Familie die Nachricht aufgenommen worden war. Viele Väter hatten sich an der Suche beteiligt, hatten teilweise die ganze Nacht geschaufelt und waren erst gegen Morgen zur ängstlich wartenden Familie heimgekehrt.

»Es ist schade, dass Gundis Mama nicht dabei war, als Gundi dem Prinzregenten die Blumen gegeben hat«, sagte Vroni. »Dafür hatte ihre Mama doch extra die neue Schürze genäht.«

»Ja, das ist schade«, meinte Antonie mit brüchiger Stimme. »Doch ich bin mir sicher, Gundi hat ihr alles ganz genau erzählt, und so war es für sie, als wäre sie mit am Dorfplatz gewesen.«

Für die Buben war mehr die Lawine Thema und warum sie ausgerechnet dort runtergegangen war. »Bei uns kann das nicht passieren«, behauptete Maximilian.

»Eine Lawine kann überall runtergehen, genau wie ein Erdrutsch, sagt mein Vater«, hielt sein Sitznachbar dagegen.

Diese Lawine hat nicht nur ein Menschenleben gekostet, dachte Antonie, sondern ganz Tannau einmal wieder zu Bewusstsein gebracht, dass die Natur stärker ist als der Mensch.

»Wann kommt Gundi wieder in die Schule?«, fragte Vroni, Gundis beste Freundin.

»Das wollen wir ihr überlassen. Es ist Schreckliches passiert. Es braucht seine Zeit, bis sie all das ein wenig verstanden hat. Darum wollen wir es ihr so einfach wie möglich machen. Löchert sie nicht mit Fragen, seid da, spielt mit ihr und benehmt euch ganz normal. Das hilft ihr am meisten.«

»Darf ich sie besuchen?«

»Warte vielleicht noch zwei Tage, dann schau kurz bei ihr vorbei. Ich glaube, Gundi will jetzt erst einmal bei ihrem Vater sein.« Als sie die angstvollen Augen des Mädchens sah, musste Antonie sich zusammenreißen, damit ihr nicht die Tränen kamen. Sie räusperte sich, schnäuzte sich in ihr Taschentuch und beschloss, dass es für alle gut wäre, wenn sie gemeinsam singen würden. »Winter ade, scheiden tut weh«, stimmte sie mit den Kindern an. Bei der letzten Strophe durften sie wie der Kuckuck den Winter laut auslachen.

Auch nach dem Ende des Unterrichts beherrschte die Lawine die Gespräche der Schüler. Bei manchen wurde sie immer größer und hätte bald ganz Tannau unter sich begraben. »Mama hat gesagt, dass keine so gut das Mieder raffen konnte wie Gundis Mutter«, sagte Ursula zur kleinen Anna.

»Und ganz sparsam hat sie den Stoff ausgeschnitten«, bestätigte diese sachkundig. »Wenn man zu ihr was zum Nähen brachte, blieb immer Stoff übrig, den Mutter für anderes verwenden konnte.«

»Hat sie nicht dein Puppenkleid aus so einem Rest genäht?«

Die Antwort hörte Antonie nicht mehr. Vroni stand als Letzte vor ihr.

»Fräulein Lehrerin, wird Gundi meine Freundin bleiben?«

»Natürlich. Nur musst du mit ihr geduldig sein. Manchmal wird sie ohne Grund wütend, vielleicht sogar gemein zu dir sein. Dann denk daran, dass Trauer verschiedene Gesichter hat, nicht nur ein weinendes.« Das hatte Schwester Coelestina einmal gesagt. Antonie hatte es nie vergessen, weil ihr der Gedanke damals seltsam vorgekommen war. Wenn man traurig war, weinte man doch.

»Daran werde ich denken. Auf Wiedersehen, Fräulein Lehrerin.« Vroni drehte sich um.

»Vroni«, rief ihr Antonie hinterher. »Ich bin froh, dass Gundi eine solch gute Freundin wie dich hat.«

Antonie blieb allein im Klassenzimmer zurück. Sie fühlte sich seltsam ruhig. Das Gespräch mit den Kindern hatte ihr geholfen, Frieden zu finden. An dieses Gefühl wollte sie sich später erinnern, wollte es konservieren wie in einem Weckglas, um es bei Bedarf zu öffnen. Sie ahnte, dass sie in nächster Zeit diese Klarheit, die sie im Augenblick spürte, brauchen werden würde.

Das Wetter schlug um. Föhnwolken hüpften unschuldig über den Himmel, die Temperatur stieg, und der Schnee schmolz so schnell, dass die Tannauer Ache über die Ufer trat und tosend ihr zu eng gewordenes Bett verließ. Welch ein höhnisches Wetter, dachte Antonie, als sie sich für die Beerdigung zurechtmachte. Zuerst schneite es ohne Unterbrechungen so lange, bis ein Unglück geschah. Danach sprang es um. Als wollte es zeigen, wozu es fähig war und wie gleichgültig ihm die Folgen seiner Machtdemonstration waren.

Antonie hatte Gundi seit dem Abend des Unglücks nicht mehr gesehen. Sie und ihr Vater waren bei Bergers untergekommen, bis ihr Haus wieder bewohnbar war. Oft hatte sie in den letzten Tagen überlegt, hinaufzugehen, um nach Gundi zu sehen.

Helena hatte ihr abgeraten. »An den Tagen gleich nach dem Unglück kamen so viele Menschen, um ihre Hilfe anzubieten und um zu kondolieren. Das war zu viel für Gundi«, erzählte sie. Anton hatte es von Sebastian erfahren. Katherl Berger hatte kurzerhand jedem weiteren Gast erklärt, dass Hilfe willkommen sei, die beiden aber jetzt erst einmal Ruhe bräuchten. Antonie konnte sich gut vorstellen, dass in der sanftmütig wirkenden Katharina Berger eine durchaus energische Frau steckte.

Antonie befestigte die Trauerschleife an der Jacke. Ganz hinten im Schrank hatte sie gelegen, denn mit einer Beerdigung hatte Antonie nicht so schnell gerechnet. »Maria Ward, steh mir heute bei«, betete sie, bekreuzigte sich und machte sich auf zur Kirche. Der Chor würde ein Lied beisteuern, und auf Gundis speziellen Wunsch sangen ihre Klassenkameraden Hias und Franzl noch einmal das »Ave Maria«.

Die Stimmung im Dorf war gedrückt. Pfarrer Bichler hatte Antonie erzählt, dass er im Beichtstuhl zahlreiche Gespräche geführt habe. Antonie mutmaßte, dass viele Tannauer, aufgerüttelt vom Tod der allseits beliebten Michaela, sich ihre Sünden von der Seele reden wollten. Manche Tannauer forderten die neuartigen Lawinenverbauungen, wie sie in der Schweiz entwickelt worden waren und dort erfolgreich zum Einsatz kamen. Andere wiederum mahnten an, den Wald nicht so auszudünnen. Fehlt der Wald, dann kommen die Lawinen, lautete ihr Argument. Das neue Jahr hatte kaum begonnen, da war ganz Tannau erschüttert und aufgewühlt.

Von den Dächern tropfte es. Die Sonne leckte am Schnee. Der Föhn, den Antonie aus München kannte, war mitten in den Bergen noch stärker. Der Wind blies warm über die Gipfel und ließ sich anschließend ins Tal plumpsen. Das Wetter fühlte sich falsch an. Es müsste winterlich kalt sein.

»Das kommt schon noch, glauben Sie mir, Fräulein Lehrerin«, hatte ihr die Krämerin gestern versichert. Ein Gutes hatte das warme Wetter allerdings. Der Totengräber konnte ein Grab ausschaufeln. Wäre der Boden gefroren gewesen, hätte man mit der Beerdigung besseres Wetter abwarten müssen. Welch eine furchtbare Vorstellung, fand Antonie.

»Mein Großonkel lag sechs Wochen in der Aussegnungskapelle, weil ein solcher Frost herrschte, dass die Totengräber selbst mit der Spitzhacke das Grab nicht hätten ausheben können. Erst als es wärmer wurde, konnte der arme Mann begraben werden.« Mit sichtbarem Genuss hatte Inge Moser bei der letzten Probe die Geschichte zum Besten gegeben.

»Wie schrecklich! Wir sollten Gundi und ihrem Vater so etwas nicht erzählen.«

Auf der Empore hatte sich der Chor versammelt. Keiner sprach ein Wort, und Antonie musste Franz antippen, der schon wieder wie ein Fragezeichen auf der Orgelbank saß. Antonie sah Gundi, wie sie mit ihrem Vater den Mittelgang ganz nach vorne ging, wo die Angehörigen der Toten ihren Platz hatten. Sie wirkte klein und verloren. Antonie spürte, dass es Zeit war, sich an die Ruhe und Klarheit im Klassenzimmer in der vergangenen Woche zu erinnern, sonst würde sie die Beerdigung nicht gefasst durchstehen.

Pfarrer Bichler sah an diesem Tag noch milder und mitfühlender aus als sonst. Antonie hätte nie gedacht, dass sie einen Geistlichen so in ihr Herz schließen könnte wie Pfarrer Bichler. Verhalten, aber voller Wärme sang der Chor das bekannte Marienlied »Maria, breit den Mantel aus«. Diesen Schirm und Schild hätte Michaela gebrauchen können. Den beiden Trauernden dort unten wünschte Antonie, dass der Sturm der Trauer sich legte und ein Weiterleben möglich wurde.

Pfarrer Bichler trat auf die Kanzel. Was wird er predigen?, überlegte Antonie. Was kann man den Angehörigen bei solch einem Unglück sagen?

Nach einem kurzen Gebet sprach der Pfarrer warm, fast liebevoll von der Verstorbenen, von ihren geschickten Händen und wie fleißig sie genäht hätten. »So manches Kleidungsstück, das heute hier in der Kirche getragen wird, stammte von ihr. Mir hat sie einmal einen bösen Riss in der Soutane wunderbar geflickt. Nichts war mehr davon zu sehen.« Er sprach von Michaelas bescheidenem Wesen, von der Liebe zu ihrem Mann und von der unermesslichen Liebe zu ihrer Tochter Gundi. »Manche Mütter schenken ihrem

Kind an einem Tag so viel Liebe, dass es für ein ganzes Leben reicht.«

Bei diesen Worten spürte Antonie die leere Stelle in ihrem Herzen. Dort, wo die Mutterliebe aufgehoben wurde für das ganze Leben, war bei ihr nur Leere. Doch zugleich spürte sie, dass Schwester Coelestinas Liebe diesen Raum ein wenig gefüllt hatte. »Gott weiß alles, und wir wissen nichts«, sagte Pfarrer Bichler. »Gott weiß von jeder Schneeflocke, wohin sie fallen wird. Eine jede fällt auf ihren Platz. Warum also ließ er so viele Schneeflocken an den einen Platz fallen, bis sie so schwer wurden, dass die Lawine abging? Gott wusste es und hat es zugelassen.« Pfarrer Bichler machte eine Pause, breitete die Arme aus und schaute fragend nach oben. »Warum nur? Die Antwort weiß Gott nur alleine. Das muss uns Erklärung genug sein. Eine bessere Antwort werden wir nicht bekommen.«

Nach dem Segen klang das »Ave Maria« durch die Kirche. So mussten sich die Engel im Himmel anhören, dachte Antonie.

Der Friedhof war gefüllt mit Trauergästen. Das gesamte Dorf gab Michaela das letzte Geleit. Antonie stand mit dem Rücken zur Friedhofsmauer. Da konnte sie sich unauffällig anlehnen und Kräfte sparen. Denn Gundi zu sehen, wie sie trotz all der Menschen verloren und einsam dastand, nötigte ihr alle Kraft ab.

»Erde zu Erde, Asche zu Asche, Staub zu Staub.« Pfarrer Bichler ließ als Erster Erde auf den Sarg rieseln.

Als Nächstes trat Kaspar Hofmeister an das offene Grab. Gundi stand ganz still an seiner Hand. Jeder von ihnen warf drei Schaufeln Erde auf den Sarg. Kaspar wollte schon zur Seite gehen, da hielt ihn Gundi zurück. Etwas Rotes leuchtete in ihrer Hand. Antonie erkannte es sofort. Gundi musste den ganzen Gottesdienst über den Fröbelstern, den sie gebastelt hatten, in der Hand gehalten haben. Das Mädchen warf den Stern ins Grab hinab. Antonie verstand. Damit die Mutter eine Erinnerung an ihre Tochter hatte, wenn sie oben im Himmel Weihnachten feierte.

Zwischenbilanz

Zweiunddreißig, dreiunddreißig, vierunddreißig.« Die Kinder hingen an den Fenstern und zählten lautstark die Wassertropfen, die vom Dach in die großen Pfützen auf den Pausenhof tropften.

Antonie stand hinter ihnen, eine Taschenuhr an der Hand. »Halt!«, rief sie. »Eine Minute ist um. Wie viele Tropfen waren es?«

»Zweiundvierzig«, riefen die Kinder.

»Dann setzt euch bitte wieder alle hin.«

Bartl hatte den Anstoß für diese Untersuchung gegeben. Geistesabwesend hatte er in der letzten Stunde aus dem Fenster gestarrt. Von Antonie gefragt, was denn so Aufregendes da draußen zu sehen wäre, hatte er gemeint, er würde die Tropfen zählen. »So viele Tropfen, und das war alles mal Schnee.«

Zwei Tage nach Michaela Hofmeisters Begräbnis war das föhnige Wetter umgeschlagen. Bitterkalte Wochen hatten sich eingestellt.

»Zu kalt für Schnee«, meinten die Tannauer. Die angetauten Schneeflecken gefroren zu Eis, und die Schulgasse verwandelte sich in eine regelrechte Eisbahn. Die Kinder freuten sich, setzten sich auf ihre Lederranzen und rutschten mit Hui hinunter. Die Erwachsenen fanden die rutschigen Wege gar nicht lustig. Antonie zog es einmal mitten auf dem Dorfplatz die Beine weg, und sie landete schmerzhaft auf dem Allerwertesten. Der alte Kastner war ihr zur Hilfe geeilt. Beim

Versuch, ihr aufzuhelfen, öffnete sich seine Posttasche, und die Briefe flogen heraus. »Fräulein Weber, Sie bringen wie immer alles durcheinander«, war sein Kommentar gewesen. Wieder mit dem für ihn typischen Augenzwinkern, ohne mit den Augen zu zwinkern.

»Was wissen wir jetzt?«, fragte Antonie.

»Zweiundvierzig«, meldete sich die kleine Anna.

»Formuliere die Antwort in einem ganzen Satz, das wird uns weiterhelfen.«

»In der Minute sind zweiundvierzig Tropfen gefallen«, sprang Gundi ein.

»Wie viele Tropfen fallen dann in einer Stunde?«

Wieder war es Gundi, die sich sofort meldete. Seitdem sie wieder in die Schule kam, strengte sie sich noch mehr an. Antonie versuchte, sie einerseits zu fördern und gleichzeitig zu bremsen. Sie befürchtete, dass Gundi sich beim Lernen diesen großen Druck machte, um ihrer Mutter oben im Himmel eine Freude zu bereiten.

»Gundi, gib den anderen auch die Möglichkeit, zu überlegen. Bartl, wie müssen wir weiterrechnen?«

Schritt für Schritt fanden sie gemeinsam die Lösung und multiplizierten schriftlich. Die Jüngeren würden hoffentlich die sechzig Minuten im Kopf behalten, aus der eine Stunde bestand.

»2.520 Tropfen pro Stunde. Das wissen wir nun. Wie viele Tropfen sind es an einem Tag?« Nachdem sie es gemeinsam ausgerechnet hatten, schauten alle fasziniert auf diese große Zahl. 60.480 Tropfen an einem ganzen Tag.

Nicht nur wegen dieser schönen Rechenübung war Antonie froh, dass der kalte Winter gebrochen war. Die wärmenden Vorboten des Frühlings vertrieben die wochenlange Lähmung nach dem Begräbnis, die ganz Tannau erfasst hatte.

Am Ende des Schultages liefen die Kinder nun fröhlich hinaus, und Bartl und seine Freunde inspizierten die Schneereste auf dem Dach und überlegten, wie viele Wassertropfen wohl noch darin stecken mochten.

Unterdessen betrachtete Antonie seufzend den Boden im Klassenzimmer. Die Tannauer hatten Asche auf die vereisten Wege gestreut, damit sie nicht ganz so rutschig waren. Nun, bei dem Tauwetter, bildete sie einen schwarzen Matsch, der den Boden verschmierte. Mit Eimer und Lappen bewaffnet, machte sie sich ans Putzen.

Eine freudige Abwechslung brachte der Besuch von Helena, die schnell auf einen Ratsch vorbeischaute. »Die Bäuerin vom Kromerhof liegt in den Wehen. Nur will es nicht recht weitergehen.«

»Und da spazierst du in der Gegend herum und hältst fleißige Lehrerinnen von der Arbeit ab?«

»Manchmal entspannen sich die Frauen mehr, wenn ich nicht danebenstehe. Das ist wie in der Schule. Wenn der Meisl direkt neben mir stand, habe ich die einfachsten Aufgaben nicht lösen können.«

»Das ist ja schön, dass du eine Geburt mit einer Rechenaufgabe vergleichst«, meinte Antonie lachend.

»Eins und eins macht drei, so rechnet eine Hebamme.« Helena grinste schelmisch. »Dann will ich mal sehen, ob es am Kromerhof heute eine neue Generation gibt.« Helena winkte Antonie zum Abschied und ging hinüber zum Hof, der hinter dem der Hubers lag.

Ein Besuch von Helena munterte Antonie stets auf. Mit frischem Elan schrubbte sie den Boden weiter. Als sie den letzten Eimer mit schwarzem Aschewasser den Abort hinunterschüttete, hielt sie in der Bewegung inne. Ihr fiel ihr zweiter Tag in Tannau ein, als sie mit dem fadenscheinigen

Lumpen versucht hatte, ein wenig Sauberkeit in die Schule zu bringen. Sie rechnete nach. Das war genau ein halbes Jahr her. In dieser Zeit war viel geschehen. Verschiedenste Bilder strömten auf sie ein, und Antonie spürte, wie sie die Kraft zum Stehen nicht mehr aufbrachte. Sie musste sich auf den Rand des Aborts setzen und tief durchatmen. Angesichts des Örtchens, wo sie saß, keine gute Entscheidung.

Sie starrte immer noch geistesabwesend vor sich hin, als Monika sie fand.

»Alles mit dir in Ordnung?«, fragte diese besorgt.

»Alles gut. Vom vielen Bücken beim Aufwischen ist mir schwindlig geworden.« Antonie stand auf und kitzelte Veronika an der Wange, die bei ihrer Mutter auf dem Arm saß.

»Lange wirst du nicht mehr hier draußen aufs Klo gehen müssen«, sagte Monika.

»Warum nicht?« Antonie schaute Monika erstaunt an.

»Der Meisl ist letzte Nacht gestorben. Jochen hat es im Dorf gehört.«

»Oh«, sagte Antonie und setzte sich wieder hin. Sie wusste nicht recht, was sie von dieser Nachricht halten sollte. Das halbe Jahr, das sie nun in Tannau war, hatte sie gelehrt, dass sie auf dünnem Eis stand. Eine kleine Veränderung reichte aus, um Risse im Eis entstehen zu lassen. »Jetzt wird die Meisl ausziehen müssen, und du kannst im Schulmeisterhaus wohnen«, meinte Monika aufmunternd.

»Mal langsam. Noch ist der Mann nicht begraben. Da wollen wir nicht schon sein Erbe aufteilen.«

Monika schaute betreten, dann lächelte sie und flüsterte verschwörerisch: »Der furchtbare Meisl hat es nicht anders verdient.«

Die Neuigkeit beschäftigte Antonie mehr, als sie erwartet hätte. Der Tod des Schulmeisters warf Fragen auf, die sich

Antonie nicht beantworten konnte. Pfarrer Bichler würde vielleicht weiterhelfen können.

Magda saß am Küchentisch und schälte Kartoffeln, die schon arg ausgetrieben hatten. Am Ende des Winters waren die Vorräte aufgebraucht, und umso mehr wurde der Frühling herbeigesehnt. Antonie war tags zuvor die Tannauer Ache entlanggewandert, um die ersten Blätter des Bärlauchs zu pflücken. Hie und da hatte sie Giersch entdeckt, der seine gefiederten Blätter der noch schwachen Frühlingssonne entgegenstreckte. Nach frischem Grün sehnten sich alle, und man freute sich auf die Abwechslung auf dem Speisezettel, die der Frühling mit sich bringen würde. Nicht mehr lange, und die Brennnesseltriebe würden eine gesunde und schmackhafte Suppe liefern.

»Schäle sie gut ab«, ermahnte Antonie Magda.

Die zeigte auf die grüne Stelle einer Kartoffel und sagte: »Nicht gut.«

»Du bist wirklich eine wunderbare Pfarrersköchin«, lobte Antonie sie. »Ist der Herr Pfarrer da?«

»Arbeitszimmer.« Magda beugte sich wieder über den Tisch.

Eine Arbeit nach der anderen erledigen, das konnte man von Magda lernen, überlegte Antonie. Nicht alles gleichzeitig anfangen, um den Überblick zu verlieren und hektisch zu werden.

Auf ihr Klopfen kam keine Reaktion. Antonie zögerte und wollte schon gehen, als sie ein verhaltenes »Magda?« hörte. Sie öffnete die Tür und sah in das verschlafene Gesicht des Pfarrers. »Entschuldigen Sie, ich wollte Sie nicht aufwecken, Herr Pfarrer.«

»Ich sollte um diese Uhrzeit gar nicht schlafen. Nur saß ich letzte Nacht lange beim Schulmeister Meisl, um ihm die letzte Ölung zu geben.«

»Deswegen bin ich auch gekommen. Ich wollte Sie fragen, ob ich auf die Beerdigung gehen sollte. Ich habe Herrn Meisl nie kennengelernt, und Frau Meisl war mir nicht wohlgesinnt. Ich würde schon gehen, nur weiß ich einfach nicht, ob ich erwünscht wäre.«

»Unser werter Schulmeister war nicht der beliebteste Zeitgenosse, darum nehme ich an, dass nur die engste Verwandtschaft beziehungsweise jener Teil, mit dem er nicht zerstritten war, kommen wird.« Pfarrer Bichler schaute Antonie mit seinen warmen Augen an. »Ich fände es ein schönes Zeichen, wenn Sie zum Gottesdienst kämen. Der Beerdigung auf dem Friedhof können Sie dann fernbleiben.«

»Das ist ein weiser Rat.« Antonie lächelte ihn an. »So weise bin ich nicht, nur lange genug in Tannau, um seine Bewohner gut genug zu kennen! Woran ist er gestorben?«

»Die Schwindsucht hat ihn dahingerafft. Zum Schluss hat er nur noch gehustet, geröchelt, und nach Mitternacht ist er schließlich verstorben. Ich bin so lange geblieben, um Frau Meisl nicht alleine zu lassen. Es war kein schöner Tod.«

Antonie bekreuzigte sich.

»Könnten Sie bitte beim Hinausgehen Magda bitten, mir einen Tee zu machen? Mir ist heute kalt. Ich kann mich nicht richtig erwärmen. Die Nacht steckt mir wohl noch in den Knochen.«

Der Trauergottesdienst war, wie Pfarrer Bichler es vorausgesehen hatte, schwach besucht. Außer der Witwe wohnten Bürgermeister Hocheder und seine Familie und noch ein paar ältere Dorfbewohner, die Stammgäste bei Beerdigungen waren, dem Gottesdienst bei.

»Ich werde nicht hingehen«, hatte Monika Antonie tags zuvor erklärt. »Ich habe vom Meisl mehr Schläge bekommen als von meinem Vater. Der kann ruhig ohne einen letzten Gruß von mir dorthin fahren, wohin er gehört.« Damit fasste sie die Meinung vieler ehemaliger Schüler des Schulmeisters zusammen. Pfarrer Bichler formulierte es in seiner Trauerrede diplomatischer. »Viele seiner Schüler werden ihn nicht vergessen.«

Nach dem Gottesdienst zogen die Trauergäste hinter dem Sarg zum Friedhof. Bürgermeister Hocheder schritt mit all der Würde seines Amtes und der Schwere seines Leibes als Letzter hinterdrein. Seine Frau lächelte Antonie verstohlen zu, und Franzl grüßte sie freudig. Irmingard Meisl wirkte zerbrechlich, wie sie hinter dem Sarg herging. Es musste für sie nicht einfach gewesen sein, ihren kranken Mann zu pflegen. Antonie empfand fast Verständnis für Frau Meisls Abneigung gegen die neue Lehrerin. Sie musste Antonie als Bedrohung gesehen haben, verstärkt durch die Angst um ihren Mann. Antonie war froh, dem Verstorbenen als seine Nachfolgerin ihre Reverenz erwiesen zu haben.

Magda räumte liegen gebliebene Gesangbücher auf. Antonie wollte gerade gehen, als Bürgermeister Hocheder noch einmal in die Kirche trat.

»Fräulein Weber«, fing er an und drehte seinen Filzhut mit dem buschigen Gamsbart nervös zwischen den Fingern. »Nachdem nun mein Schwager verstorben ist, verliert seine Frau, also meine Schwester, das Wohnrecht im Schulmeisterhaus. Darauf hatte mich Regierungsrat Doktor Beilberger hingewiesen. Nun wollte ich Sie im Namen der Familie bitten, dass meine Schwester noch eine Weile dort wohnen bleiben kann, bis wir eine Lösung gefunden haben. Die Witwenrente ist nicht hoch, und gerade weiß sie nicht, wohin, und das liegt ihr auf der Seele.«

Die Rede überraschte Antonie, vor allem der unterwürfige

Ton, in dem sie vorgebracht wurde. Sie kannte Hocheder nur laut und polternd. Darum spürte sie, dass es nicht angebracht war, billige Rache zu üben. »Ich kann mir vorstellen, dass es eine schwere Zeit für Ihre Schwester ist. Sie kann selbstverständlich im Schulmeisterhaus wohnen bleiben, bis sie ein neues Zuhause gefunden hat. Dank des Prinzregenten ist bei mir in der Schule alles in guter Ordnung. Wir alle müssen Seiner Majestät sehr dankbar sein.«

»Das sind wir«, versicherte ihr der Bürgermeister und bedankte sich für ihr Verständnis.

Ja, es hatte sich wahrlich viel verändert seit dem Tag, an dem sie den Weg hinauf nach Tannau gekommen war. Antonie trat aus der Kirche und blinzelte in die plötzliche Helligkeit. Da pfiff ein eiskalter Wind von den noch schneebedeckten Gipfeln. Froh, nicht noch in der Kälte am Grab stehen zu müssen, ging sie schnell nach Hause.

Eine Bootsfahrt, die ist lustig

Der Zug fuhr mit Getöse im Bahnhof ein. Antonie wunderte sich, früher wäre ihr Zuglärm nie aufgefallen. Das musste an der Ruhe in Tannau liegen. Das Lauteste dort waren die Kirchenglocken und die Freudenschreie der Kinder, wenn die Schule aus war. Als ihr bewusst wurde, wie sehr sie mit dem Leben in Tannau bereits verwurzelt war, dämmerte ihr zugleich, dass sich auch jenseits des Tals die Welt weitergedreht hatte. Ein Grund mehr, sich auf ihre Freundin Elvira zu freuen, die am heutigen Karsamstag zu Besuch kam und über die Ostertage bleiben würde.

Als die ersten Reisenden ausstiegen, drängte sich Antonie voller Vorfreude auf das Wiedersehen nach vorne. Sie konnte es plötzlich kaum erwarten, Elvira zu begrüßen.

Der ersten Klasse entstiegen offenbar Gäste der gehobenen Hotels von Berchtesgaden. Kofferträger eilten herbei, und Portiers mit dem Hotelnamen auf der Mütze empfingen die noblen Herrschaften. Hinten aus der dritten Klasse kletterten ein paar Einheimische heraus, die an ihrer Tracht zu erkennen waren, und mittendrin erkannte Antonie schon von Weitem Elvira. Sie stach mit ihrem bunten Sommerkleid, das für die Jahreszeit zu luftig war, aus der Menge hervor. Antonie lief ihr entgegen, und die beiden Freundinnen fielen sich um den Hals.

»Wie kurz dein Haar ist«, stellte Antonie erstaunt fest.

»Gut, nicht? Die Frau von Welt trägt ihr Haar heute mit

diesem Schnitt. Kannst du in den illustrierten Blättern lesen. Erst neulich war in der ›Gartenlaube‹ ein ausführlicher Bericht darüber.« Elvira drehte sich kokett einmal um die eigene Achse und ließ ihr Haar fliegen.

Sogleich blieben Leute stehen und sahen sie neugierig an. Das war Antonie schon gewöhnt. Mit Elvira stand man immer im Mittelpunkt der Aufmerksamkeit. Hoffentlich kam Tannau mit der quirligen Münchnerin zurecht.

»Jetzt lass du dich mal anschauen. Na, wie eine Landpomeranze wirkst du Gottseidank nicht.« Elvira lachte und drückte ihre Freundin gleich noch einmal. »Du, ich freu mich so, dich endlich wiederzusehen.«

»Was soll ich erst sagen! Ich sitze seit einem guten halben Jahr in Tannau fest, während du in München richtiges Großstadtleben hast.«

»Pah, München ist auch nur Provinz. In Berlin müsste man leben.«

»Hilfe, nein, das wäre nichts für mich. Da ist mir mein kleines Tannau viel lieber. Bis dorthin haben wir noch ein gutes Stück Weg vor uns. Nur keine Müdigkeit vorschützen!«

»Was, keine Kutsche?«, fragte Elvira mit gespielter Überraschung. »Dann wenigstens eine Sänfte?«

»Du kannst froh sein, wenn ich dir helfe, deinen schweren Koffer bis Tannau zu tragen. Steine haben wir dort oben eigentlich genug.«

»Dabei habe ich mich eisern beschränkt und nur das Nötigste mitgenommen.«

»Auf geht's! Tannau, wir kommen!«

Sie ließen Berchtesgaden hinter sich, und an der Stelle, wo die Tannauer in die Berchtesgadener Ache floss, bogen sie ab auf den Weg in die Berge. Sie hatten sich viel zu erzählen.

Antonie machte den Anfang und begann an dem Tag, an dem sie das erste Mal diesen Weg gegangen war. »Die erste Zeit war mühsam und ernüchternd«, schloss sie.

»Wem sagst du das! Wenigstens bist du im Unterricht dein eigener Herr. Zu mir kommt alle Ellen lang der werte Herr Direktor in den Unterricht, um mich zu überprüfen. Manche der Lehrerkollegen grüßen mich bis heute nicht, wenn sie mich treffen.«

»Da habe ich es wirklich besser. Bei mir hat es weniger an Respekt gefehlt, sondern an neuen Lehrbüchern, Kreide und an Schülern, die einen ordentlichen Unterricht genossen hatten.«

Sie waren stehen geblieben, um zu verschnaufen.

»Du hättest mich ruhig vorwarnen können«, beschwerte sich Elvira, »dass der Weg so elend lang und steil ist.«

»Na, hör mal, ich habe nie verschwiegen, dass Tannau ein Bergdorf ist. Eigentlich wurde alles besser«, setzte Antonie ihren Bericht fort, »als der Prinzregent uns besucht hat.«

»O ja, der Prinzregent«, lachte Elvira, »dein neuer bester Freund.«

Immer häufiger legten sie nun eine Pause ein.

»Noch ein Stückchen, dann können wir etwas trinken. Dort ist das Ufer nicht so abschüssig«, munterte Antonie ihre Freundin auf. »Schau, dort drüben die Kiefer, die am Felshang wächst. An manchen Tagen bin ich mir vorgekommen wie sie. Immer der Gefahr ausgesetzt, dass ein starker Wind mich umfegt. Aber bisher krallen wir beide uns erfolgreich an unserem Platz fest.«

Die Frühlingssonne strahlte, und die Margeriten blühten auf den Weiden. Elvira war ganz entzückt über diesen Anblick. »Schön ist es hier oben, das muss ich zugeben.«

»Warte, hier ist die Stelle.«

Sie stiegen hinab und schöpften mit der hohlen Hand das kühle Gebirgswasser.

»Ja sagradi, wer lässt denn seinen Koffer mitten auf dem Weg stehen?«

Diesmal war es Elvira, die erschrocken zusammenfuhr.

Antonie rief freudig: »Sebastian!« Als sie Elviras neugierigen Blick spürte, sprach sie in nüchternem Ton weiter. »Wie du siehst, sind es heute sogar zwei unbescholtene Bürgerinnen.« Antonie stellte die beiden einander vor.

»Es tut Tannau nach diesem Winter gut, dass wieder Gäste kommen. Daran merken wir, dass es noch eine ganz andere Welt gibt.«

Antonie lachte. »Genau das habe ich mir vorhin am Bahnhof auch gedacht.«

Sie schauten sich kurz in die Augen. Es war das erste Mal seit dem Unglücksabend, dass sie miteinander sprachen. Selbst wenn sie sich im Dorf zufällig über den Weg gelaufen waren, hatten sie kein Wort gewechselt, um nicht einem neuerlichen Gerücht Nahrung zu geben.

»Sind Sie auch Lehrerin?«

»Das bin ich, und für alle Freunde von Antonie bin ich Elvira.« Sie lächelte.

»Sebastian. Angenehm.« Er wandte sich wieder Antonie zu. »Gundi scheint es ganz gut zu gehen in Anbetracht der Umstände.«

»Das finde ich auch. Sie hat mir erzählt, dass sie viel bei euch ist. Deine Mutter ist genau die richtige Person für Gundi. Sag ihr ganz herzliche Grüße von mir.«

»Die richte ich ihr gerne aus. Sie würde sich bestimmt freuen, wenn ihr mal vorbeischaut. Von unserer Talseite hat man einen schönen Blick auf Tannau.«

»Die Einladung nehmen wir gerne an, nicht wahr, Antonie?«

Elvira rempelte die Freundin an. »Wenn wir Zeit finden. Wir haben ein straffes Besichtigungsprogramm.«

»Allzu viele Sehenswürdigkeiten gibt es in Tannau ja nicht. Aber der Streuselkuchen meiner Mutter ist eine davon.« Sebastian lachte Antonie an. »Dann verbleiben wir so. Ich muss weiter, sonst macht das Amt vor meiner Nase zu.« Er grüßte, lief ein paar Schritte, drehte sich um und winkte ihnen mit seinem Hut zu.

»Mein liebes Fräulein Weber.« Elvira stemmte die Hände in die Hüften. »War das der Revierförster, von dem du mir in einem Nebensatz einmal erzählt hast?«

Antonie errötete.

»Der werte Herr Revierförster hatte nur Augen für dich. Mich hat er wie eine alte Tante behandelt, zu der man höflich ist.«

»Nun übertreib mal nicht.« Doch Elvira hatte nicht unrecht, und das brachte Antonies Herz schneller zum Schlagen. »Los, sonst kommen wir heute nicht mehr in Tannau an«, sagte sie, um vom Thema abzulenken. Angesichts von Elviras Hartnäckigkeit ein schwacher Versuch.

Endlich lag die Schulgasse vor ihnen. Die Sonne war längst hinter dem Roßberg verschwunden. »Das letzte Stückchen«, ermunterte Antonie Elvira und sich selbst. »Tannau macht seinem Namen als Bergdorf alle Ehre. Himmel, war das ein Anstieg!«

Vor der Schwelle zur Schultür atmeten sie erleichtert durch und genossen den Ausblick, der sich von hier aus bot.

»So ein tolles Panorama haben wir in Haidhausen nicht, das muss ich gestehen. Dafür kann man bequem mit der Straßenbahn von einem Ort zum anderen fahren.«

»Komm rein in die gute Stube.«

Elvira zeigte sich angemessen angetan von den renovierten Räumen. Auch Antonies Kammer fand sie passabel. »Da musst du ja ordentlich Eindruck auf den Prinzregenten gemacht haben. Es sieht alles aus wie neu.«

Von Monika und Jochen hatte Antonie ein altes Bettgestell ausgeliehen bekommen, und Jochen hatte es unter dem Fenster aufgebaut.

»Na, das nenn ich doch eine richtige Sommerfrische«, freute sich Elvira. »Ich hatte schon befürchtet, mit dir ein Bett teilen zu müssen, wo du doch so furchtbar schnarchst.«

»Gar nicht wahr!«, rief Antonie, schnappte sich ihr Kopfkissen und warf es nach Elvira. Die hielt sich nicht zurück, und bald tobten sie durchs Zimmer wie zwei Schulmädchen. Erschöpft ließen sie sich auf ihre Betten fallen.

»Ich muss auspacken.« Elvira öffnete die Schnallen ihres Koffers. »Was haben wir denn da?«, rief sie und zauberte eine Arzneiflasche daraus hervor. »Hier der Hustensirup aus der Engel-Apotheke. Für wen brauchst du ihn noch mal?«

»Für unseren Pfarrer. Seit ein paar Wochen, seit der Beerdigung des Schulmeisters, hustet er, und es wird nicht besser. Dem Arzt aus Berchtesgaden traue ich nicht.«

Elvira kramte weiter in ihrem Koffer. »Da haben wir etwas ganz Feines.« In einer braunen Papiertüte steckte eine dicke Dauerwurst.

Sogleich holte Antonie ein Messer und schnitt die Wurst an. »Die haben wir uns nach der Wanderung redlich verdient.«

Jede von ihnen bekam eine Scheibe Wurst in die Hand.

Als Nächstes zog Elvira eine Tüte voller Backzutaten aus dem Koffer.

»Da wird sich Magda freuen. Vielen Dank. Sie bäckt für ihr Leben gern.«

Zum Schluss holte Elvira ein in Seidenpapier eingeschlagenes Päckchen heraus und reichte es Antonie.

»Für mich?«, fragte diese überrascht.

»Natürlich für dich. Ich werde doch nicht für alle anderen Geschenke mitbringen, und du gehst leer aus. Komm, mach schon auf!«

Vorsichtig öffnete Antonie das Päckchen. Seidenpapier raschelte, und Antonie wusste, wer sich darüber freuen würde. Zwischen den Schichten aus Papier lag eine zusammengefaltete hellblaue Bluse. Begeistert hielt Antonie sie hoch. Sie hatte Puffärmel und weiße Tressen am Vorderteil. Die kleinen Perlmuttknöpfe glänzten. »Wie schön!« Mehr konnte Antonie nicht sagen. In Tannau beschränkte sich das Angebot an Kleidung auf die Auswahl im Kramerladen, und die richtete sich nach der Zweckmäßigkeit und Robustheit der Kleidungsstücke.

»Probiere sie gleich an«, drängte Elvira und half Antonie hineinzuschlüpfen.

»Was für ein feiner Kattunstoff.« Zärtlich strich Antonie darüber. »Elvira, ich muss mit dir schimpfen! So viel Geld für mich auszugeben!«

»Papperlapapp. Das war ein Sonderangebot.«

Es war offensichtlich, dass Elvira flunkerte, doch Antonie beließ es dabei. Sie kannte Elviras Großzügigkeit und wollte sie nicht dafür kritisieren.

Dass sie, in ihre Betten gekuschelt, bis in die Nacht hinein Neuigkeiten ausgetauscht hatten, merkten sie am nächsten Morgen. Sie hatten verschlafen, und nun mussten sie sich sputen, um pünktlich zur Ostermesse zu erscheinen.

Die Kirche war voll besetzt, und natürlich erregte Elvira Aufsehen, als sie mit Antonie in der letzten Bank Platz nahm. Vor allem die Männerseite geriet ein wenig in Aufruhr.

Der arme Pfarrer Bichler hustete sich durch den Gottesdienst. Zu Antonies Bedauern kam der Chor nicht zum Einsatz und Elvira so nicht in den Genuss seiner Gesangeskunst.

Pfarrer Bichler hatte vor ein paar Tagen abgesagt. »Ich will den Gottesdienst so kurz wie möglich halten, denn ich schaffe es einfach noch nicht, länger auf den Beinen zu sein«, hatte er der besorgten Antonie erklärt. Sein wächsernes Gesicht gefiel ihr heute gar nicht.

Nach dem Kirchgang zeigte Antonie ihrem Gast Tannau. Sie spazierten eingehakt über den Dorfplatz, und Antonie musste lachen. Ob im Englischen Garten in München oder hier in Tannau, Elvira zog stets die Blicke der jungen Männer auf sich. Beim Dorfbrunnen trafen sie auf Helena und Anton. Für unverheiratete Pärchen war es oft besser, sich an einem öffentlichen Ort zu treffen. Damit boten sie keinen Anlass für Dorftratsch.

Helena und Elvira verstanden sich auf Anhieb. Anton erzählte lustige Geschichten und brachte die drei Damen zum Lachen.

»Ein wenig hat er sich geschmeichelt gefühlt als Hahn im Korb«, meinte Antonie später beim Heimweg.

»Wann werden die beiden heiraten?«, wollte Elvira wissen.

»Ich weiß gar nicht, ob das schon ein Thema zwischen ihnen ist.«

»Na abwarten, das kann manchmal schneller gehen, als einem lieb ist.«

Da die Sonne gerade durch die Wolken brach, setzten sie sich auf die Bank vor dem Schulhaus.

»Elvira, ich kenne dich lange genug. Was war das für eine Bemerkung vom Heiraten und dass es manchmal schneller geht, als einem lieb ist?«

»Das habe ich nur so dahingeplappert.«

»Elvira!« Antonie sah ihre Freundin streng an.

»Ich hätte es dir schon gesagt. Der richtige Zeitpunkt war noch nicht da.«

Antonies Augen weiteten sich, und sie musterte Elviras Bauch.

»Nein, du Dummerchen, so brisant ist es nicht. Ich habe nur jemanden kennengelernt.«

»Und?«

»Nichts und!« Elvira verschränkte die Arme vor der Brust. Als sie Antonies unnachgiebigen Gesichtsausdruck sah, fuhr sie fort. »Wir haben durchaus vom Heiraten gesprochen. Er wäre sofort bereit, aber ich habe mir Bedenkzeit erbeten. Darum bin ich auch zu dir gekommen. Um hier oben meinen Kopf frei zu kriegen.«

Antonie schwieg. Sie musste die Neuigkeit erst verdauen. »Du müsstest das Unterrichten aufgeben«, stellte sie schließlich fest.

»Deshalb ist es ja eine so gewichtige Entscheidung. Ich wollte immer unterrichten. Wenn ich von Anfang an hätte heiraten wollen, dann hätte ich mir doch die Englischen Fräulein mit ihrem Lerndrill nicht angetan. Mein Leben wäre viel leichter gewesen.«

»Dann hätten wir uns nie kennengelernt«, entrüstete sich Antonie.

»Darum ist alles so weit gut, wie es ist.« Elvira senkte den Kopf, und Antonie umarmte sie. Ein leises Schluchzen war zu hören. Elvira, die immer Heitere, weinte sich ihre Sorgen und ihre Anspannung von der Seele. Nach einer Zeit richtete sie sich auf und schnäuzte sich ganz ungeniert in das Taschentuch, das Antonie ihr reichte.

»Du wirst die richtige Entscheidung treffen. Du bist Elvira, die stärkste Frau, die ich kenne.«

Elvira lächelte. »Eigentlich bist du an allem schuld.«

»Ich?«

»Ja, du! Dank dir bin ich in dieser misslichen Lage.«

»Ich höre wohl nicht recht. Ich sitze hier oben komplett abgeschieden von der Welt, und ich soll verantwortlich sein? Das glaube ich nicht.«

»Du erinnerst dich doch an den Brief, den ich für dich an das Architekturbüro schicken sollte.«

»Natürlich. Ich hoffe nur, das hast du auch gemacht.«

»Ich bin sogar höchstpersönlich hingegangen, um ihn einzuwerfen.«

»Und?«

»Dazu kam es nicht. Als ich vor der Haustür stand, ging diese auf, und ein Architekt trat heraus.«

»Dem hast du hoffentlich den Brief in die Hand gedrückt.« Nicht auszumalen, wenn nicht! Womöglich machte sich der junge Architekt doch noch einmal auf den Weg nach Tannau.

Elvira lächelte Antonie an wie ein Schulkind, das eine einfache Rechenaufgabe nicht lösen kann.

Da begriff Antonie, sie schlug die Hand vor den Mund.

»Genau! Jener junge Architekt, für den der Brief gedacht war, stand plötzlich vor mir und lud mich galant zu einem Spaziergang ein.«

Sprachlos starrte Antonie Elvira an.

»Du kannst deinen Mund wieder zumachen.« Elvira lachte nervös. »Antonie, bitte sei nicht so schockiert. Du machst mir ein ganz schlechtes Gewissen.«

»Nein, liebe Elvira, ich weiß nur nicht, was ich sagen soll. Am Ende ist es meine Schuld, dass dein Leben auf dem Kopf steht.«

»Ganz im Gegenteil, ich bin dir dankbar. Und von Thomas soll ich dich ganz herzlich grüßen. Er bedankt sich tausendmal, dass du mich zu ihm geschickt hast.«

Plötzlich fing Antonie an zu lachen. »Das ist die unglaublichste Geschichte, die ich je gehört habe. Das war sozusagen pures Schicksal, dass ihr euch an der Tür getroffen habt.«

Elvira nickte.

»Nun erzähl schon. Ich will alles wissen. Ihr wart spazieren, und dann?«

Antonies Neugier schien die Freundin zu beruhigen, und aufgeregt erzählte Elvira, wie sie zusammen spazieren gewesen seien, dann noch einmal, und beim dritten Mal habe Thomas sie hinterher ins Café Luitpold eingeladen. »Im Weißen Brauhaus im Tal waren wir abends essen, sein Chef hat es nämlich umgebaut, und Thomas hat mir stolz gezeigt, was sein Part dabei war.«

»Und was war das? Die Fassade oder das Gewölbe?«

Elvira wurde rot. »Nein, stell dir vor, er war für die Toiletten verantwortlich.«

Die beiden prusteten los. Ach, dachte Antonie, nur mit Elvira konnte man so herrlich albern sein. »Er ist ja ein richtiger Toilettenarchitekt«, neckte Antonie sie.

»Untersteh dich, meinen Verlobten so zu nennen.«

»Was, ihr seid schon verlobt?«

»Fast. Er hat mich gefragt. Noch habe ich nicht Ja gesagt. Deswegen bin ich doch hier: um herauszufinden, ob ich Ja sagen will.«

»Mit allen Konsequenzen?«

»Genau, mit allen Konsequenzen.«

Beide schwiegen ernst.

»Seine Eltern würden die Verbindung gutheißen.«

»Die hast du auch schon kennengelernt?«

»Sie haben mich zum Essen eingeladen. Der alte Hafner ist Ingenieur bei Siemens, und seine Mutter ist eine von der ruhigen Art. Thomas ist ihr einziges Kind, und sie wollen für ihn nur das Beste.«

»Du bist das Beste, was ihrem Herrn Sohn passieren kann. Das ist ihnen doch hoffentlich klar?«

»Lieb, dass du das sagst.«

»Und deine Eltern?«

»Die wären heilfroh. Sie meinen, so eine gute Partie dürfte ich nicht ausschlagen.«

Antonie erkannte, wie groß der Druck war, der auf Elvira lastete. Sie beschloss deshalb, ihrer Freundin keinen guten Rat zu geben. Elvira musste auf ihr eigenes Herz hören. Himmel, dachte sie, das hörte sich an wie aus einem Roman der Courths-Mahler. Sie drückte Elvira fest. »Von einem bin ich überzeugt: Du wirst die richtige Entscheidung treffen.«

Beim Morgengottesdienst am Ostermontag hustete Pfarrer Bichler schon weniger. Antonie hoffte, dass der Sirup ihm geholfen hatte. Schwach und wackelig auf den Beinen wirkte er trotzdem. Magda hatte ihr versichert, dass sie ihm viel Tee koche und immer einen heißen Bettwärmer unter seine Decke lege.

»Der Herr Pfarrer braucht viel Ruhe. Richte ihm bitte von mir aus, er soll vorläufig keine Besuche empfangen. Das strengt ihn zu sehr an.« Antonie drückte Magda die Hände. »Ich weiß, bei dir bekommt er die Pflege, die ihm guttut. Wenn du Hilfe brauchst, dann hole mich.«

Magda nickte und ging grußlos, wie sie es immer tat, ins Pfarrhaus. Besorgt sah Antonie ihr nach.

»Sie ist ein gutes Mädchen«, stellte Elvira fest.

»Ja, und ich bin froh, dass Pfarrer Bichler sie hat und dass Magda den Pfarrer hat.« Sie warf einen letzten Blick zum

Pfarrhaus. »Er ist erst einmal gut versorgt. Und wir machen jetzt unseren Ausflug!«

Das Wetter zeigte sich österlich warm und von seiner besten Seite. Die beiden hatten einen Ausflug zum Königssee geplant.

»Den ganzen Winter bin ich nicht aus Tannau herausgekommen. Du kannst dir nicht vorstellen, wie sehr ich mich auf diesen Ausflug freue«, meinte Antonie, als sie nach Berchtesgaden aufbrachen. »Ein wenig eingesperrt ist man in einem Bergdorf im Winter allerdings.« Und doch war in dieser Zeit viel passiert. Die Lawine kam Antonie in den Sinn, und ein Schatten legte sich über ihr Gesicht.

Elvira hakte sie unter.

»Los, lass uns ein wenig schneller gehen.« Sprach's und fing munter an zu hüpfen.

In Berchtesgaden überquerten sie den Bahnhofsplatz und kauften am Schalterhäuschen der Königsseebahn ihre Fahrkarten. Eine große Menschenmenge stand wartend auf dem Bahnsteig. Antonie merkte, wie gut es ihr tat, einmal andere Gesichter zu sehen. »Ich fühle mich wie eine Urlauberin.«

Der Schaffner gab das Zeichen zum Einstieg, und sie ergatterten einen Platz am Fenster. Aufgeregt wie kleine Kinder, die zum ersten Mal Zug fuhren, schauten sie nach draußen. Der Pfiff des Schaffners schrillte. Ruckelnd setzte sich der Zug in Bewegung.

»Die Bahn fährt elektrisch«, erklärte ein Herr hinter ihnen seiner Frau und gab nach einer Weile zur Auskunft: »Das links ist die Königsseer Ache.« »Das ist praktisch«, flüsterte Elvira Antonie zu. »Da haben wir einen Reiseführer gleich mit an Bord.«

»Das ist der Hohe Göll!« Der Mann hinter ihnen sagte

es in einem Ton, als hätte er den Berg höchstpersönlich geformt.

Elvira rollte mit den Augen und blies die Backen auf, dass sie aussah wie ein Kugelfisch, der nach Luft schnappte. Antonie musste in ihr Taschentuch beißen, um nicht laut loszuprusten.

Eine Viertelstunde später erreichten sie den Bahnhof Königssee. Mit seinen Arkaden wirkte er freundlich, und auf dem Dach saß ein kleines Türmchen, dessen Uhr Viertel vor elf zeigte. Die Passagiere drängten nach draußen, und nicht wenige blieben mitten auf dem Weg stehen, um den beeindruckenden Blick auf die Berge zu genießen. »Das ist der Hohe Göll«, sagte Elvira mit tiefer Stimme und zeigte mit einer großen Handbewegung auf irgendeinen Berg.

»Verzeihen Sie, Fräulein«, verbesserte sie prompt eine ältere Dame. »Das ist der Jenner. Der Hohe Göll ist dahinter.«

»Haben Sie vielen Dank für Ihren Hinweis. Sonst hätte ich mein ganzes Leben lang den Jenner für den Göll gehalten«, antwortete Elvira mit todernster Stimme.

Ein verblüffter Blick traf sie, dann liefen die beiden jungen Damen laut kichernd davon.

»Ich kann nicht mehr.« Antonie hielt sich die Seite. »Das war zu drollig. Sieh mal, der See muss gleich hier unten sein.«

Beschwingt ließen sie das Bahnhofsgebäude hinter sich. Auf dem Weg zum See standen links und rechts Verkaufsbuden, die allerlei Waren anboten. Elvira blieb an einem Stand mit gedruckten Baumwolltüchern stehen.

»Nein, jetzt wird nichts angeschaut!« Antonie zog sie fort wie ein kleines Kind von der Auslage eines Süßwarenladens.

Die beiden gingen vor bis ans Wasser und spazierten am Ufer entlang. Eine große Schar Enten schwamm auf dem glitzernden See, Schiffe glitten durch das Wasser, und die bewaldeten Berghänge leuchteten im ersten Grün.

»Lass uns eine Überfahrt machen«, schlug Elvira vor.

»Ja, unbedingt! Jochen hat erzählt, dass die Boote elektrisch fahren.«

»Diese Elektrizität ist toll und irgendwie unheimlich. Hafners haben elektrisches Licht in ihrer großen Wohnung. Man drückt auf einen Schalter, und der Kronleuchter erstrahlt in hellem Glanz!«

Die Schlange vor dem Fahrkartenkiosk war lang, doch dann waren sie endlich an Bord. Der Fahrkartenkontrolleur zwinkerte ihnen frech zu, als er ihre Fahrscheine abzwickte.

Sie nahmen auf den Holzbänken Platz. Das Boot schaukelte sanft hin und her. Der Kapitän mit seiner weißen Mütze schritt durch die Reihen nach vorne zur Führerkabine, und kurz danach begann der Motor erstaunlich leise zu brummen. Die Leine wurde gelöst, und sie fuhren los. Fast lautlos glitt das Boot über das funkelnde Wasser.

Nach einer Weile nahm der junge Kontrolleur in der Mitte des Bootes Aufstellung und erzählte allerhand Wissenswertes über den Königssee.

»Hui«, sagte Elvira, als sie hörte, dass er über hundert Meter tief war. »Dann hoffe ich mal, dass wir nicht Schiffbruch erleiden.«

»Keine Angst, wertes Fräulein, bei uns sind Sie sicher. Anders ist es den Wallfahrern ergangen, die 1688 an dieser Stelle mit ihrem Holzboot gekentert sind. Einundsiebzig Pilger kamen damals ums Leben. Dort drüben an der Felswand hat man ihnen zu Ehren eine Gendenktafel angebracht.« Er genoss sichtlich das Unbehagen, das sich vor allem auf den Gesichtern der weiblichen Fahrgäste zeigte.

Das Boot fuhr eine leichte Rechtskurve, und nun hatte

man einen Blick über den gesamten See bis zur Kirche Sankt Bartholomä, deren rotes Dach in der Sonne leuchtete. Rechts und links fielen die Berghänge steil zum See hin ab. Wie eingezwängt lag er zwischen den Felsen.

»Das ist beeindruckender, als ich gedacht habe«, gab Elvira zu.

In der Mitte des Sees hielt das Boot an, und der junge Fahrkartenkontrolleur holte unter seinem Sitz eine Trompete hervor.

»Das Echo, das Echo!«, riefen alle freudig.

Mit großer Geste führte er die Trompete an den Mund und spielte eine Melodie. Nach ein paar Takten setzte er ab, und tatsächlich, das Echo war deutlich zu hören, sogar das Echo des Echos. Er spielte weiter und setzte erneut ab, damit die Passagiere dem Klang des Echos lauschen konnten. Beim dritten Mal brachte er die kleine Melodie zu Ende. Alle klatschten begeistert. Mit gespielter Scham nahm er die Mütze ab und ging durch die Reihen, um das Trinkgeld einzusammeln, das reichlich gegeben wurde. Auch Antonie warf fünf Pfennig hinein, während Elvira charmant lächelte und meinte: »Sie zahlt für uns beide.«

Rechts von ihnen erhob sich die mächtige Ostwand des Watzmannmassivs. Die Passagiere mussten ihre Hälse recken und die Köpfe verdrehen, um an ihr hochzusehen. In Sankt Bartholomä legte das Boot an.

Untergehakt spazierten Antonie und Elvira am Ufer entlang, setzten sich auf eine freie Bank und genossen den Blick, die Luft und das Summen der Bienen, die das schöne Wetter zu ersten Testflügen nutzten.

Antonie schloss die Augen. Was für ein schönes Gefühl, Elvira neben sich zu wissen. Sie hatten die Zeit bei den Englischen Fräulein gemeinsam bewältigt, manch dunkle Stunde durchgestanden. Sie hatten sich ihren Schmerz und Ärger von der Seele geredet, und noch viel öfter hatten sie zusammen gelacht. Mit Elvira war es einfach immer lustig. Ohne sie, davon war Antonie überzeugt, wäre die Schul- und Studienzeit viel mühsamer und langweiliger gewesen.

»Kannst du dich noch daran erinnern, dass du mir die Zunge herausgestreckt hast?«, fragte sie Elvira.

»Habe ich nie und nimmer!«, protestierte diese sofort. »Ich war voller Bewunderung für deine ordentliche Schrift. Die sah wie gedruckt aus.«

»Und doch warst du auf mich sauer, weil die hübsche Margarete von dir weggesetzt wurde und ich, die arme Waise, deren Platz bekam.«

»Hör mir bloß auf mit der Margarete. Das war eine falsche Schlange. Damals habe ich mich von ihren blonden Locken und ihrem unschuldigen Puppengesicht beeindrucken lassen. Sie war es, die mich bei der Schwester Oberin angeschwärzt hat, als ich heimlich auf dem Oktoberfest war.«

Antonie lachte auf. »Das war ein tolles Stückchen, das du dir da geleistet hast. Spazierst trotz aller Verbote vergnügt über den Festplatz.«

»Der Ausflug ist nur aufgeflogen, weil mich die Zuckerwatte an meiner Jacke verraten hat.«

Den Erinnerungen nachsinnend, schauten beide auf den in der Sonne glitzernden Königssee.

»Sag mal ehrlich«, griff Elvira das Thema auf, das unausgesprochen zwischen ihnen stand. »Dieser Sebastian scheint ein netter und attraktiver Mann zu sein. Was, wenn er dir Avancen macht?«

Antonie schwieg und schob mit ihrer Schuhspitze die Steinchen umher. »Ich weiß es nicht. Ich weiß es wirklich nicht. Ich habe mich noch nicht getraut, so weit zu denken.«

»Glaub mir, er hat eindeutig Interesse an dir.«

»Pah, du hast ihn nur kurz gesehen.« Nur blöd, dass die feinfühlige Elvira in solchen Dingen oftmals richtig lag. »Mir hat noch kein Mann einen Heiratsantrag gemacht, im Gegensatz zu dir. Lass uns lieber über Tatsachen reden, als zu spekulieren. Lass uns lieber über dich reden.«

Elvira seufzte. »Das Wasser hat eine beruhigende Wirkung.«

»Lenk nicht vom Thema ab«, ermahnte sie Antonie.

»Ich liebe es, Lehrerin zu sein, das weißt du. Nur muss ich mich fragen, ob das Opfer, das der Beruf von mir verlangt, es mir wert ist.«

»Willst du Kinder?«

»Du weißt selber, ich wollte nie welche. Seit ich Thomas kennengelernt habe, sieht die Welt ganz anders aus.«

»Ist es nur die erste Verliebtheit, oder steckt mehr dahinter?«

»Mit ihm könnte ich mir eine Familie vorstellen.«

Beide schwiegen.

»Der See liegt glatt vor uns, und doch geht er über hundert Meter tief hinunter. Genauso fühle ich mich.« Elvira zeigte auf den Königssee. »Ich sehe nur die glatte Wasseroberfläche, auf der sich die Sonne spiegelt. Wie tief es darunter ist, das sehe ich einfach nicht.«

»Dann gibt es nur einen Weg, es herauszufinden.«

»Wie?«

»Du musst springen!« Antonie nahm Elviras Hände und drückte sie.

»Ich weiß. Eigentlich habe ich es von dem Augenblick an gewusst, als ich ihn zum ersten Mal traf.«

»Dann feiern wir dieses Jahr Hochzeit!«, rief Antonie freudig aus.

»Ich … ich glaube schon«, stotterte Elvira, sichtlich von

sich selbst überrascht. »Der Königssee ist schuld«, sagte sie. »Wenn man hier sitzt, erscheint einem alles möglich.«

Später spazierten sie zu dem Biergarten, nahmen Platz an einem der Tische, die unter den alten Kastanienbäumen standen, und bestellten Semmelknödel mit Bratensauce. Zur Feier des Tages tranken sie zwei kleine Bier. Der Ausflug riss zwar ein gehöriges Loch in Antonies Haushaltskasse, aber er war jeden Pfennig wert, befand sie zufrieden und trank genussvoll den letzten Schluck Bier.

Der Besuch in der Kirche von Sankt Bartholomä fiel enttäuschend aus. Von außen mit den kugeligen Dachhauben machte sie mehr her. Antonie zündete eine Kerze an. »Für dich, damit du beim Sprung ins kalte Wasser nicht untergehst«, erklärte sie.

Bei der Rückfahrt herrschte Schweigen an Bord. Die frische Bergluft und die Bewegung hatten alle müde gemacht. Antonie blickte nachdenklich aus dem Fenster. Der Rat, den sie Elvira gegeben hatte, galt nicht für sie selbst. Elvira hatte Eltern, strenge durchaus, doch sie hatte Eltern. Einen Sprung ins Wasser konnte sie riskieren. Untergehen würde sie nicht. Ihre Familie würde sie wieder herausfischen. Bei Antonie hingegen gab es niemanden, der darauf achtete, ob sie den Boden unter den Füßen verlor. Sie hatte Angst, in eine Untiefe zu geraten und darin zu versinken. Dieses Risiko konnte sie nicht eingehen.

Ganz im Geheimen wünschte sie sich Kinder. Nur war ihre Angst viel zu groß, sie müssten das gleiche Schicksal erleiden wie sie. Eine Zeit im Waisenhaus, wie sie sie erlebt hatte, wollte sie keinem Kind zumuten. Auf keinen Fall! Eine glückliche Kindheit, eine glückliche Familie, das war für andere bestimmt, nicht für sie. Sie konnte sich den Sprung ins Wasser nicht erlauben.

Wie ein Taucher, der langsam wieder an die Oberfläche glitt, wanderten ihre Gedanken hinauf in die Gegenwart. Antonie stupste ihre Freundin an. »Du hast sicher über das Hochzeitskleid nachgedacht.«

»Du kennst mich einfach zu gut.« Begeistert erzählte Elvira von ihrem Traumkleid. »Ich habe schon eines beim Beck am Rathausplatz gesehen. Sündhaft teuer, das kann ich mir nie leisten. Meine Schneiderin hat mir versichert, sie würde es für den halben Preis hinbekommen.«

»Das hört sich für mich nach einem sehr konkreten Plan an«, lachte Antonie. »Viele Zweifel konntest du nicht gehabt haben.«

»Das eine hat mit dem anderen nichts zu tun«, rechtfertigte sich Elvira. »Man darf sich schließlich ein wenig umschauen. Wie bei einem Schaufensterbummel.« Elvira schwärmte von dem Kleid, das weit fiel, weil es ohne Korsett auskam. »Darüber sitzt eine Lage Spitze, und die Ärmel sind nur aus feiner Spitze gearbeitet.«

»Elvira, dir ist schon klar, dass man aus Liebe heiratet und nicht des Kleides wegen«, neckte sie Antonie.

»Ach so? Das ist mir neu.« Elvira riss die Augen weit auf und meinte in gespieltem Erstaunen: »Gut, dass du mich aufklärst. Ich war immer der Ansicht, ich heirate ein Hochzeitskleid, und nun muss ich erfahren, ich heirate im Hochzeitskleid!«

»Siehst du, es war schon richtig, dass ich deine beste Freundin geworden bin und nicht diese Margarete.«

»Dafür bin ich wahrlich dankbar.«

Zurück an der Seelände, durfte Elvira ausgiebig die Stände begutachten. Die meisten boten Souvenirs an, geschnitzte Andenken, Postkarten, aber auch Murmeltiersalbe für die rheumageplagten älteren Herrschaften. Elvira entschied sich für eine silberne Kette mit rundem Anhänger, auf dem der Watzmann eingraviert war. Zufrieden legte sie das dünne Schmuckstück gleich um. Mit zusammengekniffenen Augen betrachtete sie Antonie kritisch. »Du brauchst unbedingt einen Hut. Auf deiner Nasenspitze sitzt ein Sonnenbrand.«

Vor einem Geschäft waren verschiedene Strohhüte auf einem hölzernen Ständer ausgestellt. Kurz entschlossen setzte Elvira Antonie einen auf den Kopf. Dann noch einen und noch einen. Beim fünften entschied sie, dass es der richtige sei.

»Glaubst du wirklich?«, fragte Antonie zweifelnd.

»Im Laden haben wir einen Spiegel«, sagte die Verkäuferin und wies nach innen.

Antonie begutachtete sich von allen Seiten. Der Strohhut passte perfekt zu ihrer neuen blauen Bluse, die sie heute zum ersten Mal ausführte. Und im Sommer würde er ihr gute Dienste leisten. Sie kaufte ihn. Das rote Hutband flatterte lustig bei der Fahrt zurück mit der Lokalbahn.

»Und jetzt noch den ganzen Weg nach oben«, stöhnte Elvira, und auch Antonie konnte sich Schöneres vorstellen als eine gute Stunde Fußmarsch bergauf ins Dorf.

Doch sie hatten Glück. Der Postwirt kam ihnen entgegen, er hatte bei der Brauerei in Berchtesgaden frische Bierfässer geholt. Er ließ die beiden jungen Damen aufsitzen, und langsam zogen die Haflinger die Last nach Tannau.

Noch einen Tag blieb Elvira, dann übermannte sie die Sehnsucht nach Thomas. Zu gerne wollte sie ihm ihren Entschluss mitteilen.

»Er ist keine schlechte Partie«, versicherte ihr Antonie. Und mit seiner Art, sich extravagant zu kleiden, passte er gut zur lustigen Elvira. »Du brauchst keinen langweiligen Stinkstiefel, sondern jemanden, der genauso verrückt ist wie du.«

»Du musst es ja wissen. Du hast Thomas schließlich für mich ausgesucht.«

»Macht es dir nichts aus, dass er eigentlich zuerst mich heiraten wollte?«, scherzte Antonie.

»Ganz im Gegenteil, das spricht für ihn und seinen guten Geschmack.« Elvira umarmte Antonie stürmisch. »Ich bin so glücklich. Das muss an der Bergluft von Tannau liegen. Da bekommt man den Kopf tatsächlich frei!«

Antonie hatte Elvira angeboten, sie zum Bahnhof zu begleiten, aber diese hatte abgelehnt. »Ich mag keine Abschiede am Bahnhof. Lass uns lieber hier Lebewohl sagen. Außerdem wird es mir guttun, noch ein wenig allein zu sein und meinen Gedanken nachzuhängen. Denn bald wird ein Mann ständig an meiner Seite sein, und dann habe ich keine Ruhe mehr.«

Antonie brachte Elvira wenigstens vor bis zur Brücke.

»Nun musst du alleine zum Kuchenessen zu Sebastian gehen«, sagte Elvira mit einem schelmischen Lächeln.

»Das mit dem Heiraten überlasse ich dir. Ich behalte mir lieber meine Freiheit.«

Elvira schaute plötzlich ernst. »Eines versprich mir: Du hörst ein klein wenig auf dein Herz und nicht nur auf deinen Verstand.«

Antonie versprach es ihr. Wohl wissend, dass sie es sich nicht leisten konnte, auf ihr Herz zu hören.

Abschied und Neuanfang

Es klopfte. Es klopfte heftiger, dann wurde mit der flachen Hand gegen die Tür geschlagen. Antonie schreckte aus tiefem Schlaf auf. Mit einem unguten Gefühl lief sie zur Tür, riss sie auf, und als hätte sie es geahnt, erblickte sie Magda, die wild gestikulierte und völlig aufgelöst zu sein schien. In ihrer Panik brachte sie kein verständliches Wort heraus. Antonie war trotzdem klar, dass es nicht gut um Pfarrer Bichler stand. Sein Zustand hatte sich die letzten Tage verschlechtert, und nun befürchtete sie Schlimmstes. »Ich komme, Magda. Ich ziehe mich schnell an.« Antonie versuchte, gefasst zu klingen. In Windeseile nahm sie Bluse und Rock, verfluchte die kleinen Knöpfe, warf ihre Strickjacke über und eilte zur ungeduldig wartenden Magda.

Schon im Flur des Pfarrhauses war das Husten des Pfarrers zu hören. In seinem Schlafzimmer brannten zwei Kerzen, und als Antonie ans Bett trat, erschrak sie. Seine Wangen waren eingefallen, die Augen saßen tief in ihren Höhlen und starrten unbewegt an die Decke. Sein Atem rasselte, und für Antonie war klar, dass es mit ihm zu Ende ging. Magda kniete sich neben ihn und nahm seine Hand. Angstvoll blickte sie zuerst den Pfarrer an, dann Antonie.

»Pfarrer Bichler, ich bin es, Antonie Weber. Die Lehrerin.«

Langsam wanderten die Augen zu ihr. Seine Mundwinkel zuckten, als versuchte er ein Lächeln, das Antonie erwiderte. Wie schwer ihm das Atmen fiel.

»Magda, ich gehe schnell in die Küche. Bin sofort zurück.«

Sie schöpfte heißes Wasser in einen Topf, holte Geschirrtücher und trug alles ins Schlafzimmer. Aus einem Beutel nahm sie getrocknete Pfefferminze und warf sie in das dampfende Wasser. Sogleich stieg der Geruch nach frischer Minze auf. Sie tränkte die Geschirrtücher und hängte die feuchten Tücher im Zimmer auf. Mit beruhigender Stimme erklärte sie, dass dadurch die Luftfeuchtigkeit steige. »Ich hoffe, Sie bekommen jetzt besser Luft.«

Antonie zog sich einen Stuhl heran und setzte sich neben das Bett. Pfarrer Bichler drehte seinen Kopf zu ihr, und dieses Mal gelang ihm das Lächeln. Woraufhin er husten musste und Antonie ihm die Hand auf den Kopf legte. Seine Stirn war heiß, er fieberte.

»Wasser in der Lunge.« Pfarrer Bichler musste sich konzentrieren, um die Worte zu formen. Er wies auf seine Brust und machte eine abschätzige Handbewegung. Ihm war bewusst, wie es um ihn stand.

Still saßen sie da, und nach einer Weile fing Antonie an, das Marienlied zu singen. Seitdem sie in Tannau war, hatte sie bei einer Geburt, einem Lawinenunglück und nun bei einem Sterbenden gesungen. »Dein Mantel ist so schön und weit, bedeckt die ganze Christenheit, bedeckt die ganze weite Welt, ist aller Zuflucht und Gezelt.«

Diese Strophe gefiel dem Pfarrer am besten, denn er drückte schwach Antonies Hand, und so sang sie die Strophe wieder und wieder. Pfarrer Bichler schloss die Augen. Seine Gesichtszüge entspannten sich, sein Atem ging regelmäßiger. Antonie hoffte, er fände Schlaf.

Nach einiger Zeit öffnete Pfarrer Bichler die Augen und begann, heiser zu flüstern. »Im Schreibtisch, in der Schublade.«

Antonie nickte und stand auf. Im Arbeitszimmer war es dunkel und kalt. Zögernd stand sie in der Tür. Kurz fühlte sie sich wie eine Einbrecherin, als sie die Schublade des Schreibtisches aufzog. Ein Briefumschlag lag zuoberst. Antonie nahm ihn und brachte ihn dem Pfarrer.

Ungeduldig bedeutete er ihr, den Umschlag zu öffnen. Ein Blatt Papier und ein Sparbuch steckten darin. Das Papier war mit »Testament« überschrieben. Fragend sah Antonie den Pfarrer an und hielt den Brief hoch. Er nickte. Vorsichtig faltete sie ihn auseinander, zog die Kerze näher heran und las.

Es waren nur wenige Zeilen, denn das Vermächtnis des Pfarrers war kurz. All seinen persönlichen Besitz – das Geld auf dem Sparbuch und Aktien, die er von seinen Eltern geerbt und nie angerührt hatte – vermachte er Magda. »Damit ist sie abgesichert.« Das Sprechen fiel ihm zusehends schwerer, Antonie musste ihr Ohr nahe an seinen Mund halten. »Magda zieht zu den Hubers. Ich habe das schon vor längerer Zeit mit Monika und Jochen besprochen.«

»Das ist sehr weise von Ihnen. Sie sind doch unser König Salomon.«

Wieder zuckten seine Mundwinkel zu einem Lächeln. Mit den Fingern klopfte er auf das Papier, und Antonie las weiter. »Es ist mein erklärter Wille, dass Fräulein Antonie Weber die Vormundschaft von Magda Häusler übernimmt.«

Antonie blickte dem Pfarrer in die Augen. Ihr Herz fühlte sich warm und weich an. »Das Amt übernehme ich gerne.« Liebevoll blickte sie zu Magda, die reglos neben dem Bett kniete. Bei Monika, Jochen und den Kindern würde es ihr gut gehen.

Sie schlug das Sparbuch auf. Überrascht schaute sie den Pfarrer an. Einen solch hohen Betrag hatte sie nicht erwartet.

Er musste sehr sparsam gelebt haben. Allein von diesem Guthaben war Magda bis zu ihrem Lebensende abgesichert. Nicht zu vergessen die Aktien, die ebenfalls im Testament erwähnt waren.

Monika hatte Antonie einmal erzählt, dass der Pfarrer aus gutem Haus stamme und seine Eltern ihn gerne als Bischof gesehen hätten. Doch zu ihrem Ärger hatte er sich für das einfache Leben in Tannau entschieden. Trotzdem hatten sie ihm, dem einzigen Kind, das Familienvermögen vererbt, schlussfolgerte Antonie.

Ein Hustenanfall schreckte sie aus ihren Gedanken hoch. Mit einem kühlen Lappen tupfte sie das Gesicht des Pfarrers ab und hielt ihm ein Glas Wasser an die Lippen. Er nahm einen kleinen Schluck.

Antonie drückte seine Hand als Versicherung, dass alles so kommen werde, wie er es wünschte.

Magda hatte ihren Kopf auf das Bett gelegt und war eingeschlafen. Antonie beugte sich zu ihr und strich ihr eine Strähne aus dem Gesicht. Es gab nichts mehr zu tun, darum sang Antonie leise weiter. Sang gegen die Angst und gegen den Schmerz. Ein neues Gefühl stellte sich ein. Sie sang voller Hoffnung in dieser Nacht voller Trauer.

In den frühen Morgenstunden öffnete Pfarrer Bichler noch einmal die Augen. Sein letzter Blick galt Magda, wie sie neben ihm schlief. Antonie sah, wie er versuchte, seine Hand nach ihr auszustrecken, und sie in der Bewegung leblos auf das Laken fiel. Da wusste Antonie, dass Pfarrer Bichler tot war.

Stille breitete sich aus. Das Rasseln seiner Lunge war verstummt. Dafür fingen draußen die Amseln und Zaunkönige mit ihrem Morgengesang an. Noch nie in ihrem Leben hatte Antonie sich so friedlich gefühlt wie jetzt, als sie am Bett des Verstorbenen und neben der schlafenden Magda saß. Ein stilles Gebet, dachte sie, ich sollte ein Gebet sprechen. Die Morgendämmerung wartete vor dem Fenster, und Antonie spürte, dass es keiner Worte bedurfte. Das hier war das Gebet, das schönste, das sie sich vorstellen konnte.

Behutsam weckte sie Magda und erklärte ihr, dass der Pfarrer gestorben sei.

Magda blickte den Toten lange an. »Seine Augen«, sagte sie.

Antonie verstand. »Sollen wir es zusammen machen?« Magda nickte. Antonie legte ihre Hand auf Magdas, und gemeinsam schlossen sie Pfarrer Bichlers Augen für immer.

Eine ganze Weile saßen sie still da. Plötzlich stand Magda auf, lief zum Fenster und öffnete es weit. Kühle Morgenluft wehte herein, und Antonie spürte, wie die Seele des Pfarrers sich hinaufschwang über die Bergspitzen und weiter hoch in den Himmel, wo er sicher schon freudig erwartet wurde.

Zusammen mit Magda richtete sie das Schlafzimmer her. Zwei große Kandelaber aus der Kirche stellten sie rechts und links des Bettes auf. Zuvor hatten sie den Leichnam gewaschen und dem Toten einen schwarzen Anzug angezogen. Zuletzt hatte Antonie ihm die Hände gefaltet und Magda seinen Rosenkranz darübergelegt. »Magda, hol bitte noch seine Bibel.« Das Kreuz aus dem Arbeitszimmer stellten sie auf das Fensterbrett, und mit einem seltsam zufriedenen Gefühl betrachtete Antonie den aufgebahrten Pfarrer Bichler. Nun konnte das Dorf Abschied von ihm nehmen.

Monika war die Erste, die kam. »Ich hatte heute früh ein komisches Gefühl und dachte, ich muss einmal nach dem Rechten sehen«, flüsterte sie Antonie im Flur zu. Andächtig trat sie zum Bett, kniete nieder und betete still.

Als sie geendet hatte, nahm Antonie sie mit in die Küche, wo Magda ein Frühstück herrichtete. »Du weißt von dem Testament und dem letzten Willen des Pfarrers?«

»Nur, dass Magda finanziell versorgt ist und wir sie aufnehmen sollen. Das haben wir schon vor langer Zeit besprochen.«

»Daran hat sich nichts geändert. Er hat mich zu Magdas Vormund und sie damit zu meinem Mündel gemacht.«

Monikas Augen leuchteten. »Was für eine weise Entscheidung. Er war schon ein schlauer Fuchs, unser Herr Pfarrer.« Monika versprach, nach der Stallarbeit wiederzukommen.

Der alte Mesner, auch er dem Tode näher als dem Leben, läutete die Glocken. So erfuhr ganz Tannau, dass sein Pfarrer nicht mehr unter ihnen weilte.

Der Strom der Tannauer, die ihrem geschätzten und geliebten Pfarrer die letzte Ehre erweisen wollten, riss nicht ab. Als einer der Ersten kam Bürgermeister Hocheder. Seine Frau erwies sich als große Hilfe, unterstützte Antonie und Magda ohne viele Worte. Sie gruppierte die Trauergäste und ließ jeweils nur ein paar ins Haus.

Antonie bat den Bürgermeister ins Wohnzimmer des Pfarrhauses. Ihr blieb nichts anderes übrig, als ihn hinsichtlich des Testaments ins Vertrauen zu ziehen. Wie sich herausstellte, war er bereits über alles im Bilde. Nur die Höhe des Guthabens auf dem Sparbuch überraschte auch ihn. Er nahm Testament und Sparbuch an sich und versprach, noch heute hinunter zum Notar nach Berchtesgaden zu gehen. »Je schneller das geregelt ist, umso besser.«

Am Nachmittag erschien ein Kaplan aus Berchtesgaden. Er hielt es nicht für nötig, sich bei Antonie vorzustellen, sprach ein schnelles Gebet bei dem Toten aus, und noch während er sich bekreuzigte, eilte er wieder hinaus. »Den Trauergottesdienst übernimmt Monsignore von Borster. Die Beerdigung wird am Freitag stattfinden«, teilte er kurz angebunden mit.

In Tannau hatte man sich schon öfter erzählt, dass Pfarrer Bichler mit der Pfarrei Berchtesgaden, der er unterstellt war, stets im Streit gelegen hatte, weil sie ihm vorschreiben wollte, wie er sein Amt zu führen habe.

»Der Kirchenchor würde gerne beim Trauergottesdienst singen«, merkte Antonie an.

»Nein, der Herr Monsignore hat seine eigenen Wünsche für den Gottesdienst. Ein Dorfchor passt da beileibe nicht hinein. Der Chorregent aus Berchtesgaden wird die musikalische Leitung übernehmen.«

Perplex schaute ihn Antonie an.

Der Kaplan interessierte sich nicht für ihren Einwand. »Und schauen Sie, dass die Verrückte aus dem Haus verschwindet. Sonst klaut die noch den ganzen Hausstand. Das ist alles Eigentum der Kirche!« Er schaute Antonie streng an, als hätte sie vor, sich die nicht vorhandenen silbernen Löffel unter den Nagel zu reißen. »Unter Pfarrer Bichler ist die Pfarrei schlecht geführt worden. Er hat viel zu wenig Spenden eingesammelt, und wenn, hat er sie angeblich an irgendwelche Armen wieder verteilt.« Er verzog abschätzig den Mund. »Damit ist ja Gottseidank endlich Schluss.« Ohne einen weiteren Gruß drehte er sich um und verließ das Pfarrhaus.

Antonie trat zum Fenster. Der Herr Kaplan ließ sich offensichtlich eine gesegnete Mahlzeit beim Postwirt nicht entgehen. Da Magda mit ihrem nervösen Kichern anfing, bat Antonie sie, einen Tee zu kochen. Sich in der Küche mit vertrauten Dingen zu beschäftigen, half Magda, sich zu beruhigen.

»Welch unangenehmer Zeitgenosse.« Antonie spürte, wie ihr langsam die Kraft ausging. Der fehlende Schlaf und die eindringlichen Gefühle der Nacht setzten nun ihr zu. Froh, mit Magda schweigend am Tisch zu sitzen, nippte sie gedankenverloren an dem heißen Tee. Noch immer kamen die Dorfbewohner, um beim aufgebahrten Toten ein Gebet für ihn zu sprechen. Monika brachte ihnen Essen, einen Eintopf, und Inge Moser stellte einen Teller mit zwei Kuchenstücken in die Küche. Der Beistand und die Anteilnahme der Menschen berührten Antonie, und sie wusste, dass sich Pfarrer Bichler sehr darüber freute, wo immer er auch war.

»Magda«, begann Antonie das heikle Thema ihrer Zukunft. Veränderungen stellten Magda vor große Herausforderungen. »Du kannst nicht hier im Pfarrhaus bleiben, jetzt, da Pfarrer Bichler tot ist. Er will, er wollte«, verbesserte sie sich, »dass du bei Monika, Jochen und den Kindern wohnst. Die haben eine Kammer, die kannst du beziehen.«

Magda schaute sie ausdruckslos an. Hatte sie überhaupt etwas davon verstanden? »Huberhof«, sagte sie.

»Genau. Du wirst auf den Huberhof ziehen, und wir werden dir helfen.« Der erste Schritt war getan. »Hast du einen besonderen Wunsch? Etwas, das dir eine große Freude macht?« Das würde Magda die Umstellung erleichtern. Vielleicht eine Katze oder ein Hase? Ein neues Märchenbuch oder neue Kleider? Dank ihrer Erbschaft war sie gut versorgt, und ein Wunsch war durchaus zu verwirklichen.

Zu Antonies Überraschung sprang Magda auf und lief hinauf in ihr Zimmer. Als sie zurückkam, hielt sie eine Blechdose in den Händen, in der einmal Lebkuchen gewesen waren. Mit den Fingern strich Magda über das reliefartige Bild auf der Dose. »Ist das deine Schatztruhe?«, fragte Antonie. Offenbar bewahrte Magda darin alles auf, was ihr wertvoll erschien. Antonie erkannte das Orangentütchen, das Seidenpapier, in dem die Samtschleife eingepackt gewesen war, ein paar Heiligenbildchen und eine Weihnachtskarte mit aufgeklebtem Glitzer.

Nacheinander nahm Magda ihre Schätze heraus, begutachtete sie und legte sie ordentlich neben die Dose. Das knisternde Zellophantütchen hielt sie sich ans Ohr und lachte. Schließlich holte sie ein abgegriffenes Stück Zeitungspapier hervor und reichte es Antonie. Vorsichtig faltete Antonie es auseinander. Es war eine ausgeschnittene Annonce. Eine Firma warb für einen modernen Kochherd. »Backrohr«, sagte Magda und zeigte auf die Abbildung. Der Herd war emailliert und mit einem hübschen Blumenmuster versehen.

Zuerst überrascht, lächelte Antonie Magda an. »Diesen Kochherd möchtest du haben?«

»Kochen, backen, kann alles.«

»Gut, dann will ich mal sehen, ob wir so einen Herd nach Tannau bekommen.« Von Geld hatte Magda keinerlei Vorstellung. Darum war es gut, dass das Sparbuch gut gefüllt war. »Komm, Magda, packen wir deine Sachen zusammen. Hubers warten auf dich und freuen sich, dass du zu ihnen kommst.« Außerdem sollten sie auch gleich erfahren, dass sie einen neuen Herd in die Stube bekamen, dachte Antonie bei sich.

Viel besaß Magda nicht. Alles passte in zwei Körbe. Obenauf lagen das Märchenbild und die Blechbüchse.

»Gute Nacht, Herr Pfarrer«, sagte Magda, als sie an seinem Schlafzimmer vorbeiging. So, wie sie es wohl an jedem Abend getan hatte, seitdem sie zu ihm ins Pfarrhaus gezogen war.

»Gute Nacht, Pfarrer Bichler«, sagte auch Antonie und schloss leise die Tür hinter ihnen.

Am nächsten Morgen spazierte Antonie zum Huberhof hinüber. Auf der Weide fraßen die Kühe das saftige Frühlingsgras. Die Vögel machten ordentlich Radau. In allen Tonlagen zwitscherten sie und begrüßten den neuen Tag. Antonie blieb stehen, bückte sich und betrachtete ein Gänseblümchen. Wie perfekt es war. Und trotzdem würde es einmal verblühen. Der Tod war Teil der Welt. Antonie trauerte um Pfarrer Bichler, doch zu ihrer Überraschung mit leichtem Herzen.

Bei Hubers in der Stube sah sie als Erstes Magda und Feverl auf der Ofenbank sitzen. Feverl hielt ihre Augen geschlossen, und Magda bürstete ihr die Haare. Sie teilte die dünnen Kinderhaare und begann, einen Zopf zu flechten.

»Das Feverl genießt es gerade. Bei mir muss es am Morgen schnell gehen, und Magda nimmt sich Zeit«, meinte Monika. »Bartl«, ermahnte sie ihren Sohn, »iss deinen Brei fertig, sonst kommst du noch zu spät zur Schule.«

»Aber das Fräulein Lehrerin ist noch hier.«

»Nicht mehr lange, und wenn ich laufe, bin ich noch vor dir in der Schule.«

»Machen wir ein Wettrennen?«, freute sich Bartl.

»Nein, besser nicht. Da hätte ich Angst, gegen dich zu verlieren.«

Magda war fertig, und Feverl sprang freudig auf.

»So weit alles in Ordnung bei euch?«, fragte Antonie.

»Magda hat fest geschlafen, und heute hat sie mir schon viel geholfen. Ich glaube, wir bekommen das alle zusammen gut hin. Jochen freut sich auf den Herd. Magda und er hatten gestern noch ein langes Gespräch unter Fachleuten«, lachte Monika.

»Das ist schön zu hören.« Antonie legte ihre Hand auf Monikas, und sie sahen sich beide an. Das Leben hatte sich verändert, und Magdas Wohl lag nun in ihren Händen. Sie würden es gemeinsam schaffen. Sie besann sich. »Und jetzt muss ich los zur Schule. Bartl, wir wiederholen das Fünfereinmaleins. Ich hoffe, du kannst es.«

Beim Hinausgehen hörte Antonie, wie Bartl seine Mutter eilig fragte, wie viel fünf mal sieben sei.

Die Kirche von Tannau war schon lange nicht mehr so voll gewesen. Alle Bänke waren besetzt, und selbst an den Seiten standen die Trauergäste dicht gedrängt. Sogar aus Berchtesgaden waren zahlreiche Trauernde gekommen. Es zeigte, wie beliebt der stets bescheiden auftretende Pfarrer Bichler gewesen war. Sie erinnerte sich an ihr erstes Zusammentreffen in der Amtsstube. Wie diplomatisch er da aufgetreten war. Irgendwie hatte er es immer geschafft, seinen Kopf durchzusetzen, ohne dass man ihm deswegen böse war.

Die Orgel brauste auf, und so, wie der Berchtesgadener Chorregent in die Pedale trat, befürchtete Antonie, dass der Tannauer Orgel bald die Luft ausginge. Sie war das gemächlichere Spiel von Franz Gruber gewohnt. Der Monsignore zog ein, begleitet von fünf Pfarrern aus den umliegenden Gemeinden. So pompös die Kirchenmänner Einzug hielten, so übertrieben prunkvoll lief auch der Trauergottesdienst ab. Weihrauchschwaden waberten durch das Kirchenschiff, und vereinzeltes Husten war zu hören. Die Tannauer waren von dem überbordenden kirchlichen Pomp sichtlich überfordert. Außerdem passte ein derartiges Spektakel nicht zu Pfarrer Bichler.

Nach der Messe trugen vier ehrbare Tannauer Bürger, darunter der Bürgermeister, den Sarg gemessenen Schrittes durch den Mittelgang. Dem Sarg folgte der Monsignore in goldenem Ornat, dann kamen die Pfarrer und der Kaplan mit gewichtiger Miene. Antonie bemerkte, dass einige Tannauer ihr auffordernd zuwinkten, sie solle sich erheben. Sie nahm Magda an die Hand und reihte sich nach den Würdenträgern in den Trauerzug ein. Hinter ihr ging die Familie Huber.

Der Friedhof war bevölkert von Trauergästen. Trotzdem sah Antonie in der Menge ein Gesicht, das sie überall erkennen würde. Sebastian stand in seiner schönsten Festuniform mit anderen Jagdbediensteten zusammen, den grünen Filzhut in der Hand. Ihr Herz schlug schneller. Hör auf, du dummes Herz, schalt sie es. Ich bin voller Trauer. Dieses Gefühl verwunderte und verunsicherte sie. Wie konnte es nur so stark sein, dass sie sogar die Trauer vergaß? Beschämt senkte sie den Blick. Ihr kam es so vor, als hätte sie Pfarrer Bichler gerade betrogen. Wie entsetzt hatte er doch reagiert bei dem Verdacht, Sebastian hätte sie an jenem Abend geküsst. Und nun stand sie an seinem offenen Grab wie ein schwärmerischer Backfisch. Das fühlte sich nicht richtig an. Nur was in aller Welt war das richtige Gefühl, wenn sie an Sebastian dachte?

Antonie starrte hinab in das Grab, in das nun der Sarg langsam herabgelassen wurde. Das brachte sie wieder zurück in die Gegenwart.

»Alles gut?«, fragte Monika flüsternd. »Du bist gerade leichenblass geworden.«

»Mir war kurz schwindelig.« Das war nicht gelogen. Ihre Gefühle drehten sich gerade im Kreis.

Monsignore von Borster hielt beide Arme zum Himmel empor und hielt mit donnernder Stimme die Grabrede. Der Geistliche wirkte wie ein Schmierenkomödiant, der versuchte, fehlendes Talent mit Lautstärke wettzumachen. Was hätte Pfarrer Bichler von dem ganzen Theater gehalten? »Auch das geht vorbei«, hätte er gesagt und milde gelächelt.

Endlich zog der Monsignore mit seiner Entourage an Pfarrern ab.

Kaum waren die Tannauer unter sich, traten die Chormitglieder ans Grab und stimmten das von Pfarrer Bichler geliebte Marienlied an. Bei der zweiten Strophe fiel die Trauergemeinde mit ein, und der Gesang tönte über das ganze Dorf. Er durfte dem werten Herrn Monsignore ruhig in den Ohren klingen.

Gerade als Antonie sich nach der Beerdigung auf den Weg zum Huberhof machen wollte – Monika war mit Magda vorgegangen –, beorderte der Kaplan sie mit herrischem Ton ins Pfarrhaus. In der Tür traf sie Bürgermeister Hocheder, der unsicher wirkte. Der Kaplan schritt voran, Antonie und der Bürgermeister folgten ihm ins Arbeitszimmer des Pfarrers – so wie sie schien Hocheder ein ungutes Gefühl zu haben.

Ja, wie sah es denn hier aus? Antonie traute ihren Augen nicht. Alle Bücher waren aus den Regalen gezogen worden und lagen achtlos auf dem Boden verstreut, ebenso die Papiere aus den Schubladen.

Inmitten des Chaos stand der Monsignore mit hochrotem Gesicht und brüllte sie an: »Wo ist das Sparbuch? Rücken Sie sofort das Sparbuch von Pfarrer Bichler heraus. Es gehört der Kirche!«

Daher wehte der Wind, dachte Antonie. Bürgermeister Hocheder war vor Entsetzen und Wut rot angelaufen und brachte kein Wort heraus. Antonie übernahm: »Das Sparbuch befindet sich zusammen mit dem Testament beim Notar in Berchtesgaden.«

»Beim Notar?«, fragte der Monsignore nach.

»Ich habe beides höchstpersönlich zu Notar Köberl gebracht.« Hocheder hatte die Sprache wiedergefunden. Antonie hatte er gestern erzählt, dass der Notar die Richtigkeit des Testaments bestätigt habe. Deshalb habe er veranlasst, das Sparbuch auf Antonie als Magdas Vormund zu überschreiben, ebenso die Aktien. Der Notar habe sich zwar über das Testament gewundert, doch da die Sachlage eindeutig gewesen sei, habe er alles ausgeführt, wie Pfarrer Bichler es gewünscht habe. Die Kirche werde keinen Groschen davon sehen. Doch das verschwieg Hocheder wohlweislich.

»Dann ist es gut.« Der Monsignore klang zufrieden. »Ich werde unverzüglich in dieser Angelegenheit bei Notar Köberl vorsprechen.«

Antonie schielte zum Bürgermeister hinüber. Das schadenfrohe Lächeln, das er hinter seinem Hut versteckte, sprach Bände. Mit einer Handbewegung, als vertreibe er lästige Fliegen, entließ der Monsignore sie.

»Ich finde, Pfarrer Bichler hat richtig gehandelt. Das arme Mädchen ist nun gut versorgt«, sagte der Bürgermeister, als sie wieder draußen standen.

»Vielen Dank, dass Sie das mit der Erbschaft gleich geregelt haben.«

»Mir scheint manchmal, als wäre die Kirche hinter dem Geld her wie der Teufel hinter der armen Seele.«

»Aus meinen Erfahrungen mit geistlichen Würdenträgern kann ich feststellen, dass Pfarrer Bichler eine große Ausnahme war. So jemanden wie ihn wünscht man jeder Gemeinde. Er hatte sein Herz am rechten Fleck und hat sich nicht so schnell beirren lassen.«

Hocheder lachte. »Das haben Sie gut erkannt.« Er schüttelte ungläubig seinen großen Kopf. »Irgendwie hat er immer das bekommen, was er wollte.« Er streckte Antonie die Hand hin, und Antonie ergriff sie. »Auf Wiedersehen, Fräulein Weber.«

»Auf Wiedersehen, Herr Bürgermeister.« Warum hatte Antonie nur das Gefühl, als würde sich Pfarrer Bichler oben auf seiner Wolke gerade diebisch freuen?

Eigener Herd ist Goldes wert

Liebe Antonie,
es trifft mich zu hören, dass der Pfarrer von Tannau, der dich so unterstützt hat, gestorben ist. Ich habe in der Marienkapelle eine Kerze für ihn angezündet und seiner im stillen Gebet gedacht. Dass er dir Magda als Mündel anvertraut hat, zeigt, wie sehr er dich geschätzt haben muss.
Deinen Zeilen entnehme ich, dass die Schüler gute Fortschritte machen. Du bist eine hervorragende Lehrerin! Maria Ward, unsere selige Ordensgründerin, wird stolz auf dich sein, wenn sie von ihrem Platz im Himmel auf dich in dem kleinen Tannau herabschaut.
Nun zu deiner Frage bezüglich des begabten Mädchens, das du in deinem letzten Brief erwähnt hast. Für sie käme ein Stipendium infrage. Dazu benötigt sie eine Empfehlung von dir als ihrer Lehrerin, und sie muss die Aufnahmeprüfung bestehen. Nach dem, was die Arme durchmachen musste, würde ihr eine Ortsveränderung gewiss guttun. Die Mädchenoberrealschule mit ihren hohen Ansprüchen könnte ihren Geist beschäftigen und sie vom zerstörerischen Grübeln abhalten. Schreibe mir, wie sie sich entschieden hat, dann veranlasse ich alles Notwendige.
Herzliche Grüße in die Berge, die wir hier nur von der Ferne sehen. Gott möge dich behüten!
Schwester Coelestina

Antonie ließ den Brief sinken. Wie immer hatte Schwester Coelestina die richtigen Worte gefunden. Ihre Ruhe und Zugewandtheit teilten sich in jeder Zeile mit. Einmal wieder war Antonie von Herzen dankbar, dass Schwester Coelestina an jenem Nachmittag im Waisenhaus aufgetaucht war.

Ihr nachdenklicher Blick fiel aus dem Fenster. Wie lange man in den Bergen auf den Frühling warten musste! Immer noch lagen Schneereste herum, und hinter dem Schulhaus, wo nie die Sonne hinreichte, hatte sich eine Eisbahn gebildet, auf der die Schüler in der Pause mit großer Freude hin und her schlitterten. Bei Antonie hingegen hielt sich die Freude in Grenzen, da ihr Weg zum Abort über die spiegelglatte Eisbahn führte.

Ihr fiel auf, dass sie hier in Tannau die Natur und das Wetter viel bewusster wahrnahm als in der Stadt. Hier bemerkte sie, wie die Sonne nach der Sonnenwende jeden Tag ein wenig weiter östlich über den Bergkuppen aufging. Wie die ersten Blattknospen langsam wuchsen, um über Nacht als kleine grüne Blätter sichtbar zu werden. Wie die Sonne den Schnee von den Hängen vertrieb und keine zwei Tage später das Gras seine erste grüne Farbe zeigte.

Nach dem harschen, schneereichen Winter mit seinen dramatischen Ereignissen schien sich jeder im Dorf besonders über den Frühling zu freuen. Er wurde herbeigesehnt und jedes Vorzeichen freudig besprochen. Da fielen, als ob sich die Natur einen Spaß erlauben wollte, dicke Schneeflocken vom Himmel. Der Mai hat wohl verschlafen, und nun muss der April für ihn einspringen, dachte Antonie amüsiert.

Sie lehnte an der Wand neben der Eingangstür. Ihr Blick schweifte über den Schulhof. Außer dem Apfelbaum und dem kümmerlichen Asternbusch wuchs hier nichts. Es gab nur die in Jahrzehnten von Kinderfüßen festgestampfte Erde. Da das Schulhaus nun innen renoviert war – warum es nicht ebenfalls außen verbessern? Sie könnte einen Schulgarten anlegen! Entlang der Hausmauer wäre ein guter Platz dafür. Blumen könnte sie pflanzen, Kräuter, Radieschen oder Salat, vielleicht gelang es ihr sogar, Tomaten zu ziehen.

Einmal hatten Elvira und sie auf dem Viktualienmarkt Tomaten gekauft, und der fruchtige Geschmack hatte Antonie begeistert. Die Verkäuferin hatte ihnen erzählt, dass Tomaten Sonne und viel Wasser liebten, aber keinen direkten Regen vertrugen. Geschützt vom Dach und an der warmen Hauswand würden die Tomaten bestimmt gut reifen. Antonie wurde immer aufgeregter. Ein richtiger Bauerngarten sollte der Schulgarten werden. Das würde den Kindern gefallen!

Das Ganze hatte nur einen Haken. In ihrem Leben hatte Antonie noch nie Blumen oder Gemüse angepflanzt. Nun, entschied sie, dann wurde es Zeit, damit anzufangen. Fast dankbar blickte sie auf die tanzenden Schneeflocken, die sie aus dem Schulhaus gelockt hatten. Wer weiß, ob sie sonst auf diese Idee gekommen wäre.

Im Kramerladen besorgte Antonie kleine Blumentöpfe und wählte ein paar Samentütchen aus. Zinnien, Goldlack und Radieschen, auch Sonnenblumensamen nahm sie mit. Wie schön wäre es doch, die Vögel im Winter mit Sonnenblumenkernen zu füttern.

»Nein, Fräulein Weber, Tomatensamen haben wir nicht. Das ist zu exotisch für Tannau«, meinte die Krämerin. Also würde Elvira wieder mal herhalten und ihr die Samen in München besorgen müssen.

Erste Tipps zum Anlegen eines Gartens holte sich Antonie

bei den Strauchs, die einen wohlgepflegten Garten hatten. Bei einer Tasse Kaffee erzählten diese ihr so viel übers Gärtnern, dass ihr hinterher der Kopf brummte. Außerdem schenkten sie ihr Malvensamen und die kugeligen, erbsengroßen Samen der Kapuzinerkresse.

Antonie hatte ihre Schüler in Fünfergruppen aufgeteilt und diese altersmäßig bunt gemischt. Nun wurden die Blumentöpfe mit Erde gefüllt, und die Kinder durften vorsichtig die Samen hineingeben. Antonie hatte die Anleitungen auf den Samentütchen vorher aufmerksam studiert und wusste daher, wie tief man die jeweiligen Samen in die Erde drücken musste. Danach stellten die Kinder, die eifrig bei der Sache waren, die Töpfchen auf die Fensterbretter – um daraufhin jeden Morgen dort nachzusehen, ob die Samen schon gekeimt hatten.

»Das geht leider nicht so schnell«, erklärte ihnen Antonie, die selbst ungeduldig war. »Zwei Wochen müssen wir warten. Wie viele Tage sind zwei Wochen?«

Die Schüler waren inzwischen gewohnt, dass das Fräulein Lehrerin gerne Fragen stellte, in die eine Aufgabe verpackt war.

»Heute wollen wir einen Aufsatz schreiben.«

Die Begeisterung bei den Schülern hielt sich in Grenzen.

»Ihr dürft auf Papier schreiben.«

Das machte es allerdings interessanter.

»Den besten Aufsatz werden wir an der Gemeindetafel aushängen, damit alle Tannauer sehen, was für fleißige Schüler ihr seid. Unser Thema lautet: So schön ist der Frühling in Tannau.« Mit ihrer ordentlichen Schrift schrieb Antonie es an die Tafel. »Das ist eure Überschrift. Überlegt euch, was ihr schreiben möchtet, und dann legt los.« Mit dem Ansäen hoffte

Antonie, genug Anregung zum frühlingshaften Wachsen und Werden gegeben zu haben.

Eine Zeit lang hörte sie nur das Kratzen der Federn auf dem Papier. Anschließend trat Stille ein. Die Zeit des Überlegens war gekommen. Antonie liebte es, in die konzentrierten Gesichter der Schüler zu schauen. Etliche starrten aus dem Fenster. Bei dem Thema hatte das durchaus Sinn. Dann wurden die ersten Federn in die Tintenfässchen getaucht, am Glasrand abgestreift und die Aufsätze in Angriff genommen. Nach und nach schrieben alle.

Bei den Erstklässlern würden ihr zwei, drei Sätze schon reichen. Bei Hias wäre sie bereits froh, wenn er die Überschrift halbwegs fehlerlos abschrieb. Bis zur Pause hatten die Schüler Zeit. Wer fertig war, legte sein Blatt vorne auf das Pult und wartete still auf seinem Platz.

In der Pause tobten die Kinder draußen, während Antonie die Aufsätze überflog. »Am schönsten haben es die Kühe im Frühling. Sie hüpfen herum und springen vor lauter Freude«, schrieb Maximilian. Ein anderer freute sich darüber, dass die Tannauer Ache viel Wasser mit sich führe und man endlich wieder heimlich zum Fischen gehen könne. Gut, dieses Geständnis hängte sie lieber nicht auf. Gundi beschrieb die Blumen und Kräuter auf den Bergwiesen. Was die große Anna geschrieben hatte, brachte Antonie zum Lächeln. »Das Schönste ist im Frühling das Volksfest in Berchtesgaden. Da bekomme ich ein Kracherl Limonade im Bierzelt.« Eine süße Limonade war tatsächlich keine Alltäglichkeit. Das konnte Antonie gut nachvollziehen.

Am besten hatte Vroni den Frühling beschrieben. »Für mich beginnt der Frühling mit dem Ostergottesdienst. Das Licht der Osterkerze ist wie das erste grüne Blatt an unserem Hausbaum. Alle freuen sich darüber. Noch pfeift der Wind kalt von den Bergen, und Mama ermahnt uns, die warmen Jacken anzuziehen. In der Sonne ist es damit aber viel zu heiß. Lustig sind die Schneereste im Wald, mit denen wir noch eine letzte Schneeballschlacht machen. Das Fräulein Lehrerin hat schon die Geranien vor die Schultür gestellt. Da wissen alle Kinder sofort, dass es Frühling ist.«

Nach der Pause durfte Vroni ihren Aufsatz, der für die Gemeindetafel bestimmt war, mit den teuren Buntstiften bemalen. Die anderen benutzten dazu ihre Bleistifte.

Nach dem Unterricht ging Antonie gleich los, um den Aufsatz an der Aushangstafel mit Reißzwecken zu befestigen. Unter den Aufsatz hatte Vroni die Schultür gemalt, an der links und rechts je ein Topf mit üppig blühenden Geranien stand. Ganz so groß waren die Geranien in Wirklichkeit nicht, aber immerhin groß genug, dass Antonie sie aus Platzgründen nach draußen befördert hatte. Die Fensterbänke wurden nun für die Ansaat des Schulgartens benötigt.

»Da haben sie sich überall lieb Kind gemacht!«

Vor Schreck hätte sich Antonie beinahe eine Reißzwecke in den Finger gedrückt.

Plötzlich stand Irmingard Meisl neben ihr. »Die anderen mögen ihr Spiel nicht durchschauen. Ich lasse mich nicht täuschen. Sie liederliche Person!«

»Ich wüsste nicht, welches Spiel ich treiben sollte«, antwortete Antonie ruhig.

»Falsche Schlange. Am Ende sind meine Gebete erhört worden. Ich werde Sie nicht mehr sehen müssen. Ich ziehe zu meiner Cousine nach Berchtesgaden.« Mit einem letzten finsteren Blick drehte sich Irmingard Meisl um.

Die Arme konnte einem leidtun, fand Antonie. Wie furchtbar musste es sein, beständig schlechte Laune zu haben. Vielleicht tat es ihr gut, in Berchtesgaden neu anzufangen.

»Fräulein Weber.« Bürgermeister Hocheder trat aus der Tür des Gemeindeamtes. Hatte er gewartet, bis seine Schwester gegangen war? »Wie Sie vielleicht schon gehört haben, wird das Schulmeisterhaus bald frei.«

»Ich habe davon gehört.« Antonie blieb verhalten.

»Das Haus hat die Gemeinde für die Schulmeister und ihre Familien gebaut. Das war noch im letzten Jahrhundert. Zweifellos ist das Haus in die Jahre gekommen.« Hocheder hielt inne, er merkte wohl selbst, dass er um den heißen Brei redete. »Es wurde vom Vorgänger meines Vorgängers gebaut. Kurz und gut, die Gemeinde hätte Bedarf an dem Haus. Da nun die Schule renoviert ist, wollte ich Sie bitten, auf das Schulmeisterhaus zu verzichten. Die Gemeinde wäre bereit, einen Anbau am Schulhaus zu finanzieren, um Ihnen eine größere Wohnung zur Verfügung zu stellen.«

Antonie wusste nicht, was sie mehr erstaunte: die lange Rede oder ihr Inhalt. Ein paar Tage Bedenkzeit wollte sie sich ausbedingen, doch dann nahm sie spontan, zu ihrer eigenen Überraschung, das Angebot an. »Ich habe mich so gut eingelebt, und für mich ist es praktikabel, in der Schule zu wohnen.« Über einen Anbau würde sie sich allerdings freuen. »Auf Dauer ist das Klassenzimmer als Wohnzimmer zu ungemütlich.«

»Das freut mich, dann kann ich das heute Abend bei der Gemeinderatssitzung verkünden.« Gut gelaunt ging Hocheder ins Gemeindehaus zurück.

Nachdenklich drückte Antonie die letzte Reißzwecke in das Brett. »Neues aus der Schule« hatte sie auf ein Stück Papier geschrieben und über Vronis Aufsatz befestigt. Zufrieden betrachtete sie den Aushang. Und auch ihr spontaner Entschluss fühlte sich richtig an. Sie war gut durch den Winter gekommen, und die Aussicht, nach einem langen Schultag im Dunkeln zum kalten und heruntergekommenen Schulmeisterhaus gehen zu müssen, bestärkte sie in ihrer Entscheidung. Außerdem fiel ihr der Schulgarten ein. Da musste sie vor Ort wohnen. Eilig lief sie zurück. Sie konnte es in diesem Augenblick nicht mehr erwarten, mit der Gartenplanung zu beginnen.

Jochen hatte ihr einen Spaten und eine Grabgabel geliehen. Beides holte sie nun hervor. Wie schwer die Geräte waren. Das Hilfsangebot von Jochen hatte sie dankend abgelehnt. »Wenn aus mir eine Gärtnerin werden soll, muss ich alles selber machen, um aus meinen Fehlern zu lernen.« Nur so würde es auch ihr eigener Garten werden.

Mit einem Stock zeichnete sie den Umriss des Beetes auf. Es sollte nicht schnurgerade sein und parallel zur Hausseite verlaufen, sondern leicht geschwungen und angenehm für das Auge sein. Dann begann sie zu graben. Nach kurzer Zeit bedauerte sie, Jochens Hilfe nicht angenommen zu haben. Die obere Schicht war steinhart. Von Hunderten von Kinderfüßen festgetrampelte Erde. Mühsam rammte sie die Schaufel in das Erdreich. Unter der harten Schicht kam lockere braune Erde zum Vorschein. Die ließ sich wesentlich leichter umgraben.

Aufklärung brachte Hartl Wagner, der die Schulgasse hochspaziert kam und seiner Chorleiterin interessiert beim Umgraben zusah. »Zu meiner Schulzeit gab es ein Beet, die ganze Seite entlang. Die Frau vom damaligen Schulmeister hatte dort Blumen und vor allem Gemüse angebaut«, erinnerte der alte Mann sich. »Wehe, wir hatten etwas davon stibitzt und sind erwischt worden, da hat es ordentlich was auf die Finger gegeben. Der Meisl hat seinerzeit das Beet gleich platt gemacht. Der hatte keinen Sinn für Schönes!«

Das würde die lockere Erde unter der harten Schicht erklären.

Eine ganze Woche brauchte Antonie, um die Beete anzulegen. Die Schüler ermahnte sie, nicht durch die frisch umgegrabene Erde zu laufen. Nur ließ sich das im Eifer des Spieles nicht immer verhindern.

Von ihren gelegentlichen Spaziergängen brachte Antonie jedes Mal Steine für die Beetumrandung mit. Nach und nach entwickelte sie eine Vorliebe für Exemplare mit ausgefallenen Formen. Morgens legte sie den neuesten Stein auf ihr Pult, und die Kinder durften ihn anschauen. Zuerst fanden sie es albern, Steine gebe es genug in Tannau. Mit der Zeit machte es ihnen Spaß, die Besonderheit dieses einen Steines herauszufinden.

»Der hat ja eine Nase«, stellten sie fest oder: »Der ist auf der einen Seite rot und auf der anderen weiß.« So bekamen die Kinder einen neuen Blick auf die Natur, die in Tannau allgegenwärtig war.

Obwohl sie eng verbunden waren mit den Jahreszeiten, erfreute die Schüler das Keimen und Wachsen der Schulpflanzen, wie sie sie nannten, besonders. Regelrechte Wettkämpfe wurden ausgetragen, wessen Tomatenpflanzen höher wuchsen als die der anderen Gruppen.

Die stechende Maisonne hatte die Erde der Geranien ausgetrocknet. In Ermangelung einer Gießkanne lief Antonie mit dem Waschkrug zum Brunnen. Hufgetrappel, das sich von der Schulgasse näherte, ließ sie neugierig ums Haus gehen. Ein Fuhrmann trieb seinen Gaul an und musste am Ende sogar selbst anschieben, um die schwere Ladung heraufzubekommen. »Der Huberhof?«, fragte er atemlos.

»Gleich hier über die Wiese«, gab Antonie zur Auskunft. Was mochte nur in der großen Holzkiste sein? Der Herd, fiel es ihr ein. Magda bekam ihren Herd geliefert. Eilig goss sie die Geranien, Wasser schwappte über den Rand der Blumentöpfe, und sogleich lief sie dem Fuhrwerk hinterher.

Die gesamte Familie Huber hatte sich schon vor dem Haus versammelt. Magda hielt Feverl auf dem Arm. Zwischen den beiden hatte sich eine besondere Freundschaft entsponnen.

»Magda steckt Feverl immer die besten Stücke zu«, hatte sich Bartl erst neulich bei Antonie beschwert. »Sie bekommt das weiche Brot, und ich muss das alte harte kauen. Das ist ungerecht.«

»Schau«, hatte Antonie ihn beruhigt, »sei froh, dass Magda das Feverl mag. Sonst würde sie dir jeden Morgen die Haare bürsten.«

Das Argument leuchtete dem Jungen offenbar sofort ein.

»Der Herd kommt«, begrüßte Monika Antonie aufgeregt.

Aus den Nachbarhäusern traten Schaulustige und beobachteten, wie der Fuhrwagen näher kam. Jochen nutzte die Gelegenheit und holte sich fünf, sechs der neugierigen Männer, damit sie ihm beim Abladen halfen. Der Herd war schwer, und als er endlich in der Küche stand, wirkte er wie ein Riese in dem kleinen Raum. »Schön ist er«, stellte Monika fest und streichelte über das erhabene Blumenmuster. Blaue Blüten schlängelten sich um die Ofentür und die Ofenklappe.

Halb Tannau schob sich neugierig durch die Küche der Hubers. Die Ankunft des modernen Herdes für Magda hatte schnell die Runde gemacht. Ausgiebig wurde er bestaunt, alle Türen und Klappen wurden geöffnet, und nicht nur einmal gab es Verwunderung darüber, dass Magda ihn von dem ererbten Geld gekauft hatte.

Endlich waren sie wieder allein, und Magda kam aus ihrer Kammer, in die sie sich vor den vielen Menschen zurückgezogen hatte.

»Na, Magda, das ist ein toller Herd«, sagte Monika.

»Da kannst du nach Herzenslust kochen und backen«, ergänzte Antonie.

Andächtig inspizierte Magda den Ofen. Jedes Detail schaute sie sich genau an, holte sogar den Zeitungsausschnitt hervor, um die Abbildung mit dem richtigen Ofen zu vergleichen. Mit dem Ergebnis ihrer Inspektion schien sie höchst zufrieden. »Ofen«, sagte sie und zeigte auf sich, dann auf Monika und anschließend auf alle anderen Hubers.

Eigener Herd ist Goldes wert, dachte Antonie vergnügt.

Gebt euch die Hände und vertragt euch

»Nicht drängeln, Kinder! Jede Gruppe bekommt ihren Platz.« Es war nicht leicht, siebenundvierzig aufgeregte Kinder zu bändigen. Jede Gruppe hielt ihre Töpfchen umklammert und wollte die Pflänzchen endlich in die Erde bringen.

Die Samen waren gut aufgegangen. Sobald die Keimblätter sich zeigten, musste Antonie die Schüler beim Gießen einbremsen, damit die zarten Pflänzchen nicht ertranken. Außerdem hatte sie das Berühren der Pflänzchen verboten. Ein paar dünne Stängelchen wurden anfangs vor lauter Neugierde abgeknickt, was viele Tränen hervorrief. Es bewährte sich, dass sie die Gruppen aus Kindern verschiedenen Alters zusammengestellt hatte. Manche der Kleineren hatten gezeigt, wie achtsam sie mit den Pflänzchen umgehen konnten, und sich dadurch den Respekt der Größeren erworben.

Der große Moment war da, als die schnell wachsenden Tomaten, für einen aufrechten Wuchs an Stäbe gebunden, ins Beet gesetzt wurden. »Ihr pflanzt erst die Tomaten hinten an die Wand. Wie wir gelernt haben, mögen sie keinen Regen. Vorne dann die Petersilie und die Ringelblumen.«

Nachdem sich im Dorf herumgesprochen hatte, dass das Fräulein Lehrerin einen Schulgarten anlegen wollte, hatte es neben ungläubigem Kopfschütteln zahlreiche Ratschläge gegeben. »Nie vor den Eisheiligen pflanzen«, hatte eine alte Tannauerin Antonie nach dem Kirchgang erzählt. »Die sind noch immer gekommen. Die Kalte Sophie macht alles hie!« Daran hatte sich Antonie gehalten. Was ihr schwergefallen war, denn Anfang Mai hatten warme Temperaturen geherrscht. Beinahe hätte sie sich verführen lassen, die Pflänzchen in die frisch angelegten Beete zu setzen. Doch dann trat ein, was die alte Tannauerin vorhergesagt hatte: Es folgten frostige Nächte bei klarem Himmel und mit dickem Raureif.

»Maximilian, Hannes! Hört sofort auf, euch mit den Stecken zu schlagen!« Das waren die für die Tomatenpflanzen bestimmten Haselnusszweige. »Das sind keine Degen. Legt sie hin!«

»Der Hannes hat angefangen«, wehrte sich Maximilian. »Da muss ich mich doch verteidigen!«

»Stimmt gar nicht. Der Maximilian hat mir zuerst eine draufgehauen!«, konterte Hannes.

Die beiden durfte man keinen Augenblick aus den Augen lassen. Nichts als Unfug im Kopf. Und keiner wollte seine Waffe als Erster ablegen. Die beiden Streithähne trauten einander nicht. »Ich zähle bis drei, und dann legt ihr gleichzeitig die Stecken auf den Boden.«

Beide maulten.

Antonie fing ruhig an zu zählen, und bei drei lagen die Stecken auf dem Boden. »Jetzt gebt euch noch die Hand und schließt Frieden.«

Den beiden Jungen war es peinlich, dies unter den Augen der ganzen Klasse zu tun, darum gaben sie sich schnell die Hand und zogen sie ebenso schnell wieder zurück. Antonie verwies sie in die letzte Reihe. Einpflanzen durften sie heute nichts.

Die Unternehmung dauerte länger, als Antonie gedacht hatte. Neun Tomatenpflanzen reihten sich aneinander. Die Haselnussstäbe wirkten viel zu lang für die kleinen Pflänzchen. Wenigstens sah das Beet recht ordentlich aus mit seiner gehackten Erde, der Beeteinfassung aus den gesammelten Steinen und der frischen Bepflanzung. Der Asternbusch kam nun besser zur Geltung. »Alle hintereinander am Trog aufstellen zum Händewaschen!«, befahl Antonie. »Wir wollen die schöne weiße Wand, die uns Seine Majestät der Prinzregent geschenkt hat, nicht gleich wieder schmutzig machen.« Während die Kinder sich die Hände säuberten, überlegte Antonie, welche Mathematikaufgaben sich mit neun Tomatenpflanzen stellen ließen.

Über das Unterrichtsende freute sich Antonie nach diesem Tag besonders. Das Pflanzen hatte allen gefallen, nur fiel es den Kindern hinterher schwer, wieder zur Ruhe zu kommen. Das Erlebte und ihre Freude darüber wollte seinen Ausdruck finden, und das gelang nicht, wenn man still in der Schulbank sitzen musste. Dafür hatte ihnen das Rechnen mit Tomaten gefallen. Nur befürchtete Antonie, dass die Pflanzen nicht so viele Früchte tragen würden, wie in den Aufgaben angenommen. »Wie viele Tomaten wachsen im Schulgarten, wenn jede Pflanze sieben Früchte trägt?«, lautete eine ihrer Rechenaufgaben. Ob die Pflanzen überhaupt Früchte trugen, blieb abzuwarten.

Froh, einen Augenblick für sich zu haben, setzte sich Antonie auf die Bank vor dem Schulhaus. Der Ausblick war ihr inzwischen zur lieben Gewohnheit geworden. Trotzdem war er jeden Tag anders. Die Wolken filterten das Licht, mal hingen Nebelschwaden über den Gipfeln, oder im Tal stiegen Wolken wie feiner Rauch über der Tannauer Ache auf. An manchen Tagen wirkten die Berge gegenüber so nah, als könnte man mit etwas Anlauf hinüberspringen. Dann wieder traten sie in die Ferne und zeigten Antonie abweisend ihre graue Schulter. Das erinnerte sie an das Auf und Ab des Lebens. Es gab Tage, da spürte Antonie eine Klarheit, die das Herz erfreute, und manchmal herrschte in ihr eine nasskalte Nebelsuppe, in der sie nichts erkennen konnte. Hier in Tannau hatte sie gelernt, dass sie ein Teil der Natur und genau den gleichen Veränderungen unterworfen war. So wenig man einen Sonnenstrahl festhalten konnte, so wenig konnte man die Momente des Glücks festhalten. Genieße den Augenblick – das lehrte auch die Natur.

»Fräulein Weber?«

Antonie schrak hoch. Sie musste eingeschlafen sein.

Emma Sturm stand vor ihr. Aus ihrem Korb schaute eine ganze Reihe Pflanzen. »Mein Mann und ich haben unseren Garten in Ordnung gebracht. Wir haben Stauden teilen müssen, weil sie zu groß geworden sind.« Sie reichte Antonie den Korb. »Das sind Pfingstrosen, die blühen dunkelrot, eine herrliche Sorte. Das hier ist rosa Phlox und das Frauenmantel, der sich bei uns ausbreitet wie Unkraut.« Emma Sturm zeigte auf das Beet. »Als Begrenzung würde sich der Frauenmantel gut machen. Der verträgt auch schon mal, dass Kinderfüße darüberlaufen.«

»Emma, haben Sie vielen Dank.« Antonie nahm die Pflanzen vorsichtig aus dem Korb. Braune Erde rieselte in ihren Schoß. »Als erfahrene Gärtnerin müssen Sie mir helfen. Wo wären die besten Plätze?«

»Den Phlox würde ich zur Tür pflanzen. Er blüht im späten Sommer, und dann duftet er. Immer wenn Sie zur Tür gehen, werden Sie ihn riechen. Die Pfingstrose will es sonnig. Mit ihr müssen Sie Geduld haben. Pfingstrosen bekommen jedes Jahr nur eine Blüte mehr.« Aus dem Wurzelballen schauten dicke rote Triebe heraus. »In Tannau müssten sie eigentlich Nach-Pfingsten-Rosen heißen. Unsere Pfingstrose hat noch nie an Pfingsten geblüht. Dafür ist es ihr einfach noch zu kalt.«

Über die vielen Ableger des Frauenmantels freute sich Antonie besonders. Entlang des Beetes passten sie gut zwischen die Steine. Außerdem war der Frauenmantel ein Heilkraut, und gerade Helena als Hebamme würde sich darüber freuen.

»Die Tautropfen an den Blattspitzen sollen die Schönheit erhalten«, erklärte Emma Sturm. »Bei mir ist es dafür zu spät, und Sie haben es weiß Gott nicht nötig.« Sie lachte, und alle Falten in ihrem Gesicht lachten mit.

Den restlichen Nachmittag verbrachte Antonie mit dem Einpflanzen. Noch waren die Stauden klein, doch vor ihrem geistigen Auge entstand die üppige Blütenpracht. Im Sommer würde sich herausstellen, ob sie einen grünen Daumen besaß.

Hartl Wagner kam die Schulgasse hochgeschlendert. Interessiert betrachtete er die Pflanzen. »Meine Enkelin hat von den Tomaten berichtet. Jeden Nachmittag, wenn sie aus der Schule kommt, erzählt sie mir von den Fortschritten *ihrer Tomaten*, wie sie betont.« Der alte Mann beugte sich über das Beet. »Ist das die Tomate?«

»Das ist ihre Pflanze. Ich hoffe, dass sie im Sommer rote Früchte trägt.«

»Fräulein Weber, ich muss gestehen, in meinem ganzen Leben habe ich noch keine Tomate gegessen.« Hartl nahm vorsichtig eines der haarigen Blätter in die Hand und rieb seine Nase daran. »Die Martina meint, die Blätter würden schon nach Tomaten riechen.« Jetzt kniete er sich sogar hin, um seinen mächtigen Kopf noch näher an die Pflänzchen zu bringen.

Antonie wurde angst und bange um die mühevoll aufgezogenen Tomaten. »Interessant«, stellte Wagner fest und strich sich über seinen langen Bart. »Ganz Tannau ist gespannt auf das Ergebnis Ihrer Anzucht, Fräulein Weber. Wie ich hörte, will es die Krämerin nächstes Jahr einmal mit Tomatensamen probieren.«

»Dann werde ich die Tomatenpflanzen ab sofort in mein Abendgebet mit einschließen«, versprach Antonie. Sie hatte beileibe nicht damit gerechnet, dass ihr Schulgarten auf solches Interesse stoßen würde.

Nachdem sie alles eingepflanzt hatte, goss sie mit dem angeschlagenen Krug von ihrer Waschschüssel die frisch gepflanzten Blumen an.

»Das schaut gut aus.« Sebastian war als Dritter an diesem Nachmittag die Schulgasse heraufgekommen und stand am Rande des Schulhofes. Seit jenem Abend, der die Meisl zu der üblen Verleumdung bewogen hatte, war er nicht mehr hier gewesen.

»Das ist unser neuer Schulgarten. Ich glaube nur, dass ich mich noch viel mehr darüber freue als die Kinder.«

»Ich finde es schön, dass die Kinder den Wert eines Gartens schätzen lernen. Mir hätte das Spaß gemacht. Der Garten bei uns war das Hoheitsgebiet meiner Großmutter, da durfte niemand hinein. Ihr Gemüse war weit über Tannau bekannt. Bei ihr wuchs und gedieh alles prächtig.«

»Da hatte sie einen richtigen grünen Daumen.«

»Den und ein Geheimnis.«

»Und das wäre?«

»Ihr Geheimnis war der Nachttopf, den sie regelmäßig in aller Frühe auf die Beete gekippt hat.«

»Iiiihh«, rief Antonie angewidert. »Das werde ich sicher nicht machen.«

»Erst auf dem Sterbebett hat Großmutter es uns gestanden.« Sebastian stützte sich auf seinen Stock.

»Geht es in die Berge?«, fragte Antonie. »Um diese Uhrzeit? Es wird doch bald dunkel.«

Sein Gesicht verfinsterte sich. »Dieser Wilderer wird immer dreister. Heute Nacht werde ich ihm das Handwerk legen. Ich glaube, er kommt aus Berchtesgaden hoch, um unser Wild zu schießen. Heute ist Vollmond. Bei dem klaren Wetter wird er sicher wieder zuschlagen.«

Antonie spürte, wie ihr alles Blut aus dem Gesicht wich. Jochen, dachte sie. Wenn er wirklich der Wilderer war, was würde Sebastian machen? »Du wirst ihn doch nicht erschießen?«

»Das hängt ganz von dem Wilderer ab. Wenn er sich ergibt und ich ihn an die Polizei in Berchtesgaden überstellen kann, dann nicht.«

»Und wenn nicht?«, fragte Antonie ängstlich nach.

»Dann werde ich ihn jagen wie Freiwild. So will es das Gesetz.«

»Wie willst du ihn denn finden?«

»Die Gämsen ziehen in den klaren Nächten gerne auf die Hinterseite des Rossbergs. Das weiß der Wilderer sicher auch.«

»Und wenn es jemand aus dem Dorf ist?« Antonie bemühte sich um einen möglichst unbeteiligten Tonfall.

»Das will ich für ihn nicht hoffen.« Sebastian rückte sein Gewehr zurecht. »Antonie, du bist auf einmal so bleich im Gesicht. Ist dir nicht gut?«

»Vom Bücken im Garten ist mir schwindelig. Es ist weiter nichts«, versicherte sie ihm.

»Ich muss los! Viel Erfolg mit deinem Garten.« Sebastian verabschiedete sich und ging die Schulgasse weiter hinauf.

In Antonies Kopf rasten die Gedanken. Welche Närrin ich war, schimpfte Antonie sich. Ich war zu sehr mit mir selber beschäftigt. Viel früher schon hätte ich daran denken müssen, welche Konsequenzen das für Jochen hat. Was, wenn Sebastian ihn nicht rechtzeitig erkennt und ihn erschießt?

Mein Gott! Innerlich wollte es Antonie schier zerreißen.

»Was schaust du so entsetzt? Hast du einen Geist gesehen?«

Antonie hatte Monika nicht bemerkt, die mit Veronika auf dem Arm und einem Teller in der Hand über die Wiese gelaufen kam. »Hier, ich habe dir Kuchen mitgebracht. Magda bäckt so viel, wir werden alle noch kugelrund. Das ist ein ganz saftiger Schmandkuchen. Den musst du probieren.«

Geistesabwesend nahm Antonie den Teller an sich.

»Ich weiß gar nicht, was ich ohne Magda machen würde«, plapperte Monika weiter. »Sie ist eine große Hilfe, und mit den Kindern kommt sie gut zurecht. Pfarrer Bichler wäre froh, dass sie sich so schnell bei uns eingewöhnt hat.«

»Monika«, unterbrach Antonie den Redefluss, »geht Jochen heute Abend auf die Jagd?«

Monika schaute sie erschrocken an. »Wie meinst du das?« Unsicher wich sie Antonies Blick aus.

»Sebastian ist gerade losgezogen, um den Wilderer zu stellen. Wenn nötig, mit Gewalt.«

»Jochen ist schon unterwegs«, sagte Monika mit tonloser Stimme.

»Zur hinteren Flanke des Rossbergs.« Das war mehr eine Feststellung als eine Frage.

»Zu den Gämsen.« Monikas Miene wurde ängstlich. Sie drückte Veronika an sich.

»Ich muss sehen, dass ich sie erwische, bevor ein Unglück passiert.«

»Ich komme mit!«

»Nein, Monika, schick mir Anton nach. Er soll mir helfen, die beiden zur Räson zu bringen.«

Ohne lange zu überlegen, rannte Antonie los. Herr, betete

sie, während sie die Schulgasse zur Hochebene hinauflief, lass mich die beiden rechtzeitig finden. An der Stelle, an der die gepflasterte Gasse in einen Feldweg überging, blieb sie stehen. Den Aufstieg war sie zu schnell angegangen. Heftig sog sie die Luft ein. Ihre Kräfte mussten noch weit reichen. Darum setzte sie ihren Weg mit beherzten, nun ruhigeren Schritten fort.

Die Sonne stand über den Bergen und würde bald untergehen. Nachdem sie die Wiesen der Hochebene überquert hatte, begann der Anstieg zum Rossberg. Noch vor den Kehren, wo sie Sebastian vor dem großen Schnee getroffen hatte, gab es eine Abzweigung. Die durfte sie nicht verpassen. Von dort gelangte man am Fuße des Rossbergs hinüber zu seiner südlichen Flanke. Helena hatte ihr einmal davon erzählt, und Antonie hoffte, dass ihre Beschreibung zutreffend gewesen war. Sollte Jochen etwas zustoßen, würde sie sich das niemals verzeihen.

Warum hatte sie das Thema nicht schon eher angesprochen? Hatte nicht Sebastian bei ihrer ersten Begegnung von einem Wilderer erzählt, den er der Polizei melden wollte? Schuld an ihrer Zögerlichkeit gab sie der ›Gartenlaube‹. Wie gerne hatten Elvira und sie diese Zeitung gelesen. Heimlich natürlich, weil Schwester Coelestina nichts von den kitschigen und zuweilen reißerischen Artikeln hielt. Wie oft waren darin Wilderergeschichten abgedruckt gewesen, die ein verklärtes Bild bei ihr hinterlassen hatten. Leider sah die Wirklichkeit anders aus. Ernster und mit schlimmen Konsequenzen. Wildern wurde in den romantischen Geschichten eher als Kavaliersdelikt dargestellt, und der Wilderer in der ›Gartenlaube‹ war meist der bessere Mensch. Der gesetzestreue Jägersmann hingegen war bösartig und hinterhältig. Antonie musste kurz stehen bleiben, ihre eigene Naivität schmerzte sie. Wie ein kleines Schulmädchen hatte sie die Wirklichkeit mit einer Zeitungsgeschichte verwechselt.

Nach ein paar Metern entdeckte Antonie die Abzweigung. Sie führte durch ein kleines Wäldchen und zog sich anschließend in einem großen Bogen um den Rossberg herum. In dem schwachen Licht übersah sie eine Wurzel. Strauchelnd streckte sie die Arme aus, fand ihr Gleichgewicht wieder und eilte weiter. Jede Sekunde zählte. Das Schicksal der beiden Männer mit ihren Familien lag in ihren Händen. Sebastian war gesetzestreu und Jochen ein rebellischer Freigeist. Wenn sie sich jetzt begegneten, würde es böse enden. Sie hätte es in der Hand gehabt, dieses Aufeinandertreffen zu verhindern. Wie einfältig und naiv sie gewesen war! Die Verantwortung, die nun auf ihr lastete, trieb sie an, Schritt für Schritt.

Die Dämmerung brach herein. Wie sollte sie Jochen oder Sebastian finden? Darüber hatte sie sich keine Gedanken gemacht, als sie losgeeilt war. Wie töricht von ihr! Da fielen ihr Pfarrer Bichlers Worte bei Michaela Hofmeisters Begräbnis ein. Er hatte davon gesprochen, dass jede Schneeflocke auf ihren Platz fiel. Antonie hatte der Wind des Lebens nach Tannau getrieben. Wenn das ihr Platz war, dann würde es ihr gelingen, heute Abend ein schlimmes Unglück zu verhindern. Dieser Gedanke gab ihr frischen Mut.

Ihre Zuversicht wuchs, als sie das Klackern von Steinen hörte. Trotz der schlechten Lichtverhältnisse sah sie weiter oben eine Schar Gämsen. Die weißen Stellen an ihren Köpfen leuchteten fahl. Plötzlich kam Bewegung in die Schar, es mochten um die zwanzig Tiere sein, die unmittelbar vor Antonie über den Weg rauschten. Überrascht wich sie zurück. Die Tiere sammelten sich in einer Senke, die von einem Wald eingefasst war. Auch wenn Antonie von der Jagd keine Ahnung hatte, war ihr klar, dass sich dieser Platz für einen Jäger bestens eignete, um sich, vom Wald geschützt, auf die Lauer zu legen.

Sie blieb stehen und starrte angestrengt auf die Lichtung. Stand dort rechts am Waldrand nicht jemand? Der Statur nach musste es Sebastian sein. Doch ihre Erleichterung währte nicht lange. Mit einer schnellen Bewegung zog er das Gewehr vom Rücken und legte es an. Er rief etwas. Aufgeschreckt stoben die Gämsen davon. Zurück blieben Sebastian und ein Mann, der auf der anderen Seite am Waldrand stand. Das musste Jochen sein, nur konnte Antonie ihn wegen des tiefen Schattens der Bäume nicht erkennen. Zu ihrem Entsetzen hielt auch dieser Mann ein Gewehr schussbereit im Anschlag. Wieder rief Sebastian etwas. Diesmal verstand Antonie. »Ergib dich!«

Was, wenn Sebastian schoss? Was, wenn Jochen zuerst schoss? Ohne zu zögern, spurtete Antonie mit weit nach oben gerissenen Händen los. »Halt!«, schrie sie. »Haltet ein. Nicht schießen!« Mitten auf der Wiese blieb sie zwischen den beiden Männern stehen.

»Antonie!«, rief Sebastian überrascht aus, und ein nicht minder überraschter Ausruf kam von Jochen. »Bitte, geh, Antonie. Ich weiß nicht, was du hier willst. Ich bitte dich, geh!« Sebastian hatte sich am schnellsten gefangen.

»Ich gehe nicht, solange hier zwei Freunde mit dem Gewehr auf sich zielen.«

»Antonie!«, rief Sebastian streng. »Geh mir aus dem Schussfeld.«

»Nein, ich bleibe. Bis ihr beide die Waffen herunternehmt.« Sie blickte sich nach Jochen um. Mit finsterem Gesicht stand er breitbeinig da, das Gewehr in Position. »Jochen, sei vernünftig. Denk an Monika und die Kinder.«

»An die denke ich immer, wenn ich auf der Jagd bin. Von dem bisschen, was wir Waldarbeiter bekommen, kann ich meine Familie nicht ernähren!«

»Dass du es bist, der in meinem Revier wildert, hätte ich mir denken können. Du bist ein guter Jäger, Jochen, aber dass du es wagst, unter meiner Nase das königliche Wild abzuknallen, ist wirklich die Höhe.«

»Antonie«, ließ sich nun Jochen harsch vernehmen, »Sebastian und ich klären das unter uns. Lauf nach Hause!«

Was bildeten die beiden sich eigentlich ein? Meinten sie, sie ließe sich von ihnen wegschicken wie ein ungezogenes Kind? Die beiden würden nun die Lehrerin in ihr kennenlernen. Antonie richtete sich auf. »Ich bleibe!«, schleuderte sie ihnen entgegen. »Nehmt eure Gewehre herunter. Sofort. Oder wollt ihr die Lehrerin von Tannau mit einem Blattschuss erlegen?«

Keine Reaktion.

»Ich zähle bis drei, und dann nehmt ihr gleichzeitig die Gewehre herunter.« Sie schaute von einem zum anderen und begann zu zählen. »Eins, zwei ...« Bevor sie »drei« sagen konnte, senkten beide gleichzeitig die Waffen.

»Danke!« Antonie war erleichtert.

»Er muss zur Polizei mitkommen.« Sebastian klang entschlossen.

»Ich bin wandern gewesen«, behauptete Jochen keck. Fast hätte Antonie geschmunzelt. Jochen gab nicht so leicht auf. »Mit einem Gewehr als Wanderstock?«

»Na und? Ich kann zum Wandern mitnehmen, was ich will. Ich jedenfalls habe nichts gemacht.«

»Lüg nicht so dreist! Seit Jahren wilderst du im königlichen Forst. Als Waldarbeiter kennst du jeden Steig, kannst die Losung lesen und weißt, wo das Wild sich aufhält. Ich hätte schon viel eher draufkommen können. Also, Abmarsch!«

»Nichts da, ich habe mir nichts zuschulden kommen lassen.« Jochen hob sein Gewehr ein wenig an. Sogleich hatte Sebastian das seine ebenfalls wieder im Anschlag.

»Ihr seid ja drollig!«, rief Antonie. »Benehmt euch endlich wie erwachsene Männer und nicht wie kleine Buben.«

Sie gehorchten.

»Sebastian, mehr als einen Verdacht hast du nicht«, fasste Antonie die Situation zusammen. »Du hast Jochen nicht auf frischer Tat ertappt, es bleibt eine Mutmaßung ohne triftige Beweise.Und hast du nicht gerade selbst gesagt, Jochen sei ein guter Schütze?«

»Das ist er. Aus dem Hinterhalt schießt er vorzüglich. Heimtückischer Wilderer.«

»Wanderer, bitte schön, nicht Wilderer!«

»Jochen!«, ermahnte ihn Antonie. »Für deine Späße ist gerade nicht der richtige Zeitpunkt.« Sie drehte sich zu Sebastian um. »Kann der königliche Forst nicht einen guten Jäger gebrauchen? Einen vortrefflichen Schützen wie Jochen müsste Seine Majestät der Prinzregent doch gerne in seinem Wald beschäftigen.«

»Einen Wilderer beim königlichen Forst anstellen? Auf so eine Idee kann nur ein Frauenzimmer kommen.«

»Dann werde ich aussagen, dass Jochen mich auf einer Wanderung in die Berge begleitet hat. Weil im Dorf viel von einem gefährlichen Wilderer die Rede ist, hat er zu meinem Schutz das Gewehr mitgenommen.« Trotz der Dämmerung konnte Antonie Sebastians verblüfftes Gesicht sehen. »Nein, noch besser«, sie war nun richtig in Fahrt, »ich begebe mich höchstpersönlich zum Prinzregenten nach München und bitte ihn, Jochen einzustellen.«

Schweigen. Dann ein leichtes Glucksen. Erst von Sebastian, dann von Jochen. Das Glucksen wurde lauter, und schließlich lachten beide auf.

»Sie fährt nach München!«

»Zur Audienz mit dem Prinzregenten.«

»In die Residenz.«

»Oder gleich nach Nymphenburg.«

Noch mehr Lachen.

Antonie verstand nun gar nichts mehr. Erst wollten sie sich gegenseitig erschießen, und jetzt lachten sie sie aus?

»Weißt du, was?«, rief Sebastian zu Jochen hinüber. »Die Antonie würde es spielend bis zum Prinzregenten schaffen.«

»Solange sie ihn nicht das Einmaleins abfragt.«

Das wurde Antonie nun zu albern. Sie stapfte los.

»Halt, warte!«, rief Sebastian ihr nach. »So machen wir das.«

»Was machen wir?«, fragte sie und hoffte, dass sie schroff und unfreundlich klang.

»Ich werde beim Forst in Berchtesgaden ein Wort für Jochen einlegen. Natürlich können wir einen guten Jäger gebrauchen.«

»Wenn Jochen mehr verdient, dann bekommt er die Familie satt und muss nicht ...«, sie überlegte, wie sie es möglichst diplomatisch ausdrücken konnte, »... das Essen woanders herholen.«

»Einverstanden.« Jochen ging auf Sebastian zu. Die beiden schauten sich an.

»Gebt euch jetzt die Hände!«, forderte Antonie sie nachdrücklich auf.

»Abgemacht!«

»Abgemacht!«

Da nahm Sebastian sein Gewehr hoch. Jochen und Antonie zuckten zurück. Sebastian schoss in die Luft. Die Bergwände warfen das Echo zurück, und der Knall hallte über die Gipfel. »Damit haben wir den Wilderer gewarnt«, erklärte Sebastian. »Erkannt haben wir ihn nicht«, sagte er bestimmt. »Aus Tannau war es jedenfalls keiner.«

Jochen nickte. Damit war alles geklärt.

Inzwischen war es ganz dunkel geworden, nur ein fahler Mond stand am Himmel. Trotz des Mondlichts mussten sie sich auf den Weg konzentrieren. Immer wieder stützte Sebastian Antonie, die vor ihm ging. Bei der Abzweigung blieben sie stehen.

»Hast du das ernst gemeint, dass ich zum Prinzregenten vorgelassen würde?«

»Natürlich!«, sagte Sebastian belustigt. »Wenn ich jemanden kenne, der es schafft, quer durch die Residenz zum Prinzregenten zu gelangen, dann bist du das. Wenn du dir was in den Kopf gesetzt hast, hält dich nichts und niemand auf.«

»Das kann ich nur bestätigen. Unser Fräulein Lehrerin ist ein echter Dickschädel. Die braucht keinen Rohrstock, um sich durchzusetzen«, ergänzte Jochen.

»Gehen wir weiter«, forderte Antonie die Männer auf. »Monika macht sich sicherlich Sorgen.«

Sebastians Aussage ging Antonie nicht aus dem Kopf. Sie selbst hatte sich nie auf diese Weise gesehen.

Auf dem Weg hinab zur Hochebene kam ihnen Anton entgegengehetzt. Verblüfft schaute er die drei an, die friedlich daherspaziert kamen.

»Was?«, fragte er irritiert. »Helena meinte, Jochen ist mit Gewehr und …«

»Die Frauen haben da was missverstanden«, klärte ihn Sebastian auf. »Ich habe Jochen mitgenommen, weil ich einen guten Jäger brauche, auf den ich mich verlassen kann. Dem Wilderer waren wir gemeinsam auf der Spur.«

»Warum hast du mich nicht mitgenommen?«, fragte Anton beleidigt.

Sebastian klopfte ihm väterlich auf die Schulter. »Ich habe ihn zur Probe mitgenommen. Er will bei uns als Jäger anfangen.«

Antons Gesicht hellte sich auf. »Mensch, Sebastian! Das ist gut.« Er überlegte angestrengt. »Warum eigentlich erst jetzt? Jochen war schon immer einer der besten Schützen von Tannau.«

»Das weiß ich auch nicht. Ist mir erst heute eingefallen.«

Bei dieser Aussage sog Antonie scharf die Luft ein, ließ es aber großzügig dabei bewenden.

»Und du, Antonie, bist du auch auf Wildererjagd?«

»Ich war spazieren«, erklärte sie schnell, »und muss die falsche Abzweigung genommen haben. Gottseidank haben die beiden mich nicht mit dem Wilderer verwechselt. Sonst wäre in Tannau eine Lehrerstelle frei geworden.«

Hinunterwärts liefen sie schneller. Den Schuss hatte man sicher bis ins Dorf gehört. Nachdem die vier endlich die Schulgasse erreicht hatten, eilten sie hinüber zum Huberhof. Monika hatte eine Lampe angezündet und auf die Hausbank gestellt. Unruhig ging sie auf und ab. Helena saß zusammengekauert da und wippte nervös mit den Beinen. Als sie die Gruppe kommen sahen, rannten beide los und fielen ihren Männern um den Hals.

Monika ließ von ihrem Mann ab und schaute ängstlich zu Sebastian. Der wiederholte die Geschichte, die er Anton vorhin erzählt hatte. Jochen habe ihm geholfen, den Wilderer zu finden.

»Und der Schuss?«, fragte Monika nach.

»Wir haben den Wilderer gestellt. Nur war er zu weit weg, da habe ich einen Warnschuss in die Luft abgefeuert. Der Wilderer hat schnell das Weite gesucht. Der wird sich garantiert nicht mehr hertrauen. Nicht wahr, Jochen?«

»Davon bin ich fest überzeugt. Der lässt in Zukunft das Wild in Ruhe.«

Da schaltete sich Helena in das Gespräch ein. »Anton, wieso wird Jochen schneller Jäger im königlichen Forst als du, der du seit zwei Jahren als Treiber für die feinen Herren Jäger durchs Unterholz kriechst?«

»Hör mal, Jochen ist der viel bessere Schütze als ich. Sebastian wäre schön blöd, wenn er ihn nicht einstellen würde.«

»Oh, Anton! Warum muss ausgerechnet ich mir einen Mann aussuchen, der so gar keinen Ehrgeiz hat?«

»Weil du mich genau deswegen liebst.« Er gab Helena einen dicken Schmatz auf den Mund.

»Auch wieder wahr. Ich möchte keinen anderen haben«, sagte sie und erwiderte den Kuss.

»Gute Nacht allerseits«, verabschiedete sich Antonie. Müdigkeit und die Kälte der Nacht setzten ihr zu. Ihre Beine taten höllisch weh, und sie mochte ein seltsames Bild abgeben, wie sie über die Wiese zurück zur Schule wankte.

Himmel, in der Eile hatte sie die Tür sperrangelweit offen gelassen! Doch welcher Tannauer würde schon ein Lesebuch stehlen? Auf den Stufen stand noch der Teller mit Magdas Schmandkuchen. Antonie hob ihn hoch und biss unterm Gehen herzhaft hinein. Wie saftig er schmeckte. Den hatte sie sich heute redlich verdient.

Wo ist Gundi?

An der Tafel standen zwanzig Aufgaben. Die erste ganz oben links war die einfachste, die letzte unten rechts war selbst für die älteren Schüler schwer zu lösen.

»Wir machen heute ein Wettrennen«, kündigte Antonie die Prüfung an. Es tat ihr leid, dass sie die freudigen Gesichter enttäuschen musste. »Wir machen ein Wettrennen im Rechnen.«

Manche zogen einen Flunsch, doch ein Wettrennen hörte sich trotzdem ganz gut an.

»Ihr beginnt alle mit der ersten Aufgabe. Rechnet eine Aufgabe nach der anderen, und wir wollen mal sehen, wie weit ihr kommt.« Sie hatte Striche gezogen, die anzeigten, wie weit jede Klasse beim Rechnen kommen müsste. »Das sind Hürden. Wenn ihr die überspringt, bekommt ihr einen Extrapunkt.«

Los ging es. Mit strengem Blick ging Antonie zwischen den Bankreihen auf und ab. Die Schüler waren inzwischen fest davon überzeugt, dass das Fräulein Lehrerin auch hinten Augen besaß. Sie drehte sich immer ausgerechnet dann um, wenn man einen schnellen Blick zum Nachbarn riskierte. Für die älteren Schüler waren die ersten fünf Aufgaben schnell zu schaffen. Einfache Plus- und Minusaufgaben. In jeder Klasse gab es welche, die über die Hürde springen würden.

Antonie war fest davon überzeugt, dass die Kinder leichter lernten, wenn das Lernen ein Spiel war. Mit der Hürde hinauf zur nächsten Klasse versuchte sie, das Interesse und den Ehrgeiz zu wecken. Die Kinder von Tannau waren wie alle Kinder. Sie wollten lernen, nur wollten sie es frei und von sich aus machen. Ohne Zwang, ohne Strafe und erst recht ohne Schläge. Antonies Absicht war, Freude am Wissen zu entfachen. In ihrem Leben sollten die Kinder gerne Hürden nehmen wollen, um herauszubekommen, was dahinterlag. Und schaffte man es nicht beim ersten Mal, dann klappte es vielleicht beim nächsten Mal.

Wenn man nicht gut rechnen konnte wie der Hias, dann konnte man vielleicht gut singen wie der Hias oder gut backen wie die Magda. Jeder Mensch war besonders. Das war das Wichtigste, das Antonie von Schwester Coelestina gelernt hatte. »Vor Gott sind alle gleich«, lautete das Credo der Schwester. »Das sollte uns Richtschnur in unserem Denken über andere Menschen sein. Wenn es für unsern Herrn dort oben gilt, umso mehr sollte es für uns Menschen hier unten gelten.«

Antonie blickte den Schülern über die Schulter. Sie sollten nur das Ergebnis auf ihren Tafeln notieren. Ein Schmunzeln huschte ihr über das Gesicht, als sie die Ergebnisreihen sah. Bislang hatte noch niemand bemerkt, dass die Resultate die Zahlen von eins bis zwanzig waren. Selbst Gundi stöpselte heute an den Aufgaben herum. Bei den einfachsten Rechnungen machte sie Fehler. Eigentlich hatte Antonie erwartet, dass sie den kleinen Spaß, den sich die Lehrerin erlaubt hatte, schnell durchschaute.

Was war das für ein ungläubiges Lachen, nachdem Antonie die Ergebnisse bekannt gab. »Dann hätte ich gar nicht rechnen brauchen, sondern nur eins, zwei, drei, vier und so weiter auf die Tafel schreiben müssen?«, fragte Bartl verblüfft.

»Genau. Doch das konntest du nur herausfinden, wenn du

die Aufgaben tatsächlich gerechnet hast.« Antonie wandte sich an die gesamte Klasse. »Ihr könnt eure Ergebnisse selber überprüfen. Ihr wisst nun, welches Ergebnis richtig gewesen wäre.«

Den Rest der Stunde versuchten die Schüler, ihre falsch gerechneten Aufgaben richtig zu rechnen. Aus Fehlern lernen, nannte Antonie das. »Man darf Fehler machen. Doch sollte man sie nur einmal machen. Maximilian, wie viel ist zwei mal sieben?«

»Vierzehn«, kam die Antwort. Maximilian wischte die fünfzehn weg, die er hingeschrieben hatte.

»Für den Rest deines Lebens wirst du dir das jetzt merken! Zwei mal sieben ist vierzehn!«

Am Ende der Stunde liefen die Kinder hinaus, der Gartendienst holte Wasser am Brunnen und goss die Tomatenpflanzen, die ordentlich wuchsen. Nur die Petersilie blieb kümmerlich. Die Krämerin hatte sich auf Antonies Wunsch hin zwei kleinere Gießkannen liefern lassen. Gekommen war eine verzinkte, die andere war leuchtend rot emailliert. Zuerst hatte sich Antonie darüber gefreut. Inzwischen verfluchte sie die rote Gießkanne. Denn jeder wollte am liebsten damit gießen. Um die rote Gießkanne wurde regelrecht gestritten. Antonie sah sich daher gezwungen, eine Regelung einzuführen, wer sie wann benutzen durfte. Heute hatten Franzl und Hias Dienst. Die beiden stritten nicht, sondern gossen gewissenhaft die Beete. Hias hatte Geschick beim Umgang mit Pflanzen gezeigt. Antonie hatte sich vorgenommen, seinen Eltern vorzuschlagen, ihn am Hof Beete anlegen zu lassen. Franzl würde nächstes Schuljahr auf die Oberrealschule mach Berchtesgaden wechseln, das stand schon fest.

»Fräulein Lehrerin?« Gundi saß noch auf ihrem Platz.

»Entschuldige, ich habe nur geschaut, ob die beiden ordentlich gießen.«

Drei Mal die Woche gab Antonie Gundi Nachhilfe, um sie auf die Aufnahmeprüfung vorzubereiten. In ihrem letzten Brief hatte Schwester Coelestina eine ganze Reihe von Aufgaben geschickt, wie sie bei dem Aufnahmetest für das Internatsstipendium gestellt wurden. »Damit du deine Schülerin gut vorbereiten kannst.« Diese Aufgaben hatten es in sich, und außer Gundi würden nur Franzl und die kleine Anna sie lösen können.

»Ich habe einen ganzen Packen Übungsaufgaben bekommen«, erklärte Antonie und legte Gundi ein Blatt hin. »Die sind schwer. Lass dir Zeit. Mit etwas Nachdenken schaffst du sie«, ermunterte sie Gundi.

Die nahm stumm das Blatt und beugte sich darüber. Meistens schwatzten sie erst ein wenig miteinander, doch heute war Gundi ungewohnt still. Antonie dachte, der Tod der Mutter könnte der Grund sein, aber sie wollte deswegen nicht in das Mädchen dringen. Vielleicht ergab sich später ein Gespräch.

Antonie setzte sich an ihr Pult, holte Feder und Tinte heraus und begann, den neuen Aushang für die Gemeindetafel fertig zu machen. Er bestand aus Rechenknobeleien für die Erwachsenen. »Warum müsst immer nur ihr rechnen? Sollen wir auch mal die Erwachsenen rechnen lassen?«

Antonies Vorschlag war auf große Zustimmung gestoßen. Nun waren die Kinder an der Reihe, sich Knobelaufgaben auszudenken. Eifrig hatten sie sich Aufgaben überlegt, herumgerechnet und versucht, sie so schwer wie möglich zu machen. Fünf Aufgaben wählten sie gemeinsam aus. Sie standen schon auf dem Blatt. Antonie fügte noch die Anweisung hinzu. Wer mitrechnen wollte, sollte die Ergebnisse mit dem

Namen darauf in den Schulbriefkasten werfen. Unter den Gewinnern wurde ein von Magda gebackener Kuchen als Preis vergeben.

»Ihr dürft niemandem von den Erwachsenen die Ergebnisse verraten«, hatte Antonie ihnen eingeschärft. »Die bleiben unser Geheimnis!«

Das Klappern des Briefkastendeckels ließ Antonie vom konzentrierten Schreiben hochfahren. Sie schaute aus dem Fenster. Der alte Kastner ging hinüber zu Hubers. Sein Rücken war von der Postbotentasche schief geworden. Kein Wunder, dachte Antonie, dass er nach all den Jahren als Postbote inzwischen ganz krumm daherkam. Neugierig holte Antonie den Brief heraus. Er war von Elvira!

Zu der über das Blatt gebeugten Gundi sagte sie: »Ich gehe schnell in mein Zimmer.« Für diesen Brief brauchte sie ihre Ruhe. Die aufgedruckten roten Rosen zeigten schon an, was der Umschlag enthielt. Vorsichtig brach sie das Siegel, das eine Taube zierte. Eine auf Büttenpapier gedruckte Einladungskarte steckte in dem Umschlag.

Thomas Hafner und Elvira Dötterl geben sich die Ehre, ihre Vermählung am 21. August in der St.-Michael-Kirche anzukündigen. R. s. v. p.

Antonie freute sich bei dem Gedanken an die Heirat. Elvira hatte sich nun endgültig gegen ihren Beruf und für die Ehe entschieden. Bei aller Aufregung und Freude für ihre Freundin verspürte Antonie eine leichte Beklemmung. Denn Elviras Entscheidung zwang sie, über ihre Einstellung zur Ehe nachzudenken. Das brachte ihre Gedanken zu Sebastian. Er hatte Jochen wirklich eine Stelle als Jäger im königlichen Wald verschafft.

Ihre Gedanken wanderten zu dem gemeinsamen nächtlichen Abstieg. Wie sicher sie sich gefühlt hatte, als sie Sebastian hinter sich wusste. Wie sehr sie seine Berührungen genossen hatte, wenn sie drohte zu stolpern und er sie hielt. Wie seine Hand fest und doch sanft ihren Arm gepackt hatte. Sebastian, dachte Antonie. Für einen kurzen Moment ließ sie den Gedanken an eine Hochzeit mit ihm zu. Wie es wäre, mit ihm im Bergerhof zu leben. Nicht länger das Fräulein Lehrerin, sondern die Frau Berger zu sein. Mit ihrer Schwiegermutter würde sie sich gut verstehen. Und dann hätten sie Kinder, mindestens drei. Eva wäre die Älteste, dann Michael und als Nesthäkchen die kleine Magdalena. Antonie sah sich mit den Kindern in der Stube spielen. Sah Sebastian, wie er heimkam und der Reihe nach die Kinder hochhob, um zuletzt Antonie in seine starken Arme zu nehmen.

Antonie! Sie musste sich selbst ermahnen, nicht mitten am Tag träumerisch aus dem Fenster zu starren. Das waren keine guten Überlegungen, die brachten sie nur in Schwierigkeiten, entschied Antonie. Die Einladungskarte platzierte sie gut sichtbar auf dem Fensterbrett in ihrer Kammer. Das war ein richtig guter Grund, wieder einmal nach München zu fahren. Vor allem, da sie eigentlich an allem schuld war.

Lächelnd öffnete sie die Tür zum Klassenzimmer. Es war leer. Na, dann war Gundi zum Abort gelaufen. Den Aushang musste Antonie noch fertig schreiben. Ein letztes Mal auf Fehler durchgelesen, legte sie ihn zufrieden auf das Pult. Später würde sie ihn aufhängen. Wo denn Gundi nur blieb? Ob ihr nicht gut war?

Der Abort der Schüler war leer, ihrer auch. Seltsam, dachte Antonie. War Gundi heimgegangen? Dann hätte sie sich doch von ihr verabschiedet! Unschlüssig stand Antonie im leeren Klassenzimmer. Wie lange war sie in ihrem Zimmer gewesen? Das hätte sie nicht sagen können. Das Übungsblatt lag noch an Gundis Platz, die ersten Aufgaben hatte sie gelöst. Die Tinte war an manchen Stellen zerlaufen. Antonie hielt das Blatt hoch. Als wären Wassertropfen darauf gefallen. Das war kein Wasser, durchzuckte es Antonie, das waren Tränen. Gundi musste geweint haben. Warum nur? War es wegen der Mutter? Ratlos hielt sie das Blatt in der Hand. Wie schlecht Gundi heute gerechnet hatte. Wie schweigsam sie gewesen war. Was war nur los mit ihr? Und vor allem, wo war Gundi?

Bis zu diesem Augenblick war Antonie ruhig geblieben. Nun packte sie Angst. Gundi war traurig gewesen, und nun war sie fort. Warum war sie nicht bei ihr geblieben? Die süßen Träume über Sebastian hatten sie Gundi vergessen lassen. Plötzlich bekam Antonie keine Luft mehr, sie griff sich an den Hals. Kurz wurde ihr schwindelig. Sie hatte sich Kinder ausgemalt, während Gundi weinend nebenan gesessen war. Was bin ich nur für eine schlechte Lehrerin!

Im nächsten Augenblick lief sie hinaus und rief nach Gundi. Nichts. Sie rannte hinunter zum Dorfplatz und wieder zurück zur Schule, doch ihre ängstlichen Rufe blieben unerhört. Drüben am Huberhof sah sie Monika aus der Tür kommen. Sie eilte hinüber. »Hast du die Gundi gesehen?«, rief Antonie ihr schon von Weitem zu.

»Meinst du die Hofmeister Gundi?«

»Genau die!«

»Nein. Wie auch? Ich war den ganzen Nachmittag im Haus.«

»Sie ist weg!«, brach es aus Antonie heraus, und Tränen liefen ihr die Wangen hinunter.

»Wieso weg? Die Schule ist längst aus.«

»Ich habe ihr noch Zusatzunterricht gegeben, damit sie bei den Englischen Fräulein ein Stipendium bekommt.«

»Antonie, nun beruhige dich erst mal. Wahrscheinlich ist sie nach Hause gegangen.«

»Vielleicht. Nur hat sie davor geweint. Die Tinte war verlaufen!«

»Trotzdem, sie ist inzwischen bestimmt glücklich zu Hause.«

Das wollte Antonie nur zu gerne glauben, es passte nur nicht zur gewissenhaften Gundi.

»Sie hätte sich verabschiedet. Ich war in meinem Zimmer, und als ich herauskam, war sie weg.« Hatte Gundi sich etwa verabschiedet, und sie hatte es vor lauter Hirngespinsten einfach überhört?

»Jochen und Sebastian sind vorhin gekommen und sitzen in der Stube. Einer von ihnen soll schnell mal zu den Hofmeisters laufen, bevor du dich hier verrückt machst.« Das war ein guter Vorschlag. Jochen machte sich gleich auf den Weg.

»Gundi ist zu Hause. Du wirst sehen«, beruhigte Sebastian Antonie.

Wie gut, dass er da war. Wie damals, als die Lawine heruntergekommen war, strahlte Sebastian Ruhe und Zuversicht aus.

Jochen kehrte unverrichteter Dinge zurück. Nein, auf dem heimischen Hof war Gundi auch nicht aufgetaucht.

»Wir suchen noch einmal die Schule und die nähere Umgebung ab«, schlug Sebastian vor.

Vergeblich. Von Gundi keine Spur. »Könnte sie bei einer Freundin sein?«

»Bei der kleinen Anna, ich meine bei der Burger Anna.«

»Ich weiß, wo die wohnen. Da laufe ich hin. Du bleibst hier, falls Gundi zurückkommen sollte«, entschied Sebastian.

Hier zu bleiben und nichts tun zu können, war furchtbar. Angetrieben von der Sorge, lief Antonie unruhig auf und ab. Sie behielt die Schulgasse im Blick, hoffend, Gundis blonde Zöpfe zu entdecken. Warum nur war sie nicht bei ihr im Klassenzimmer geblieben? Den Brief hätte sie später genauso gut lesen können. Warum musste sie sich ausgerechnet heute in Tagträumen verlieren? Wie sie sich schämte!

Warum hatte Gundi geweint? Hing es doch mit dem Tod der Mutter zusammen? Vielleicht war sie zum Friedhof gelaufen, um das Grab der Mutter zu besuchen. Noch ehe Antonie den Gedanken beendet hatte, lief sie bereits zum Dorfplatz hinunter. Beim Gasthaus Post hielt sie an und fragte die Wirtin, ob sie Gundi gesehen habe. Die Wirtin, die dabei war, die Tische im Biergarten abzuwischen, richtete sich langsam auf und verneinte.

»Geben Sie mir unbedingt Bescheid, wenn Sie sie sehen.«

Die Wirtin versprach es, tauchte den Lappen in den Eimer und wrang ihn aus. Eifrig blickte sie quer über den Dorfplatz, ob sie nicht jemand fände, dem sie die Neuigkeit erzählen konnte. Antonie störte es nicht. Je mehr Menschen wussten, dass Gundi gesucht wurde, umso besser.

Das Friedhofstor stieß sie mit einer solchen Wucht auf, dass es gegen die Mauer krachte. Eine alte Frau, über ein Grab gebeugt, fuhr heftig zusammen.

»Entschuldigung«, brachte Antonie atemlos hervor und rannte, dem Ort nicht angemessen, durch die Grabreihen. Keine Gundi. Sicherheitshalber schaute sie in die Kirche, die leer war und einen verlassenen Eindruck machte. Keine Blumen auf dem Altar, und im Licht der tief stehenden Sonne wehte ein langer Spinnwebfaden durchs Mittelschiff.

Vielleicht war das Mädchen inzwischen zurückgekehrt. Ein Fünkchen Hoffnung keimte in Antonie auf. Gundi saß in der Schule und beendete in aller Ruhe die Aufgaben. Auf dem Dorfplatz sah sie Sebastian die Dorfstraße heraufkommen. Sein Blick war ihr Antwort genug. Bei Burgers habe keiner was gewusst, und Anna habe sich auch nicht erklären können, warum Gundi traurig gewesen sein sollte. »Anna meinte nur, sie wäre heute stiller als sonst gewesen.«

»Auf dem Friedhof ist sie auch nicht. Ich gehe wieder zur Schule hoch.«

»Ich komme mit.« Sebastian kam auf sie zu und legte kurz den Arm um ihre Schultern. Die Wirtin bekam es nicht mit, weil sie gerade einen hartnäckigen Fleck auf einem der Tische bearbeitete. Sebastian bot sich an, zur Hochebene hinaufzulaufen.

Sicherheitshalber schaute Antonie in die Schule. Das Klassenzimmer war leer. Es wäre auch zu schön gewesen. Ihre Nerven flatterten. Taumelnd musste sie sich auf die Bank setzen. Was, wenn Gundi etwas zugestoßen war? Jedesmal, wenn Antonie den Gedanken wegschob, schlich er sich wieder heran. Das konnte nicht sein, das durfte einfach nicht sein. So viel Unglück auf einmal durfte es in keiner Familie geben! Erst die Mutter und nun die Tochter? Nein, nein! Weg mit diesem Gedanken!

Antonie merkte, wie das bekannte Gefühl der Beklemmung in ihr hochstieg. Der Schwindel wurde stärker. Vor ihren Augen verschwammen die Dächer von Tannau, und die Berge vermischten sich zu einem dunklen Brei. Die Welt um sie herum begann sich zu drehen. Mit beiden Händen hielt sie sich an der Bank fest, stemmte die Füße auf den Boden, damit sie nicht umfiel. Antonie schloss die Augen. Mit der Zeit wurde ihr Atem ruhiger, und sie konnte ihre verkrampften Hände lösen. Der Kirchturm, die Dächer, die Berge standen wieder fest an ihrem gewohnten Platz.

Auf dem Weg zum Brunnen musste Antonie sich an der Wand abstützen. Das kalte Wasser brachte ihre Lebensgeister zurück. Gierig trank sie mit großen Schlucken. Danach fühlte sie sich besser, doch nicht lange.

Anton kam mit einem sichtlich erregten Kaspar Hofmeister die Schulgasse herauf.

»Wo ist Gundi?«, brüllte ihr Vater Antonie an.

»Ich weiß es nicht.« Antonie konnte Kaspar kaum in die Augen schauen. »Wir waren zusammen im Klassenzimmer, und sie hat für die Prüfung gelernt.«

»Diese vermaledeite Prüfung!«

Zu Antonies Erleichterung kam Sebastian von oben gelaufen. Mit ihm an ihrer Seite fühlte sie sich sicherer. »Hier oben ist sie auch nirgends. Doch ich habe den Bauern Bescheid gegeben, sie sollen die Augen offen halten.«

Anton und Kaspar erreichten den Pausenhof. »Daran sind nur Sie schuld!«, stieß Kaspar erregt aus. »Sie mussten Gundi den Floh mit der Schule in München ins Ohr setzen. Sie hat von nichts anderem mehr gesprochen.« Tränen standen ihm in den Augen.

Antonie wusste nicht, was sie darauf antworten sollte. »Es war Gundis eigene Idee. Sie hat mir erzählt, sie wolle Lehrerin werden«, erklärte Antonie, wohl wissend, dass das im Augenblick für Kaspar Hofmeister keinen Unterschied machte.

»Allzu weit kann sie nicht sein. Anton und ich werden ein paar Männer zusammentrommeln und eine Suche starten«, ließ sich Sebastian vernehmen.

»Wenn meiner Gundi etwas passiert ist, dann, dann …« Kaspar war vor Antonie getreten und drohte ihr mit dem Finger.

»Kaspar!«, rief Sebastian. »Wir werden Gundi finden. Allzu weit kann sie nicht sein.«

Der verzweifelte Vater drückte Sebastian weg. »Die Lehrerin ist schuld. München, das hat sie Gundi eingeredet. Die Englischen Fräulein, studieren gar am Lehrerinnenseminar. Das kommt nicht von meiner Gundi, das stammt von ihr.« Kaspar drohte Antonie jetzt mit der Faust.

Antonie blieb ruhig stehen. Ach, wie gut sie ihn verstehen konnte. Es verhielt sich tatsächlich so. Sie hatte Gundi ermutigt, diese Richtung einzuschlagen. Hatte ihr von München erzählt, vom Internat, das kein Zuckerschlecken sei, aber wie viel sie dort lernen würde. Alles nur, weil sie sich selbst in dem Mädchen gesehen hatte. Weil sie wollte, dass es Gundi einmal leichter haben sollte als sie selber. Das war falsch gewesen. In dem Augenblick bereute es Antonie zutiefst. Kaspar Hofmeister hatte allen Grund, aufgebracht zu sein.

»Komm, wir teilen uns auf.« Sebastian redete ruhig auf Kaspar ein.

Der drehte sich um, seine Schultern waren nach unten gesackt. Man sah ihm an, dass er keine Kraft mehr hatte. Erst die Lawine, die seine Frau getötet hatte, und nun die Tochter, die verschwunden war. Antonie schluckte schwer.

Die Sonne war längst hinter dem Rossberg verschwunden. Kalter Wind blies von den noch immer schneebedeckten Bergen. Antonie ging ihre Jacke holen, die über dem Stuhl in ihrer Kammer hing. Sie hatte schon die Türklinke in der Hand, da sah sie aus den Augenwinkeln etwas auf ihrem Bett liegen. Sie traute ihren Augen nicht. Da lag Gundi und schlief! Antonie sah ein zweites Mal hin.

Als hätte das Mädchen die Steine gehört, die Antonie vom Herzen purzelten, öffnete sie die Augen. Verwirrt sah sie Antonie an. Als sie bemerkte, wo sie lag, sprang sie erschrocken auf. »Ich bin aus Versehen eingeschlafen, Fräulein Weber. Ich wollte nicht in Ihrem Bett schlafen«, stammelte sie als Entschuldigung hervor.

Mit einem Satz war Antonie bei Gundi und umarmte sie stürmisch. Die wusste nicht recht, wie ihr geschah. »Gundi, wir haben dich überall gesucht.« Antonie wischte sich die Tränen der Erleichterung von der Wange. »Wo warst du denn?«

Gundi wurde kleinlaut. »Ich wollte weglaufen, Fräulein Weber. Vater will mich nicht nach München gehen lassen. Er will, dass ich bei ihm bleibe.«

»Das kann ich verstehen. Erst das mit deiner Mutter, und nun willst du weggehen. An allem bin ich schuld.«

»Das sind Sie nicht!«, rief Gundi laut. »Das ist der einzig schöne Gedanke, den ich seit Mutters Tod habe. Dass ich einmal Lehrerin werde.«

»Deswegen hast du geweint?«, fragte Antonie vorsichtig.

»Ja, deswegen, und da habe ich beschlossen wegzulaufen. Ich bin die Schulgasse nach oben. Als Sie hochkamen, habe ich mich in dem Wäldchen versteckt.«

Antonie nahm Gundis Hände in ihre.

»Wie ich in dem Wald hockte, kam mir der Gedanke, dass es dumm war wegzulaufen. Wohin sollte ich schon gehen? Also bin ich zurück zur Schule. Doch das Klassenzimmer war leer, und dann habe ich in Ihrem Zimmer nachgesehen, ob Sie da sind.« Jetzt wurde das Mädchen noch kleinlauter. »Ich weiß auch nicht, warum, aber ich habe mich auf Ihr Bett gesetzt und wollte auf Sie warten. Da muss ich eingeschlafen sein.« Sie schielte vorsichtig zu Antonie hoch. »Sind Sie deswegen böse mit mir?«

»Ach, Gundi, wie könnte ich nur. Ich bin heilfroh, dich gesund, munter und sogar ausgeschlafen wiederzuhaben.« Antonie umarmte das Kind vor lauter Freude. »Nun schnell, dein Vater war gerade hier. Der macht sich große Sorgen.«

»Warum denn?«

»Weil wir dich vermisst haben und ganz Tannau nach dir sucht.«

Sie liefen los.

Bald darauf kamen ihnen ein paar Männer aus dem Dorf entgegen. Sie blieben verblüfft stehen, als sie Antonie mit Gundi sahen. »Das Mädel ist wieder aufgetaucht?«, fragte einer.

»Sie war eigentlich nie weg«, meinte Antonie. »Könnt ihr Kaspar Hofmeister Bescheid geben, dass seine Tochter wohlbehalten in der Schule ist?«

»Dann brauchen wir heute niemanden zu suchen?«

Antonie schüttelte den Kopf.

»Dann, Burschen, feiern wir in der Post, dass das Mädel wieder da ist.« Die fünf Männer zogen ab.

Kurz darauf hörten sie eilige Schritte auf der Schulgasse. Sebastian tauchte als Erster auf, danach Kaspar, der zu seiner Tochter lief und sie stürmisch in die Arme nahm. »Was machst du denn für Sachen?«

Antonie antwortete anstelle von Gundi. »In meinem Zimmer hat sie auf mich gewartet und ist eingeschlafen.«

»Eingeschlafen?«, fragte Kaspar verblüfft.

»Das Bett vom Fräulein Lehrerin ist so gemütlich. Viel bequemer als die harte Ofenbank daheim.«

»Die Lawine hat alle Zimmer arg in Mitleidenschaft gezogen«, erläuterte Kaspar. »Es regnet hinein, darum schlafen wir in der Stube, sie ist der trockenste Ort.«

»Aber zum Herrichten fehlt uns das Geld, sagst du doch immer«, sagte Gundi.

Betreten schaute Kaspar zu Boden.

»Sie möchten nicht, dass Gundi nach München ins Internat geht. Sie möchten Ihre Tochter nicht verlieren.«

Kaspar nickte mit Tränen in den Augen.

»Nur möchte Gundi so gerne lernen, und das kann sie hier in Tannau nicht.«

»Ich kann sie nicht gehen lassen.« Der Vater klammerte sich an seine Tochter.

»Dann gehen Sie halt mit!« Das war Antonie einfach so herausgerutscht.

Selbst Sebastian schaute sie überrascht an.

»Ich meine …«, stammelte sie. Sie musste ihre Gedanken ordnen. »Warum ziehen Sie nicht so lange nach München, bis Gundi mit der Schule fertig ist? Arbeit finden Sie sicher. Ich kenne einen Architekten, der kann Ihnen bei einer Baufirma eine Stelle verschaffen. Da verdienen Sie viel mehr und können vielleicht genug ansparen, um den Hof zu renovieren!« Für Antonie klang es vernünftig.

»Au ja, Papa!«, rief Gundi freudig aus. »Wir beide ziehen nach München.«

Verdattert schaute Kaspar zu Sebastian, dann zu Antonie. »Nun, ich weiß nicht. Das muss ich mir durch den Kopf gehen lassen.« Er stand auf. »Komm, Gundi, wir wollen heimgehen.«

»Gute Nacht, Fräulein Lehrerin.«

»Gute Nacht, Gundi.« Antonie strich ihr über die Haare. »Gute Nacht, Herr Hofmeister. Und überlegen Sie es sich.«

»Das mache ich.«

Da hüpfte Gundi an ihrem Vater hoch und küsste ihn überschwänglich auf die Wange.

Zurück blieben Sebastian und Antonie.

»Möchtest du auch gerne wieder zurück nach München?«

»Nein«, antwortete Antonie überrascht. »Ich habe mich gerade in Tannau eingewöhnt. So schnell werdet ihr mich nicht wieder los.«

»Das ist gut zu hören.«

Sie sahen sich in die Augen. »Wo ist eigentlich Anton abgeblieben?«, fragte Antonie, um die zwischen ihnen aufkeimenden Gefühle aufzuhalten.

»Der ist mit den anderen ins Wirtshaus. Sie feiern die wiedergefundene Gundi.«

»Die Burschen haben gar nicht gesucht!«

»Ach, Antonie, du musst noch viel über die Tannauer lernen. Ihnen reicht der kleinste Grund, um im Wirtshaus zu sitzen.«

»Gehst du auch noch hin?«, wollte sie wissen.

»Was denkst du denn! Ich bin ein waschechter Tannauer.« Sebastian zwinkerte ihr zu. »Ich gehe eher, um auf Anton aufzupassen, damit er nicht eine Halbe zu viel bestellt. Sonst bekommen er und ich Ärger mit Helena.«

»Dann lauf schnell. Mit Helena möchtest du keinen Händel haben.«

»Nein, gewiss nicht. Gute Nacht!«

»Gute Nacht, Sebastian.« Antonie ging ins Schulhaus. Auf dem Weg durch das Klassenzimmer nahm sie das Blatt von Gundis Platz und legte es auf ihr Pult. Da lagen noch die Rechenaufgaben für den Anschlag. Morgen würde sie das Blatt anheften. Mal sehen, wie gut die Tannauer im Rechnen waren.

In den Bergen ist Freiheit

Monika hob die Kaffeekanne hoch und schenkte Antonie eine Tasse ein.

»Mir bitte auch noch.« Helena hielt ihr die Tasse hin. Mit der anderen Hand stützte sie den Kopf auf.

»Wenig geschlafen?«, fragte Monika.

»Sehr wenig, dank meines Verlobten.«

»Hat er gestern Abend zusammen mit den anderen die erfolgreiche Suche nach Gundi gefeiert?«

»Bei so was ist mein Anton ganz vorne mit dabei. Nichts machen, dafür ordentlich feiern.«

»Und warum hast du so wenig geschlafen?«

»Weil ich mir schon gedacht habe, wo mein Verlobter wieder steckt. Weißt du, die Meierin hat gestern Nachmittag entbunden. Darum habe ich die ganze Aufregung um Gundis Verschwinden gar nicht mitbekommen. Beim Heimweg dachte ich mir, schaue ich mal beim Wirt vorbei, ob mein Anton nicht dort hockt. Und nun rate mal, wer mehr lag, als dass er saß. Zu meinem Glück war Sebastian da. Zu zweit haben wir Anton heimbugsiert, und bis ich endlich in meinem Bett lag, war die Nacht schon ziemlich vorbei.« Gierig trank sie und fluchte, weil der Kaffee noch heiß war.

»Ich kann mir vorstellen, was für Sorgen du dir gemacht haben musst.« Monika legte ihre Hand auf die von Antonie.

»Das waren anstrengende Stunden. Gottseidank ist alles

gut gegangen, und Gundi war die die meiste Zeit in meinem Bett gelegen.«

Die Tür ging auf, und Magda kam zusammen mit den Kindern herein. Bartl schaute zuerst, was an Essbarem auf dem Tisch stand. Antonie schnitt ein Stück von ihrem Kuchen ab und steckte es ihm zu. Magda hatte Veronika auf dem Arm, die ihre Händchen nach ihrer Patentante ausstreckte. Das strahlende Gesicht der Kleinen berührte Antonie, und glücklich schloss sie Veronika in die Arme.

Feverl drängte sich an sie und zupfte sie am Ärmel. Da sah Antonie, was sie ihr stolz zeigen wollte. »Du hast eine besonders schöne Samtschleife in deinen Zöpfen«, stieß Antonie mit gespielter Überraschung aus.

Feverl gluckste.

»Geschenk von Magda«, sagte Magda, die sich in der Küche zu schaffen machte.

Antonie hatte die Samtschleife erkannt, die sie Magda einmal geschenkt hatte. Sie an Feverl weiterzuschenken, war Magdas großer Freundschaftsbeweis.

»Die Kinder lieben Magda«, sagte Monika und drückte ihren Sohn an sich. »Bartl wegen dem vielen Kuchen, Veronika liebt jeden, der sie auf dem Arm herumträgt, und Feverl und Magda sind sowieso ein Herz und eine Seele.«

Veronika hatte inzwischen Antonies Brosche entdeckt und wollte nun wissen, ob man sie essen konnte.

»Wir haben uns noch zwei Hühner dazugeholt, so viele Eier, wie Magda zum Backen braucht«, erzählte Monika.

»Hühner hätte ich auch gerne«, sagte Antonie spontan.

»Jochen baut dir einen Stall«, meinte Monika, und Helena befand, dass hinter dem Schulhaus genug Platz dafür wäre.

»Das hört sich so einfach an. Ihr meint wirklich, ich kann Hühner halten?«

»Hühner halten ist einfach. Das bekommst selbst du als Großstadtpflanze hin«, zeigte sich Helena zuversichtlich.

»Sie dürfen nur nicht auf den Pausenhof, der gehört den Kindern und dem Schulgarten. Nicht, dass die mir alles kaputt scharren.«

»Keine Sorge. Die bekommen hinten ihren Auslauf«, versicherte ihr Helena.

Innerhalb von wenigen Minuten war alles besprochen und das Thema erledigt. Jochen und Anton würden den Stall bauen. Antonie freute sich jetzt schon auf den tierischen Zuwachs.

»Im Gasthof Post sind die ersten Sommerfrischler angekommen«, erzählte Helena. »Die Wirtin war ganz aufgeregt und ermahnte den Stammtisch ständig, nicht so laut zu sein. Die Frau Oberregierungsrat würde schon nächtigen.«

»Hat die Wirtin tatsächlich ›nächtigen‹ gesagt?«, fragte Monika nach.

»Hat sie. Am Ende wird unsere Wirtin noch eine ganz feine Dame.«

»Wenn die Sommerfrischler im Dorf einfallen, wird es wieder voll auf unseren Bergen. Überall kriechen die Städterer herum und schrecken die Kühe auf.«

Da schlug Helena mit der flachen Hand so laut auf den Tisch, dass alle zusammenfuhren. »Antonie, wir müssen morgen unbedingt eine Bergtour unternehmen.«

»Davor muss ich dich warnen, Antonie.« Monika beugte sich zu Antonie herüber. »Helena ist in ihrem früheren Leben eine Gämse gewesen. Die rast so schnell auf den Berg, dass du kaum hinterherkommst.«

»Gar nicht wahr!«, protestierte Helena. »Monika war halt noch nie die Schnellste.«

Monika drohte Helena lachend mit der Gabel.

»Ich weiß nicht.« Antonie zögerte. »Mir steckt der gestrige Tag noch in den Knochen.«

»Da ist frische Bergluft die beste Medizin. Bei mir steht keine Entbindung an, und morgen gibt es keinen Sonntagsgottesdienst, weil der werte Herr Kaplan krank im Bett liegt. Das heißt, wir können zeitig in der Früh losgehen.«

»Kein Kaplan Porz morgen? Das alleine ist eine gute Nachricht«, flüsterte Antonie den anderen beiden zu, damit es die Kinder nicht hörten. »Der predigt langweilig und endlos!«

»Ganz furchtbar. Wie oft habe ich mir schon unseren alten Pfarrer hergewünscht, Gott hab ihn selig.« Das entsprach der allgemeinen Meinung im Dorf über den Kaplan. Entsprechend fiel der Gottesdienstbesuch von Sonntag zu Sonntag spärlicher aus.

Auch auf Antonie hatte der Kaplan vom ersten Augenblick an aufgeblasen und bigott gewirkt. »Gut, nutzen wir die Gelegenheit und unsere Freiheit und unternehmen eine Bergtour«, willigte sie ein.

»Wo wollt ihr hingehen?«, fragte Monika. »Und bittet mich nicht, mitzukommen. Ich bin eine Mutter und habe drei Kinder und damit die beste Ausrede!«

»Wir könnten auf den Waldstein gehen«, schlug Helena vor.

»Wo ist der denn? Von dem habe ich noch nie gehört.«

»Das ist ein schöner Weg. Man geht die Tannauer Ache entlang bis zu ihrer Quelle. Die liegt unterhalb des Gipfels vom Waldstein.«

»Das ist eine gute Idee. Dort trefft ihr sicher keine Sommerfrischler, und auch Einheimische verlieren sich selten dorthin. Es sind keine Almen da oben«, erklärte Monika.

»Um fünf Uhr gehen wir los«, entschied Helena.

»Reicht nicht auch sechs Uhr?«, fragte Antonie vorsichtig nach.

»Da merkt man halt, dass du aus der Stadt kommst. Die Städter haben es nicht so mit dem Frühaufstehen«, neckte Helena sie. »Die Wirtin schimpft jedes Jahr, weil die Sommerfrischler spät frühstücken wollen. Aber abgemacht! Um sechs Uhr unten an der Brücke.« Helena klatschte in die Hände.

Antonie lächelte gequält. Auf welches Abenteuer hatte sie sich da eingelassen?

Die Tannauer Ache rauschte munter unter der Brücke hindurch. Antonie fröstelte. Es war noch reichlich frisch um diese Morgenstunde. Seit zehn Minuten wartete sie auf Helena. Wo blieb sie denn, diese Schlafmütze? In der Entfernung sah sie eine eilig daherhastende Gestalt. Schon von Weitem winkte ihr Helena zu. »Ja, wo bleibst du denn? Ich warte seit fünf Uhr!«, rief ihr Antonie entgegen.

»Nein!« Entsetzen stand auf Helenas Gesicht. »Ich dachte, wir hatten sechs Uhr ausgemacht.«

Antonie lachte. »Hatten wir, keine Sorge. Ich habe also nur eine Viertelstunde warten müssen.«

»Es tut mir leid. Ich habe den Wecker nicht gehört. Wenn Mama mich nicht geweckt hätte, würde ich immer noch schlafen.«

»Hauptsache, du bist da.« Antonie betrachtete kritisch Helenas Bluse, die völlig falsch zugeknöpft war. »Aber wie schaust du denn aus? So schlampig nehme ich dich nicht mit auf den Berg.«

»Da siehst du, wie sehr ich mich beeilt habe, halbwegs rechtzeitig herzukommen.« Nachdem Helena ihre Bluse in Ordnung gebracht hatte, nahm sie ihren Strohhut ab und fuhr sich über die Haare, die nach allen Seiten abstanden.

»Geh, lass dir helfen.« Mit geübten Bewegungen steckte

Antonie Helenas hellblonde Haare hoch. »Hast du noch eine Haarklammer?«

»Nein«, gestand Helena. Antonie pfriemelte eine aus ihren Haaren. »Heute Abend habe ich sowieso nur noch die Hälfte davon am Kopf. Ich brauche jeden Monat ein neues Päckchen Haarklammern. Wohin die verschwinden, ist mir ein Rätsel. Wenn ich für jede Haarklammer, die ich in meinem Leben verloren habe, einen Groschen bekäme, wäre ich eine reiche Frau.« Sie steckte die Haarklammer fest und setzte Helena den Hut auf. »Fertig!«

Sie marschierten los, zunächst immer der Tannauer Ache entlang. Beim Sägewerk bellte ihnen ein Hund nach. Das große Antriebsrad stand heute am Sonntag still. Sie passierten zwei kleinere Gehöfte, die am Rand des Waldes standen, dann hatten sie Tannau hinter sich gelassen.

Im Wald war es kalt und düster, und sie beschleunigten ihre Schritte. Noch war die Sonne nicht über die Berggipfel gewandert, aber der wolkenlose Himmel versprach schönstes Wetter. In dem Beutel, den Antonie umhängen hatte, klapperte ihre Wasserflasche fröhlich gegen die Blechbüchse, in der Brot und Käse waren.

»Mama hat uns gekochte Eier mitgegeben. Und Gugelhupf, den sie gestern gebacken hat.«

»Typisch Helena. Gerade mal fünf Minuten unterwegs, und schon hat sie wieder Hunger.«

»Jawohl, Fräulein Lehrerin, ich warte damit bis zur ersten Pause.«

»Das Fräulein Lehrerin hat heute dienstfrei. Und mir ist warm genug, wir brauchen nicht mehr so zu rennen.«

Sie mäßigten ihre Schritte. Das Grün der Blätter hatte schon die satte Farbe des Sommers angenommen. Antonie blieb stehen und sah nach oben in den Blätterhimmel. So viele verschiedene Grüntöne! Welche Künstlerin die Natur doch war. Die Tannennadeln hatten das dunkelste Grün. Heller erstrahlten, von den Sonnenstrahlen befeuert, die gezackten Blätter der Ahornbäume. Die Buchenblätter, klein, aber viele an der Zahl, waren dunkler und würden bis in den Spätsommer eine noch tiefere Farbe annehmen.

»He, nicht einschlafen!« Helena riss sie aus ihren Betrachtungen. Ihre Wandergefährtin war ein gutes Stück vorausgeeilt.

»Warum drängelst du so?«

»Ich drängle doch gar nicht.«

Kaum traten sie aus dem Wäldchen, erkannte Antonie, warum Helena es so eilig gehabt hatte. Auf einem Stein am Wegesrand saßen Anton und Sebastian und grinsten den beiden Frauen frech entgegen.

»Guten Morgen, schöne Frauen. Wohin des Weges?«, fragte sie Anton lachend.

»Ich glaube, die wollen ein wenig spazieren gehen«, gab ihm Sebastian zur Antwort.

»Pff«, machte Helena. »Wir haben gehört, die beiden langsamsten Burschen von ganz Tannau sind heute am Berg unterwegs, da wollten wir ihnen mal zeigen, wie man richtig wandert.«

»Guten Morgen, Antonie.« Sebastian lächelte sie an.

»Helena!«, rief Antonie aus. »Ich nehme mal an, dass das kein Zufall ist.«

»Wir sind freie Männer«, stellte Sebastian fest, »und dürfen in den Bergen herumspazieren, wo und wann es uns Freude macht.«

»Dann freue ich mich, dass ihr gerade heute hier unterwegs seid.« Antonie lächelte zurück. Ihr war auf einmal furchtbar heiß, und sie merkte, wie ihr Kopf rot wurde. »Helena hat mich in einem ordentlichen Tempo heraufgehetzt«, erklärte sie deshalb schnell. Die Überraschung war Helena gelungen.

Die beiden Männer schnallten ihre Rucksäcke um, wobei Sebastian Antonies Tasche galant in seinen Rucksack gepackt hatte.

»Anton, sieh mal, Sebastian weiß, was sich gehört.« Auffordernd hielt Helena ihm ihren Rucksack hin.

»Gerne. Wenn hinterher der Kuchen deiner Mutter fehlt, dann will ich keine Beschwerden hören!«

Helena und Anton gingen vorneweg, Antonie und Sebastian folgten, wobei sie in gemessenem Abstand zueinander blieben. Der Weg war bislang der Tannauer Ache gefolgt. Nach dem Waldstück bog der Bach links ab und verschwand zwischen Felsen, während der Weg darum herumführte. Eine große Wiese breitete sich vor ihnen aus, die sich immer steiler nach oben zog.

»Schaut mal!«, rief Antonie begeistert aus und zeigte auf eine Stelle voller violetter Blumen. »Knabenkraut! Das ist eine Orchideenart.« Sie raffte ihren Rock und ging hinüber. Die anderen folgten ihr und bewunderten die typischen Orchideenblüten.

»Das wächst an verschiedenen Stellen bei uns«, sagte Sebastian. »Dass es eine Orchidee ist, wusste ich nicht. Ich dachte, Orchideen wachsen nur in warmen Ländern.«

»Neben dem Knabenkraut gibt es auch den Frauenschuh als Orchideenart bei uns.«

»Den habe ich nur einmal in den Bergen gesehen. Mein Vater hat ihn mir gezeigt.«

»Manchmal ist es gar nicht so schlecht, eine erfahrene Lehrerin mitzunehmen.«

»Eine Lehrerin dabeizuhaben, finde ich auch gut.« Sebastian lächelte sie an.

Da war wieder diese Wärme, die in Antonia hochstieg. »Gehen wir weiter«, lenkte sie ab.

Die Bergwiesen gingen in felsiges Gelände über. Hinter einem großen Felsbrocken hörten sie die Tannauer Ache plätschern. Die beiden Männer kletterten hinunter und füllten die Wasserflaschen auf.

»Du bist mir wegen der Überraschung nicht böse, oder?«, fragte Helena Antonie schnell.

»Nein, überhaupt nicht. Es ist eine angenehme Unterhaltung.« Das klang gespreizt, und Antonie fügte hastig hinzu: »Und es freut mich, Sebastian einmal bei einer schönen Unternehmung zu erleben.«

»Genau das dachte ich mir.« Helena lachte schelmisch.

»Hier die Damen, Gänsewein, frisch vom Fass.«

Alle tranken gierig. Die Sonne war über das Teufelshorn und den Wildkofel, den man von hier oben gut sah, gestiegen und brannte heiß herunter. Gut, dass Elvira auf den Hutkauf bestanden hatte. Der würde es gefallen, wenn sie wüsste, dass sie mit Sebastian in den Bergen umherkletterte.

Langsam kam Antonie aus der Puste. Sie fiel mit Sebastian zurück. »Die Berge sehen von München aus fast niedlich aus. Blicke ich von der Schule auf sie hinüber, wirken sie schon größer. Wandert man hinauf, merkt man erst wirklich, wie groß sie sind.« Antonie musste kurz stehen bleiben und sich die stechende Seite halten.

»Die Berge sind so übermächtig, und trotzdem können wir munter darauf umherlaufen. Die Berge machen etwas mit uns. Auf jeden Fall bewirken sie etwas in mir«, gestand Sebastian.

»Munter fühle ich mich nicht gerade. Aber ich verstehe, was du meinst. Wenn wir in den Bergen unterwegs sind, werden wir ein Teil von ihnen. Darum lieben wir Menschen die Berge. Und das Meer«, fügte sie an.

»Warst du schon einmal am Meer?«, fragte Sebastian.

Antonie lachte auf. »Nein, wirklich nicht. Außer München, Straubing und Tannau habe ich noch nichts von der Welt gesehen.«

»Ich war bisher nur in München und Tannau. Im Vergleich zu mir bist du ja weit gereist.«

Beide lachten.

Sebastian drehte sich um und blickte zurück. »Für mich reicht das hier aus. Mehr brauche ich nicht von der Welt.«

»Weil es ein guter Teil von der Welt ist.«

»Das ist es.«

Zum ersten Mal in ihrem Leben überkam Antonie ein Gefühl von Heimat.

Ein lauter Jodler von Anton rief sie weiter. Schweigend gingen sie nebeneinander her, jeder in seine Gedanken vertieft, bis sie zu den beiden Wartenden aufschlossen.

»Ich hatte eigentlich vor, heute auf den Gipfel zu steigen«, spottete Anton, wofür Helena ihm einen tadelnden Blick zuwarf. »Noch eine halbe Stunde«, meinte er versöhnlich.

»Das ist eine ungewöhnlich lange halbe Stunde«, stellte Antonie fest, als sie nach einer Stunde den Gipfel noch immer nicht erreicht hatten. Statt eines Weges gab es den Felshang, den sie dort hinaufstiegen, wo sie Halt fanden. Ein paarmal war Antonie auf Steinchen ausgerutscht, doch Sebastian war direkt hinter ihr und hielt sie fest.

»Da oben ist der Gipfel«, spornte Anton sie an.

»Das behauptest du die ganze Zeit, und dann ist es nur eine Felsnase, die wir umrunden müssen.«

»Diesmal stimmt's«, verteidigte Sebastian seinen Freund.

Tatsächlich, kurz darauf gelangten sie zu einer Felsspitze. Die letzten Meter mussten sie klettern, und Antonie hoffte, dass sie nicht abrutschte.

»Nicht nach unten blicken!«, befahl Sebastian, der ihre Unsicherheit bemerkte.

Mit letzter Kraft zog sie sich nach oben. Heftig atmend saß sie vornübergebeugt da. Nach ein paar tiefen Atemzügen hob Antonie den Kopf. Der Ausblick überwältigte sie. »Wo bin ich?«, wunderte sie sich laut.

»Auf dem Gipfel!«, antwortete Sebastian lachend.

»Das ist das Dach der Welt.« Damit sorgte Antonie für Heiterkeit bei den anderen.

»Das ist doch nur der Waldstein!«, meinte Anton abfällig. Sein Blick hingegen sprach eine ganz andere Sprache.

Sie alle waren von der Schönheit des Gipfels mit seinem freien Panoramablick beeindruckt.

Für Antonie fühlte es sich an, als stände sie auf dem höchsten Gipfel überhaupt. Berge, so weit das Auge reichte. »Man sieht nur Berge!«, stellte sie verdattert fest.

»Das sind die Alpen.« Sebastian setzte sich neben sie. »Dort unten ist Österreich. Hier oben verläuft die Grenze. Hinter Österreich fängt Italien an, und ganz dort hinten siehst du das Meer.«

»Wo?« Erstaunt sprang Antonie auf.

»Für eine Lehrerin bist du ganz schön leichtgläubig«, neckte sie Sebastian. »Das Meer ist da, nur sehen wir es nicht.«

Der Satz gefiel Antonie ungemein, den wollte sie sich merken. Er klang beruhigend. »Was ist das für ein großer weißer Fleck?«

»Das ist der Gletscher des Großvenedigers«, erklärte Sebastian. »Und dort der weiße Fleck, wie du es nennst, ist der Großglockner mit seinem Gletscher!«

»Das ewige Eis!«, sagte Antonie ehrfurchtsvoll. Der Ausblick von hier oben war vielleicht das Schönste, was sie bisher in ihrem Leben gesehen hatte.

Die Berge in der Ferne wirkten blau, Dunst stieg aus den Tälern auf, und am liebsten hätte Antonie den Anblick für immer festgehalten. Auf der anderen Seite sah sie in das Tal der Tannauer Ache hinein. Inmitten von grünen Wiesen und Wäldern lag es vor ihnen. »Da unten ist Tannau. Wenn man genau hinschaut, kann man den Kirchturm sehen.« Sebastian stellte sich hinter Antonie und streckte seinen Arm aus. Sein Kopf war nahe an ihrem, sie spürte sein Gesicht an ihrem Nacken, spürte seinen warmen Atem, und sein Bart kitzelte an ihrem Ohr. »Dort«, sagte er, und Antonie meinte, ihre Beine würden nachgeben.

»Brotzeit!«, rief Anton, und der Moment war verflogen.

Die Brote wurden ausgepackt, Wasserflaschen herumgereicht, und alle waren sich einig, dass eine Gipfelbrotzeit am besten schmeckte.

Ein paar diebische Bergdohlen umkreisten die Wandergruppe. Als Antonie ihr Brot kurz aus der Hand legte, ging gleich eine vorwitzige Bergdohle mit vorgestrecktem Schnabel darauf los. Sebastian klatschte gerade noch rechtzeitig in die Hände, um sie zu vertreiben.

Immer wieder wanderte Antonies Blick fasziniert in die Bergwelt. »Hier oben fühlt man sich wahrhaftig frei«, meinte sie.

»In den Bergen ist Freiheit«, bestätigte Sebastian. »Darum möchte ich nicht woanders leben.«

Die Sonne stand hoch am Himmel. Nach den Broten gab es Kuchen von Helenas Mutter, und Anton packte zur Freude aller eine Tafel Schokolade aus.

»Werde ich eigentlich den Kuchen beim Matherätsel gewinnen?«, erkundigte sich Anton.

»Wenn du ihn gewinnst, musst du ihn auf jeden Fall mit mir teilen. Alleine hättest du die Aufgaben niemals geschafft.

Da habe ich meinen hübschen Kopf mit anstrengen müssen«, stellte Helena klar.

»Die Kinder und ich haben uns schon über die große Beteiligung gefreut. Bisher haben dreiundzwanzig Tannauer mitgemacht.«

»Das Rätsel mit den Tomatenstauden, bei denen eine viermal so viele Tomaten hat wie die erste, aber halb so viele wie die dritte, das hat mein Kopf nicht geschafft«, gab Sebastian zu.

Antonie lachte. »Dann grüble mal schön weiter. Unser Postbote, der alte Kastner, hat sogar zwei Lösungszettel eingeworfen. Er dachte wohl, damit kann er seine Chance auf den Kuchen von Magda erhöhen. Falls du dieses Jahr nicht gewinnst, lieber Anton, hast du vielleicht nächstes Jahr Glück. Die Kinder wollen die Rechenrätsel für die Erwachsenen unbedingt wiederholen. Im nächsten Schuljahr kannst du wieder um die Wette rechnen.«

Zum Schluss zauberte Sebastian vier Bonbons aus seinem Rucksack. »Für die Kastanienaugen.« Er reichte Antonie eins, und beide lächelten sich an.

Gemütlich saßen sie nebeneinander auf dem Gipfel, schauten in die Ferne und lutschten an ihren Bonbons. Das Leben könnte nicht schöner sein, fand Antonie.

Es war Helena, die schließlich zum Aufbruch drängte. Als Hebamme war es ihr lieber, nicht zu lange aus Tannau weg zu sein. Selbst wenn keine Geburt anstand, wollte sie für ihre Frauen erreichbar sein. »Bei meinem Beruf hat man nie frei. Anders als unsere Herren Jäger oder das Fräulein Lehrerin«, sagte sie schnippisch.

»Also, hör mal«, protestierte Antonie. »Habe ich euch heute nicht in Botanik unterrichtet?«

»Stimmt, das hättest du nicht machen müssen an deinem freien Tag. Du bist halt eine Lehrerin durch und durch.«

»Stets von Schülern umgeben, die ein paar Wissenslücken haben.« Antonie zwickte Helena in den Arm.

»Du meinst also, wir Jäger sind recht faule Hallodris?« Anton warf sich in Positur.

»Das meinen wir nicht, das wissen wir.« Helena gab ihm einen Kuss, der Anton besänftigte.

»Ich könnte mir keinen besseren Beruf als Revierförster in Tannau vorstellen«, meinte Sebastian ernst. Stolz blickte er auf das grüne Tal hinab.

Antonie hingegen schaute ein letztes Mal über die Bergketten in die Ferne. Diesen Blick würde sie in ihrem Leben nicht mehr vergessen.

Sie brachen auf. Vom Gipfel abzusteigen, erforderte von Antonie Überwindung. Für einen kurzen Moment baumelten die Füße in der Luft, bis sie, mit Sebastians Hilfe, festen Felsen unter den Sohlen spürte. Das erste Stück war steiler, als es Antonie in Erinnerung hatte. Mehr auf ihrem Hosenboden sitzend, hangelte sie sich von Stein zu Stein.

»Passt auf lose Steinchen auf, die rollen wie Murmeln weg.«

Sebastians Warnung kam für Anton zu spät, der ausrutschte und mit einem Platsch auf seinen Allerwertesten fiel. »Aua!« rief er und »Zefix!« wütend hinterher.

»Rauf kam es mir nicht so steil vor«, bemerkte Antonie.

»Weil du nach oben geschaut hast. Hinunterschauen macht flau im Magen.« Sebastian kam noch ein wenig näher an sie heran, um ihr Sicherheit zu geben.

Nachdem sie das steilste Stück hinter sich gebracht hatten, legten sie eine Verschnaufpause ein. Weiter unten holten die beiden Männer noch einmal Wasser aus der Tannauer Ache, die hier als kleines Bächlein durch die Felsen rann. Nahe ihrer Quelle hatte sie gar nichts mit dem reißenden Bach gemeinsam, der Antonie bei ihrer Ankunft begegnet war. Das kühle Wasser tat gut, und erfrischt nahmen sie den Abstieg wieder auf. Geredet wurde nicht viel. Konzentriert schaute jeder, wohin er trat. Mit der Zeit fielen Antonie und Sebastian immer weiter zurück. »Da merkt man die Übung, die Helena hat«, entschuldigte sich Antonie, »weil sie den ganzen Tag zu den Frauen auf den entlegensten Höfen unterwegs ist.«

»Sollen sie nur vorgehen. Mir macht das gar nichts aus.« Sebastian sah sie an. »Dann bin ich länger nur mit dir zusammen.«

Da war es wieder, dieses komische Gefühl, wenn sie beide alleine waren. Als könnten sie nur in Gegenwart anderer unbefangen miteinander umgehen. Daher schwiegen sie die meiste Zeit.

»Dort droben ist ein beliebter Platz der Hirsche«, unterbrach Sebastian das Schweigen. Dann wieder zeigte Antonie auf eine Blume. »Schau, eine Lichtnelke.« An einer Stelle entdeckte Antonie Enzian, der mit seinem tiefen Blauviolett aus dem Grün der Wiese herausstach.

»Die Wurzeln geben einen guten Schnaps.«

»Ich sehe die Blüte und du den Schnaps«, lachte Antonie. »Der Enzian hält für jeden etwas bereit.«

Die Sonne stand tief über dem Rossberg und würde bald hinter ihm verschwinden. Helena und Anton waren sicher längst im Tal. Bei dem Felsen, an dem in der Früh die beiden Männer gewartet hatten, blieben sie stehen.

»Wollen wir uns setzen?«, fragte Sebastian. »Auf mich warten keine schwangeren Frauen.«

»Auf mich auch nicht.« Antonie war froh, ihren Beinen ein wenig Ruhe zu gönnen. Ihre linke Fußsohle brannte. Sie hatte sich eine Blase gelaufen. Zusammen setzten sie sich auf den Stein. Sebastian bot ihr den letzten Rest aus seiner Trinkflasche an, den Antonie gerne nahm. Auf angenehme Weise fühlte sie sich erschöpft. »Das war sehr schön heute.«

»Das fand ich auch.«

»Entschuldige, dass ich eine lahme Ente bin!«

»Na hör mal, du hast es bis auf den Gipfel des Waldsteins geschafft.«

»Der Blick war einmalig.«

»Die Berge sind einmalig.« Er schaute sie an. »Du bist einmalig.« Er lächelte schief. Die Fältchen um seine Augen explodierten.

Antonies Körper fühlte sich fremd an, und zu gerne hätte sie es auf die körperliche Anstrengung geschoben. Dieses Gefühl war neu und stark. Es half alles nichts, sie musste es sich eingestehen: So fühlte sich Liebe an. Woher hätte sie wissen sollen, dass dieses Gefühl jeden Platz im Körper einnahm? Nichts, nicht einmal Elvira hatte sie auf die Stärke dieser Empfindung vorbereitet. Liebe hatte Antonie stets als eine Angelegenheit von Kopf und Herz angesehen. Warum in aller Welt sagte niemand, dass sie überall war, dass sie schmerzte und gleichzeitig wunderbar war wie ein weiter Blick über die Berggipfel?

»Antonie.« Sebastians Stimme war nur mehr ein Flüstern. Worte hatten keinen Platz mehr zwischen ihnen. Langsam näherten sich ihre Lippen. Antonie roch Sebastian, das erste Barthaar kitzelte schon auf ihrer Oberlippe.

Die Schule, die Kinder, ihr Leben! Dieser Kuss würde alles verändern. Das war zu viel. Antonie sprang auf, stürzte los und lief ein paar Meter. Dann blieb sie stehen und drehte sich um, Tränen liefen ihr die Wange hinunter. »Ich kann nicht!«, schluchzte sie. »Ich darf nicht!«

Sebastians verdattertes Gesicht zu sehen, stach ihr mitten ins Herz. »Es tut mir leid, so unendlich leid. Ich, ich …«

Was hätte sie noch sagen können? Dass sie den Sprung ins kalte Wasser nicht wagen konnte? Elvira, ja, die konnte ihn wagen. Doch sie, die Waise, nicht. Zu viel stand auf dem Spiel. Auf der einen Seite der Waagschale lag ihr Herz und auf der anderen ihr Leben. Ein Kuss würde das mühsam errichtete Gleichgewicht durcheinanderbringen. Dieses Risiko war Antonie zu groß. Danach gäbe es kein Zurück mehr in ihr altes Leben. Lieber saß sie alleine im kalten Karzer. Dort kannte sie sich aus, damit konnte sie umgehen. Die Gefühle, die sie gerade überfluteten, waren zu stark. Sie machten ihr Angst, große Angst.

Den Rest des Weges lief sie tränenblind, stolperte, fing sich, lief weiter. Liebe, die war für alle anderen gemacht, nicht für sie. Das Leben, das sie führte, musste ihr reichen. Bisher hatte es ihr gereicht. Sie war Lehrerin. Das war viel genug.

Spät am Sonntagnachmittag waren keine Menschen mehr im Dorf unterwegs, die ein Fräulein Lehrerin hätten bemerken können, das mit verquollenen Augen über den Dorfplatz humpelte. Am Anfang der Schulgasse musste Antonie kurz innehalten, um Luft zu holen. Die Schuhe hatten eine schmerzhafte Blase gerieben. Genauso fühlte sich ihre Seele an, die sich an dem eng gewordenen Körper wund gerieben hatte.

Endlich stand sie vor der Schultür, holte den Schlüssel unter dem linken Geranientopf heraus und sperrte auf. Im Klassenzimmer hielt sie inne. Die Wärme des Tages stand noch im Raum. Antonie schnupperte. Es roch nach Holz, nach Tinte, nach den Büchern im Regal. Das war ihr Leben. Mit der flachen Hand fuhr sie über ihr Pult, über die sauber gewischte Tafel und nahm ein Stück Kreide in die Hand. Das war ihr Leben, und es war für alle besser, wenn es dabei blieb.

Der letzte Schultag

Lasst uns zum Abschied ein Sommerlied singen.«

Die Schulkinder standen auf. Siebenundvierzig Gesichter strahlten Antonie an. Ihre Mütter hatten sie ein wenig herausgeputzt, ihnen den guten Rock, das gute Hemd angezogen. Den Buben waren die Haare mit Wasser geglättet und ein Scheitel gezogen worden. Die Zöpfe der Mädchen wurden von neuen Schleifen gehalten. Wie Gundi hatten die Mädchen, die mit diesem Tag aus der Schule entlassen wurden, sich besonders fein gemacht.

»Tra-ri-ra, der Sommer, der ist da!«, begannen sie zu singen. »Wir wolln hinaus in'n Garten und wolln des Sommers warten. Ja, ja, ja, der Sommer, der ist da.«

Die Zeugnishefte, in Antonies ordentlichster Schrift ausgefüllt, lagen auf ihrem Pult. Antonie war mit ihren Schülern ausgesprochen zufrieden. Die Lücken hatten sie gut geschlossen. Vor der nächsten Visitation im Herbst brauchte ihr nicht bange zu sein.

»Wir wollen zu den Hecken und wolln den Sommer wecken. Ja, ja, ja, der Sommer, der ist da.«

In Tannau war der Sommer schon geweckt. Nach einem regnerischen und kalten Juni, der in den Bergen Neuschnee mit sich gebracht hatte, war es endlich wärmer geworden. Das schlechte Wetter hatte Antonie gar nichts ausgemacht. Niemandem war aufgefallen, dass sie sich in ihr Zimmer verkrochen hatte. Lange hatte sie mit sich gehadert. Von welcher

Seite sie es auch betrachtete, sie hatte sich richtig entschieden. Blickte sie auf die singenden Kinder, wusste sie, dass hier ihr Platz war. Schwester Coelestina hatte es ihr nach dem Lehrerinnenseminar bestätigt. »Du wirst eine gute Lehrerin sein.« Danach hatte sie sich vorgebeugt und Antonie auf die Stirn geküsst.

Das, was sie hier in Tannau hatte, war viel mehr, als sie sich jemals zu erhoffen gewagt hätte. Dachte sie an Sebastian, schmerzte es tief in ihr drinnen. In den verregneten Tagen hatte sie sich mit dem Schmerz ausgesöhnt. Er würde bleiben, vielleicht ihr Leben lang. Nur lag in der anderen Waagschale ihr Leben als Lehrerin. Selbstbestimmt und im Dorf geachtet, selbst der Bürgermeister grüßte sie freundlich, wenn sie sich trafen. Auch Hackl hatte sie nie wieder im dunklen Gang warten lassen und zahlte ihr ordentlich jeden Monat ihr Gehalt aus. Dieses Leben aufzugeben, hieße, sich selbst aufgeben. Das war ihr in den einsamen Stunden bewusst geworden.

»Tra-ri-ra, der Sommer, der ist da! Der Sommer hat gewonnen, der Winter ist verloren. Ja, ja, ja, der Sommer, der ist da!«

Ihr Verstand hatte gewonnen. »Weil es so schön geklungen hat, gleich noch einmal.« Diesmal sang Antonie mit. Das Singen hatte ihr stets geholfen. Vielleicht half es auch dem einen oder anderen ihrer Schüler.

Antonie trat zum Pult und nahm die Zeugnishefte hoch. Nervös zappelten ein paar herum, andere schauten gebannt zu ihrer Lehrerin. Die fröhliche Stimmung war wie weggewischt. Die Älteren hatten die Zeugnisvergabe bei Schulmeister Meisl noch in Erinnerung. Für jede schlechte Note hatten sie eine ordentliche Kopfnuss bekommen, wenn sie vorgetreten waren, um ihr Zeugnis in Empfang zu nehmen. Auch bei Antonie mussten die Schüler vortreten. Doch anders als ihr

Vorgänger fand sie für jeden Schüler lobende Worte, und selbst wenn sie einen ermahnte, klang es wohlwollend.

»Maximilian, im nächsten Jahr strengst du dich ganz besonders an. Dir fällt so mancher Unfug ein, da fällt dir beim Rechnen hoffentlich auch die Lösung ganz schnell ein.«

Die große Anna wurde für ihre schöne Schrift gelobt, die kleine Anna für ihre Aufsätze, und Franzl hatte sich die stolz geschwellte Brust, mit der er nach vorne ging, durchaus verdient. »Franzl, denk daran, dass es an der Oberrealschule in Berchtesgaden kluge und begabte Schüler gibt. Also sei bedacht und lerne fleißig, dann wirst du ihnen zeigen, wie schlau die Tannauer sind.«

Als Nächste trat Gundi vor. »Gundi, ich wünsche dir eine gute Zeit in München. Ich bin stolz, dass sie dich bei den Englischen Fräulein genommen haben. Richte Schwester Coelestina meine herzlichsten Grüße aus.« Mehr sagte Antonie nicht, denn sie merkte, wie Gundi mit ihren Gefühlen rang. Ihr Vater hatte durch die Vermittlung von Thomas Hafner tatsächlich eine gute Stelle in einer Baufirma bekommen, und beide würden nach der Heuernte in eine kleine Wohnung in Haidhausen ziehen. Elvira hatte Antonie versprochen, sich um Gundi zu kümmern. Die lustige Elvira wusste genau, was einem jungen Mädchen in München Freude machte. Und bei Schwester Coelestina wusste Antonie Gundi gut aufgehoben.

Hias kam an die Reihe. Antonie lobte seine Note in Musik. »Ich habe mir bei meinem letzten Spaziergang dein Beet angeschaut. Das wächst alles wunderbar bei dir. Ich bin richtig neidisch!«

»Danke, Fräulein Lehrerin«, sagte Hias und strahlte über beide Ohren. Eine so schöne Zeugnisvergabe hatte er wohl noch nie erlebt. Überhaupt herrschte eine solch ausgelassene

Stimmung, dass Antonie die Schüler früher als gewöhnlich entließ.

Das Fräulein Lehrerin stellte sich in die Tür und verabschiedete jeden Einzelnen mit Handschlag. Als ob es ihnen schwerfiele, die Schule gleich zu verlassen, gab es im Schulhof eine letzte Runde Fangen. Der Nasenstein, einer der Steine, die Antonie für die Beetumrandung im Frühling ausgesucht hatte, war zu hohen Ehren gekommen. Berührte man ihn, war man frei und durfte nicht gefangen werden.

Antonie stand lächelnd in der Schultür. Ihr Blick ging hinunter zu den Dächern von Tannau, zum Kirchturm, dessen Wetterhahn ihr praktisch in die Augen sehen konnte, über die Wiesen und auf der anderen Talseite hinauf in die Berge. Seit fast einem Jahr genoss sie diesen Blick, und er war ihr nie eintönig geworden. Die wechselnden Stimmungen der Natur erlebte sie hier in Tannau viel unmittelbarer, und sie spürte, dass es ihr Leben bereicherte. Sie dachte an ihren ersten Tag und an alles, was seitdem geschehen war. Sie fuhr sich über die Augen. Die letzten Kinder liefen mit einem »Schöne Ferien, Fräulein Lehrerin« vom Hof. Hannes kam zurück, er hatte seinen Schulranzen unter dem Apfelbaum vergessen.

Nachdem das Geschrei verstummt war, hörte Antonie ihre Hühner hinterm Haus gackern. Sechs Hühner und ein Hahn, der sich als faul herausgestellt hatte, lebten seit zwei Wochen hinter dem Schulhaus. Jochen und Anton hatten ihr geholfen, ein Hühnerhaus zu bauen. In ihrem mit Hasendraht abgezäunten Bereich liefen die Hühner pickend und gackernd umher. Die eigenen frischen Eier bereicherten Antonies Speiseplan. Keinen Hunger mehr zu verspüren, war einer von den vielen Wünschen gewesen, die Antonie ihre ganze Kindheit begleitet hatte. Wie manch anderer ihrer Wünsche war er in Tannau in Erfüllung gegangen.

Über die Wiese kam Magda gelaufen. Antonie winkte ihr zu. Magda war auf dem Weg hinunter zum Dorfplatz. Konzentriert trug sie eine Kuchenplatte vor sich her. Ein sauberes Geschirrtuch deckte den Kuchen ab. Magda brachte inzwischen jeden Tag Kuchen hinunter zur Postwirtin. Die Sommergäste waren ganz versessen auf ihre süßen Backwerke.

»Magda«, rief Antonie ihr zu, »welchen Kuchen hast du heute gebacken?«

»Kirschstreusel.« Magda lachte zu Antonie hinüber.

»Der wird den Gästen sicherlich schmecken!« Vielleicht bekam sie später bei Monika noch ein Stück zum Probieren.

Monika hatte Antonie zu Kaffee und Kuchen eingeladen. Bis dahin wollte Antonie ein wenig Unkraut zupfen. Dass es viel besser und schneller wuchs als alles andere, konnte Antonie nicht verstehen. Mit ihrem Beet war sie jedoch insgesamt zufrieden. Die Petersilie hatte nicht überlebt, und die Schnecken hatten sämtliche Tagetes gefressen. Trotzdem machte der Anblick ihres Beetes Antonie glücklich.

Die Tomatenpflanzen wuchsen ordentlich. Hatten die Haselnussstecken am Anfang übertrieben lang ausgesehen, so waren sie von den hochwachsenden Pflanzen fast völlig verdeckt. Die ersten grünen Tomaten wuchsen an den Rispen heran, und Antonie hütete sie wie ihren Augapfel. Hartl Wagner hatte ihr vom Ausgeizen erzählt, das man unbedingt vornehmen solle. Antonie war gerührt gewesen, dass der alte Wagner extra nach Berchtesgaden zu einem Bekannten gegangen war, der schon einmal Tomaten gezogen hatte, um von ihm alles über die richtige Aufzucht zu erfahren.

Zufrieden betrachtete Antonie das Schulbeet. Um die schöne Bluse, die Elvira ihr geschenkt hatte, beim Unkrautjäten nicht mit Erde zu beschmutzen, ging sie in ihr Zimmer, um sich umzuziehen. Die Bluse und der Rock, mit denen sie klitschnass vom Regenguss im Gemeindeamt gestanden hatte, dienten ihr inzwischen als Arbeitskleidung.

Damit sie ihren Brief an Elvira nicht vergaß, legte sie das Briefpapier zurecht. Ihre Freundin sollte ihr unbedingt alles über die Hochzeitsvorbereitungen schreiben. Außerdem wollte Antonie ihr mitteilen, dass sie in den nächsten Wochen gerne einmal zu ihr nach München kommen wolle. Oh, darauf freute Antonie sich ganz besonders. Vielleicht durfte sie bei der Anprobe des Hochzeitskleids dabei sein.

Antonie horchte auf. War da jemand im Klassenzimmer? Sicher hatte ein Schüler etwas unter der Bank vergessen. Antonie öffnete die Tür. Das Klassenzimmer war leer. Hatte sie sich getäuscht? Sie ging ein paar Schritte vor.

Auf ihrem Pult lag etwas. Es war ein Edelweiß, an das ein Papierstreifen gebunden war. Antonie nahm es hoch. »In den Bergen ist Freiheit« stand in ungelenker Schrift darauf. Sebastian, dachte sie und lief schnell zur Tür.

Dort stand er und schaute zu ihr hoch. Als er sie sah, hob er seinen Hut mit dem prächtigen Gamsbart und winkte ihr zu. Dann lachte er, drehte sich um und ging zum Dorf hinunter, war verschwunden, bevor Antonie ihm zurückwinken konnte.

In den Bergen ist Freiheit, dachte sie. Ich habe hier meine Freiheit gefunden. Hier in Tannau, meiner neuen Heimat. Meiner ersten wirklichen Heimat.

Mit der flauschigen Blüte streichelte sie sich über die Wange. Ihr musste es genügen, dass jemand wie Sebastian sie einmal geliebt hatte. Und es würde ihr genügen, denn seine Liebe war ein Geschenk wie dieses Edelweiß, das oben auf den hohen Gipfeln wuchs. Daran wollte sie immer denken.

Plötzlich spazierte vor ihrer Nase ein Huhn frech umher. Dahinter ein weiteres und noch eines. Himmel, die Hühner waren ausgebüchst. Antonie raffte ihren Rock und rannte los.

Eine junge Frau wächst
über sich hinaus